我们阅读
WOMENYUEDU
魅丽文化 花火工作室

你是我的光芒 3

水果店的瓶子 | 著

江苏凤凰文艺出版社
JIANGSU PHOENIX LITERATURE AND ART PUBLISHING

图书在版编目（CIP）数据

你是我的光芒.3 / 水果店的瓶子著. -- 南京：江苏凤凰文艺出版社，2023.4

ISBN 978-7-5594-7285-4

Ⅰ.①你… Ⅱ.①水… Ⅲ.①幻想小说－中国－当代 Ⅳ.①I247.5

中国版本图书馆CIP数据核字(2022)第209367号

你是我的光芒.3

水果店的瓶子 著

出版统筹 曾英姿

责任编辑 张 倩

特约编辑 叉 叉

封面设计 殷 舍

出版发行 江苏凤凰文艺出版社

南京市中央路165号，邮编：210009

网 址 http://www.jswenyi.com

印 刷 长沙金鹰印务有限公司

开 本 880mm×1230mm 1/32

印 张 10.5

字 数 423千字

版 次 2023年4月第1版

印 次 2023年4月第1次印刷

书 号 ISBN 978-7-5594-7285-4

定 价 46.80元

目 录

目 录

第一章

二十五年前的真相

七月，夏日炎炎，阳光刺眼。

WIN 战队基地。

院子里架起一秋千，白术坐在上方的横栏上，穿着短衣短裤，叼着一根冰棒，百无聊赖地看着从外面走过的中学生。

她光着脚丫，一晃一晃的，两条白皙的长腿在阳光里有些晃眼。

“小仙女。”

二楼窗户打开了，传来清澈干净的嗓音。

白术脑袋往后一仰，视线往上抬，落到窗口的顾野身上。

顾野手肘搭在窗沿上，眼睑低垂，嘴角勾着浅笑：“要来一场小情侣都会有的寻常约会吗？”

白术眼睛一亮：“去哪儿？”

顾野拿出一部手机，随手往空中一抛，正是白术所在的方向。

白术挑了下眉，将冰棒往嘴里一塞，继而双手撑在横栏上，身子后仰，来了一个后空翻，同时手在空中一抓，捞住了手机。

她落到地上。

与此同时，顾野半蹲在窗沿，往下一跳，落到柔软的草地上时顺势一滚，下一秒，他安然起身，抬手拍了拍肩上的草屑。

“啊——”客厅里传来白阳的声音。几秒后，他推开窗户探出头，恼怒道，“你们俩能不能不玩杂耍，心脏病都被吓出来了！”

白术和顾野看了白阳一眼，不约而同地忽略了他。

白术扫了眼顾野的手机屏幕，怔了怔：“小哥哥，你把一趟跨越上千公里的行程，称作寻常约会？”

顾野一笑，问：“去不去？”

“去。”

鉴于白术在东亚赛上“拿第一后退出”的表现，知名度暴涨，现在已经发展到出门闲逛都会被拍的地步了。

她每天除了训练、工作，就没别的事了，闲得慌。

白术将手机还给顾野，才想起问上一句："去干吗呀？"

顾野嘴角微翘，逗她："约会啊。"

"是吗？"

白术腿一抬，作势要踹。

顾野一乐，跟变戏法似的，拿出一顶鸭舌帽，扣在了白术脑袋上。

他一字一顿地说："找陆侨。"

"哦……"拖长声音应了一声，白术吹了声口哨，咬了最后一口冰棒。

她目光觑向顾野的手机屏幕。

地点：青木城，林家湾。

午后的阳光洒落山间，映照着一片青山绿水，风景如画。山与山之间，由一条曲折的山路连接，在画景中如一条蜿蜒细线。

三轮车在山路上行驶，孤零零的，但震耳欲聋的发动机声响，能在方圆三千米内宣告它的存在。

三轮车车斗上堆着厚厚的稻草，乱糟糟的，细细一看，还有两个人。

"无比寻常的约会，我的内心毫无波澜。"

白术躺倒在稻草上，嘴里叼了一根稻草，同时，还非常嚣张地跷着腿。

"请让我有一个深刻检讨的机会。"顾野坐在一旁，优哉游哉地接过话，"是我考虑不周，没提前想到大巴上会有人吵架；也怪我一时迟钝，没制止你煽风点火；更怪我四体不勤，没能在他们打架时及时制止，导致大巴撞树。当然，我最无能的，是只能在车祸后拦到一辆三轮车……"

白术悠悠地瞥他一眼："闭嘴。"

"好嘞。"顾野伸出手指，在唇边做了个拉拉链的动作。

白术叹了口气，盘腿坐起身。

她在草堆里打过滚，灰头土脸的，披散的头发很乱，身上还沾了些草屑。

"你这小花脸。"顾野伸手去擦白术脸上的灰，"熊孩子都比你干净。"

白术顺势倾倒，将脑袋埋入他胸膛，就着他的衣服蹭了蹭脸："这不就干净了吗？"

顾野哭笑不得："合着你把我当抹布了？"

白术动作一停，抬起头，眼神幽怨："你的脸才用抹布擦。"

顾野顿时一乐，在稻草堆里搂住了白术。

欢乐的时光总是短暂的。

十分钟后，捎他们一程的三轮车司机因为后面路程不一致，将他们放了下来。

两人在马路上等了半天，没等来一辆车，白术已经无聊到蹲在路边数蚂蚁了。

在数完一百只蚂蚁后，白术忽然抬起头，提议：“我们徒步吧。”

顾野没直接回应她的提议，拿出手机看了眼地图，说：“十八公里。”

白术眉头一扬，捏着鸭舌帽帽檐，往脑后一转：“小意思。”

“来。”顾野朝白术伸出手。

这只手骨节分明，手形瘦削漂亮，在阳光下，有那么点禁欲味道。

白术没动，摩挲着下巴，低头端详着。

等了一会儿，顾野挑眉，用指腹戳了下她的眉心：“干吗呢？”

“欣赏一下。”白术一本正经道。

“不要我走了啊。”顾野作势就要将手往回收。

“你这人……”

白术嘀咕一句，抓住顾野的手，下一秒，就被他反手握住。

白术抬眼，清澈干净的眸里，倒映着他的模样。

他的眉眼在笑。

夜幕低垂，没有路灯的山路被黑暗席卷，即将被吞没。

山风清凉，树叶摇晃，跟山间的虫叫声交织着，高低起伏。

“陆侨是个怎样的人啊？”白术迎面吹着风，非常惬意。

顾野想了想，说：“不怎么样，挺没意思一人。”

“嗬，”白术侧首打量着顾野，玩味地说，“那你怎么长歪的？”

顾野无语，用舌尖抵了抵后槽牙，余光在她脸上顿了几秒，最后一掌拍在她后脑勺：“我跟陆侨又没血缘关系，能叫长歪吗？”

“哎，还真是。”白术仿佛才想起这事来。

顾野哭笑不得，推了下她的脑袋。

白术脑袋往后一仰，笑眯眯地说：“你继续说说呗。”

“他一向沉默寡言，半天憋不出一句话来，有时候我们一天到晚待一起，都不见得会说一个字。”

“那不得憋死？”白术惊叹。

顾野斜眼瞅她，学着她的腔调：“对你来说，是哦。”

“你好好说话。”白术瞪他。

“哎。”顾野笑着应了一声。

他又说：“他面冷心善。他带我逃出去后，原本是把我扔在火车站的，后来我一直跟着他，他就把我留下了。他打工挣钱，赚得少，吃的穿的用的，都以我为先。”

那一年，顾野十二岁。

陆侨把他当儿子一样照顾。

白术听了一会儿，倏然问：“你叫他爹，我叫他什么？”

"叔。"顾野扔出一个字，提醒她，"我没叫过他爹，你别乱认亲戚。"

"你不是把他当爹吗？一个爹，"白术伸出左手食指，又伸出右手食指，"一个爸，分得明明白白。你爸酸着呢。"

顾野偏头看向另一边："我没当面叫过陆侨爹。"

"哦……"白术拖长了声音。

"哦什么？"

"傲娇呗。"白术一语中的，"你心里早把人当爹了，嘴上却不肯叫。"她耸了下肩，"习惯了，拧巴别扭的野哥哥……"

顾野用手指弹了下她的额头："闭上嘴对你造成了什么影响吗？"

"没有。"

白术抬手蹭了蹭额头。

"那就闭嘴，谢谢。"

"好哦。"

白术乖乖的，不说话了。

可是，不到一分钟，笔直的马路上忽然亮起一抹光，白术被刺得眯了眯眼，抬手去挡，而后半睁着眼去看。

那是一辆摩托车，天还没黑透呢，这人竟然开远光灯。

好在也就短短几秒，骑摩托的人发现了他们，将灯关了。

白术远远看着摩托车上的身影，说："不知道是不是我的错觉……"

"嗯？"顾野疑惑。

摩托车的轰隆声逼近。

白术吹了一声口哨。

"手机。"白术兴致勃勃地说，用手肘碰了下顾野。

顾野在想她是不是要拦路抢劫，一边在心里挣扎着，一边将手机掏出来。不过，手机刚拿出来就被白术夺走了。

白术将手机屏幕朝上，放到下颌下方，而后摁亮了屏幕。

微弱的屏幕灯光照亮了白术的巴掌小脸，美感瞬间荡然无存，在幽光映照之下，她的五官变得阴森恐怖。

"我的妈呀！"

开到他们跟前的摩托车上，忽然爆发出熟悉的叫声。

下一刻，摩托车一个打滑，立即失去了控制，眼瞅着要撞上山了。那人赶紧刹车，在撞上山的前一秒险险停下。

"差点没摔死我。"摩托车上传来一阵怒骂声，只见那人将头盔一摘，便朝这边咆哮，"你们俩是人是鬼啊？死后想过来看我一眼的话，赶紧滚。"

白术看清了那人的模样。

利落的短发，张扬的神采，哪怕被吓着了，依旧是一副气势汹汹的模样，活像一恶鬼。

白术答：“人。”

陆遥静默了几秒，然后重新发动摩托车，掉了个头，把车开到他们身边。

她仔细辨认了下两人，确定他们俩还活着，总算舒了口气，高兴地询问：“你们什么意思啊，来找我的？”

白术问：“你住附近？”

“嗬，不是找我啊。”陆遥没回答，自顾自感慨，“啧”了一声，又问，“来这里旅游？”

白术：“啊。”

“旅游就旅游呗，”陆遥打量着他们，“怎么还用腿走路啊？”

白术摊手：“我寻思着用手走路的也难得一见。”

“瞧你那欠揍样儿。”陆遥用手指点了点她。

眼瞅着白术还要跟她贫，顾野叹了口气，主动解释道：“我们今天刚过来，半路出车祸了。反正离旅馆不远，想走路过去。”

“去什么旅馆，来我家呀。”陆遥眉飞色舞，开心极了，抬手朝上面一指，“我家就住山上，走路一刻钟。家里二楼是民宿。看在我们当过战友的分上，给你们俩打个八折。”

白术讲价：“两折。”

“你别太过分。”陆遥瞪她一眼，改口，“七折。”

“三折。”

“六折。”

“四折。”

“五折，不能再低了。”

“成交。”白术立马说道。

陆遥无语极了。

顾野无语旁观。

“现在问题来了。”白术瞅着陆遥那辆炫酷的摩托车，一本正经地分析，“现在有一辆摩托车，可以坐两个人，但我们现在有三个人。”

陆遥道：“很简单啊，我一个一个地捎你们呗。”

“我怕黑。”白术厚颜无耻地说着，在觑了眼顾野后，又补了一句，“他也怕。”

“所以？”陆遥迷糊了。

白术满眼真诚地发问：“你想要我们两个顾客吗？”

陆遥悟了。

两分钟后，陆遥看着白术和顾野开着摩托车，从她视野里渐渐远去时，再度悟了。

好家伙，她被白术忽悠了！

虽然坑走了陆遥的摩托车，但白术没有真让陆遥走回去，将顾野送到民宿门口后，白术就开车折回，又把陆遥接了回去。

陆遥性格大气，看在白术接自己的分上，没跟白术计较。

民宿外有围墙，陆遥离开时，将前门上了锁，没想到此刻大门敞开，而本该等她来开门的顾野，却没了踪影。

陆遥看了眼里面亮着的灯光，莫名其妙："他怎么进去的？"

白术简单明了地说："翻墙。"

陆遥：你们俩是真的有毒。

"进去吧，运动小天才。"陆遥将大门钥匙揣回兜里。

白术从摩托车上下来："车呢？"

陆遥回答："放门口就行。"

进了大门，入眼的是一个大大的院子，中间一条笔直的路通往一栋两层建筑，左右两边的院子种着蔬菜瓜果，右侧挨着小楼的空地，是一个大大的葡萄架，爬满了葡萄藤，一串一串的葡萄垂落下来，有绿的和紫的，成熟饱满。

"二楼是民宿，就四间房，你们自己选。一楼是我们自己住的。"陆遥介绍道，"院子里的东西可以随便吃，不收你们的钱。"

"好。"白术是一点都没客气。

顾野比她更不客气。

白术和陆遥走进一楼大厅时，顾野刚做好两杯咖啡，一杯美式、一杯拿铁。

陆遥招呼他们："拿一下身份证，来办下入住。"

顾野朝前台看了眼，说："办好了。"

陆遥讶然："你自己办的？"

顾野颔首："嗯。"

他将一杯拿铁递给了白术。

陆遥去前台检查了下，发现顾野确实办好了，连钱都付了，震惊了好半天。最后，她只得感慨一句："你们俩可真行。"

"你不是要出门吗？"白术喝了口咖啡，问。

"我出去兜风，没事做。"

白术张望一圈："你家大叔呢？"

"他出去办事了，过几天才回。"陆遥手肘搭在前台桌面，"你们待几天啊？你没事的时候，教我做做题呗。可以免吃喝。"

白术装模作样道："我好贵的。"

陆遥嘴角一抽："说吧，又想干吗？"

白术伸手摸胃部："饿了。"

陆遥翻了个白眼："等着。"

等陆遥去了厨房，白术就指挥顾野去院子里摘点葡萄和圣女果，她自己则是一边喝咖啡，一边等吃的，无比惬意地享受着使唤人的生活。

“祖宗。”

顾野洗好水果出来，看着白术跷着腿玩游戏，他拿起一个圣女果就朝她扔了过去。

白术专心致志地玩着手机呢，但头顶跟长了眼睛似的，手一抬就将圣女果捞住了。她扫了眼，直接将圣女果塞进了嘴里。

顾野端着果盘走过去，在白术身边坐下，发现她不是在玩消消乐，而是在玩《BUG》的手游。

“跟谁玩呢？”顾野注意到白术的队友的名字都很陌生。

“俩朋友。”

“男的女的？”

“女的，都是我姐。”白术说完，抬眸看他，“你不认识。”

顾野跟听到天方夜谭似的：“你还会在外面认姐？”

“嗯。”白术回答完，一低头，发现俩队友都挂了，打开队内语音，“你们俩好菜，以后跟在我后面，专门欣赏我的技术就行了。”

说完，她就关闭语音，怕被那两位怼死。

顾野意味深长地看着白术：“你不会缺朋友缺疯了，幻想出两个愿意当你姐姐的朋友吧？”

白术不明所以：“我为什么缺朋友？”

“想想你那张嘴。”顾野提醒。

“哦。”白术有点明白了，颔首道，“可能她们俩嘴比我更毒吧。”

顾野压根儿不想接茬。

过了一会儿，白术问：“你以为我不开语音，是不想跟她们交流吗？”

“那是？”

白术皱了皱眉，不爽道：“她们俩菜得不行，还联合起来攻击我。我说不过她们。”

顾野沉默三秒，将果盘朝她面前推了推，说：“吃点葡萄，清醒一点吧。”而后又感慨了一句，“人都饿糊涂了。”

白术瞪他：“你不信我？”

顾野是个老实人：“不信。”

白术又瞪他。

顾野一乐：“吃不吃啦？”

“吃。”

白术扔下手机，伸手抓起一串葡萄，然后被酸得睁圆了眼睛。

白术难得尝到了一点憋屈的滋味。

陆遥的厨艺不错，做出了三菜一汤，色香味均可，白术和顾野愉快地解决了温饱问题。

饭后，白术留在一楼辅导陆遥学习。

为了迎接明年的高考，陆遥一点都没松懈，厚厚一沓辅导书、习题册，全都被翻旧了，房间里贴满了英语单词，书桌上的学习计划表满满当当的。

“你可以走艺术生这条路。”白术翻着陆遥的错题本，打了个哈欠，“凭你进亚洲赛的实力，以及现有的知识水平，各大高校的漫画专业抢着要人。”

陆遥也跟着打了个哈欠：“大叔不准。”

白术问：“为什么？”

“因为他觉得我还没准备好。”陆遥说，“没准备好在漫画上一路走到底。而一个好的文凭，永远是我在换目标时，成本最低的资本。”

“嗯。”白术赞同。

“他还说，虽然从功利角度来讲，学习是为了生存。”陆遥把玩着一支笔，“但是，学习会引发思考，知识蕴藏着智慧。我所处的环境是有局限的，唯有书籍浩瀚无垠。书籍里有世界的规则，我得先去了解，然后才能决定，我是受困于它，还是打破它。”

白术听得犯困，“哦”了一声。

陆遥推了她一下：“你学习那么厉害，知道大叔在说什么吗？”

白术正儿八经地说：“他可能希望书籍能填补你大脑的空洞。”

“是这样吗？”陆遥其实没太明白她在说什么。

“是的。”白术点点头，将错题本往陆遥跟前一推，指了指某道题，“先从这里开始吧，基础知识一通百通。”

“好。”

陆遥不假思索地点头。

虽然陆遥没接受过正规教育，但以陆遥现在的基础和理解能力，白术深入浅出的讲题方式最受用，两个人都不费劲。

临近晚上十一点时，白术的手机响了下，是顾野发来了消息。

白术看了一眼，跟陆遥说：“我得上楼了。”

“哦，好。”陆遥颔首，继而叮嘱一句，“把冰箱里的西瓜带上去吃。”

“嗯。”

几分钟后，白术抱着半边冰西瓜去了二楼。

顾野正倚着扶栏等她。

顾野挑眉：“她真要参加高考？”

“看起来是这样的。”白术走过去，将勺子往冰西瓜里一插，然后一只手撑着扶栏，往上一跳，坐在了上面。

她舀起一勺冰西瓜，问：“你等我干吗？”

顾野手肘往后一搭，微微侧首，瞧见西瓜把她的腮帮子塞满，唇微勾，眼神多了些笑意：“聊聊明天的计划。”

“哦。除了陆侨在这里这一线索，还有别的吗？”

“一张照片。”

“我看看。”白术一下来了兴致。

顾野不知从哪里掏出来一张照片，两指夹着递给了白术。

照片里是一个身形高大的中年男人，穿着黑色大衣，短发凌乱，胡子拉碴，眉骨高，眼眶深，眼神锋利，透着股彪悍狠厉劲儿。

白术盯着照片看了半刻，又盯着顾野看了半天。

“干吗？”顾野疑惑。

“他气质好酷。”白术颇有不甘，“你怎么没学到一点？”

顾野心里咯噔一下，警惕地问：“你嫌弃我了？”

“没有。”白术赶紧摇头。

说完，她又看了眼照片。

顾野赶紧从她手里将照片抽走。

白术的目光在照片上顿了一瞬，察觉到顾野充满危机感的眼神，识趣地没有再去要，而是吃着西瓜问：“哪儿来的照片？”

“在一个摄影师手里发现的。”顾野说，“说是在一个工地附近随手拍的。他拍完后去问陆侨，乐不乐意当模特，被拒绝了。之后他就近问了几个工人，得到陆侨在林家湾这一消息。这已经是三年前的事了。”

“先用排除法。”白术分析，“他穿得那么得体，不该是种地的。”

“嗯。”

“附近旅游业还算兴盛，他可能做点小生意？”

顾野接话：“那首先得排除餐饮业，因为他不爱做饭。”

“那雇人做饭呢？”

“不符合他的性格。”

白术指了指楼下：“旅店、民宿呢？”

顾野沉吟半刻，摇头：“不排除。”

“那这样，我们先把林家湾有关餐饮类的店排除，其他的一一列出来，逐个调查。”白术从栏杆上跳了下来。

她跃跃欲试地往房间里走。

顾野手一伸，抓住她短袖后的兜帽，稍稍施力，将人拉回来。

顾野朝另一间房瞅了眼：“你房间在隔壁。”

白术扬了下眉，吹了声口哨，故意说：“我以为我们俩住一屋。”

顾野怔了下，喉咙有些发紧。

白术笑了，说：“我是去拿纸和笔。”

“吃完你的西瓜，然后早点去睡。”顾野抬手摸了下喉结，“排除名单我来做。”

白术问：“你确定不利用一下我聪明的小脑瓜子？”

顾野无语极了：“我怕了你这张小嘴。”

“嗬。”

白术眉毛又动了一下。

然后，她倒退了一步，忽而侧身面朝顾野，空出一只手搭在顾野肩上，踮脚亲了下顾野的唇。

顾野怔了一瞬，然后见白术眉飞色舞道：“这也怕？”

“怕死了。”

顾野这么说着，却将她拉得更近了些，低头吻她。

空气中弥漫着西瓜的清香。

蝉在林间叫嚣，交错成高低起伏的乐曲，夏日的风里裹着暖意，拂过了庭院里一棵枇杷树，树梢晃了晃。

翌日，阳光明媚，万里无云。

白术盘腿坐在榻榻米上，喝着乌龙茶，吃着小点心，看着正在院落里弯腰除草的陆遥。

陆遥穿着长筒雨鞋、戴着套袖和一顶斗笠，气质完美地与周围环境融合。

累了半天，陆遥将锄头一放，直起身来，一偏头，就见到坐在屋檐下跟个小老头一样享受生活的白术，心里忒不是滋味。

“你可真是什么都不做，就能让人想暴揍你一顿。”陆遥长吁一口气，尽量心平气和地说。

“习惯了。”

白术端起乌龙茶，悠悠地品了一口。

陆遥大步走过去，沿途将斗笠、套袖、雨鞋脱掉，然后赤脚踩到榻榻米上。她朝白术招手：“来一口，麻利的。”

白术将手中还剩半杯的乌龙茶给她。

陆遥一饮而尽，仍觉不够，将杯子往茶桌上一撂：“满上。”

一举一动尽是豪气，喝个乌龙茶而已，被她整出了喝酒的风范。

白术看了陆遥一眼，没给她“满上”，而是拿起小点心咬了一口。

陆遥“嘁”了一声，在白术对面盘腿坐下来，提起茶壶，给自己倒满一杯乌龙茶，又一口喝完了。

“你们俩来这里，不是为了旅游的吧？”陆遥问。

“怎么说？”白术接话。

“不像。”陆遥摇头，而后伸出两根手指，指了指自己眼睛，眉头一挑，“看到这双眼睛没有？”

认真看了两眼，白术评价：“没我的好看。”

陆遥一哽，没好气道：“我是说，我见多识广。”

白术叹了口气：“默契差点儿。”

陆遥无语，问：“你俩到底是来干吗的？”

“找人。”

“找什么人，要我帮忙吗？”陆遥顿时来了兴致，双手往桌上一放，身体前倾，张口就是吹，“不是我说，偌大一林家湾，就没有我不认识的……”

话没说完，陆遥的手机响了。

她止了话，跑去拿手机，不一会儿又跑了回来。

陆遥将手机的后置镜头对准院子：“我刚在锄草呢。”

“背古诗。”手机里传来一个让白术诧异的声音。

“行行行，准备背来着。”

“晚上抽查。”

“又抽查啊，我今天——”

没等陆遥说完，视频电话就被掐了。

“我马上就得去背古诗了，早餐你们自己应付一下吧。”陆遥说。

白术眨着澄澈的眼睛，问：“刚刚那位是？”

“一朋友，叫陆绫。”陆遥解释道，“我参加东亚赛时认识的，她当时在漫画学校的食堂工作。我回国后，她也回国了，知道我在备考，就成天监督我学习。我那学习计划啊，全是她给安排的。”

白术有些震惊。

陆遥把手机一收，道：“不说了，我先走了。”她急匆匆回卧室背古诗了。

白术单手支颐，若有所思。

哪怕陆遥没认出阿绫，但现在这两人的关系看着挺好的，应该是个不错的结果吧。

“想什么呢？”顾野从楼梯上走下来，一眼就看到坐在榻榻米上的白术。

白术仰头看他：“早上吃什么？”

顾野想了想：“下碗面条吧。”

“加个煎蛋。”

“好。”

白术又补充：“要两个。”

顾野失笑：“行。”

早饭过后，顾野拿出一张筛选出的单子，跟白术出了门。他租了辆车，然后跟白术逐一排查清单上的店，顺便逛一逛旅游景点。

一连几天，皆是一无所获。

又是空手而归的一天，白术拿着一根冰棒从车上跳下来，溜达着往民宿走，难得没见到陆遥在发愤图强，而是坐在屋檐下发呆。

“嘿。”

白术伸出手，在她面前晃了下。

陆遥如梦初醒：“你们回来了啊！”

白术在她身边坐下来，问：“面对高考已经没压力了吗？”

“挺有压力的。”

“那你是在研究认真备考时，家里失窃了，怎么交代吗？”

“没有啊。”

“那就是你担忧带上你这么大一累赘，影响他成家立业了？”

“没有。”陆遥莫名其妙，“不是，你都问些什么乱七八糟的？”

这时，停好车的顾野拿着车钥匙走过来，顺口接话：“她想问你为什么在这儿发呆？”

白术给了顾野一个赞赏的眼神：“对。”

陆遥惊奇极了：“你不会直接问吗？”

白术撕开冰棒包装，将连在一起的两小截掰开，递给陆遥一半：“多没意思。”

“跟你说话真费劲。”陆遥大大地咬了一口冰棒。

白术优哉游哉地吃着冰棒。

顾野从白术身边路过，伸手揉了把她的小脑袋，笑了下。

“我确实遇到一点事。”陆遥说，“你还记得我前几天跟你说的那个陆绫吗？我下午跟她视频的时候，看到她背上有一个文身。”

陆遥直接抓住牛仔外套两边，将其脱到一半。

她里面就穿了一件吊带，后背上展翅翱翔的雄鹰文身露了出来。

白术将脑袋凑过去，伸手就去摸，但被顾野抓住了手腕。

“看看得了。”顾野说，“要不是你这形象，指不定做这动作有多猥琐。”

“行吧。”白术耸了下肩，把手收了回来。

顾野便倚在门边，没急着走了。

白术顺着陆遥的话往下问：“陆绫的文身，跟你的一样？”

“是，也不是。”陆遥神秘兮兮的，手指费力地指了指后背某一处，“我这里，以前被文了一个编号，我不想留着那个编号，才用雄鹰遮掩的。陆绫那个啊，跟我的一模一样。我跟你说，”陆遥撞了下白术肩膀，“我好像想起了一些很了不得的事。”

白术马上跟顾野说：“野哥哥，上茶。”

陆遥也扭头跟顾野说：“再切个西瓜，洗一串葡萄。”

顾野无语：“你俩倒是不客气。”

白术接话："能者多劳。"

顾野嘴上虽然没有痛快应声，但看在白术的分上，没有迟疑和磨蹭，转身就进屋里给她们泡茶、洗水果去了。

"我小时候有一段离奇又离谱的经历。"陆遥起了个话头。

白术吃着冰棒当捧哏："愿闻其详。"

"我很小就被拐卖了，早没父母的印象了。自我有记忆起，就是跟一群小朋友待在一起，每天都是训练、教育，时不时会被送去一间小黑屋，每天抽一管血，再吃药。有时候会被带到一个手术台上，但注射麻醉剂后就什么都不知道了。"

陆遥语气轻松地说着这一切，好像在说一个编造的故事一样。

白术从陆遥的讲述里搜寻到顾野的经历，她顿了好一会儿，才继续问："然后呢？"

陆遥听到她的话，有些惊讶："你信吗？"

白术果断应声："信。"

陆遥盯着她打量半晌，最后悠然说："你可真有意思。"

陆遥继续说："我们都是被叫作数字的，大家都没觉得有什么不对。后来，我发现有一个小朋友不叫数字，他说名字才是人存在的记号，他给自己取了个名字，并且跟我解释了下姓名是什么。他具体叫什么我忘了，但我记得他姓陆，于是我也给自己弄了个名字，也姓陆。"

这个故事倒是跟顾野讲的不谋而合了。

白术不由得吹了声口哨。

"再后来，我发现有一个大人带着一个小朋友逃跑了，虽然当时我不知道逃跑有什么意义，但对外面的世界好奇得很，就拉上一个隔壁床的小朋友，一起顺着他们逃跑的通道，也逃跑了。"说到这里，陆遥挑了下眉，才继续道，"你看过我的《白桦林》吗？"

"看过。"

"那故事就是根据我这段经历改编的。"陆遥说，"后来，我跟隔壁床的小朋友失散了，我跑到城市里，算是逃出生天了。"

白术单手支颐，问道："所以你刚刚发现，陆绫是与你失散多年的隔壁床小朋友？"

"对！"陆遥忙不迭点头，称赞了一句，"你挺聪明啊。"

白术嘴里叼着冰棒，若有所思。

阿绫背上的文身已经被段子航处理掉了，如今被陆遥"看到"，肯定是阿绫重新弄上去的，为的就是刺激陆遥的记忆。

陆遥感慨："你说，怎么会有这么巧的事？"

对此事推波助澜的白术，面无表情地说："缘分呗。"

而后，白术问："你要跟她相认吗？"

"算了。"陆遥耸了下肩，"事情过去那么久了，又不是什么愉快的童年记忆，相认也没什么意思。"

"哦。"白术颔首，又问，"你逃跑后，发生了什么？"

顾野将水果和茶水都端了出来。

听到她们俩聊到这儿，顾野没有离开，而是顺势在一旁坐了下来。

陆遥也不介意顾野旁听，直言道："后来我从城里跑到乡下，被一个女人收养了。他们给了我一个身份，教我识字读书。"

白术察觉到细节问题，疑惑地问："没上学？"

"没有。"

"为什么？"

"说来话长。"陆遥随意地耸了下肩，"那是一个独居女人，村里人说她是大学生，在外工作，不知怎的就回来了，变得疯疯癫癫的。她收留我后，也不准我往外跑，天天得在她眼皮子底下待着，不准离开她的视线。"

陆遥叹了口气："我后来才知道，她在外工作时结了婚，生了一个女儿。女儿读小学三年级时，她刚升职，工作忙，有一天接女儿的时间晚了点，女儿就被抱走了。之后，她就有些神志不清了，老公跟她离了婚，她回了老家。"

白术理解地点点头："你一直待在她家？"

"没有，我就待了三年。"陆遥说，"三年后，我实在受不了，就跑了。后来靠四处打工赚钱生存，时不时给她寄一点钱回去，直到三年前……我跟你说过，我在工地上遇到个大叔，他不知怎么的，可能是看我顺眼吧，就带我来了这儿。"

白术好奇地问："他想养着你当童养媳吗？"

刚问完，她脑袋就被顾野敲了下。

白术白了他一眼。

陆遥倒是不介意，摆摆手道："我也这么怀疑过，但根据我的观察和分析，他不像是那种变态。"

"他什么时候回来？"顾野忽然问了一句。

"不知道，他外出一向没个准信。"陆遥回答，而后拍拍手站起来，"晚饭你们自己解决吧，我还有题没做完呢。"

高考要紧，白术和顾野都没异议。

跟往常一样，顾野准备晚餐，白术给陆遥送去了一份。

饭后，顾野收拾了餐桌和碗筷，白术拿出顾野收藏的照片和清单，往桌上一甩，然后跟顾野研究起来。

"剩下的店，明天就能走完了。"白术用红笔在剩下的几家店上画了个圈，"如果还是没有他的线索，要继续待下去吗？"

"到时再说。"顾野说着，从白术指间将红笔抽出来，"缺了一家店。"

"哪家店？"白术问。

“这家店。”

顾野低声说着，在清单末尾补充了这家民宿的名字——逍遥游。

“啊。”白术恍然，“灯下黑啊。”

顾野笑道：“不一定呢。”

白术说：“那等大叔回来。”

后面传来脚步声，陆遥捧着一本习题册走过来，说：“哎，白术，我有个问题——”

她忽然没了声儿。

顾野和白术抬眼看去，发现她目光落在桌面的照片上。顾野和白术下意识交换了个眼神。

“这照片，你们打哪儿来的？”陆遥伸手就捏起那张照片。

白术不答反问：“你认识？”

陆遥挑眉：“那当然。”

她打量着照片，刚要继续往下讲，外面忽然传来车辆的动静。她立即放下照片：“应该是大叔回来了，你们去看看吗？”

顾野和白术相继起身。

院子里亮着小彩灯，光线虽不明亮，但视野清晰。

两人刚来到门口，就见大门口走进一个男人，戴着一顶渔夫帽，穿着宽松的短袖短裤，身材健壮，难掩结实的肌肉。

男人胡子拉碴的，不修边幅，手里拿着一套渔具和一个水桶。

注意到白术和陆野两人，男人步伐一顿，抬眼扫过来。他眼窝很深，眼神锐利如鹰，裹挟着狠意。

面对这样颇有压力的目光，白术举起手中的照片，跟他本人对比了下，而后撞了一下顾野的手臂：“是他吧？”

顾野视线锁定男人，颔首回应：“嗯。”

白术吹了声口哨。

白术能这么惬意，是因为她就是个局外人，没心理压力。

没想到陆侨目光一移，却定在了她的身上，同时出声：“白术？”

白术讶然，跟男人对视两眼，然后点头：“是我。”

“你跟你妈长得很像。”陆侨平静地说着，对他们的出现反应很平淡，只是淡淡地问，“你们俩怎么会在一起？”

陆侨认出了顾野，也认出了白术。

“你们认识啊？”陆遥走出来，手臂从后方揽住了白术的肩膀，而后跟陆侨说，“他俩来找你的，费了老鼻子劲儿了。”

陆侨睇了她一眼：“进屋学习去。”

乐子没有了，陆遥有些失望："好吧。"

等陆遥一走，陆侨缓缓走过院子的小路，将渔具和水桶都放在屋檐下，然后摘了渔夫帽。他一偏头，见顾野和白术仍站在原地，说："进去吧。"

白术看向顾野。

顾野已经转身走了，她便跟在他身后。

又是那张餐桌，顾野将清单收起来，陆侨去拿了三瓶矿泉水。

陆侨把矿泉水放桌上，拉开一张椅子坐下来，问："你们什么时候来的？"

白术回："四天前。"

陆侨又问："找我的？"

白术点头："嗯。"

陆侨看了眼默不作声的顾野，干脆问白术："找我什么事？"

白术直言道："想知道你和我妈的故事。"

这一次，陆侨没有立马接话，而是拧开了矿泉水瓶盖，喝了两口水后，才打量着白术，问："你怎么不去问你妈？"

"她去世了，快八年了。"白术回答。

陆侨没料到是这个答案，怔了半刻。

良久，他才沉声问："怎么走的？"

"不知道，正在查。"

若是白术没发现自己的记忆漏洞，她大可告诉陆侨，白青梧是在地震中为了救她而去世的，但现在，她确实回答不了。

陆侨周身的气场有了微妙的变化："你爸呢？"

"他啊，"白术随意道，"离家出走了，不知去向。"

如此无厘头的回答，让陆侨一时无言。他扫了两人一眼，忽然起了身："今天有些晚了，你们想知道的事，明天再说。"

白术看了眼时间，很没眼力见儿地说："不晚啊。"

陆侨顿了下，没有吭声，很干脆地走了。

待他走远，白术挪到顾野身边的椅子上，用手指戳了戳顾野的肩膀，问："你不跟他打声招呼？"

顾野终于出声："没必要。"

"好吧。"白术耸肩，一语道破，"人活着，就放心了。"

被她说中，顾野笑道："就你聪明。"

白术以手托腮："我想吃烧烤，明天安排上吧。"

顾野不假思索地答应了："行。"

是夜，月明星稀。

门被"笃笃笃"敲响，顾野一开门，就见到杵在门口的白术。

顾野刚想说话，就见白术凑到他脖颈，左闻闻、右嗅嗅，像只猫一样。她细软的发丝拂过顾野下颌和脖颈，痒痒的。顾野喉结滚动了下，按住她的脑门将人移开了些。

“干吗呢？”顾野问。

“还以为你会抽烟。”白术眨眨眼。

“戒了啊。”

白术赞赏地说：“不声不响干大事啊。”

顾野笑说：“没办法，我天生就是一干大事的人。”

“喝酒吗？”白术左手提起几听啤酒，而后又举起右手，晃了晃塑料袋，“还有小菜。”

顿了一秒，顾野从她手里接过啤酒，将路让开：“进来吧。”

白术走进房间，说：“看个电影吧。”

顾野问：“看什么？”

“《仙剑奇缘之我是狐妖》。”

“啥？”

刚准备关门的顾野听到这名字，差点儿没把自己手指给夹了。

白术又重复了一遍。

“没听过，”顾野感觉手臂的鸡皮疙瘩都起来了，“一听就是烂片，换一个。”

白术真诚地说：“确实是个烂片，但主演长得漂亮，赏心悦目。”

不顾顾野的反对，白术打开顾野的电脑，自顾自地找到电影，点击播放。

一分钟过去，粗制滥造的画面、特效、服装，已经让顾野感觉手里的啤酒不香了。

白术盘腿坐在顾野床上，捧着一听啤酒，目不转睛地盯着屏幕。在看到漂亮的主演姐姐出现时，她美滋滋地喝了口酒。

顾野很是不解：“你到底在欣赏什么？”

白术说：“你不觉得她特漂亮吗？”

顾野仔细看了两眼，不置可否。

是大众意义上的美人。

大美人。

但他不理解，白术为何会犯花痴？

白术忽然问：“你知道 Zero 吧？”

“听江南枝说过一点她和白大的恩怨情仇。”顾野说，“说她们俩关系不和？”

“扯淡。”

白术捧着啤酒又喝了口。

白术指了指屏幕：“你看她。”

“不看。”顾野没兴趣。

他倒不是对演员有意见，而是这粗制滥造的电影格外“辣眼睛”。

白术幽幽道：“她就是 Zero。”

顾野悚然一惊，望向电脑屏幕。

良久，他说：“说起来，她和白大，都没参加漫画比赛。”

白术没提及白大的事，只说：“Zero 生小孩去了。”

“哦。”

“少了她，比赛乐趣少了一半。”白术撇了撇嘴，小口喝着啤酒，叹息，“生小孩有什么好玩的？”

顾野调笑：“你不生啊？”

“不生。”白术说得果断又干脆。

说完，她发现顾野怔了下，这才想起自己跟顾野的关系。现在，她并未就此事跟顾野讨论过，就斩钉截铁地说出了她的想法。

顾野会想要个小孩吗？

“不生就不生吧。”顾野随口接过话，抓起桌上装小菜的袋子，问她，“来点花生米？”

“好哦。”

白术点头应着。

等尝到花生米后，她才发现错过了跟顾野讨论的最佳时机。

电影剧情过于无聊，白术和顾野以喝酒吃菜为主，聊着一些杂七杂八的话题。

时间过得很快，转眼到了深夜，白术打了个哈欠，问：“重新见到陆侨，感觉怎么样？”

“就那样。”

“明天不会还是一句话都不说吧？”白术往后一倒，仰面躺了下来。

顾野沉默了两秒，回：“不会。”

白术手臂一摆，朝旁边的被子拍了拍。

顾野见状，顺势在一旁躺下来。结果刚躺好，白术就一个翻身，滚进了他的怀里。

白术揽住顾野的腰，小脑袋在他怀里蹭了蹭，眼睛很亮：“要不要我今晚陪你睡啊？”

顾野一秒噤声，静静地注视着她。

从顾野眼神里琢磨出一些味儿来，白术翻身就往旁边滚：“各睡各的。”

“那可不行。”

顾野抬手一捞，又把人给翻过身来，按在了怀里。

“一股酒味儿，”顾野嗅了嗅白术的衣领，故作嫌弃地皱了皱眉，“要陪睡的话，怎么着也得把自己洗得香香的吧？”

“是哦。”白术拎了拎衣领，然后挣扎着起身，“我去洗个澡。”

但是，顾野手一使劲，又把她拽了回来。

他让白术枕着自己肩膀，说："再躺会儿呗。"

白术心领神会："好吧，我陪聊。"

顾野捏了捏她鼻尖。

"我记忆中的父亲形象，就是陆侨。"顾野语气轻轻的，"被拐走后，我对顾天驰是没印象的。后来跟陆侨流浪，我们形同父子，他对我的影响很深。"

白术问："他没想过把你送回去吗？"

"一开始想过吧。但像我们这样的孩子，短时间内是很难适应外界环境的，连基本常识都没有，防备心强，有极强攻击性。当时在我的世界里，他是唯一值得信赖的人。也不知道为什么，总之他没有把我抛下。"

"你刚回顾家时，岂不是很艰难？"

"我那时在外面待了一段时间，已经融入社会了。"

"是哦。"

白术想起跟"陆野"相关的记忆碎片。

她认识的"陆野"，并没有什么异样。

"不过，"顾野缓缓说，"我跟着陆侨在外混惯了，很难适应小少爷的身份，自闭过一段时间。让我叫他们呢，我也叫不出口。"

"顾天驰不是对你很好吗？"

"但过了培养感情的时间了，关系一直好不起来。老太太说我养不熟，认贼作父。我爷爷嘴上不说，心里也有意见。"

白术的手指跟他纠缠着，挠了挠他的手心："没关系，我们来找陆侨的事，不让他们知道。"

顾野轻笑："这事瞒不住爷爷。"

白术问："他会凶你吗？"

顾野想了想，说："他大概率会让我跟陆侨断绝往来。"

"哦。"白术认真想了会儿，"那他如果看我不顺眼，是不是还会拆散我们俩？"

顾野估摸着说："会吧。"

"你会答应吗？"

"不会。"

"那就由他吧。"白术眉眼一弯，无所谓地说，"陆侨也好，我也罢，他爱咋想咋想。"

她笑得弯起了眼，眼眸亮晶晶的。顾野似乎被感染，眸里也浮现出笑意，眼神软如和风。

跟顾野聊到后半夜，白术困得眼皮打架，就在顾野这边冲了个澡，然后上床睡了。

等顾野洗完澡出来时，白术已经睡着了。

她大剌剌地躺在他床上，睡得毫无防备，宽松的T恤往上卷，两条长腿从短裤里伸出来，细长笔直。天太热，就在腹部盖了点被子。

顾野走过去，给她多盖了一点被子，随后熄了灯，在她身边躺下。

白术被惊扰，朝顾野的方向挪了挪，抱住他的手臂。

她的身体柔软温暖，携带着沐浴露的清香，顾野身形僵了僵。

“顾野。”白术半睡半醒，嗓音软乎乎的。

“怎么了？”

白术问：“你想过当一个父亲吗？”

顾野侧过身，将她揽入怀中，在她耳边轻语：“没有。”

他不知白术有没有听清楚，因为白术的呼吸很快变得均匀平缓，之后再也没吭声。

外面有月光漏进来，顾野借着微光看清了白术的睡颜，见不到一丝乖戾张扬的模样，乖巧得像是个瓷娃娃。

他轻柔地吻了下她的眼角。

此生能遇见她，便已是万幸，他哪会奢求更多。

陆侨消失了一天，直到傍晚时才提着两条鱼回来。

黄昏落日，天气依旧炎热，晚霞将天空渲染得瑰丽多姿，知了叫个没停，院子里三个年轻人在忙活，烧炭、切菜、搬运。

陆侨看着有些恍惚。

“这鱼是你钓的啊？”白术踩着滑板过来，停在陆侨跟前，低头去看他手里的鱼。

“嗯。”陆侨神情僵硬。

白术伸手拿过他手里的鱼，回身朝顾野摆手：“顾野，晚上再煮一碗鱼汤。”

顾野正在穿辣椒，随口答应：“好。”

陆侨钓了一天的鱼忽然被白术夺去，连怎么做都自己定下了，她还一副理所当然的模样。陆侨打量她几眼，说：“你妈比你含蓄。”

“我随我爸。”白术踩着滑板溜走了，顺带还补了一句，“我爸比较不要脸。”

陆侨噎了一下。

“大叔，晚上吃烧烤。”陆遥烧个炭把自己弄得灰头土脸的，她咳嗽几声，朝陆侨招手，“你来看一看，这炭是不是有问题？”

白术搭腔：“炭的问题不大。不过，烧个炭能把自己烧成熊样儿的，我头一次见。”

陆遥抹了一把脸上的灰：“净说风凉话，你能耐你来！”

“我不要。”白术利落地拒绝，晃了晃手中的鱼，“我杀鱼。”

“还杀鱼呢，别把自己的手剁了。”陆遥早给白术定了性，在她心里白术跟“好吃懒做”四个字捆绑了，她赶紧起身夺过鱼，“你一边待着去，少在这儿碍事。”

“好吧。”白术没跟陆遥抢活干。

陆遥将烧炭的活交给陆侨后，就去厨房处理鱼了。

白术将滑板一放，搬了一张小板凳来，坐在了陆侨身边。

陆侨见到她，手抖了一下。

“大叔，你很爱钓鱼吗？”白术好奇地问。

陆侨没吭声。

“明天你还去吗？”白术继续问。

陆侨沉默。

“你这么不爱说话，怎么把顾野和陆遥带得这么活泼？”

陆侨越不接话，白术就越絮叨。

“过来吃葡萄。”顾野忽然走过来，抓着白术的手臂将人拎起来，把一串葡萄塞到白术手里。

紧接着，顾野跟陆侨说：“她平时不这样，就是爱逗人玩。”

陆侨又看了眼白术。

这没个正行的样子，确实跟纪远挺像的。

沉默片刻，陆侨终于开口：“前台柜子旁有一箱酒。”

白术忽然积极起来：“我知道，我去拿。”

顾野拍了下她脑门。

她当然知道，昨晚的啤酒，就是从那里“偷”的。

她跑进屋里。

目光在白术的背影上顿了两秒，陆侨收回来，问顾野：“那之后，你们俩一直有联系？”

“没有。”顾野停了下，“说来话长。”

陆侨便点头：“先去做汤吧。”

顾野“嗯”了一声。

晚上的烧烤和小菜全由顾野和陆侨负责，白术和陆遥只需要张嘴吃喝就行。

白术吃着顾野烤的肉串，跟陆遥聊天：“你们民宿怎么一直没客人？”

陆遥喝了口鱼汤，回道：“我在家备考，大叔怕客人打扰，就歇业了。”

“哦。”

“你们找他，为了什么事啊？”陆遥朝白术坐近了些，小声打听。

白术也小声回：“打听他跟我妈的一点事。”

“啊。”

陆遥有些震惊，脑海里已经闪现出数个狗血爱情故事脚本了。

这种比较私人的事，陆遥没有继续打听，甚至都没等到这仨展开话题，匆匆解决了温饱问题，就以学习为由离开了。

待陆遥走后，陆侨忽然起身，从箱子里拿出几听啤酒，放到了桌上。

他瞧了眼白术和顾野："你们都知道了些什么？"

白术拿过一听啤酒，"咔"的一声扯开易拉罐，她小口喝着，指了指顾野道："他说。"

顾野讲故事挑重点，把查到的关于二十五年前发生的事的一切线索以及有关陆侨和白青梧合作的推测，都简明扼要地同陆侨说了。

待他说完，陆侨也喝完了一听啤酒。

陆侨将啤酒罐往桌上一放，说："你们猜得八九不离十。"

顾野重新给陆侨开了一听啤酒，白术则是捧着啤酒等他继续讲。

"陆辽是我弟，他是从组织逃出来的幸存者。"陆侨语调沉静，"我在调查他遭遇的过程中，知道了组织的存在。同时，发现白青梧也在调查组织。"

当时，陆辽在网上发的图和文字引起了白青梧的注意，白青梧开始打探陆辽的下落，同时也让陆侨关注到白青梧。

陆侨起初以为白青梧是组织那边的人，想对陆辽赶尽杀绝。在观察一段时间后，他排除了这一猜测。

于是，他打算跟白青梧合作。

陆侨以病人的身份约了白青梧面诊，时间长达一年，最后陆侨下定了决心，跟白青梧坦白。

"她答应跟我合作。"陆侨又喝完了一听啤酒。

白术目不转睛地问："你们的计划是什么？"

"她给我催眠，下了心理暗示。"陆侨停顿须臾，语气低落下来，"让我忘记我要摧毁组织的计划，加入组织，全心全意为组织服务。"

白术和顾野悚然一惊。

空气倏然静了。

"所以你确实做过组织的帮凶？"白术问完，想喝一口啤酒，但酒不知不觉被她喝完了。

"嗯。"陆侨并未否认，"只有获得组织的信任，才能掌控更多情报，将他们一锅端。"

顾野翻弄着烧烤架上的肉串，开口："你们的计划出了意外。"

陆侨不置可否。

那个意外是，忘记了计划的他，在组织里对顾野心生怜悯，带着顾野跑了。

"为什么带着我逃跑？"顾野问，语调平静。

肉串"吱吱"作响，已经被烤焦了，但顾野并未察觉到。

陆侨沉默良久，才说："不知道。"

白术看了看陆侨，又看了看顾野，然后，她鼻翼翕动，推了下顾野的肩膀，暗示般地看向那一把黑了的肉串。

顾野回过神来，将肉串扔进垃圾桶，重新拿起一把："焦了，再等会儿。"

"嗯。"白术放下空的啤酒罐，双手托腮，继续问陆侨，"那后来呢，你和足智多谋的白青梧小姐又见面了吧？"

陆侨深深地看了她一眼，才继续开口："我们是在长宁市重遇的。起初，我发现有人跟踪我，顺着一查，才发现是你妈。"

"然后呢？"白术追问。

"她唤醒了我的记忆。"陆侨说，"我把那些年在组织里弄到的情报全都给了她。那时候，她有了个强大的团队，叫 BW 救援队，在掌控了详细情报后，他们联合警方解决掉组织。再后来的事情，你们都知道了，白青梧重新给了我一个身份。"

重新拿起一听啤酒，陆侨打开后，略有不解地问："你们为什么会重新调查当年的事？"

顾野抬眸看向他："因为……组织死灰复燃了。"

陆侨手一抖，有酒水溢出，打湿了他的手背。

白术补充："当年有两个人带着数据和样品跑了，去了国外。大概率找到了金主，这些年发展壮大，以 Y9 因子为基础，研制出多种药品，在各国秘密流通。"

"我们来找你，还有个原因……"顾野一字一顿地开口，"想请你出山，研究 Y9 因子的抑制剂。"

一连串的消息，让陆侨陷入了沉默。

他大口大口地喝起了啤酒。

白术和顾野都没再开口，安静下来，顾野继续烤着肉串，白术跟仓鼠似的吃着菜。

不知过了多久，陆侨再一次出声："我给你的珠子还在吗？"

顾野还没回过神来，白术已经从兜里掏出用红线穿着的转运珠："在我这儿。"

"是它吗？"白术晃了晃转运珠。

陆侨点头："嗯。转运珠里面藏了 Y9 因子的研究数据。"

白术微怔，将转运珠放手里研究起来："藏在哪儿？"

陆侨道："得砸了。"

白术下意识将转运珠握在手心。

不过，在短暂地迟疑两秒后，她就将转运珠递给陆侨。

看得出白术还挺喜欢这转运珠的，但她这么爽快，陆侨没有意料到。想了想，陆侨仍是将转运珠接了过来。

他逃出组织时，带走了一些资料。

在和顾野逃窜时，他偶遇一个手艺高超的匠人，便拜托对方将芯片存放于转运珠中，然后他将转运珠交给了顾野。

没想到，兜兜转转转运珠又落到了他手上。

陆侨目光落到顾野身上：“你的团队有些什么人？”

“当年那群孩子。”顾野停顿了下，“他们本来都有新的生活，但在得知组织死灰复燃后，又聚在了一起。”

陆侨眸中情绪浮动，最终看向手中的转运珠。

良久，他出声：“什么时候走？”

“看你安排。”

陆侨是个很干脆的人，沉吟了下便道：“两天后。”

顾野和白术对视了眼，皆有些惊讶，而后欣然同意。

这一晚，三人喝了很多酒。

白术待到十二点，撑不住了，把空间让给了顾野和陆侨，然后自己去了二楼。

氛围顿时就少了些热闹。

顾野和陆侨时而碰杯，时而吃菜，话很少，但谁都没说离开。

很久后，陆侨往二楼瞧了眼，问：“你的遭遇，她都知道？”

“嗯。”

“她还小。”

顾野明白陆侨的意思。

在陆侨看来，白术就是个普通女生，他不该将白术拉进来。毕竟组织无一善类，他们若知道白术是当年令他们覆灭之人的女儿，定然不会心慈手软。

顾野没有解释，只说：“白术现在是 BW 救援队的队长。”

陆侨惊得愣了下。

这些年来，他虽然过着隐姓埋名的生活，但经常关注 BW 救援队的动态，知道这支救援队发展规模不断扩大，也清楚它如今在国际上的影响力。

他只当白青梧越发有魄力了。

陆侨问：“她接手几年了？”

顾野回：“三年。”

陆侨又是一惊。

正是这三年，他发现 BW 救援队的定位有所改变，从默默无闻做好事的组织，逐渐靠舆论增强救援队的知名度，且稳打稳扎，手段润物细无声。

他可以想象，这是 BW 救援队内部翻天覆地的三年。

结果，在幕后推动这一切的人，只是个刚满二十岁的女生。

“保护好她。”陆侨主动朝顾野举起啤酒。

顾野与之一碰，声音轻却稳：“我知道。”

深夜三点，一箱啤酒喝完，陆侨和顾野终于散场。

顾野头昏脑涨的，回了房，简单冲了个澡，就上了床。

结果，刚掀起被子，就发现床上躺着个人，顾野定了定神，晃了下脑袋，再次去确认，才发现不是幻觉。

这家伙。

顾野没有惊扰白术，关了灯，动作很轻地在一旁躺下。

但是，他刚躺好，原本熟睡的人就凑过来，紧贴上他。

顾野手掌一抬，抵着白术的脑门："知道是谁吗，你就往这边凑？"

白术很自然地搂住他，眼睛没睁开："嗅到你的味道了。"

顾野嗓音里裹着笑："什么味道啊？"

"一身酒味。"白术将下巴抵在他肩上，半眯着眼，"你们聊得怎么样？"

"就那样。"顾野答得很含蓄。

可白术不是含蓄的人，直接问："你高兴吗？"

过了几秒，顾野一低头，发现白术睁开了眼睛，他笑着回："嗯。"

白术眨眨眼："我有个问题想问你。"

"你问。"

"你团队里的人，都跟程行知一样厉害吗？"

顾野哑了一下，伸手去捏白术的脸："你的小心思都写在脸上了，能收着点儿吗？"

白术也不绕弯子了："介绍两个。"

顾野有些无奈："回去让程行知整理他们的简历，随你挑。"

"说话算数？"

"说话算数。"

白术满意了，眼睛一弯，主动亲了亲顾野的唇。

温香软玉在怀，顾野有些发热，推了推她："躺一边去。"

没推开。

白术笑眯眯的，声音很软："我昨晚为什么在这儿？"

顾野眸光闪动："因为陆侨。"

"那你猜，我今晚又为什么在这儿？"白术缠上来，用一双大大的猫眼盯着他。

有些意思，一点就通。

哪怕有心理预设，顾野仍是惊了半秒，迟疑地问："你确定？"

"那我走？"

白术说完就要起身。

然而，顾野的手覆在她的腰侧，稍一用力，就将人拉了回来，翻身占据主动权，把人压在身下。

他嗓音略哑："没机会了。"

在白术坦荡不避讳的视线里，他低头吻她，温柔地与之缠绵。而后，他的手从她宽松的衣摆钻入，抚摸着她细腻嫩滑的肌肤……

屋外，蝉鸣声声，不复宁静。

盛夏的夜是闷热的，白术额头渗出细汗，沁湿了细碎的绒发，一绺绺地粘在一起，黑发铺散在洁白的枕头上，一片凌乱。

交织在一起的呼吸渐渐重了些。

他的大掌往下侵袭，白术倒吸了一口冷气。

顾野的动作忽地一停。

他轻贴在她的耳侧："下次？"

"不要。"

依旧是白术式回答。

下一刻，白术搂住了顾野的脖子，手指掐进了他的肩。

灯灭了。

月光落在窗台，从敞开的缝隙里漏进来，携带一抹清凉的风，荡起白色纱帘。

风是凉的。

生命却在燃烧。

第二章

一家三口，白术最菜

第二天清晨，白术听到浴室里传来水声，才从睡梦中转醒。

她在被窝里动了下，酸痛感令她忽然清醒，紧接着有些记忆跳入脑海。她睁开眼睛，清澈的琥珀瞳仁忽闪着。

顾野刚从浴室出来，就见到这一幕，一顿，耳根不自觉染红了。

“天刚亮欸。”白术闷声说。

“嗯。”

“你不睡了吗？”

“嗯。”

气氛有点尴尬。

白术眼珠转了转，叹了口气，说：“我身体有些不适。”

“哪儿？”顾野立即走过来，神情有些紧张。

他刚伸手去掀被子，就见白术缩了进去，传来几声低笑。他一瞬反应过来，将被子一掀，就把人搂在怀里。

“嘿。”

白术伸手去摸顾野的耳朵。

顾野一偏头：“别闹。”

白术才不听，执意捏着他的耳朵。

顾野躲不开便作罢，一手搂住她，任由她揉捏。

天刚蒙蒙亮，山里的清晨格外静谧。窗外的山脉连成一条线，在朦胧的光里若隐若现。

两人都安静了下来。

白术躺在顾野怀里，打了个哈欠：“陆侨眼光真好，这里适合隐居。”

顾野听出她语气中的向往：“你想隐居？”

白术点头：“是啊。”

顾野讶然：“看不出来。”

"是哦。"白术极浅地笑了下，很洒脱，"我好像是个满世界搞事情，不跟人作对就不舒服的人。"

顾野抬起手指刮了下她的鼻子，语气肯定："不，你应该是站在世界之巅发光的人。"

"这两者不冲突。"白术歪头想了想，"我喜欢刺激，喜欢挑战，喜欢冒险。但是，我不喜欢跟人打交道。"

"你很讨人喜欢。"顾野客观评价。

"野哥哥，这话你也说得出口？"白术故作惊讶。

顾野轻笑："你对自己有点信心。"

"我呢，本该是一个自由的漫画家，随心所欲地搞创作。按照我的性子，或许会把好几个圈子搅得天翻地覆，会有很多人记得我，可就那么些日子罢了，时代变迁，世界不会因我发生任何改变。"白术语调不疾不徐，有些漫不经心。

顾野想到什么，将她的手抓在掌心里。

白术继续说："跟小部分幸运的天才一样。"

"嗯。"

顾野轻轻应声。

"可我家里有纪远那畜生。"白术几乎是恨恨地说，忍不住磨牙。

"如果你累了，就放手吧。"顾野很难不去心疼她。

白术挪开了些，将一只手枕在脑后，望向天花板："起初我也是这么想的。你知道的，再温柔心善的人，一旦关乎他们的利益，都会变得很讨厌。但是，"她微微偏了下头，眸里亮着光，"当你发现，跟他们周旋、交易，可以让一群人、一座城市、一个国家变得更好一点呢？"

"肩膀这么窄，就别去承担太多东西。"顾野捏了捏白术的肩，凑近了些，认真地说，"白术，多考虑一下你自己。"

白术反问："那让你不管组织，不管团队，不管那些被药迷惑的陌生人，你能做到吗？"

顾野怔住，哑口无言。

"瞧。"白术眉头一扬，"我们都是一样的。"

她将手指张开，按着顾野的肩膀测量了一下："你的肩膀，也就比我的宽那么一点点。"

"行吧。"顾野无奈一笑，放弃了。他躺在白术身边，用低缓的声音许诺，"你做什么，我都陪你。等你把事情做完了，或者不想干了，我们就找个地方隐居。"

白术乖乖应声："好哦。"

过了半晌，白术偏着头，笑道："他们都说，以我的作死手段，肯定会英年早逝的。"

顾野表情当即一沉："别乱说。"

“我当然想活很久，长命百岁，活到下个世纪，等老了，也是个爱冒险的小老太太。”白术眉眼在笑，勾着顾野的手指，很随意地说，“但如果我没有活到那个时候，你愿意帮我听一听新世纪的钟声吗？”

顾野忽然没了声音。

白术用手肘推了推他的腰：“跟你说话呢。”

良久，顾野目光凉凉的，一字一顿道：“不愿意。”

“好吧。”白术翻了个身，侧躺着，嘴里嘀咕，“你就再找个小老太太吧，不过你肯定找不到比我更酷的了……”

顾野忽然从背后抱住了她，紧紧的。

白术话音一顿。

顾野将脑袋抵在她肩上，喉咙一涩，低声道：“我不找。”

白术撇撇嘴：“想找年轻的？那可不行。”

“别贫了。”顾野说，“你才多大，想那么远。”

“好吧。”白术有些困了，眼皮缓缓落下来，“我头疼，脑瓜子嗡嗡的。”

“那你再睡会儿。”顾野蹙眉，说着就要起身，“我给你弄点醒酒的。”

白术侧身，拉着他：“你陪我睡会儿呗。”

顾野愣了一下，颔首：“好。”

他又躺了回去。

昨晚喝多了酒，又折腾了一番，白术没怎么睡好，脑袋昏沉沉的，她躺在顾野怀里闭上眼，没多久便又睡了过去。

找陆侨的事完成了，一切都很顺利，附带完成了支线任务，白术和顾野便闲了下来。

白术没事就给陆遥补课。

顾野偶尔会陪陆侨钓鱼。

两天一晃而过，陆侨关了民宿，将院子托熟人打理，然后和陆遥都打包好行李，准备出发。

“早啊。”

白术背着包从二楼下来，就见到在院子里拎着行李箱跟她摆手的陆遥。

白术纳闷：“你也去啊？”

“亚洲赛快开始了，苏老师让我们提前几天过去。”陆遥解释。

“哦。”

白术明白了，往嘴里塞了一根棒棒糖。

顾野从她后面走过来，随手将一顶鸭舌帽盖在她头上，甚至将帽檐压了压：“出门要低调。”

“啊。”

想到自己现在的知名度，白术颇为沮丧地低下头。

“你们后悔退赛了吗？”陆遥朝两人发出邀请，“我可以收你们俩做助理。”

白术忽然抬头看向天空，被阳光刺得眯了下眼，感慨：“做白日梦就是爽啊。”

“嘁。”

陆遥不屑地哼了哼，拖着行李箱走了。

这时，陆侨朋友的车开到外面，鸣笛两声。陆侨从屋里走出来，跟他们说了句：“走了。”

四人便离开了民宿。

在路上奔波了一天，终于在天黑之前，四人抵达封城机场。

陆遥刚下飞机就说：“苏老师给我备了专车，我直接去酒店。”

“即墨诏找我有点事。”白术看了眼手机上跳出来的消息。

于是，四人分成三派，顾野带陆侨去事先准备好的住所，陆遥去找苏老师会合，而白术则是回战队基地。

回去时，白术带了德修斋的外卖。

“妹妹，你回来了。”白阳特地前来迎接，眉开眼笑的。

他嗅觉灵敏得很，闻到了饭菜香味，立即将白术手中的外卖接了过去。

白术进了屋，扫视一圈：“即墨诏呢？”

“在自己房间呢。”白阳往楼上指了指，而后眼珠微动，凑到白术身边，“他今天下棋输了，估计自闭了，一句话都不肯跟我说。”

胜败乃兵家常事，白术不是很惊讶，只问：“他输给谁了？”

只能搞懂五子棋规则的白阳说：“一个H国的棋手，叫韩子硕。网上都吵翻天了。”

原本毫不在意的白术，在听到“韩子硕”这个名字后，脸立即垮了，径自上了楼。

“妹妹，你干吗去？先来吃饭啊！”白阳朝她喊。

“你自己吃吧。”

白术头也不回地回答。

笃笃笃——

白术来到即墨诏房门前，敲了敲门。

里面传来即墨诏的声音：“门没锁。”

白术抓住门把手，往下一拧，推开门。

房间亮着灯，即墨诏坐在棋盘前，皱眉沉思，眉宇间浮现出淡淡的烦躁。

“输了？”白术将脑袋探进来，幸灾乐祸。

即墨诏噎住，黑气在眉眼间萦绕。

白术走进房间，将门一关，半是讥讽半是调侃：“厉害啊，输给手下败将。”

哪壶不开提哪壶。

本就心情不佳的即墨诏，被白术一激，连掀棋盘的心都有了。

即墨诏黑着脸道："你少说两句，不然我要欺师灭祖了。"

白术耸肩，溜达到他对面，坐下来："你找我做什么？"

"想找你练练手。"即墨诏看着面前的棋盘，"这是今天我跟韩子硕对弈的棋局。"

目光定在棋盘上，白术打量半晌，感觉有点意思："他把你研究得很透啊。"

简直就是她打败即墨诏那一局的升级版。

即墨诏略有不爽："嗯。"

白术不急着当即墨诏的"陪练"，而是饶有兴致地打开社交软件。

"韩子硕战胜神童即墨诏"的热搜就挂在第一位，点进去一看就是营销号的报道，评论上十万，点赞过百万。

网上的爆料比较多。

韩子硕在H国，享有"天才"的美誉，不仅漫画备受欢迎，还是一个职业棋手，只是这两项跟即墨诏比，都逊色一点。

在东亚赛上，韩子硕是第八名，但因"Echo"退出，他顺位晋级，成了H国唯一一个晋级者，被他们国家大肆宣扬、称赞。

即墨诏的待遇就完全不同了。

借着即墨诏这次输棋，营销号集体拉踩即墨诏。

"天才棋手即墨诏惨败，是否跟业余爱好过多有关？"

"还是希望职业棋手能将心思花在围棋上，不务正业的下场实在是太难看了。"

"在漫画上赢了韩子硕又如何，在最擅长的领域输了更丢脸。"

……

白术手指在手机屏幕上滑动，迅速浏览着各种消息，最终目光顿在一个名字上——即墨琰。

即墨琰，韩子硕的教练。

白术好奇地问："这个叫即墨琰的人，跟你什么关系？"

"我爸。"想到那个男人，即墨诏眉头一皱。

"亲的？"

"亲的。"即墨诏神色清冷，"两年前，他在一局对弈上输给了我，之后就放弃了棋手的身份，跑H国当围棋教练了。他培养了韩子硕两年，为的就是打败我。"

纵然白术见多识广，听到这匪夷所思的故事，仍是感慨了句："曲线救国，你爸可真有想法。"

即墨诏不置可否。

白术问："你爸跟你有仇啊？"

即墨诏顿了顿："他跟我妈有仇。"

说完，即墨诏感觉一道目光扫过来，他掀起眼帘，赫然见到白术的眼睛闪着光，眸里映着“八卦”二字。

“我妈出身豪门，是个企业家。我爸出身落魄，是普通的棋手。我妈看上他纯属眼瞎，婚后两年生了我，她大概治好了眼睛，果断跟我爸离婚了。碍于男人的自尊心，我爸一直想出人头地，在我妈面前争口气，在围棋上奋发图强，取得了一点成就。结果我妈随便培养一下我，我就把他打败了。”

即墨诏猜测：“他可能被刺激疯了吧。”

从未跟外人提起过家事，即墨诏说完这些，有些不大适应，将手搭在后颈上。

白术也觉得这男人多少沾点疯病。

不过，白术没有多问，而是将话题一转：“你下次跟韩子硕比赛，是什么时候？”

“下个月的A&H围棋赛上。”

“跟漫画东亚赛联合的那个？”白术反应过来。

“嗯。”

就像DY漫画赛的主题是极限运动，所以赛前跟极限运动项目合作一样，东亚漫画赛的主题是围棋，所以赛前准备了一场亚洲围棋赛。

不过，这一场围棋赛的形式却有所不同。

它不是常规意义上的围棋比赛，而是一场人类和AI的智商较量。

全亚洲的职业棋手、非职业棋手都可以报名参加，在网上随机比赛进行海选，筛选出排名前两百名的棋手，然后于东国封城进行为期一周的比赛，最终的获胜者，将会跟近日网上炒得火热的AI围棋“布塔”进行比赛。

打的就是“人类和AI较量”的噱头。

“这个布塔，最近是不是有一场比赛？”白术单手支颐，饶有兴致地问。

“嗯。”即墨诏手里捏着几枚棋子，眸色微沉，“跟它比赛的，是东国围棋界的中流砥柱，方先生。如果他败了，唱衰围棋的声音定然此起彼伏，所以关注的人还挺多的。”

白术淡淡道：“让本就衰落的围棋雪上加霜。”

即墨诏一听这话就不高兴了，瞪了她一眼：“还没输呢。”

白术一副事不关己的模样：“差不太远咯。”

即墨诏气呼呼的：“还下不下了？”

“啧——”白术似是不解，抛了抛手中的棋子，“谁求谁来着？”

毕竟有求于人，即墨诏纠结三秒，选择妥协：“能来一局吗？”

“来。”

白术眉头一扬，收拾起棋盘来。

在即墨诏的印象中，白术自上次对弈坑了他后，两人就再没正式玩过一局。偶尔闲了跟他玩两盘，他本想一雪前耻的，但白术总耍赖，见大局已定就不玩了。

放弃得相当干脆。

所以，在这次对弈中感受到白术扎实的功底后，即墨诏震惊了：“你是不是背着我偷偷练棋了？”

白术手指夹着一枚棋子落在棋盘上，也斜着他：“除了消消乐，我还玩别的游戏。”

“什么游戏？”

“网上围棋。”

即墨诏被她气得差点儿没把棋子放错了地方。

他这么一个现成练手的搁家里，白术竟然在网上玩游戏虐“菜鸡”？

有毒吧！

“你干吗不找我？”即墨诏无语地问。

“你的套路我都熟悉了，也没一点新颖的，跟你玩，还没跟我们小区的大爷玩有意思。”白术说着打了个哈欠，又落下一子。

即墨诏“啧”了一声：“那也照样赢你。”

白术伸出三根手指：“三天。”

即墨诏疑惑：“什么？”

白术挑眉：“输得你叫奶奶。”

被她如此嚣张的姿态一激，即墨诏磨了磨牙，然后挤出一抹僵硬的笑：“我等着。”

白术和即墨诏下棋下到晚上十点，直到顾野来敲门，两人才从房间里走出来。

“白阳说你们没吃饭。”顾野扶着门框，感受到两人之间剑拔弩张的氛围，无奈地催促道，“你们较什么劲儿呢，快下去。”

白术头往后一仰，眼珠子盯着他：“吃什么？”

顾野用手托着她的后脑勺，嘴角轻翘：“给你带了一只叫花鸡。”

“好。”白术满意了。

两人说话的工夫，思绪陷入棋局中的即墨诏，已经走远了。

见白术要跟上，顾野忽然拉住她的手腕，将人往跟前一拽：“要搬去我家吗？”

“不要。”白术想都没想，一口拒绝，“我得跟即墨诏下棋。”

“你又不比赛，让他找别人去。东国棋院距离这里，也就半个小时。”顾野眉头极轻地皱了下。

白术却说：“我要比赛啊。”

顾野愣住：“什么？”

“你等着吧。”白术打了个哑谜，往前走了几步，又顿住，她回身问，“为什么非得去你家？”

顾野表情微变，没有多说，而是揉了把她的头发，兀自下楼了。

白术站在原地，想了好一会儿，才恍然大悟。

这里算宿舍，不太方便。

得避嫌。

下楼时，白术往下跳了一步，凑到顾野身边，小声说："偶尔去看一看陆白也不错。"

顾野身形一顿。

这时，白术已经轻快地往下走了，绑在脑后的马尾一晃一晃的，有些惹眼。

顾野嘴角勾了起来。

自从输给韩子硕后，即墨诏就变得忙了起来。

他不再管电竞和漫画，一门心思都在围棋上，白天去棋院跟前辈们下棋，晚上则在家里跟白术下棋，终于有了点职业棋手的样子。

白术不知为何也变得很忙，每天都对着电脑，但不是在训练，而是在下围棋。

这一天，百无聊赖的顾野溜达到白术身边，放下一瓶饮料："你昨晚不是赢了即墨诏一次吗，怎么还要玩？"

白术眼睛盯着电脑屏幕，眸里几乎冒着绿光："你不懂。"

顾野抬手抵着她脑门，强迫她抬头："不懂啊？"

白术将他的手扒拉开，又抓了抓被揉乱的头发："几点啦？"

"下午一点。"顾野确认了下手机上的时间。

"应该出结果了，你去热搜上看一眼。"白术估摸着说。

神秘兮兮的。

顾野点开手机软件扫了一眼。

如白术所说，排名第一的是个大新闻，刚出来的——围棋界第一人方辰输给人工智能布塔。

点开评论区，全是路人在咆哮。

"输了？方先生都输给 AI 了，围棋还能玩？"

"以后看什么围棋啊，让两个 AI 自由比赛得了。"

"围棋要完。"

"毁灭吧，赶紧的，围棋反正是夕阳红产业了。"

"说方先生是围棋界最强者，大家没异议吧？他都输给 AI 了，接下来的 A&H 围棋赛还能有什么看头？"

……

放眼看去，一片唱衰围棋的声音。

"输了吧？"

白术倚在电竞椅里，嘴里塞了一根棒棒糖。她面前的电脑屏幕上，胜利的旗帜正在飘扬，显然她方才赢了。

顾野知道她在说什么，把手机给她看："输了。"

白术采访他："你什么心情啊？"

顾野拉过来一张电竞椅，坐下，发自肺腑地说："不太爽。"

"是吧。"白术一脸"我理解"的表情。

她的小表情实在是生动可爱，顾野一笑，忍不住捏了下她的脸颊，跟她打听："所以你又在偷偷策划着什么？"

棒棒糖滚动了下，白术腮帮子一鼓，朝顾野勾了勾手指："我有个伟大且艰巨的任务交给你。"

顾野配合地靠近："请讲。"

白术冲他眨眨眼："为了人类围棋的颜面，你帮我把布塔的漏洞找出来。"

"好主意。"顾野赞同地点头，装模作样地说，"要不这样，等决赛那天，我直接让布塔瘫痪，人类不战而胜。"

白术觉得这人油腔滑调得可真烦，用胳膊撞了他一下。

顾野笑问："找出它的漏洞，然后呢？"

"光明正大地，"白术眯眼看向电脑屏幕，下颌微抬，口吻嚣张，"战胜它。"

难以否认地，顾野又被她惊艳了下。

自信的白术身上永远有光。

在白术和顾野默默策划之际，整个围棋界都因方辰的失败而沸腾了。

人类输给 AI。

这一事件，许是围棋界的一大转折，那些由人类赋予围棋的独特魅力，千年来一直传承的智慧和信仰，都被冷冰冰的代码打败。

一向小众的围棋，因此事件出了圈。

一时间，线上线下皆是对这事的讨论，各大媒体争相报道，各圈子、各职业的人都会说上两句，更有甚者在其中狂带节奏。

在这样巨大的热度面前，有人借机蹭了一波热度，捡了个大便宜。

韩子硕在东国媒体前公开发声，围棋第一人的方辰早已是过去式，而他，这个 H 国的天才棋手，将在下个月的 A&H 围棋赛上打败布塔。

白阳在茶水间的电视里看到这一新闻，惊住了："他为什么相信自己能赢布塔？"

白术从冰箱里拿出一罐雪碧，手指挑开易拉环，她仰头喝了一口："我也相信自己能赢布塔。"

"你有这个想法正常。"

白阳瞧着白术，悠悠地说。

反正白术什么话都敢说。

"弟弟，你别看了，"白阳走到沙发旁，拍了拍盯着电视的即墨诏的肩膀，"输一局而已，咱们下次赢回来。"

"什么？"

即墨诏在发呆，压根儿不知白阳在说什么。

白阳尴尬一瞬，将搁在他肩上的手收回来。

即墨诏侧过身，手肘搭在靠背上，问白术："布塔这事，你怎么想？"

白术喝着雪碧："我又不靠围棋吃饭。"

即墨诏撇嘴："不知道是谁天天钻研围棋，比我这个职业选手还认真。"

"我今晚找了别的陪练，不跟你玩了。"白术说。

"谁啊？"即墨诏匪夷所思起来。

以白术这人际关系，还能找到比他更好的陪练？

白术指了指电视。

即墨诏瞅了一眼，见到韩子硕那张嘚瑟的脸，冒火了："他？这个把'想红'写在脑门上的人，答应跟你比赛，指不定得直播，搞得尽人皆知。你是不是脑子有问题？"

白术耸肩，往外面走。

见白术不听，即墨诏欲要起身，想好好教育一下她。

结果，白阳按住了他的肩。

"干吗？"即墨诏没好气地回头。

白阳说："她说的应该是布塔。"

"什么？"即墨诏没反应过来。

"我是说，跟白术比赛的，是 AI 布塔。"白阳解释说，"我下午听顾野跟人打电话，说想借用一下布塔……"

没等白阳说完，即墨诏跳下沙发，追上了白术。

即墨诏抓住白术的手臂，忙问："什么情况？"

白术还没说话呢，训练室的顾野就朝这边瞧了眼，懒洋洋地提醒："社交距离啊。"

即墨诏先是愣了下，看向自己的手，心里腹诽，但还是把手收了回来。

"你真的要跟布塔比赛？"即墨诏问了最紧要的问题。

"嗯。"白术说。

即墨诏顿觉惊奇："你们怎么办到的？"

顾野："人脉。"

白术："金钱。"

顾野："外加一点威慑。"

白术："齐活了。"

两人一唱一和，跟说相声似的，但即墨诏听明白了。

软硬兼施，威逼利诱呗。

即墨诏仍是好奇："详细说说呗。"

"他们公司搞这么大一个噱头，无非是想拉投资，正好，我们家牧财务有这么点本事。”白术大致说了几句，瞧着即墨诏还想往下问，忽然端起了架子，“大人的事小孩别管。”

即墨诏一哽：“你才比我大两三岁。”

“我成年了。”白术喝了一小口雪碧，很是骄傲，“你连网吧都进不了。”

即墨诏磨牙。

这家伙真是见缝插针地臭嘚瑟。

跟白大的外在形象比，她内心幼稚得不行。但是，白大那些黑料，真是一点没冤枉她。

即墨诏又去了趟茶水间。

他抱着从零食箱里拿来的零食，却没有去找白术，而是来到顾野身边。

他将零食一样一样地放到顾野的电脑旁。

眼看着零食堆成小山，顾野用手指骨节叩了叩桌面：“得了啊，全是我买的，我要你搬运？”

即墨诏干脆将所有零食都撂下了。

他犹豫了几秒，轻拧眉，小声打探：“你能给个信吗，怎么比啊？”

“你怎么不去找白术啊？”顾野心知肚明，视线往上方一瞥。

“她心里指不定怎么盘算我呢。”即墨诏皱眉。

“去布塔那家公司。”顾野笑了一下，把零食往一旁推了推，“她座位都给你准备好了。”

“真的？”

顾野回道：“嗯，她刚拿到驾照，安排你坐副驾。”

即墨诏不解：“有什么寓意？”

顾野嘴角的笑意更深了：“臭显摆。”

即墨诏捂着胸口，拍了拍，强行咽下一口气，走了。

跟顾野说的一样，晚上出门时，白术特地将副驾留给了即墨诏，自家男友往后坐，她开着车秀了一把车技。

“你真不是跟顾野吵架了，想拉上他同归于尽？”即墨诏面色铁青地坐着。

白术挑眉：“我车技好着呢。”

即墨诏满脸的“我不信”。

他想起一件事：“听说你科目二挂过一次？”

好事不出门，坏事传千里。

白术着实不高兴，一脚油门踩下去，让即墨诏后悔说了这句话。

半个钟头的路程，白术卡在二十分钟抵达，虽然把车开得很激进，但一次都没触犯交通法规。

停好车后，白术手往后一伸，接过顾野递过来的一顶棒球帽。她将帽子扣在脑袋上时，忽然跟即墨诏说：“你脚下的袋子里有一顶棒球帽。”

“你要戴两顶？”即墨诏觑了眼脚边的袋子。

白术提醒：“你戴上，省得被认出来。”

“有什么影响吗？”即墨诏捡起袋子。

“虽然他们不会传出去，但尽量低调一点。”

白术叮嘱了一句，然后下了车，听到后面传来一道声音。

“过来。”

白术回头，见到站在后方的顾野。

路灯将顾野的影子拉得很长，整个人笼了一层朦胧感，俊得不太真实。

“什么？”白术如同被牵引一般走过去。

顾野捏住她的帽檐，将人往身前一带，低声说：“看在你刚拿驾照的分上，这次就算了，下次再这么不要命地开车，我——”

白术一身反骨，丝毫不惧：“怎么着吧？”

顾野忽而低下头，凑到她耳畔，用最温柔的声音威胁：“把你驾照的分全扣了。”

白术惊住，满眼都是“你好毒”。

顾野乐了，扶着她的肩膀，走向一脸“你们俩够了没”的即墨诏：“走吧。”

附近有人，几道好奇的视线扫过来，白术将帽檐往下压了压。

三人按照地址来到公司，一个领导模样的人前来迎接。

那人叫许七，是 A&H 围棋赛的负责人之一，也是布塔团队的核心成员，因顾野和白术直接联系上公司高层，所以领命招待他们。

许七一边介绍着布塔，一边带着三人来到一间棋室。

布塔是个拟人化的 AI，有四肢和躯干。此刻，布塔就坐在椅子上，它面前是一个棋盘，对面的椅子是空着的。

“三位想下棋的话，跟布塔说一声就行。”许七说着，眉宇尽是介绍得意之作的自豪。

顾野点点头。

目光在棋室扫了一圈，顾野跟许七说：“我女朋友有点‘社恐’，有陌生人在旁边会不自在，可以方便你回避一下吗？”

许七暗自腹诽这些纨绔子弟事真多，面上却笑眯眯的：“可以，程总都吩咐过了，你们随便。”

他转过身，随后想到什么，又转回来说：“我的办公室就在隔壁，你们有事随时可以找我。”

顾野颔首：“麻烦了。”

许七忙客气了几句，赶紧走了。

待棋室的门关上，即墨诏抬手搓了搓脸，同顾野说：“你瞧她那跩样儿，有半点‘社恐’的模样吗，这理由太敷衍了吧？”

“要不你再给他编个理由？”白术凉飕飕地讽刺。

即墨诏顿时无言，耸了下肩，帮白术把椅子拉出来：“请吧。”

白术坐下来，看向对面：“布塔。”

登时，布塔被激活了，眼睛一亮：“我在。”

“下棋。”

“好的。”

虽然布塔是一个机器人，但接下来，它所有的表现，都像是一个训练有素的棋手，只是动作和声音机械化罢了。

下棋时，也与常人无异。

棋局开始了。

即墨诏站在白术身边，密切关注着这一人一机器下棋。

至于顾野，对棋局毫无兴致，在棋室里转悠。

两个小时后，白术连输三局。

看到第三局的结果，即墨诏紧张地观察着白术的举动，生怕白术一气之下将棋桌掀了。

没想到，白术将棋子往棋罐里一扔，站起来，跟即墨诏说：“你上。”

即墨诏诧异：“我？”

白术手往兜里一插，不遗余力地奚落：“不然我带你来看戏的？”

即墨诏一哽，咬了咬牙，忍了。他眯起眼，问出揣在心里的疑惑：“我上，结果也差不多。你到底在策划什么？”

“赢了它，我就告诉你。”白术朝对面的布塔看去。

即墨诏咕哝：“你就把秘密烂在肚子里吧。”

话虽这么说，但作为一个棋手，说不想跟能赢方辰的机器人来一局，是不可能的，所以十秒后，即墨诏就坐上了椅子。

新的对局开始。

白术旁观了几分钟，打了个哈欠，目光巡视一圈，找到正在喝茶的顾野。

她走过去，问：“怎样？”

顾野的手很快张开了下，露出里面一个U盘，他眉毛挑动了下：“数据到手。”

白术说：“靠你了。”

她的语气里没掺一点怀疑，顾野难免问了一句：“你就不问问，我能不能成？”

“不需要。”白术拿过顾野手中的半杯茶，一口全喝了，然后将茶杯塞回顾野手中，很随意地说，“我用人办事，从不担心这个。”

顾野狐疑：“没有例外？”

白术肯定：“没有例外。”

被她的自信和坚定触动，顾野顿了半秒，用手指弹了下她的额头，轻声低喃：“小小年纪，净会蛊惑人心。”

跟布塔的对局虽然是临时决定的，但即墨诏下得很认真。

这一局花了两个小时。

最终，他还是输了。

看着棋盘上交错的黑白棋子，即墨诏手指微微颤抖。他紧握成拳，深深地吸了口气：“赢不了。”

白术站在他身后，闻声“哦”了声：“那走吧。”

还沉浸在挫败情绪中的即墨诏，闻声抬了下头，眼神里夹着不屈与不甘。

白术被他这眼神刺得一顿，问：“再试试？”

沉默良久，即墨诏摇摇头：“不了。”

下几次都是一样的结果，没有任何意义。

白术微微颔首，没跟往常一样说风凉话，打击再度受挫的即墨诏。

三人离开棋室的动静，惊扰了正在办公室打盹的许七。他搓了一把脸，很快走了出来。

“玩得怎么样啊？”许七笑眯眯地询问。

白术耸肩，坦然地说：“输了。”

“哦。”许七不觉得意外，颇为自豪地说，“很正常的，棋王方辰先生都败了，当今世界，大概没一个人能赢得了布塔。”

即墨诏内心蹿起一股无名怒火。

然而，清楚自己跟布塔之间差距的他，知道自己不过无能狂怒罢了。

“一堆代码而已。”白术忽而抬眸，目光笔直地看过去，“被打败，也不过早晚的事。”

许七心里冷笑，不把她的话当回事，但也没直接翻脸。

他附和着说：“那是，我们也期待布塔被打败的一天。”

话从他嘴里说出来，却阴阳怪气的。

即墨诏暗自磨牙。

白术表情冷下来。

顾野是清楚这两人性子的，怕他们这时招惹是非，同许七说：“我们先告辞了，不用送。”

而后，他一左一右将两人的肩膀扳回去，拍了下他们的后脑勺，强行把人带走了。

走出公司大楼，即墨诏别有居心地跟白术说：“他瞧不上你。”

白术一听，马上扭头看向顾野：“他瞧不上我。”

“别拱火了。”顾野瞪了即墨诏一眼，然后同白术说，“瞧不上你的人多着呢，你在乎这一两个？”

“也是。”

白术觉得顾野说得挺有道理的。

即墨诏见白术一秒被哄好，不屑地“嘁”了一声。

他抬眼看着空荡荡的街道，想到方才同布塔的对局，心里不知哪里蹿来一股无名怒火，将地上的石子一踢，石子滚出了好远。

顾野本来都推着白术走出几步了，听到这动静，回头一看，叹了口气，折回去揪住即墨诏的后衣领，硬生生把人拽走了。

回去时，是顾野开的车。

白术和即墨诏坐在后面。

白术在兜里一掏，掏了个空，抬手往前一伸，拍了拍顾野肩膀。

顾野说：“衣兜里，自己拿。”

于是，白术摸到顾野的衣兜，从中抓了一把糖，心满意足地坐了回去。

找到一颗水果硬糖，白术剥开后扔进嘴里，一扭头，发现即墨诏浑身散发着不爽的气息，眉头轻皱，望着窗外，笼着一股颓丧感。

不知是不是错觉，往日他头上颇为嚣张的呆毛，现在都软趴趴地垂了下来。

白术朝即墨诏的方向一挪，兴致勃勃地说：“欸，你现在是不是特沮丧？”

即墨诏神色一凝，望了她一眼，没说话。

“是不是特担心当众输给布塔后，围棋会迎来新的变革，影响可能是不利的？”白术继续问。

即墨诏脸色漆黑，眉眼里溢满了狂躁。

“你是不是想反正都是输，要不放弃算了？”白术使劲戳即墨诏的心窝子。

即墨诏紧紧咬着后槽牙。

白术说得更起劲了：“我要是你呀，就回去一病不起，最好错过围棋比赛，然后趁着东亚漫画赛出出风头，借此风光转行——”

“你有完没完？”即墨诏感觉心脏被捅了无数刀，冲着开车的人喊，“顾野，你能不能管管她，她不当人！”

顾野悠悠地回：“我管不着。”

就像铆足了劲的一拳打在棉花上，即墨诏内心憋屈极了，却无处发泄。

白术虽然嘴欠，但不可否认，她说的都是实话。

输给韩子硕，他有信心赢回来。

输给布塔，他却毫无把握。

他甚至可以预见，布塔在 A&H 围棋赛上胜出时，各国媒体是如何唱衰围棋的，今后的围棋界定然一蹶不振。

就在这时，说够了风凉话的白术，慢吞吞地来了一句：“如果我说，我能赢布塔呢？”

“什么？”

即墨诏猛然抬头。

他怀疑自己产生了幻听，心情是茫然又震惊的，同时，也有一点不可抑制的喜悦。

“我能赢。”白术优哉游哉地说着，然后往后一倒，两只手交叠枕在脑后，偏头看过来，琥珀瞳仁里溢满自信，“前提是，你配合我。”

即墨诏只怀疑了三秒。

三秒后，被白术无数奇幻操作磨炼过的即墨诏，果断地说：“你说。”

驾驶座上，看似专注开车的顾野，轻笑一声。

A&H 围棋赛于八月初网上海选。

在这之前，白术在即墨诏的牵线下，同即墨诏早出晚归，成了封城棋院的常客。

全国拔尖的棋手全是他俩的陪练。

顾野一有空就待在房间研究布塔的漏洞。

仅有四人的 WIN 战队，只有白阳没日没夜地在训练，为即将到来的电竞全球赛做准备。

又一日，白术和即墨诏晚上回来，你一言我一语地在争吵。

“老人家都年过六旬了，特地赶来陪你下棋，你还出言中伤他。”

“我就在他输了后，说了一句‘养老比较适合你’而已。”

“你就应该闭嘴。”

“可我长了嘴啊。”

……

白阳停下训练，拿起两瓶牛奶，走过去，一人给了一瓶，堵上他俩的嘴。

白术喝了一半，舔了舔嘴角上沾的牛奶，问白阳：“顾野呢？”

“他一回来就上楼了。”白阳说。

“哦。”

白术直接往楼上走。

即墨诏喝完一瓶牛奶，还未消气，头一仰，朝白术喊：“我还没跟你说完呢！”

“你再说一句，我放弃比赛。”白术头也没回地扔下一句话。

即墨诏一秒闭嘴。

白阳瞧着满脸不快的即墨诏，抬手拍了拍他的肩膀，然后朝他张开双臂：“要哥的抱抱吗？”

“滚。”即墨诏打了个寒战，被恶心到了。

白阳叹了口气，很是受伤。

笃笃笃——

站在顾野的房门前，白术敲了敲门。

“进来。”里面传来顾野的声音。

白术推开门，先是探出脑袋，视线一扫，正好跟侧身转过来的顾野目光对上。

“你跟做贼似的。”顾野笑她，朝她勾了勾手指。

白术便大大方方走进去。

“你研究得怎么样了？”她走到顾野身边，跟个领导似的，负手而立，皱眉询问。

顾野手一伸，搂住她的腰，在她腰侧掐了一把，在她想躲闪之际，把人往身前一拉，让她坐在自己大腿上。

他的椅子一转，面朝电脑，而后他贴上白术，在她耳边暧昧道：“要监督啊？”

白术的食指抵着顾野的眉心，把他的脑袋往后推：“你给我反思一下，你在做什么？”

顾野一本正经道：“太忙。”

“忙着在网上跟人吵架？”白术敲了敲桌面，对他耳提面命。

“嗯。”

白术眼睛一瞪。

“这不是气不过吗？”顾野一点都不心虚，一手揽着白术的腰，一手移动着鼠标，论坛页面在滚动，“他们骂你。”

那是一个白术的黑粉开的帖子。

黑粉指责白术无故放弃晋级名额，是对比赛、漫画、团队不尊重的表现，怒斥她有颗玻璃心，只是被网友骂几句而已，就受不了了，以后难成大器。

顾野开了个小号跟他们对喷。

白术直接去拧顾野的耳朵：“骂我的人还少？”

顾野没躲，只是笑：“哎，你过分了啊，我可是在帮你。”

白术拧得更重了些。

“好了好了，你这叫家暴。”顾野哄她，将她的手拿下来，“我没那么多时间，所以找了几个帮手。”

“帮手？”白术质疑，“他们能行吗？”

“跟我比，是差一点，但胜在人多。”

“可靠吗？”

“以前一个团队的。”顾野说，“放心，他们的把柄都在我手上。”

白术疑惑地问：“什么团队？”

“拯救世界联盟。”顾野的语调懒洋洋的，裹着笑意。

他关掉网页，点开了一个对话框，是群聊。

统一的头像，统一的前缀，全部是英语交流。

白术觑了眼，忽而一顿，乖乖地喊：“哥哥。”

这一声喊得动听极了。

顾野不管里面有没有坑，应声：“欸。”

白术双眸微眯，语气变了味儿，有些危险：“这些头像有些眼熟啊。”

“嗯？”

顾野不解，还未问出所以然来，就见白术的手伸过来，掐住了他的脸，语气恶狠狠地说：“还钱。”

愣了一秒，顾野反应过来，抓住她的手，偏了下头：“怎么，他们骗你钱啦？”

白术紧皱眉头，没说话，目光落到电脑屏幕上。

她认得那头像，白底黑斗篷，自纪远离家出走后，顶着这头像的人会每个季度定期找她要钱，说是纪远欠他们的。

起初，白术不想给钱，可这群人黑客技术高超，私人电脑和手机，包括公共场所，只要是能连接网络的地方，他们都能入侵。

白术那时本就为BW救援队的事焦头烂额，后又被他们吵得烦不胜烦，跟牧云河商量一番后，选择息事宁人，给钱了事。

白术平时赚的零花钱，全都被他们剥削了。

这两个季度，那支团队没再来骚扰白术，白术本来都将他们忘了，结果此刻却无意发现顾野跟他们有关联。

白术第一时间觉得是顾野从中捣鬼。

现在一冷静下来，又感觉不太可能——顾野虽然有时不做人，但还没无耻到这份儿上。

“我忽然想到一件事。”白术吁了一口气，把话题拐得没了影，“你在长宁市的租房里，是不是放着一把ATAK军刀？”

顾野愣了下才说：“嗯。”

“怎么来的？”白术问。

“从纪远那儿顺的，”顾野搂紧她，很老实地坦白道，“他宝贝得紧。但他拐了我的狗，我就顺了他的刀。”

白术莫名：“你的狗？”

顾野点头：“白猊啊。”

白术眨了眨眼。

顾野解释道：“都是好几年前的事了，我当时还在上大学，程行知在外捡了一条狗，就扔给我了，我叫它‘狗肉’。后来在一场洪灾中，我带着狗肉去救灾，遇上了纪远。”

“在长宁市时，我没见过你爸妈，也不认得他，但他认得我，就主动跟我套近乎。”顾野“啧”了声，“结果他跟狗处了两天，处出感情了，他忽悠我，说他女儿缺个伴，肯定喜欢狗肉，然后用两块肉就把狗肉拐走了。狗肉要走，我也不强求，就顺了你爸的宝贝军刀来换了。”

白术听得想乐。

难怪白猊一见到顾野就那么亲热。

白术嘴角上翘，晃了下腿：“那把军刀是我送给纪远的礼物。”

顾野理直气壮道：“白猊是你的，军刀是我的。”

白术耸了下肩，觉得没问题。她问：“你什么时候认出白猊的？”

“得知你爸叫纪远的时候。”

“你怎么这么能藏？”白术伸出手，揉捏着顾野的俊脸。

顾野脸都被她揉红了，报复性地捏了捏她的腰：“我见白猊的机会少，忘了跟你说。”

电脑里传来消息提示音，是有人在群聊里发了消息。

白术眉头一扬：“先说说这事吧。”

她将纪远离家出走后，跟这支团队相关的事，都跟顾野说了。

白术问：“这支团队是做什么的？”

“或许，”顾野微顿，神秘兮兮地问，“你听说过 SOS 吧？”

“哦……”白术拖长了音调，眼睛亮亮的，“略有耳闻。”

随后，她指了指电脑问：“就这啊？”

顾野颔首：“就这。”

白术顿觉惊奇。

SOS，国际知名的黑客联盟，成立至今有十五年，热衷于利用网络打击各种违法犯罪活动，但他们不是小打小闹，时不时会搞点震惊各国的大事。

SOS 的标志，就是白青梧留的那张图。

白术道：“那我爸……”

“他就是团队的创始人。”顾野说，“我曾受他邀请，在团队待过一阵，后来因陆白的出现，想先解决掉组织，就退出了。”

顾野说完，发现白术将脑袋摇得像拨浪鼓。

顾野乐了：“你干吗呢？”

白术一脸认真：“我不信。纪远做过的唯一一件大事，就是偷走了我的私房钱。”

“创建 BW 救援队的母亲和建立 SOS 的父亲，生出你这么个到处搞事的祸害，不是很合情合理吗？”顾野合情合理地分析。

白术叹了口气，朝顾野靠过去，把脸埋进顾野的颈窝，咕哝道：“我现在备受打击。”

“哈？”

“我一直以为纪远才是我家成就排行榜上垫底的那个。”白术声音恹恹的，“搞了半天原来是我。”

顾野愣了半刻，由衷地感慨：“那你家的竞争压力很大啊。”

“是哦。”白术更受打击了，“一家三口，白术最菜。”

“竞争太激烈了。”

顾野附和着说，却觉得好笑。

白术在同辈中一骑绝尘，毫无竞争压力，现在开始跟爸妈比较了。

他拍着白术的脑袋，跟撸闹脾气的猫儿一样。

他安慰道：“你看开点。”

“不行。”

白术忽然抬头，从顾野身上跳下来，神情坚定，不见丝毫沮丧，说完就往外走。

顾野问：“你干吗去？”

白术眼里燃着挑战欲：“下棋。”

赢一个布塔，不代表什么，但输给布塔，绝对被纪远嘲笑。

顾野猜到白术在想什么，抬手按了按眉心。

待白术走至门口时，他倏然问：“找你要钱的，叫什么名字？”

“姓樊。”白术一顿，仔细想了下，“叫樊起予。”

说完，她拉开门走了出去。

白术没注意到，顾野在听到“樊起予”这名字时，表情一沉。

在跟顾野聊过后，白术开始夜以继日地研究围棋。

她自幼下围棋，基本功本就有，加上时常在网上玩围棋，棋艺突飞猛进，如今又有棋院顶尖棋手的指点，若是踏入职业围棋选手界，所创成绩定然不输于即墨诏。

即墨诏被白术这股劲儿刺激到了，大大压缩了休息时间，恨不得把一分钟掰成两分钟用。

两人在“努力”这件事上，又较上了劲。

白阳对他们俩“休息四个小时，下棋二十个小时”的生活叹为观止。

他旁观了几日，着实饱受刺激，有一日，拽住了外出回来的顾野：“这是什么意思啊，围棋界没有他们俩就得玩完了吗？”

顾野平静地说：“内卷而已。”

“太过分了。”

白阳恨恨地抱怨一句，转身就去电脑前继续训练了。

A&H 围棋赛网上海选前一天。

早上七点，顾野从房间出来，正好跟刚从对门房间出来的白术撞上。

顾野看一眼，略有些诧异。

今日的白术有点不一样。

往日里，白术只穿白 T 恤配短裤，同样的搭配买五套，每天换着穿，可给人观感都一样。

今天白术穿了一件明黄色的宽松短袖，配一件白色裤裙，肩上挎了一个斜挎包，形状像个卡其色的饼干，整个人都青春活泼起来，衬着她那张本就稚嫩的脸，显得很乖巧。

顾野问："今天你没跟即墨诏去棋院？"

平日里，白术和即墨诏清晨六点就去棋院了。

"今天去约会。"

白术回答，手一抬，给自己戴上一顶遮阳帽。

顾野一怔："怎么没提前跟我说？"

白术扫了眼腕表，回答："因为对象不是你。"

"我酸了啊。"见白术要走，顾野跟在她身侧，视线黏在她身上，不快地问，"你平时跟我出门，有穿成这样？"

而后，他眉一皱，酸溜溜地猜："去见邵植？"

"我姐。"白术叹了口气，"她要注意隐私，我得改改形象，省得被认出来。"

顾野问："什么隐私？"

白术回："她是军人。"

顾野眉毛微动，有点理解了。他贴近了白术一些："一起。"

"我跟她聊点正事，没把你安排上。"白术果断拒绝，拍了拍顾野的肩，"下次吧。"

顾野站住了。

白术"噔噔噔"地下了楼，背影很欢快。

忽而有种被遗弃的失落感，可顾野仍是叮嘱她："今儿要变天，你记得带把伞。"

"懒得带。"

白术头也不回地出了门。

在原地站了半刻，顾野觉得牙酸，眉眼低垂，缓缓下楼。

白阳拿着个三明治路过，打量着顾野："怎么了，一副被抛弃的落寞样儿？"

顾野舌尖轻抵腮帮，瞧着这个跟白术有三分神似的人，抬手搭上他的肩膀："来两局？"

白阳不明所以："我还没吃早餐呢！"

"吃什么吃，队里都竞争成什么样了，你还有心思吃早餐？"顾野端起队长的架势训斥。

白阳闭嘴了，赶紧往嘴里塞三明治，能吃几口是几口。

傍晚时分，告别友人的白术，站在马路边等车。

她抬起胳膊，嗅了嗅衣袖，皱起眉。

一股奶味。

她轻叹一声。

跟朋友聊了一会儿，却帮忙带了一天的娃，她实在是太亏了。

突然，一辆豪车停在白术面前。

后座的车窗滑落下来，露出白术熟悉的一张脸。

“白术。”

白术道：“裴校长。”

坐在车里的，是东国漫画学校的校长，裴启升。

当初眼都没眨就将白术的积分扣到十分的人。

裴启升略微颔首：“上车吧，顾会长想见你。”

“顾诠？”白术停顿一秒，拒绝，“不见。”

“顾会长找你，是因为顾野。”裴启升老神在在地说，“你知道吧，他是顾野的爷爷。”

犹豫三秒，白术拉开了车门，坐进车里。

车子启动。

“我们好久没见了。”裴启升斜了眼白术，跟她寒暄，“东亚赛第一名，因为一场阴谋退出比赛，你觉得可惜吗？”

“不觉得。”白术敷衍地回答。

“如果你愿意跟苏老师、郝老师商量，肯定有更好的解决办法。”裴启升又说。

白术反感地皱眉。

圈内圈外，都对她退赛一事议论纷纷，无非是因为她有拿东亚第一的实力，选择退赛非常可惜，东国失去了一大得力干将。

骂她没有大局观。

那些人不知内情，白术可以理解，但是，裴启升肯定听苏老师、郝老师提及过背后缘由，可裴启升仍旧把她的行为定义为“自以为是，冲动鲁莽”。

白术一点都不想跟他聊下去。

“我不爱听人说教。”白术掏出一副耳机，在往耳朵上戴时，她瞥了眼裴启升，“如果你能闭嘴的话，再好不过。”

丝毫不给面子。

裴启升表情微凝，眉眼间笼了层薄怒。

白术素来只顾嘴上痛快，哪里会管裴启升是何心情，说完就戴上耳机，扭头看向窗外。

一刻钟后，司机将车停在一栋带院子的别墅前。

不是顾家宅院。

听说，顾诠跟顾老太太合不来，早早分居，时常住在外面。

白术下了车，跟裴启升进了别墅。

裴启升来到一间书房外，敲了敲门：“顾会长，我把人带来了。”

书房是中式布置，全实木的家具，低调又有韵味。夕阳余晖斜斜地落进来，靠窗的桌上摆了个棋盘，一位老人坐在旁边，年过七旬，精神矍铄，只见几根白发。

顾诠朝门口看了眼："进来吧。"

白术淡定地往里走。

裴启升随后走进书房，去了茶台泡茶。

白术走到顾诠身边，喊："顾会长。"

"听说你最近常往封城棋院跑？"顾诠瞧着白术，指了指面前的棋盘，"来一局吗？"

"不了。"白术兴致寡淡，"赢了也没意思。"

顾诠端详她半刻，将手中棋子放入棋盒中，起身说："令人生厌的性子，倒是跟你妈一个样儿。"

白术回嘴："只是不符合你的喜好罢了。"

顾诠本想去茶台，闻声又回过身，说："还比你妈大胆。"

白术又说："青出于蓝。"

说她一句，她回一句。

顾诠噎了噎，一拂袖，步向茶台。

他没有叫白术，但白术没干杵着，也走向茶台，自己拉开一张椅子，大剌剌地坐下。

正在泡茶的裴启升，匪夷所思地看了白术一眼，然后表情僵硬地给她倒了杯茶。

顾诠坐在白术对面："知道我叫你来做什么的？"

白术捧起茶杯，答："谈顾野。"

裴启升给顾诠倒了一杯茶。

顾诠看了眼裴启升，裴启升会意，略一颔首便走开了。

"你跟顾野在交往？"顾诠品了口茶后，问了句。

"嗯。"

"按理说，你们俩是门当户对的，但你妈早跟白家断绝关系了。"顾诠语调平缓地问，"你也没有回白家的意思吧？"

"嗯。"

"你爸，一个中学教师。这三年，他去了哪儿？"

"游戏人间。"

这一次，为了自己的颜面，白术换了个说法。

顾诠继续说："你爷爷，一个半路转行的漫画家，半吊子水平。"

白术将茶杯放下，迎上顾诠的目光，无畏无惧，挑明了："你觉得我配不上顾野？"

顾诠笑了笑。

他没有否认，而是继续喝茶。

过了一会儿，顾诠缓缓开口："你们本就有婚约，却执意退婚，为什么？多此一举，是想换他心中一个特殊吗？"

白术表情冷冷的。

她又不是傻瓜，听得出顾诠的深意。

无非是在质疑她以退为进，拿订婚捆绑顾野，顾野不会乐意，所以她选择退婚，这样标新立异的手段，更能引起顾野的注意。

搁平时，白术早踹翻桌子走人了，可一想到顾野，白术又忍了下来。

她冷声道："我没想过跟他结婚。"

"哦？"顾诠略有诧异，而后，笑得高深莫测，"没想过不代表没可能。"

白术微顿，肯定道："我不会跟他结婚的。"

"如果只是玩玩，那你更不该浪费他的时间。"顾诠脸上的笑容消失了，语气渐渐沉下来，"国内赛上，他有走向世界的可能，却因为你断送了。东亚赛上，你只顾自己潇洒，却没考虑过别人。"

他一字一顿，尽是指责。

"你以为退出比赛，东国就会感谢你？"顾诠不留情面道，"毫无大局观！不过是你们年轻人的自我感动罢了！"

说完，他注视着白术。

白术却一脸平静，不动声色地端起茶杯，喝完最后一口茶。

茶杯落到桌面，白术手指用劲，将其一推，茶杯顿时飞向顾诠。

在抵达桌面边缘时，茶杯稳稳停住。

顾诠皱眉瞥了眼茶杯，又看向对面装扮乖巧却神情乖戾的女生。

白术直接起身，眉眼浮现出一些烦躁，口吻嚣张："有能耐，你自己来。"

白术在心里默默骂了一句脏话。

她起身朝门口走去。

"你站住！"顾诠喝了一声。

白术步伐一顿。

"我不会同意你和顾野在一起的。"顾诠语气坚定，毋庸置疑。

"随便。"

白术没回头，随意地扔下两个字，走出了门。

第三章

白术，我希望你只属于我

从顾诠家出来，裴启升让司机送白术回去。

白术只让司机送到地铁口。

刚踏上地铁口的自动扶梯，白术就接到顾野打来的电话。

“约完会了吗？”顾野问。

“嗯。”

“在哪儿？我来接你。”

“地铁上。”

顾野说：“那你来一趟我家。”

微顿，白术应了：“好。”

去过几次顾野家，白术对路线很熟了。出了地铁口后，她步行三分钟，就到了小区门口。

她从小包里拿出手机，想给顾野打一通电话，可还未接通，就听得旁边传来声音。

“小妹妹，跟哥哥约吗？”

干净清爽的嗓音，在闷热的夏夜里，如一阵凉风，令人无比舒畅。

白术回头一看，就听得手机铃声响起，下一刻，她见到站在树下的顾野。

顾野身材颀长，上身穿一件黑白拼色的长袖，舒适随意。他一只手揣兜里，另一只手晃了晃手机，碎发垂落眉骨，一双黑眸藏了笑意。

路灯的光透过树叶缝隙，落下斑驳的光点，打在他身上。

风大了，吹得树叶摆动，簌簌作响，光影摇曳。

白术走过去，张开手扑进他怀里，搂住他的腰。

她喊：“顾野。”

“哎。”

顾野觉得她叫得好听极了。

白术仰起头，提议：“你跟我姓吧。”

"哈？"

顾野面上笑容一僵。

白术继续说："我做你爷爷。"

顾野脸上的笑容挂不住了，他一手揽着她的肩，眯眼威胁道："别以为你打扮得这么乖萌，我就不敢揍你。"

白术觉得他这话过于没说服力，提醒："我不这么打扮，你也没揍过我。"

顾野微怔，恍然："还真是。"

白术继续怂恿："当我孙子吧。"

"滚滚滚，一边去。"

顾野没好气地将她推开。

我当你是一生所爱，你却想当我爷爷。

"那我走了。"白术说着就转了身。

"你给我滚回来。"

顾野伸手揪住白术的后衣领，把作势要走的她又拎了回来。

人又到了跟前，顾野忽然低下头，像是嗅到什么味道，一眯眼，又在她衣领处嗅了嗅："怎么一股奶味儿？"

白术一想到这事就垮了脸："照顾了一天的奶娃娃。"

顾野拉着她往小区里走："你不是约会去了吗？"

白术垂下头："一言难尽。"

她跟别人约会越不开心，顾野心里就越开心。

顾野抓住一切机会乘虚而入："下次跟哥哥约会，哥哥带你玩。"

"坐三轮车那种吗？"白术仰头问，明目张胆地嘲笑。

"想点好的。"顾野想起这事，自己也憋不住笑，自我安慰道，"起码体验了新生活。"

两人走出电梯时，白术问："陆白在家吗？"

"在。"顾野用指纹开了锁，拉开门时，视线被白术白皙精巧的侧脸吸引，趁机捏了下她的脸蛋，"家里来了个新客人。"

"谁啊？"

白术刚问出口，就有了答案。

她见到半年未见的白猊跟撒欢似的狂奔而来，猛然扑到她身上。若不是顾野在她身后扶了一把，她肯定得摔得够呛。

白术抱住白猊，神情难掩欣喜。

她问顾野："谁带它过来的？"

顾野把她和白猊推进玄关，又给她拿了一双夏日凉拖："牧云河回了一趟封城，我让他把白猊捎过来了。"

白术疑惑："他怎么没跟我说？"

“给你个惊喜。”顾野笑了笑。

这惊喜够大的。

白术非常满意。

“白……”陆白听到动静后过来，乍然见到白术那身软萌装扮，愣怔须臾，才略有些僵硬地喊，“姐姐。”

抱着白猊的白术应了一声。

“收拾一下，准备吃饭。”顾野交代了一句陆白。

陆白颔首，离开。

顾野把白术从地上拎起来：“去洗手，吃饭了。”

“好哦。”

白术一身的狗毛，踩着拖鞋，“吧嗒吧嗒”去清洗了下。

白猊一路跟在她身后。

主仆俩太久没见，有些黏糊，就连吃饭时，白术都给白猊腾了个位置，把狗粮放桌上。白猊跳上去蹲着，乖乖吃狗粮。

顾野和陆白面面相觑。

“这些都是你做的？”白术拿起筷子，扫了眼满桌的菜，问顾野。

“嗯。”

顾野在旁边坐下，给她舀了一碗汤。

白术正好饿了，埋头就吃，时不时给白猊喂一块肉，甚至忘了逗一逗陆白。

饭后，白术跟白猊坐上了沙发，打开电视，但一人一狗都不爱看，白术用手机找到一些有趣段子，念给白猊听。

被冷落的顾野和陆白，埋头收拾碗筷。

“白猊才是她对象吧？”陆白瞥了眼客厅，忍不住吐槽一句。

猛然听到最不爱听的话，顾野脸色黑了黑，语重心长地跟陆白说：“保持沉默对你比较好。”

陆白低下头：“哦。”

听说白术要来，他准备了好些游戏来着，现在大概是用不上了。

他多少有些沮丧。

晚上，白术给白猊洗了个澡，又自己去洗了个澡，干干净净的一人一狗，一起上了楼。

她刚到二楼，就撞见了顾野。

瞧着这一幕，顾野暗自磨牙：“你不是想跟它一起睡吧？”

白术点头：“是啊。”

顾野心里泛出一股酸味儿。

他把白猊接过来，是想让白术高兴些，可不是想让白猊取代他的位置。

不。

白术对他，从来没这么黏糊。

小姑娘谈恋爱的时候，理智极了，做什么都适可而止。

顾野以为白术就是这性子，一直没多想，孰料会看到白术和白猊这亲密无间的一幕。

顾野嗞了一声，挑眉问："你是不是搞错了对象？"

"那你要跟我们一起睡吗？"白术偏头问。

"不行。"顾野语气不容置疑，"它睡狗窝，你跟我一起睡。"

"我不。"白术也不肯退让。

她带着白猊往楼下走。

然而，刚走一步，后领就被拽住，在她往后倾倒时，猛然落入一个坚实的怀抱。

顾野一手扶着白术的肩，弯下腰，手穿过她的膝窝，一把将人抱起来。

他直接抱着人往卧室里走。

白猊屁颠屁颠地跟着。

走到房间门口时，顾野忽然停下来，冷眼一扫白猊。白猊呜咽一声，止住了，不往里走。

"顾野。"白术唤他。

顾野将门甩上，大步走向床，把白术扔在软褥上。

下一秒，他倾身，把白术压在身下。

他的呼吸落到她颈侧，落下了温热而缠绵的吻。他贴着她的耳边，颇有怨念地说："我吃醋了。"

白术瑟缩了下："我跟它很久没见了。"

她没有制止顾野接下来的动作。

"你俩隔三岔五视频。"

"又没亲眼见到。"

"想它想得紧吧？"

"唔。"

"怎么没见你这么想过我啊？"

"我成天见你。"

"你成天往外跑，我一天能见你几分钟？"

顾野一边争论，一边撩拨，白术简直要化在他怀里，根本无力跟他好好争论，只得任由他用胡搅蛮缠的逻辑将她打败。

许是顾野心怀怨气，这一次比以往都要来得激烈，抵死纠缠。

白术感觉灵魂与身体难以契合，一次次脱离，又一次次被拽回，陷入火热与战栗的世界。她的意识时而混沌时而清醒，思想全被身前的男人占据。

至于白猊，早被抛诸脑后。

“轰隆隆——”

闷热的夏夜里，雷电姗姗来迟，雨水敲打在窗上的声音细密嘈杂，跟卷起的狂风搅在一起，颇有摧枯拉朽之势。

白术眼里划过一道闪电。

她看到砸落到窗玻璃上的雨水，转瞬汇聚成一股一股的，留下蜿蜒的水痕。

光灭了。

眼前又是一片黑暗。

失控感让她觉得被玩弄。

她咬住了顾野的左肩，带有报复性质的，下嘴特别狠。

良久。

喘息声渐渐平息。

一声一声，在雨夜里，却格外清晰。

顾野拥着白术，亲吻着她的眼角，吻去了一点水痕。他活动了下肩膀，咝了一声：“真狠啊。”

“你一边去。”白术推开他。

“不要。”

顾野不仅不听话，反而挨得更近了，手抚上她的背，细腻柔软的触感，还有一层薄汗。他变得温柔起来，低头吻她，轻轻的，不带一丝情欲。

白术心里的无名怒火，被他渐渐抚平了。

顾野喊：“白术。”

“嗯。”

“你真的喜欢我吗？”顾野的吻落到她唇边，嗓音略哑。

“喜欢啊。”

白术有点累了，声音是轻的，很软和。

“有多喜欢？”

白术仔细想了想：“无可取代的喜欢。”

顾野顺着往下问：“那我跟白猊，只能选一个的话，你选谁？”

白术愣了一下，用手指戳他的脸：“你就这点出息哦。”

“别转移话题。”顾野抓住她的手，在黑暗里望着她，目光深情而炙热，“回答我。”

白术皱眉：“你别闹。”

顾野便说：“我没闹。”

白术没说话，悄无声息地往被窝里滑。顾野掐着她的腰，一把将人提上来。

“我帮你回答。”

顾野的声音沉着有力。

“白术，你没有答案。因为你会没法做选择，宁愿牺牲自己。”顾野一字一顿地说，毫无保留地剖开她的心，“邵植断送了事业，你可以为他拼命。在你心里，跟邵植一样分量的人，太多了。而我，只是不同身份角色里，独一无二的那一个。”

白术认真地辩解：“可是，如果我的世界都是你，那才不正常。”

顾野眸色深沉，如泼了墨般：“但你对我有所保留。”

白术不吭声了。

她睁着眼，眸如琉璃般璀璨，大大的，似乎有些委屈。

看得让人心碎。

漆黑天空划过一道闪电。

在紧随而至的雷声中，顾野眼尾微红，发了狠似的吻她，比往常多了些粗暴和蛮横。

一股难以言说的毁灭欲，让他想在她身上留下痕迹，可又舍不得太狠，时轻时重。骤然间，白术的嘤咛在狂风骤雨里破碎，炸开了顾野的神经。

他彻底沉默。

他奢望极致的欢愉冲淡她的理智，让自己烙印在她的灵魂深处，而非单纯的身体和表面，心里发酸发胀的妒意让他发了疯。

白术抱着他的脑袋，手指插进他的发根，低低地喊着他的名字。

“顾野。”

她倔强又脆弱。

坚不可摧的灵魂，终有一丝裂痕。

顾野在她耳边低喃：“白术，我希望你只是我的。”

雨下了一夜。

白术一觉睡到中午，房间里静悄悄的，只有她一人。天色灰蒙蒙的，或深或浅的暗色调，与雨相伴，莫名压抑。

手机在振动。

白术在枕边摸索到手机，接听：“喂。”

“你起了没，我都给你比了两局了。”即墨诏抱怨道。

“玩什么？”

“线上比赛，你忘了？！”

“哦。”

白术这才想起今天是 A&H 围棋赛的第一天。

她顿了下，问：“我的账号和密码谁告诉你的？”

“还能是谁呀？顾野呗。”

“那你继续玩吧，”白术揉了揉眼睛，从床上坐起身，“赢了算我的，输了算你的。”

“哈？”即墨诏像是听到了什么笑话，“我会输？”

“输了别哭。”

白术挂断电话。

她呆坐了一阵儿，继而下了床。

腿有些软，她皱起眉，撩开衣领一看，身上有印记了。她撇撇嘴，打开顾野的衣柜，翻出一件外套穿上。

她在心里骂了顾野千万遍。

她刚走出卧室，就见到白猊摇着尾巴围过来。她蹲下身，捋了一会儿白猊的毛，才跟白猊一起下楼。

客厅里，陆白在打游戏。

见到白术后，陆白暂停游戏：“厨房有饭菜，热乎的。”

“哦。”白术扫了他一眼，“你怎么没去上课？”

“放暑假。”

“补习班呢？”

“顾野说没必要。”

“玩物丧志。”白术往厨房走，同时给自己树立崭新的形象，“我像你这么大的时候，暑假能报十个兴趣班。”

“真的？”陆白有点被吓到。

“假的。”

白术接话的速度过快，导致陆白完全没反应过来。

白术进了厨房，先从冰箱拿了牛奶，然后探出头问陆白：“顾野呢？”

陆白这才回过神，咂摸了一下，回：“不知道，他一向很忙。”

顾野第二天晚上才回来。

“人呢？”顾野问在看书的陆白。

“楼上。”瞧了眼顾野提的零食，陆白往上面指了指。

顾野微微点头，上了楼。卧室没人，他又去了书房。

他推开书房的门，就见书桌前的椅子上蹲坐着的白术，她一手抱着膝盖，一手移动鼠标，目不转睛地盯着电脑屏幕。

白猊在椅子旁打盹。

听到开门的动静，白术回头一看，见到是顾野，立即收回目光。

顾野走过来，亲昵地捏了下她的脸：“不生气了。”

白术想起来就气，将脑袋别过去。

“我买了你喜欢的零食。”顾野将一大袋零食搁在桌上。

白术闷声道：“我忙着呢，你别碍事。”

忙什么？

顾野扫了眼屏幕，上面是购物网站，清一色的狗狗零食。

没有揭穿，顾野只说："那等你忙完，理我一下。"

白术心顿时软了。

她觑了眼顾野，说："你过来。"

顾野一只手撑在桌沿，另一只手扶着椅背，将白术坐着的椅子转动了些，倾身靠近白术。灯光照在他脸上，落到他眉眼。

白术捧起他的脸，盯着他的眼睛，认真道："我要专心忙围棋赛，你得跟我保持距离。"

顾野眼里闪过一抹落寞。

他没回应。

于是，白术抿唇犹豫了下，放软了语调，用商量的口吻："行吗？"

行吗？

他何时能拒绝她？

眸光微闪，顾野抓住她的小手，轻轻握着，应了："好。"

白术舒了口气，改蹲为跪，搂住他，将脸埋入他怀里。

顾野一怔，顺势抱住她，下颌抵着她头顶，轻轻蹭了蹭。

"顾野。"白术喊。

"嗯。"

"等我们忙完，我带你去看我的世界。"白术轻声说，像是许诺。

"好。"

这时的顾野，尚不能理解白术所讲的究竟是什么意思。

情侣间的一场别扭，甚至连吵架都算不上，在生活里惊起了一丝涟漪，但很快归于平静。

他们的生活里总有各种动荡。

这一点涟漪，不值一提。

可究竟是否留下了印记，只有他们自己才知道。

A&H围棋赛海选，白术交给了即墨诏。以即墨诏的实力，用两个账号通过海选，是一件很轻松的事，无须操心。

白术则是通过顾野及团队找到的布塔的漏洞，展开了一场针对布塔的训练。

半个月后，网上海选结束，两百个名额里，东国棋手占了大半，在网上掀起了狂欢。

"无敌的寂寞。"

"漫画比赛，霸榜；围棋比赛，霸榜。东国，我已经吹累了。"

"虽然跟AI比没戏，但跟人比，我们不带怕的。"

"希望杀出个黑马，能解决掉AI布塔。"

“晋级名单里的SL，是即墨诏吧？我看没戏，他前一阵输给H国的韩子硕了。”

“不一定呢，这又不是漫画比赛，昵称随意取的好吧。还有一个叫NO.1呢，你们谁把他当作漫画比赛的NO.1了？”

“咦，万一呢？”

“如果真是他，那就美滋滋了。有生之年还能见一见NO.1的真面目。”

“我看悬。棋手NO.1从大半年前起，就时不时在网上下棋，时间跟漫画比赛撞上了，漫画家NO.1哪有这时间。”

……

网上热议不断。

近日，全网对围棋唱衰的氛围，终于有了一点反弹迹象。

“五天后，去棋院比赛。”这天上午，即墨诏打着哈欠来到门口，跟在庭院里荡秋千的白术说，“现场比赛，你只能靠自己了。”

“哦。”

白术在秋千上摇晃，手里拿着根雪糕。

“我就搞不懂了，你为什么要叫NO.1？”即墨诏挠了挠头发，很是困惑，“全网都在猜棋手NO.1是不是漫画家NO.1？你这个漫画圈的罪人，一旦亮相，不是存心找骂吗？”

“我……”

白术刚要辩解，忽然想起来，她是NO.1这件事，暂时只有顾野和简以楠知道。至于即墨诏，只知她是White。

思绪一闪，白术决定瞒下来。

白术咬了口雪糕，却以世外高人的姿态说：“挨骂是我前进的动力源泉。”

即墨诏内心无比唾弃她。

“你呢？”白术脚尖点地，秋千停了下来。

“我怎么？”即墨诏不明所以。

白术跳下秋千，吃完最后一口雪糕，继而拍拍手：“韩子硕会来现场，你爸也会来吧？”

“会吧。”即墨诏估摸着道，“别的不知道，韩子硕跟我对弈，他肯定到场。”

白术走到即墨诏跟前，歪头，很友善地问：“你打算被他们怎么羞辱？”

即墨诏一哽，眉眼压下来，额角青筋直跳。

他吸了口气，朝站在不远处一直看戏的顾野看过去，怒道：“你能不能教教她怎么说人话？”

顾野手里拿着杯咖啡，回：“很遗憾，我还没学会。”

即墨诏愤怒离开。

白术往里一看，目光落到顾野身上：“你会去现场看棋吗？”

“不去。”顾野喝了口咖啡，“怕影响你发挥。”

“行吧。”

白术撇了下嘴。

五天时间，转眼即逝。

白术借用了顾野的车，载着即墨诏前往棋院。

“你要不要戴个口罩加副墨镜之类的？”即墨诏怕白术一亮相就被打死。

“不。”

白术一口回绝。

即墨诏叹息。

白术说：“我给你准备了一件战袍，你待会儿去后面换上。”

即墨诏心一沉：“什么玩意儿？”

“战袍啊。”

“你呢？”

“也有的。”

即墨诏稍稍松了口气，转过身，伸出手臂在后座上一捞，抓住了个袋子，打开一看，是两件短袖和两顶帽子，一套白色、一套黑色。

黑色短袖前面印着两个卡通小人，一个把另一个击倒在地，左边是即墨诏，右边是韩子硕。背面是两个字：必胜。

黑帽子上印着“SL”。

白色短袖前面也是两个卡通小人，同样的姿势，但左边是白术，右边是AI布塔。背面是两个字：低调。

白帽子上印着“NO.1”。

即墨诏看得头皮发麻。

白术慢悠悠地说：“我把它称之为，K.O战袍。”

“你就不怕一入场，就被别人的拳头K.O了？”即墨诏如芒在背。

“现在可是文明社会。”

即墨诏把战袍扔回袋子里：“我不穿。”太羞耻了。

白术似威胁似劝告：“莫要辜负为师一片好意。”

即墨诏紧紧咬牙，坚持道：“我不穿。”

白术余光扫射过来。

“你这么爱耍帅的人，真的会穿这一套？”即墨诏不大信。

“会。”白术神色一凝，有少许无奈，“这是Zero送的。”

“谁？”即墨诏怀疑自己聋了。

“就是那个演技三流、漫画二流、美貌一流的机关术师，司笙。”白术介绍完，厚颜无耻地说，“我这人呢，比较贴心，让她也给你备了一套。”

即墨诏怔了半天，总算回过味来了：“所以，是Zero给你准备了这套战袍，你不好拒绝，于是把我拉下马，是吧？”

“话不能这么说，”白术端起师父的架子教育他，“战友一场，有福同享。”

即墨诏愤怒了：“你这种以羞辱战友为乐的人，只会跟战友共患难！”

白术一眼瞪过去：“穿不穿？”

“凶什么凶，不就穿个战袍吗？！”即墨诏缩了下脖子，用最暴躁的语气，说着最尿的话。

白术眼一眯，满意了。

即墨诏又将属于他的那套战袍翻出来，瞅着那俩小人，难免嘀咕：“就两个小人，你自己不会画啊？”

“什么？”白术没听清。

即墨诏将头一偏，看向窗外：“没什么。”

轻一杯大赛，White 一条微博，就让他主动找上门。

原因无他，他是白大的粉丝。

谁不想拿到白大亲手画的小人呢？

停好车后，即墨诏和白术挨个在车里换上“战袍”，然后互相对视一眼，移开目光往棋院里走。

这条路他们已经走过无数遍了。

但是，回头率百分百，还是头一次。

平日里习惯他们俩到访的棋手们，本想跟他们打声招呼，可一见到他们的装扮，立即捂脸转头装作不认识。

他们俩虽说心情一言难尽，但在强大的心理素质支撑下，这一路，走得极其潇洒拉风。

且，欠揍。

他们一进大堂，就跟东国队遇上了。

没有即墨诏，NO.1 和问鼎不露面，东国队就剩陆遥和简以楠，以及带队的苏老师。

陆遥一惊：“嗬！”

苏老师：“你们俩是嫌被骂得不够吗？”

简以楠目光自下而上，落到白术的鸭舌帽上，盯着“NO.1”看了半刻，嘴角微抽。

自个儿碰瓷自个儿。

她算是长见识了。

余光一瞥，简以楠注意到白术的后背上还有字，遂往旁边挪了挪，结果见到大大的“低调”二字，整个人如五雷轰顶。

“白术，你在这儿做什么？”苏老师拧着眉头，感觉白术在观众的雷点上蹦跶，“还穿成这样！”

“我来比赛。”

“你？”陆遥质疑。

“啊。”

白术略一颔首，继而拿起一把折扇，手一抖，折扇打开，露出了“NO.1”的字样。她摇晃着折扇，掀起了微风。

然而，陆遥、简以楠、苏老师三人，内心却是狂风骤雨。

“所以说，棋手NO.1真的是你？”苏老师无比震惊。

白术回应：“嗯。”

苏老师想当场暴走。

陆遥手贱，拍拍白术的帽檐：“你这算碰瓷吧？”

白术：“是吧。”

“那你考虑过后果吗？”陆遥悄悄伸手过去，想捏白术的耳朵，被白术用折扇拍掉。

“有人一天不挨骂，就浑身不爽呢。”即墨诏在一旁说风凉话。

当即，陆遥、苏老师、简以楠朝他看过去，眼神意味深长：就你这一身，你好意思说？

即墨诏无辜极了。

大堂内聚集着不少人。

有前来比赛的棋手、收集素材的漫画家，以及准备综艺直播的工作人员。

跟东亚赛的极限运动盛会一样，A&H围棋赛同样会被剪辑成综艺，同时，主办方在东亚各国选出几十个主播，分娱乐和比赛两种，在专门的讲解室对现场进行直播讲解。

毫无疑问，白术和即墨诏的出现，第一时间被镜头抓住，出现在各大主播的直播间。

围棋主播A：“看来我们的少年棋王很记仇啊，期待他能在这次比赛中跟韩子硕遇上，给我们带来一场精彩对决。”

忽然注意到NO.1，他脸色一变：“嗬，这一位……”

围棋主播B：“SL果然是少年棋王即墨诏，不过……NO.1有点眼熟啊，她……”

端详了会儿，他惊讶：“我想起来了，她不是刚在东亚漫画赛上宣布退出的第一名吗？Echo，白术！”

娱乐主播C：“忽然觉得，怎么说呢，穿这么一身，是白术和即墨诏能做得出的事。”

娱乐主播D特地看了眼弹幕：“看到你们都在骂，我就放心了。要说出其不意这方面，白术称第二，没人敢称第一。什么，还有人不认识他俩？来，我给你们八一八电竞圈的黑马、运动圈的天才、漫画圈的罪人……”

半数主播都在讨论白术和即墨诏。

观众更不用说，在他们的愤怒抗议中，白术和即墨诏立即上了热搜。

“即墨诏就算了，他输给韩子硕，想赢回来很正常，而且他有实力。白术来凑什么热闹？”

“叹为观止，我第一次见到这种碰瓷操作。”

“我永远为白术成为热点的能力而震惊。”

“还 K.O 布塔呢，她要脸吗？一个业余的棋手，走个过场完事，方辰都输了，她还能赢了方辰不成？”

“这是方辰被黑得最惨的一次。”

“漫画家 NO.1 表示很委屈，并想连夜改 ID。”

……

比赛一开始，白术和即墨诏就成了热点存在，主播们立即握住流量密码，不约而同地关注两人的一切动态。

至于布塔、比赛、棋手、漫画家，统统往后排。

欲要营销布塔的公司傻了眼，大笔营销费花出去，却在白术和即墨诏的热度里，打了水漂。

一天下来，观众也骂累了，想看一眼白术的战绩，换个新角度继续骂，结果一翻战绩报表，看到白术“四连胜”的佳绩，开始迷茫了。

众人心里升起一个疑惑：难道她真的会下棋？

阴雨连绵，暮色沉沉。

比赛第三天，提前结束对弈的白术，收了折扇，朝窗外望了一眼。

棋室里很安静，唯有棋子落在棋盘上的声响。

“我能问个问题吗？”对面的职业棋手，深吸口气，低低出声。

“问。”

“你真的只是业余棋手？”

“嗯。”白术颔首，“但我在棋院里训练过。”

对手脸色苍白，瞳孔一缩：“你就是近日棋院里传的那个业余小变态？”

白术没回答，起身，从正在对弈的棋手中间穿过，来到即墨诏身边。

即墨诏的对弈还没结束。

白术看了眼棋盘，眼神微变，又瞥了眼即墨诏对面的人，微蹙眉。但她只是沉默地站了片刻，便离开棋室。

白术要等即墨诏一起回去，没走远，去一楼逛了一圈，在大堂的自动售货机里买了一瓶果汁。

刚将果汁拧开，白术转过身，就跟匆匆而过的一人撞上。

果汁洒了白术一手。

白术不爽地皱眉。

那人步伐顿住，回身一看，继而沉声道："是你？"

白术抬眸，是个中年男人，很眼生，便问："哪位？"

"哼。"

那人拍了拍洒了果汁的衣袖，走远了，步伐稍显焦急。

目光在他背影上稍一停留，白术忽而往他来时的方向扫了眼，这一看，却见到了一个意料之外的人。

风间千绫。

此人是 R 国漫画家，风间集团的大小姐，曾怂恿纪依凡上台揭穿白术。若不是她从中作梗，白术也不会放弃 Echo 这个账号。

风间千绫跟她对视，嘴角微弯，略带嘲讽，随后转身走开，长发飘飘。

白术把手往兜里一放，目光追随着她的背影，抬手将果汁递到唇边，心不在焉地喝了两口。

"走吗？"结束对弈的即墨诏走过来。

白术侧首一看："赢了？"

即墨诏应了声。

"赢得挺吃力啊。"白术扬眉，开了嘲讽技能，"面对一个无名小卒。"

"有点。"即墨诏并不否认，"跟海选比，这一批棋手，实力突飞猛进。昨天几个种子选手，全败在无名小卒手里。"

即墨诏摘下帽子，拿在手里扇风："如果这是运动会，我简直怀疑他们嗑药了。"

说者无心，听者有意。

白术眉目微动，问："哪几个？"

"网上有汇总，我把帖子发给你。"

"嗯。"

白术和即墨诏边说边往外走。

回了战队基地，白术先回房看了几场对弈，连晚饭都没吃，直至深夜才下楼。

厨房里传来动静，白术走过去，见到在忙碌的顾野，颀长挺拔的身形，穿着阿姨的花边围裙，稍显滑稽。

白术蹑手蹑脚来到顾野身后，一把抱住他的腰，踮脚将下颌抵在他肩上："哥哥。"

顾野头都没回："不听。"

白术继续喊："哥哥。"

"我聋了啊，听不见。"顾野微微侧首，手指一弹，溅了白术一脸的水。

白术将脸往他肩上一埋，蹭了蹭水，然后问："你在做什么？"

"煲汤。"

顾野将火一关，戴上厚手套，掀开珐琅锅的盖子，一阵香味扑鼻而来。

他瞧了眼黏在他身后的白术："听说你晚上没吃饭。"

白术眼睛一亮："给我煮的夜宵？"

"嗯。"顾野拍了下她脑门，"去洗个手，准备开吃。"

"好哦。"

白术踮着脚，亲了亲他的脸颊，然后松开他，转身去洗手。

顾野愣怔了下，瞧着她的背影，嘴角弯了弯。

作为一个被惯坏了的人，白术洗了手就兀自坐到餐桌旁等吃的。顾野认命，解开围裙，陆续将鸡汤、炒菜以及米饭端上桌。

将米饭搁在白术跟前，顾野拉开她旁边的椅子坐下，问："你刚才想跟我说什么？"

白术拿起筷子，斜他："你不是不听吗？"

"不说算了。"

顾野作势要起身。

白术抓住他的衣袖。

顾野便坐回去，笑了下，等她说。

"围棋赛上，有一批人的棋艺短时间内突飞猛进，各种水平的都有，我研究了一下，大概十来个。哦，还有两个因为突然住院退赛的。"

顾野舀了一碗汤，推到她跟前："你怀疑他们用了药？"

"不怕一万，就怕万一。"白术喝了口汤，"你去查一查那两个住院的，我接触一下其他人。"

顾野很爽快："行。"

"你最近在忙什么？"白术从汤里夹了一朵香菇，塞到嘴里。

"向你学习，惩恶扬善。"

"哈？"白术歪头。

顾野不透露，神秘兮兮的："忙完再跟你说。"

白术虽然挺好奇的，但没多问："好吧。"

太晚了，白术吃饱就犯困，跟顾野聊了会儿，就上楼睡了。

睡前，白术想到在自动售货机前遇到的中年人，心里有一瞬的疑惑，但很快就沉沉地睡去。

第二天中午，还想着是否要查一下中年人身份的白术，在即墨诏看的一则采访视频里，得知了中年人的身份。

当时白术叼着个三明治，从即墨诏身后路过，视线立即被他手机里的视频所吸引。

"谁啊？"白术凑过去。

即墨诏道："即墨琰。"

“哦。”白术想起来了，“你爸。”

“嗯。”

白术微微俯身，盯着即墨诏的手机看了几秒，而后手一抬，把手机夺过去，将视频进度条拉到前面，一边看一边在即墨诏身边坐下。

视频是一段即墨琰的采访。

能把即墨诏生得这么好看，即墨琰的底子自然不差，人到中年没发福，身材维持得当，依旧可以靠颜值吸睛。

他大致讲了三点内容：

一、即墨诏在围棋上的造诣，是因为他的基因和指导。

二、选择去H国当教练，纯粹是看中韩子硕这一好苗子，爱才心切。

三、即墨诏和韩子硕接下来的比赛，他更看好韩子硕，并表示：“如果有人能打败AI布塔，那么只可能是韩子硕。”

视频底下全都是借机踩即墨诏的“黑粉”。

如“亲爹都这么说了，即墨诏肯定不咋样呗”“所以即墨诏火起来纯靠营销吧”“期待韩子硕的表现，打败布塔的唯一希望”之类的言论，数不胜数。

“呵。”

白术冷笑一声，把手机扔桌上了。

她评价：“你爸不要脸。”

即墨诏在吃饺子，听了她的评价，捡起手机，不痛不痒地说：“习惯就好。”

白术问：“你什么时候能跟韩子硕遇上？”

“不出意外的话，明天上午。”即墨诏回答，“他跟我比赛后，很快就轮到你。如果他输给我们俩，就会被淘汰。”

白术眯眼：“明白了。”

即墨诏提醒：“我看了他这几场，跟上次同我比赛比，进步了很多。你小心点。”

白术想到即墨琰和风间千绫，眸色微凝：“嗯。”

听她应声，而非嘲讽，即墨诏有点意外。

“不要掉以轻心。”

白术叮嘱一句，吃完最后一口三明治，站起身。

她走出一步，又倒退回来，乜斜着即墨诏：“当然，你输了也没关系，反正赢布塔用不着你。”

“你——”

即墨诏磨牙。

果然是他想多了，白术欠揍的秉性，改不了。

每天都有四场比赛，座位和对手都是变化的。下午的两场比赛，白术和即墨诏在同一间棋室。

往日，白术会跟即墨诏一起待着，研究一下布塔的棋局。但今天，白术吃完饭就没了踪影，直至下午比赛开始前才现身。

白术站在棋室外的墙前，浏览着在这间棋室比赛的人员名单。

“你去哪儿了？”即墨诏的声音从后面传来。

“闲逛。”

白术头也没回。

即墨诏咂摸道：“你今天很奇怪啊，四处瞎跑。”

白术：“我活泼好动。”

即墨诏噎了半晌。

“你下一场比赛，”即墨诏抬手，屈指敲了敲名单，“对手水平可以，但心理素质差。以你那张嘴，说两句话，他就心态崩了。”

白术义正词严：“我不耍阴招。”

即墨诏耸了下肩：“随你。”

白术继续浏览名单，扫到末尾时，有一拨人走过来，人群中乍然响起一道很欠的声音：“这不是我们的少年棋王吗？”

韩子硕停了下来，高傲的神情夹杂着些许不屑，他以一副轻蔑的姿态看了眼即墨诏和白术。

他奚落地补了句：“哦，还有个碰瓷的 NO.1。”

白术没搭理韩子硕，而是抬手扶额，跟即墨诏说：“我眼睛疼。”

即墨诏抬手扶住她的手肘：“怎么了？”

白术说：“被跳梁小丑晃的。”

即墨诏动作僵住，默默将手收回了。他心想：缺德还是你在行。

被白术拐弯抹角一通骂，韩子硕愣怔了会儿，才反应过来。

“你骂我是跳梁小丑？”韩子硕一步上前，神情不悦。

白术嗤笑一声，抬起下颌，姿态踱得很：“是啊。”

韩子硕紧握着拳，却竭力忍住。

“呵，除了找存在感，你也没别的本事了。”韩子硕故意看了眼白术的帽子，“还 NO.1 呢，你怎么不碰瓷 White？”

而后，韩子硕又转向即墨诏：“听说你参赛的目的，就是为了击败我？”

即墨诏惊住：他未免太会给自己脸上贴金了！

但转念一想，韩子硕的教练是即墨琰，即墨诏便觉得正常了。

“我的手下败将，就永远是手下败将。”韩子硕冷冷一笑，挺直腰杆，嚣张表情中满是自信，“不好意思，我的对手，只有 AI 布塔。”

这种话，白术说说倒也罢了，其他人说，即墨诏听不得。

即墨诏欲要上前，白术忽然拉了下他的衣摆，制止了他的动作。

“呵。”

韩子硕见他们俩都不吭声，顿时心情舒畅，弹了弹衣袖上不存在的灰尘，以王者姿态进了棋室。

跟他一起的几个人，都是H国的，听不懂他们在说什么，但这些人都认识白术、即墨诏，纷纷朝两人竖起拇指。

即墨诏气得肺疼，等他们一走，立即问白术："你的毒舌技能呢？"

"没必要。"

"哈？"

"这种时候，想着怎么赢就行，不用逞口舌之快。"白术教育他。

即墨诏迷惑了。

最爱逞口舌之快的，不是你吗？

在即墨诏腹诽之际，白术眯了眯眼，悠悠道："我喜欢看别人绝望前信心爆棚的样子。"

即墨诏的满腹牢骚一秒被清空。

因现场是全程直播的，韩子硕找碴即墨诏、白术这一幕，正好被拍到，在好几个主播的直播间里公开了。

观众不仅不替白术他们打抱不平，反而纷纷拍手称快。

"这一届棋手素质太高，我等了四天，终于看到有人怼白术和即墨诏了！"

"说得好！韩少爷还是委婉了点。"

"痛快极了！"

"白术心虚了吧，平时小嘴叭叭的，那么能说，这会儿就成哑巴了。"

"白术能以全胜成绩撑到现在，算个小奇迹吧。你们为什么毫不期待她在赛场上的表现？"

"她不配。"

"她运气太好，这几天遇到的对手，不是业余的，就是职业里的'小菜鸡'，真正牛的大佬一个都没被她碰上。"

"说真的，先前骂她两句就退赛，现在全网骂她，她反而蹦跶得越来越欢快，感觉像吃流量红利上瘾了。"

"期待韩子硕明天秒杀即墨诏和白术，让这两人赶紧滚，太碍眼了。占了那么大流量，剥夺了其他优秀棋手出彩的机会。"

……

在观众的骂声中，下午的比赛开始。

跟前几日一样，白术遇上的对手实力一般，按照白术的速度，能在半个小时内解决，可这一次，对手却出奇地难缠。

最终，白术以半子险胜。

白术没起身，摇开手中的折扇，满眼嘲弄地看向对面。

“作弊都输了，这么差劲啊？”

她用折扇遮住了嘴，可轻轻的声音，正好落到对手耳里。

原本沮丧的对手神情骤变，眼睛睁大，错愕且慌乱。

他近乎肯定地出声：“你，也是。”

面对他的质疑，白术没有理会，收了扇子，起身离开了。

试探对了。

她这一天，没事时就在接近疑似与此事有关联的人，这些人都表现得正常，她掌控不了线索。

正好，下午的对手就是白术怀疑的对象之一，她在一场比赛中判断出对方的资质和实力，有八成把握，所以才试探了一句。

没想到，还真是。

这就有意思了。

这一次，源头是谁呢？

下午的第二局，白术赢得很顺利。

她刚领回私人物品，就接到了顾野的电话。

“喂。”白术将手机递到耳边。

“比完了？”

“嗯。”

“出来。”

顾野说话简单明了。

白术道：“还得等即墨诏。”

顾野不假思索道：“让他自己回去。”

“成。”

挂断电话，白术戴好鸭舌帽，离开棋院。

刚走出门，就有一阵风袭来，卷来的细雨迷了眼，白术偏头想要避开，正好见到倚在柱子旁等她的顾野。

他穿着一件黑色卫衣，戴了顶帽子，左手拎着一把折叠伞，右手揣在裤兜里，腋下夹着一个档案袋。

他冲她笑。

白术立即走过去。

顾野朝她伸出手：“我来开车。”

“喏。”白术把钥匙给他。

顾野接过钥匙，撑开伞，和白术一起往停车场走。

白术伸手去拿他夹着的档案袋，可刚碰到一角，就被顾野推开了。

顾野“啧”了声，不爽道：“过分了，眼里只有它。”

“好吧。”

白术努努嘴，老实将手收回来。

她决定先跟顾野聊聊天，从即墨诏的八卦说起，扯到即墨琰的采访和韩子硕的挑衅，总算是让顾野满意了。

上了车后，顾野刚系好安全带，就将档案袋递给白术：“你说的那两个住院的棋手，我托人弄了点血，让程行知检测了下，他们体内都存在Y9因子。”

Y9因子难以用常规办法检测。

但程行知等人这几年研究有了成果，可以迅速检测出Y9因子。

白术打开档案袋，取出里面的化验结果：“能问出点什么吗？”

顾野说：“已经问出来了。”

白术诧异地偏头。

顾野目光一指她手里的档案袋，她反应过来，将档案袋敞口朝下，抖了两下，一张照片落到她腿上。

拾起那张照片，白术看到眼熟的人，认出来：“即墨琰？”

“嗯。”

“我看他跟风间千绫接触过。”盯着照片上的人，白术眼神锐利起来。

顾野将手放到她后颈上，亲昵地揉了一把，说：“好好比赛，剩下的我来处理。”

白术质疑：“你能行吗？”

顾野身形一僵，舌尖一抵后牙槽，用手指弹了下她的后脑勺，略压低的嗓音很勾人：“我行不行，你不清楚？”

嗯？

白术迷惑地眨眨眼，忽然想到什么。

“啊。”

白术恍然出声，用打印纸遮住半张脸，只露出那双大大的猫眼。

她竟然不好意思了。

顾野觉得稀奇，扬眉，学着她的调调：“啊。”

顾野伸手想拿开打印纸，被白术一把拍开。

白术瞪他：“你正经点。”

“小不正经的只许州官放火啊。”顾野笑道，欠欠的。

“我……”白术想跟他辩驳，半晌没找到好的切入点，叹了口气，“好吧，谈恋爱总归要有牺牲的，我让你一次。”

末了还要嘴硬。

不过，难得见到白术吃瘪，顾野心情大好，一踩油门将车开出停车场。

比赛第五天，即墨诏和韩子硕的比赛时间安排在第一场。

白术和即墨诏抵达棋院时，明显感觉今天到场的人很多，热闹程度直逼比赛第一天，甚至还能见到现场主播的身影。

一见他们俩亮相，多个镜头就打了过来，主播们的视线齐刷刷扫来，双眸如火炬，如同看到光明的未来。

“你保重。”

见状，白术微微低头，跟即墨诏拉开距离。

“你不是吧？”即墨诏震惊至极。

“失陪。”

话音刚落，白术已经走远了，混入人群。

即墨诏升起一股把白术拉下马的心思，大喊一声：“师父！你去哪儿啊？”

顿时，不少视线瞟向白术。

白术身形一顿，回身剜即墨诏一眼，步伐更快了。

白术终究是溜了。

留下未成年的小徒弟面对主播的诛心问题。

溜进大堂，白术远远瞧了眼被围着的即墨诏，吁了口气，走到自动售货机前，却在见到前方一人时，目光一顿。

长发美女倾身，从自动售货机里拿出两瓶饮料。

“你好像挺喜欢喝果汁的。”风间千绫回过身，将一瓶果汁递给白术，“给。”

白术睇了她一眼，没说话，却收了果汁。

风间千绫看着她：“你很讨人厌。”

“是啊。”

白术拧开果汁瓶盖，仰头喝了一口。

风间千绫又说：“要不是看你不顺眼，我肯定会找你当助手。”

拧上瓶盖，白术笑了，眼里透着桀骜：“好一句废话。”

“好好享受比赛。”风间千绫浅浅一笑，转身走了。

“喂。”

倏地，白术叫住她。

风间千绫停下，回头。

白术抬起手，手指钩着一个吊坠，垂下的绳子牵引着一部手机。

手机在空中摆动。

风间千绫脸色一变。

白术吊儿郎当地说：“你手机掉了。”

咬了下嘴唇，风间千绫云淡风轻的面具裂开，她神情稍有不悦，走过来夺过自己的手机，道：“你真的很讨人厌。”

“不客气。”白术笑得挺开心的。

风间千绫真走了。

白术耸了下肩，喝了两口果汁，左手抄兜，晃悠悠地往楼上走。

“嘿！白术在那儿！”

有人在后面喊了一声。

白术身形微僵，立即压下帽檐，加快了步伐。

为了躲避主播的纠缠，白术一直待在棋院领导的办公室，喝了领导半壶茶。等比赛快开始了，领导终于心安理得地将她扔出门。

“好好比赛，别浪费我的茶。”领导语重心长地说完，然后一把甩上了门。

小气。

白术在心里念叨着，重新把鸭舌帽戴好，往比赛的棋室走去。

饶是如此，白术在去棋室的路上，依旧被一个主播堵住了。

“白术！”

主播一见到白术就两眼发亮。

他立即将麦克风递过来，忙不迭开口：“你的队友即墨诏很快就要跟韩子硕比赛了，上次他输给了韩子硕，听说他特别重视这次比赛。请问，你有什么话想跟他说吗？”

白术面无表情道：“没有。”

没见过这么不给面子的，主播尴尬了一瞬，又迅速调整过来：“如果即墨诏输了，你会安慰他吗？”

“如果他输了，我会劝他退队。”

“太狠了吧……”主播惊愕之下，把心里话说了出来。

白术继续说：“我输了也退队。”

主播陡然一惊：“这话不能乱说，观众还期待WIN战队在全球赛上的表现呢。”

白术一阵无语。

很显然，主播就是打心底觉得她赢不了韩子硕。

主播也反应过来，嘿嘿一笑，赶紧找补：“毕竟你是业余的，韩子硕自三岁起就下围棋了。就连即墨诏的父亲，都说韩子硕是唯一能跟AI布塔——”

说到这儿，主播注意到白术衣服上“K.O布塔”的卡通小人，意识到自己又踩雷了，识趣地闭上了嘴。

白术却忽然道：“哦，我确实有句话想跟即墨诏说。”

“是什么？”主播一喜，赶紧问。

白术目光一斜，看向镜头，一字一顿道：“比完赛，赶紧断绝父子关系吧。这么个净往自己脸上贴金的爹，扔了不亏。”

说完，白术就在主播瞠目结舌的注视下，潇洒地离开了。

然而，主播的直播间并未因白术的离开而消停，反而热度水涨船高，观众对白术简直恨不得除之而后快。

“叫人断绝父子关系，她是自己没爹吗？”

“输了就退队，她可真敢说，我等着她退出！”

“她要是不退出，我黑她一辈子！”

“她管得可真宽。跟队友关系再好，也不该插手队友的家事好吧！”

……

哪怕明知白术去比赛了，不可能看到，但观众照样一片骂声，通过各个渠道对白术口诛笔伐。

许是今天又挨了骂，白术状态极佳，一场比赛下到一半，对手就主动认输了。

白术出了棋室，来到一楼大堂。

大堂有一块屏幕，赛前显示比赛信息，赛中会直播精彩对决。

不出所料，今天出现在屏幕上的，正是即墨诏和韩子硕的比赛。

屏幕前围了不少人。

白术自知自己这一身过于扎眼，没靠近，而是站在角落里，远远望着屏幕上的棋局。

比赛进展过半，从眼下的局势看，两人不分伯仲，但即墨诏的布局更为深远，暗藏杀机，早已不是一个月前的水平了。

白术剥开一根棒棒糖，塞进嘴里。

她忍不住想：跟即墨诏来一场不耍心机的比赛，她能赢吗？

随着时间推移，局势渐渐明朗。

白术呼出口气，欲转身离开时，余光却窥见旁边一道人影。

中年人仰头望向屏幕，脸庞是僵硬的，眼里笼上一抹灰暗，不甘和绝望从眸底深处扩散，身子微微战栗。

陡然间，他似有所感地回过头，跟白术的视线撞了个正着。

白术口中衔着的糖棍儿往屏幕一指：“你好像低估了你儿子的实力啊。”

即墨琰冷哼一声：“结果还没出来。”

白术疏懒一笑：“如果你现在还看不出胜负，那你这些年跟围棋打交道，就是在浪费时间。”

即墨琰哽住。

这女生牙尖嘴利的，说话直戳人心。

冷不丁地，白术又开了口：“懦夫。”

“你说什么？”即墨琰心口一窒。

白术直视着他凶狠的目光，一字一顿道：“我说你，是懦夫。”

即墨琰大步走来，手猛地握拳：“你也配评价我？”

“想打我？”白术眉毛轻挑了下。

此刻的即墨琰，眼里的怒火像要烧着了。

“输给儿子，就断了自己的围棋生涯。培养出一个二货，就为了打败儿子。可谁搭理你啊？一辈子都只会跟自己较劲，不是懦夫是什么？”白术字字诛心。

“你！”

即墨琰的手扬了起来。

但，僵在半空。

白术朝人群方向看了眼，而后有恃无恐地瞧着即墨琰。

即墨琰最终收了手。

白术索然无味地挑眉，转身离开了。

同一时间，屏幕前热闹起来，人群里爆发出一阵惊叹——韩子硕认输了。

即墨琰看向屏幕，面无血色。

半个小时后，白术坐在棋室的棋盘前，见到了神情阴郁的韩子硕。

白术本性难移，奚落道：“输得很难看啊。”

韩子硕刚一坐下，闻声，眸中杀意乍现，他愠怒道：“少废话。”

白术倒是不说话了，拿起一侧的折扇，手一抖，折扇打开，“NO.1”的字样闪现，随着她的动作一摆一摆的，格外晃眼。

几秒后，韩子硕内心蹿起一股火，险些将棋桌掀了。

这时，铃声适时响起。

白术说：“开始了。”

“哼。”

韩子硕冷着脸。

他明显没从输给即墨诏的打击中缓过来，情绪很狂躁，加上根本没将白术放在眼里，在他意识到情况不对时，已经来不及了。

他的手落到棋盒里，手指颤抖着，震惊地看向对面的女生。

白术优哉游哉地摇着折扇。

某直播间。

主播正在介绍即墨诏最新一场比赛，弹幕里忽然有人问了一句：“有人关注韩子硕最新的比赛吗？他的对手是白术欸。”

很快有人响应：

“关注啥呀，白术肯定输了呗。我等赛后催她退队呢。”

“韩子硕输给即墨诏算意外，赢白术，那不是分分钟的事？”

“没兴趣，不关注，就没看过白术下棋。”

……

弹幕讨论得火热之际，直播间里，忽然有个助理现身，给主播递了一张字条。

主播随意地扫了眼字条，然后怔住，表情忽然变了。

“跟大家说一个最新消息。”良久，主播咽了口唾沫，表情是难以置信的，“韩子硕和白术的比赛，韩子硕中途认输，已经确定退出赛事了。”

弹幕区沉默了一秒。

然后，被无数惊叹号和问号刷屏，每个字符都透着观众的震惊。

这一天，无疑又是白术和即墨诏霸占热搜的一天。

两人以韩子硕为踏板，直接证明了他们的实力，堵上了那群嘲讽他们装扮的人的嘴。

然而，白术的非议着实太多，哪怕是赢，照旧有无数人拉踩。

像“韩子硕大意了”“韩子硕刚输给即墨诏，状态不好，白术捡了便宜”一类的言论层出不穷，没几个人相信白术有打败韩子硕的实力。

现场比赛时间为一周。

前五天是淘汰赛，选出八位棋手。

后两天是总决赛，每天两场，输一场即被淘汰，最终选出一名棋手，歇两天后跟 AI 布塔比赛。

第六天。

进入总决赛的白术，又一次成了焦点，无数双眼睛都盯着她的比赛，希望她被淘汰。

然而，这一天的两局，白术都如有神助，顺利胜出。

她进了前四强，堪称最出乎意料的一匹黑马。

结束这天的比赛后，白术拒绝了各种采访，挤出棋院。

依旧是阴雨天，天色灰蒙蒙的，但空气清新，白术长长舒了口气。

“小天才。”

身侧忽然传来熟悉的声音。

白术惊喜回眸，便见到顾野的身影。

他刚到，头发、肩膀上沾了雨，湿了些，沾了这天气的阴郁，但他一笑，就连空气都明朗起来，气质清爽干净。

白术走向他：“就你一个啊？”

顾野牵住她的手：“不然呢？”

“即墨诏呢？”白术好奇地说，“他比我先结束。”

“不知道，就见你一个人出来。”顾野不甚在意地说。

“是吗？”白术将手机掏出来，见到即墨诏的消息。

她道：“他说想采访的人太多，先回去了。”

顾野颔首：“那我们也回去。”

“好。”

白术将车钥匙交给顾野。

上了车，顾野跟白术闲聊："明天就一场比赛了吧？"

"即墨诏赢的话……"白术本来做了个假设，想了想，很干脆地点头，"嗯，就一场。"

以即墨诏的实力，不会输。

这次比赛，参赛者偏于年轻，算不上太厉害。

一来是上了年纪的棋手持续七天高强度比赛，身体容易吃不消；二来是方辰都输给布塔了，多数知名棋手不敢强出头，怕输了后遭受非议。

眼下，晋级四强的另外两人，都是围棋界新生代的佼佼者，但跟即墨诏没得比。

而白术既然要挑战布塔，即墨诏肯定得让路。

"看来你对即墨诏很有信心。"

"啊。"白术嘴角上翘，有点骄傲，"我徒弟。"

"坑蒙拐骗来的。"

白术瞪他："闭嘴。"

顾野："好的。"

回去时，白阳难得没在训练，而是津津有味地在网上"吃瓜"。

"你们俩回来——"白阳一扭头，见到是顾野和白术两人，怔住，"咦，即墨弟弟呢？"

白术问："他还没回来？"

"没呢。"白阳摇摇头，"我一直在，没见他回来。"

顾野说："他可能有事耽搁了，你打电话问一下，他现在在哪儿？"

白阳拿出手机："行。"

可他一连拨了两通电话，也没人接。

白阳挠挠头，跟他们道："没接。"

白术忽然意识到什么，抓住顾野的手臂，正经起来："情况不对。"

"嗯。"顾野的手覆上她的手背，果断道，"去找找看。"

顾野开车折回棋院，而白术一路都在给即墨诏打电话，一直无人接听。

直到半路时，电话忽然通了。

"喂。"

是个女人的声音。

白术仔细辨认了下，觉得耳熟，才想起是陆遥。

白术微怔："你怎么拿着即墨诏的手机？"

"我就在他身边啊。"

"你们人在哪儿？"

"棋院附近，出门左拐百来米吧，一个巷子里。"陆遥专门挑着重点说，"他好像遇到了点麻烦事，幸亏我路过。”

白术猜到准确地点，立即扭头跟顾野说了一声。

紧接着，白术又问：“他呢？”

那边静默几秒，传来陆遥遥远的声音：“白术找你。”

“我，”刚说一个字，即墨诏就吸了口气，安静半刻后才迅速道，“我没事。”

陆遥当场拆台：“谁说没事，腿都被打断了。有能耐你爬起来试试！”

即墨诏便没吭声了。

白术听得一清二楚，没再多问，把电话挂了。

顾野侧头瞧了她一眼，发现她眉眼笼上一层冷意，像是忽然变了个人。

几分钟后，白术和顾野赶到巷子入口，正好瞧见被陆遥扶着走出来的即墨诏。

这些天一直在下雨，地面湿漉漉的，到处都是水坑。即墨诏衣服上沾满泥泞，帽子不知所终，发丝耷拉着，软趴趴垂下，衬着那张苍白冒冷汗的脸，狼狈中透出些可怜。

更令人在意的是，他拖着一条左腿，走路一瘸一拐的。

四人相遇后，皆停下脚步。

白术看了即墨诏两秒，语气阴沉：“谁干的？”

一直以来，白术在即墨诏心里的形象，都是无耻、自信的，时而幼稚时而靠谱时而气人，他还没见过白术这副冷漠模样。

即墨诏惊了一下。

陆遥帮忙回答：“是一群小混混。”

没有看陆遥，白术紧盯着即墨诏，又问了一遍：“谁干的？”

即墨诏望向她，半晌，从嘴里吐出三个字：“即墨琰。”

第四章

NO.1 竟然是白术

第二天的棋院，即墨诏缺席了。

原本该到场的四人，唯有三人到场。

网上吵成了一锅粥。

棋室却格外安静。

白术和对手你一子我一子地下棋，除去棋子落下时的脆响声音，再无其他。

即墨诏的对手独自一人坐着，显得焦躁不安，但又隐含期待。

半个小时后，棋室门口传来低语交谈的声音。不一会儿，有位棋院老师走进来，朗声宣布："即墨诏无故缺席，视为弃权，这一局，棋手何起不战而胜。"

除了白术，另外两位棋手皆是抬目看去。

只不过，相较于即墨诏对手的欣喜若狂，白术的对手就显得坐立不安了。

同样是前四强，有人白捡了便宜，在面对最强棋手时不战而胜，自己则被一个业余棋手压得死死的，难以喘息。

又过了十分钟。

白术将折扇一收，看向对面："认输吧。"

对手双唇颤抖着，终究沮丧地垂下头，说出难以启齿的三个字："我认输。"

结局已定。

白术走出棋室，见到一群人围过来。

"白术，请问即墨诏为什么没来？"

"他参赛只是为了打败韩子硕，跟他爸置气？"

"很多人把这场'人类和AI的对决'当作围棋的转折点，对即墨诏抱以极大的期待，他现在中途弃权，是否太不负责任了？"

……

面对人群和闪光灯，白术将帽檐往下一压，遮了眉眼，转身就走，一副"你问任你问，我只字不答"的态度。

下午的围棋赛，白术再一次胜出，拿到了跟AI布塔的比赛资格。

这一出乎意料的结果，刚在网上传播，就吸引了广泛关注。

网友们虽然不懂围棋，但懂八卦。

他们对“即墨诏弃权原因”“白术竟然能拿第一”两个问题进行种种讨论，最终演变成讨伐职业棋手的大阵仗。

最终，他们猜测，职业棋手想明哲保身，最后推出一个业余的、非议多的白术，到时输了将责任推给白术即可，围棋界大可跟白术撇清关系。

毕竟，你一个电竞选手、极限运动员、漫画家、业余棋手，跟我们职业围棋有什么关系？

离开棋院后，白术坐上顾野的车。

白术问：“找到人了？”

顾野答：“嗯。”

之后，两人一路无话。

顾野将车停在一家酒店前，而后，跟白术一同进了酒店，径直来到某个房间。

顾野按了下门铃，跟白术做了个手势。

两人退到一边，避开猫眼。

“谁啊？”里面刚传来即墨琰的声音，门就被人毫无防备地拉开了。

“你大爷。”

白术冷冷吐出三个字，就一脚踹中即墨琰的膝盖骨，速度之快，不仅当事人即墨琰，就连顾野都没反应过来。

即墨琰被这一脚踹得往后倒，一屁股坐在地上。

他抬头，仰视着两人，心生恐惧。

他没站起来，手脚并用地爬，可白术又朝他屁股踹了一脚。

“你们想干吗？”即墨琰仓皇中捂着屁股，扭头朝他们叫嚣，“我要报警了！”

“你报啊。”白术有恃无恐。

她朝顾野摊开手掌。

顾野将一部手机交给她。

白术朝即墨琰走两步，在一旁半蹲下来，冷漠道：“我帮你叫记者，搞营销，顺便将你打你儿子的视频曝光。”

她点开个视频，将手机扔到即墨琰跟前。

即墨琰低头，赫然见到自己踹即墨诏膝盖的一幕。

昨日，他收买了几个地痞流氓，趁即墨诏比完赛，把即墨诏拽到巷子里。他先泄愤地踹了即墨诏几脚，然后才将即墨诏交给那些流氓。

目的就是让即墨诏错过围棋赛、漫画赛，甚至之后的电竞赛。

既然赢不了，那么就毁了。

即墨琰浑身瘫软，彻底慌了：“这视频哪儿来的……”

视频是地痞流氓看戏时拍的。

被顾野一威胁，他们就把视频交出来了。

不过，白术没帮他解惑，反而活动了下手腕，五指猛地握拳，一拳砸在他脸上。

痛快了。

白术吁了口气，站起身，瞥了眼鼻青脸肿的即墨琰。

她问：“认识风间千绫吗？”

“你们不是为即墨诏来的？”

即墨琰捂着腮帮，一嘴血，吐词不清。

他震惊地看着白术和顾野，好像在重塑对他们的认知。

“要么，如实相告；”白术懒得回他，直接把事情摊开了讲，“要么，把你私下散播违禁药物的事透露出去。”

即墨琰神情慌乱，咽了口血水。

十分钟后。

即墨琰坐在椅子上，将所知之事全部坦白，道：“我就知道药效，帮忙散播一下。至于来源、成分之类的，我什么都不知道。”

他用衣袖擦额角的汗珠，但蹭到了眉骨的伤口，疼得他嗞了一声。

来回踱步的白术，忽然停在即墨琰跟前，负手而立，微歪着头，问：“你就那么想毁了即墨诏？”

即墨琰一怔。

他没想到，白术话题转得这么快。

“毁了又如何，那是我儿子！”即墨琰顿时怒了，“什么棋王、天才，还不是老子基因好，遗传给他的？可他从来没把我当作父亲！”

白术目光射向他，似能看穿人心：“是没让你占到便宜吧。”

面对这个二十岁出头的女生，即墨琰忽然觉得心虚，定了定神后，他冷声道：“反正他现在这样，是他的报应。”

白术悠悠问：“他哪样啊？”

即墨琰锁眉，紧抿着唇。

往前跨了半步，白术居高临下地看他，缓缓道：“中途弃权，背负骂名。今后的漫画赛、电竞赛，他将因养伤发挥失常吗？”

即墨琰不答，哼了一声。

即墨诏错过今日比赛，就证明即墨诏伤得不轻。

围棋赛，即墨诏是没戏了，名声注定一落千丈。接下来的漫画赛、电竞赛，即墨诏哪怕能参加，肯定也会有影响。

他的目的已经达成了。

至于其他的，无所谓。

白术拍了下手，同一直在旁看戏的顾野道："走吧。"

"嗯。"

顾野收回手机。

离开酒店后，顾野和白术没瞎晃悠，而是回到车上。

顾野关上车门，问："你让我找到即墨琰，是为了即墨诏，还是为了风间千绫？"

白术一坐好，就剥开一颗糖："即墨诏啊。"

顾野见状，微侧过身，伸手抓住副驾的安全带，帮她扣好。

顿了下，顾野问："那后来？"

"我就随便试探一下，谁想到他全招了。"白术把糖递到顾野嘴边，"不过，作用不大，消息没有用。"

顾野叼住糖果，挑眉轻笑："你又怎么知道是即墨琰散播的？"

"风间千绫肯定不会自己现身，肯定需要个中间人。"白术合情合理地推测，"他跟风间千绫亲自接触过，嫌疑最大。"

白术又掏出一颗糖，忽然想到一事："说起来，你全程看戏，是不是早知道了？"

"啊。"

顾野应了一声。

"哦。"白术颔首，确实没精力操心别的，"靠你了。"

顾野将脸颊凑过来。

白术乖得很，亲了下他的脸。

顾野想到她方才乖戾凶狠的模样，捏着她软嫩的脸，莞尔道："你今天很凶啊。"

"有吗？"

白术吃了一颗糖，眼珠转了转。

"这种事你平时没少做吧？"

"没有，我心理负担挺大的。"白术一本正经地说。

顾野斜睨着她：我会信你的鬼话？

"说起来，"白术强硬地岔开话题，"我赢了布塔后，该怎么庆祝？"

还没比呢，就想奖励了。

顾野将车开进车道，给她出主意："网友骂你这么狠，怎么也得回馈一下吧？"

白术顿时来了兴致："是哦。"

为了庆祝白术拿第一，顾野在外面请白术吃饭。

等两人回到战队基地时，已经快晚上十点了。

"你们俩去干吗了？"

刚一进屋，就见灯亮了，即墨诏的声音传来。

两人循声看去，见到即墨诏站在楼梯旁，拄着一根拐杖，左侧眉骨上贴了个创可贴，正满脸质疑地看着他们。

他穿着宽松的运动服，很高，却有一种清瘦感。

白术回："吃饭。"

即墨诏眉头极轻地皱了下："只是吃饭？"

"我们约会，得跟你报备？"顾野的手肘搭着白术的肩。

"嘁。"即墨诏不屑地哼唧一声，"你们去找即墨琰了吧？"

白术刚想否认，就见即墨诏举起了手机。

即墨诏无语道："别编了，他给我发了条短信，数落了我的三十六条罪状，其中包括怂恿朋友报复殴打他。"

白术扭头看顾野："他咋这样？"

顾野赞同地点头："他咋这样？"

即墨诏表情麻木地看着他俩装傻充愣。

最后，顾野拍拍白术的肩，把话题延续下去："也没什么，正好路过他住的酒店，顺便跟他谈了个心。"

白术补充道："不用谢。"

顾野说："对，不用谢。"

"你们俩不去演双簧真是可惜。"即墨诏吸了口气，将手机放回兜里，"我又没想说你们。"

他说完就背过身，拄着拐杖上楼。

走了两个台阶，他身形顿了顿，侧首朝两人看了眼，低声说："谢谢了。"

白术和顾野对视一眼。

"哎！"

白术忽然出声叫住即墨诏。

即墨诏又停下来，看向她。

"即墨琰想毁了你，你想不想打他的脸？"白术扬眉一笑，神采飞扬。

即墨诏眼里闪过一抹光彩。

白术说："等我赢了布塔那一天，我的荣耀分你一半。"

即墨诏抿了下唇，隐去一点失落："你赢了再说吧。"

说完，他上了楼。

"给他希望，又不直说。"顾野无奈地瞅白术，忍不住去捏她的脸，"你说你缺不缺德？"

白术毫不羞愧："我一向缺德。"

顾野无可辩驳。

拿到比赛权后，白术有两天的休整时间。

在全网对她狂喷之际，她却待在基地闭门不出，潜心研究布塔的漏洞。

两天后，比赛如期而至。

这次比赛地点是在布塔所在的公司。

比赛过程全场直播，八大知名主播，在八个国家同步讲解。因白术自带话题的体质，直播热度空前绝后。

当天，顾野开车送白术去比赛，而在家闭关的白阳和腿脚受伤的即墨诏，特地陪同。

但是，顾野、白阳、即墨诏三个都是容易惹非议的，所以没公开亮相，而是从侧门进大楼，直接前往专门给漫画家提供的场地。

亚洲分四个区，每个区选七位漫画家，他们又有助手和领队，甚至带了翻译，人数很可观，熙熙攘攘的。

但是，即墨诏一来，就引起了关注。

这群漫画家都紧密盯着 A&H 漫画赛，自然知晓即墨诏中途弃权一事，如今见到拄着拐杖的即墨诏，个个露出恍然的神情。

“你们仨都来了。”陆遥跟他们打招呼。

跟陆遥在一起的，还有苏老师和简以楠。

苏老师疾步走过来：“即墨诏，你的腿怎么了？”

即墨诏满不在乎道：“摔了一跤。”

谁能一跤摔成这样。

苏老师没揭穿他：“先过来坐。”

来的人多，座位也多，几人坐在一块儿。有人在讨论他们，但他们司空见惯，自顾自地闲聊，没去理会。

墙上的大屏幕里，正在直播白术、布塔入场。

“顾少爷。”

有个中年人走过来。

顾野抬眸看了两秒，才认出人——那日跟白术、即墨诏来这里时遇到的领导，许七。

“先前见到白小姐、小棋王，没敢认。”许七笑得合不拢嘴，“结果还真是你们啊。你们当天怎么不说呢？”

“随便玩玩。”顾野敷衍着，语气冷淡。

许七笑容明媚，跟他寒暄了好一会儿才离开。

顾野坐到即墨诏和白阳旁边。

“他怎么笑得这么开心啊？”白阳好奇地问。

“我和白术私下跟布塔比过，输了，他当时在场。”即墨诏解释。

白阳又问：“所以呢？”

即墨诏说：“他觉得白术输定了呗。”

“哈。”白阳跟听到笑话似的，眼睛一瞪，颇为中二道，“人类，今日就让你见证一下变态的恐怖。”

陆遥闻声，凑过来："白术真能赢？"

白阳护犊子："当然，我妹妹何时输过？"

"喊。"陆遥嚣张地跷起二郎腿，"就没人想研究一下白术的脑子？"

一听这个，简以楠来了精神："我想过，但她不配合。"

陆遥悻悻地摸了下鼻子。

众人不约而同地沉默了。

围棋赛一开始，直播画面就切到棋盘上，不少人准备打盹。

一个小时后，椅子上躺成一片。

只有少数懂围棋的，聚精会神地盯着屏幕。

倏地，原本还算安静的房间，变得嘈杂热闹起来。

"快看即墨琰的直播访谈！"

"他好像坚信布塔会胜。"

"他根本没看棋局吧，而是在讲人类和机器。"

"怎么回事，才几天时间，他就从坚信徒弟能赢布塔的人类围棋拥护者，变成了一个 AI 将会挫败人类精神文明的悲观者？"

……

讨论声渐渐变大。

"怎么啦？"趴在简以楠肩上睡觉的陆遥，打了个大大的哈欠。

简以楠盯着棋盘，没空理她。

白阳对围棋不在行，对八卦却很灵敏。他用手机打开直播间，递给即墨诏："你爸，看吗？"

"不看。"

即墨诏紧盯着墙上的屏幕。

再看顾野和苏老师，都将注意力放在棋盘上。于是，白阳跟陆遥凑到一起，看着八卦直播。

直播间里，衣冠楚楚的即墨琰说："布塔的出现，对围棋界绝对是个致命的打击，它会向世界证明，人类积年累月和引以为傲的训练，在算法面前不值一提。随着技术的发展变革，围棋今后只会成为一个娱乐项目。"

主播问："现在比赛结果还没出来，您就确定白术会输吗？"

即墨琰口吻坚定："我想不出她有赢的可能。"

主播说："虽然她是业余的，但她走到今天，足以证明她的实力。"

即墨琰道："幸运罢了。"

主播又问："白术确实幸运，匹配的对手都不难缠。即墨先生，如果您的儿子即墨诏没弃权，您觉得他有赢布塔的希望吗？"

即墨琰皱眉："没有。"

主播好奇："有根据吗？"

即墨琰斩钉截铁道："我的儿子，我心里有数，他根本没那个实力。何况，人类根本无法战胜AI。"

看到这儿，陆遥忍不住嘀咕："什么鬼。"

"这人有毒吧，"白阳鄙夷道，"一而再再而三跟亲儿子过不去。"

"别看了。"

陆遥看得一肚子气，夺过白阳的手机，退出了直播间。

她碰了下简以楠肩膀："欸，形势怎么样？"

简以楠眸光闪烁，深吸了口气，说："大局已定。"

然后，她站起身。

即墨诏、顾野、苏老师也站起身。

陆遥怔了下，发现陆续有人起身，分别往前后门走去。

他们是去迎接胜利者的。

陆遥和白阳两人不明所以，糊里糊涂地跟在人群里，一起来到一扇门前，跟诸多主播、记者、保安围在了警戒线前。

他们神情各异。

等了约十分钟，一扇门打开。

闪光灯下，有个人走出来，是身形纤细的白术，她穿着随意，头发绑在脑后，清爽利索，像个漂亮又普通的女孩。

大家一窝蜂围了上去。

"白术，恭喜你赢了布塔，请问你现在心情如何？"

"对于跟布塔的比赛，你有什么想法吗？"

"能透露一下您如何打败布塔的吗？"

"白老师，请问您对'AI迟早会吞噬围棋行业'这一说法怎么想？"

白术接过了叫她"白老师"的记者的话筒。

周围安静了，等着她回应。

"创造AI的是人类，利用AI的也是人类。"白术收敛了吊儿郎当，神情肃然，"围棋AI的出现必然会给围棋带来巨大影响，或许是新时代的诞生，但我相信以人类的能力，可以灵活用好这个工具，给围棋，甚至更广阔的领域带来便利。"

她竟然在赞美人类，而不是在赞美自己。

习惯了白术那副跩上天模样的人，一时间竟是反应不过来。

"是否可以理解成您对围棋和布塔都抱以积极态度？"记者问。

"对。"

"能仔细谈谈吗？"

"布塔能打败方先生那样的高手，又能输给我这样的业余棋手。这不正代表围棋的强弱没明确界限吗？它很有意思。”

白术的回答，让在场棋手精神一振。

记者继续问：“请问您现在心情如何？”

白术兴致缺缺：“赢麻了，没感觉。”

众人忽然松了口气。

好的，是她没错了。

白术又答了几个问题。

她的回应很得体，每个积极的肯定都给围棋行业注入新的活力，三言两语，就听得无数棋手心潮澎湃。

约莫十分钟后，白术忽然问：“几点了？”

“十点刚过。”

“那还早。”

白术手持一个话筒，微微侧过身，看向人群外围。

众人顺着她的目光看去。

在那个方向，他们见到WIN战队和东国队的成员，也见到拄着拐杖的即墨诏。

他们以为白术要说一些感谢之类的话。

但是，白术接下来说的，出乎所有人意料。

“看了吗？”白术目光定在即墨诏身上。

即墨诏忽然成为瞩目焦点。

即墨诏抿了下唇，回：“看了。”

“怎么样？”

“凑合吧。”

“来都来了。”白术头一偏，眉梢一挑，“要比一局吗？”

即墨诏愣怔两秒，不假思索道：“当然。”

某直播间。

即墨琰仍在侃侃而谈。

忽然，主播得到新消息，打断了即墨琰：“即墨先生，白术和布塔的比赛结果出来了。”

“白术输了吧？”即墨琰面带笑容，信心十足。

“不，布塔输了。”

即墨琰笑容一僵。

主播又说：“听说即墨诏是受伤弃权，今天也到现场了，白术提出跟他重新比一场。”

即墨琰脸色唰地变白，颤抖的手撞倒了桌面的茶水，打湿了一身。

这注定是围棋界值得纪念的一天。

这一天，白术赢了 AI 布塔。

同一天，白术输给了即墨诏。

一个业余棋手打败了职业棋手都畏惧的AI，可她一扭头，就被一个职业棋手打败。

正好印证了那句“胜败乃兵家常事”。

白术赢也赢得淡定，输也输得坦然。

一两场败仗算得了什么呢？

一天之间，唱衰围棋的声音被压制住，更多的人站出来，开始肯定围棋 AI 的存在，展望围棋的美好未来。

晚上，顾野家。

陆白被程行知带走了，白术窝在沙发上，玩着陆白的游戏机。

电视里播放着今天“人机大战”的新闻。

顾野端来一盘水果，调侃：“你输给即墨诏，不是故意的吧？”

白术抽空瞪他一眼：“闭嘴。”

“听说即墨诏回基地后，一直在复盘棋局，想搞懂你有没有让他。”

白术将游戏机一扔，捂住了耳朵。

顾野笑笑，喂给她一块西瓜。

“你今天接受采访说的那些，都是真心话？”顾野继续问。

“半真半假吧。”

“哪些是假的？”

“围棋没意思透了，以后再也不玩了。”白术就跟小孩闹脾气一样。

顾野坐在白术身侧，揽住她的肩，把手机递过去：“来，给你看个新闻，高兴一下。”

“嗯？”

白术眼睛一眨，没接手机，而是凑过去看。

是风间集团董事长涉嫌经济犯罪被抓的新闻，配图是董事长被警察带出公司的照片。

白术端详半刻，然后说：“哇哦。”

顾野学她：“哇哦。”

“你干的啊？”白术挑眉。

“嗯，找了 SOS 几个朋友。”

手指抵着手机一侧，将手机转了两圈，顾野极轻地勾了下唇。

关于他们如何收集罪证的事，白术没多问，她更感兴趣的是：“Y9 因子跟风间集团有关吗？”

顾野说：“嗯。风间集团一直在资助 Y9 因子的研究，钱是汇往 M 国的，暂时查不到去处。但有一点可以确定……”

“什么？”

“组织有人藏身于最新建立的国际漫画组织。”顾野眸色微沉，神色凝重了些，“DY 漫画大赛，极有可能是为了推广药物、造国际巨星敛财举办的。”

白术悚然一惊。

半晌，她低喃道：“难怪。”

“难怪什么？”

“这一两年，漫画NO.1上的天才层出不穷，各大洲的参赛作品，水平远超往年。我们以为，这会成就漫画的新时代。”白术的神情有些复杂。

“你怎么想？”顾野明白她在想什么，“用药物激发创造出来的佳作，本质意义上，也是佳作。而作品是不该承担连带责任的。”

白术颔首：“而且，一旦公开，这种药会成为致命的吸引力，疯狂的人会趋之若鹜。”

白术有些犯难，脑袋往后一仰，后脑勺磕在沙发背上，睁眼看着天花板。

顾野捏了捏她的肩，徐徐说：“多数人都想成为天才，哪怕后果是致命的。”

白术吁了口气：“天降大任，只有我包揽前三，才是最合理的。”

顾野被她嚣张的话逗乐了，提醒：“你就两个名额了。”

白术眼珠一转。

“而且，你真以为，光靠实力就能拿第一了？”顾野说，“既然漫画组织渗透了他们的人，他们肯定会扶自己人的。你这么抢眼，迟早被盯上。”

“是哦。”白术忽然坐直了，盘着腿，“我得发展一下团队。”

“嗯？”

“东国队。”白术拾起茶几上的手机，“我不行，就拉上他们。”

顾野挑眉：“你不是嚷嚷着要一个人进全球赛吗？”

“事情有变，妥协一下也不是不行。”白术想一出是一出，跳下沙发，“我去给墨川打个电话，让他做我的助手。”

顾野登时无语：“我呢？”

“你去帮即墨诏啊。”白术理所当然道，“即墨诏的伤势，势必会影响他的作品，哪怕有墨川助力也难晋级。你嘛，正好。”

忽然就被安排得明明白白。

顾野心情有些复杂：“你不问问我的意思？”

“啊？”白术往嘴里塞了块西瓜，挺奇怪，“你有意见吗？”

“没有。”顾野只能这么说。

白术喂他吃了块苹果，然后就去阳台给墨川打电话了。

顾野坐在沙发上，望着白术的身影，轻轻叹了口气。

他对漫画赛没兴趣。

他愿意当助手，纯粹是因为，他要帮的人，是她。

白术的电话打了半个小时。

跟墨川谈妥后，白术折回客厅，发现顾野在准备晚饭。

白术又坐回沙发上，回了几条消息，倏然想到顾野先前的提议，于是在漫画 NO.1 上登录了 Echo 的账号。

她发了一条动态。

Echo：名正言顺。

等了会儿，她又用“NO.1”的账号发了一条动态。

是一个小人在冷笑的表情图。

没几个字，但相近的时间更新动态，一来一回，火药味十足。

这大半年来，漫画 NO.1 的热度居高不下，每天活跃用户破五亿，各区比赛晋级者关注度颇高，NO.1 账号粉丝过亿，Echo 账号粉丝三千万。

这动态一经发出，立即引得广泛关注。

原本因白术在围棋赛上的优异表现，全网都在夸白术，结果这条动态又让人想起她取名“NO.1”的往事。

大家纷纷发言。

“赛后喝了几斤啊，这就飘了？”

“不是真的吧，她想跟世界第一 NO.1 比？”

“清醒一点，你们俩的评级、积分、排名，都不是一个档次的。你赢十个布塔，也挨不着 NO.1 的边啊。”

“看样子 NO.1 也被恶心到了。”

起初都是路人评论，但不一会儿，Echo 黑粉和 NO.1 粉丝赶到，直接开喷，各种污秽的词简直不堪入目。

刷了两分钟，白术点开八卦论坛，发现他们已经吵起来了，好不精彩。

白术来到厨房门口：“顾野。”

顾野端着两盘菜走过来，斜她一眼：“吃饭。”

原本想跟顾野分享这事的白术，被他冷淡的目光一盯，微怔，她跟上顾野的步伐：“你怎么了？”

顾野将菜放桌上，语气如往常般道：“没事。”

“好吧。”白术打消疑虑。

她的目光落到盘子里的鸡翅上，想伸手去拿。

顾野拍开她的手：“去洗手。”

白术忽然看向玄关：“啊，陆白！”

顾野顺着她目光一看，下一秒就知道被骗了，可这时，白术已经抓起一只鸡翅，朝厨房飞奔而去，跑远了。

顾野无语极了，但又扯了下嘴角。

气消了。

餐桌上，顾野给白术夹着菜："从明天起，参赛者要进行一周的学习，你要去学校吗？"

"不去。"白术说，"有点忙，比赛再去。"

顾野问："又忙什么？"

白术眼珠一转，埋头吃饭，腮帮子鼓鼓的，一副做贼心虚的样子。

顾野还要再问，白术赶紧将手机推到他面前："看这个。"

顾野一看，是一个帖子，在讨论白术发的两条动态。

这种机会，唯恐天下不乱的顾野自是不会放过，当即登录 Ego 的账号，转发 Echo 的动态表示支持，给本就烧得正旺的舆论又添了把火。

一夜过去，白术和顾野就被 NO.1 的粉丝贴上"狗男女"的标签。

在其余晋级者在漫画学校学习、准备的时候，白术也没有闲着。

她给全球复活挑战赛的负责人发了一封邮件。

第二天，她收到了回信。

之后，她一直闭门不出。

哪怕顾野将白术从基地接回来，白术也没抽时间陪白猊玩，哪怕给白猊喂一口狗粮。

再度被冷落的顾野捋着白猊的毛，叹息："儿子，咱爷俩都失宠了。"

白猊在他怀里蹭了蹭，倒是跟它主人一个德行。

亚洲赛第一天。

考场大楼外，苏老师和郝老师早早在外面等着，见到东国队考生和助手个个精神满满、信心十足，心里少了些紧张感。

作为带队老师，他们俩总觉得自己才是考生——因为只有他们才会紧张。

苏老师看着表，问："白术和顾野呢？"

即墨诏还拄着拐杖："到门口了。"

"你的助手换成顾野了吧？"郝老师看了眼即墨诏，核对着名单。

即墨诏："嗯。"

"简以楠、陆遥，你们俩都没助手啊……"郝老师惊了惊，猛然抬头问，"白术是谁的助手？"

前几天换助手才知晓白术这变态还藏了一手的即墨诏，闻声抬头看天，装作什么都没有听到。

陆遥是完全不知情的。

倒是简以楠愕然道："白术还没跟你们说？"

见简以楠这反应，苏老师有些紧张了，猜测道："她不会是NO.1的助手吧？"

"她不是跟NO.1在网上较劲吗？"郝老师立即否定道，"应该是问鼎的助手。"

苏老师辩驳："但问鼎申请不到场考试啊。"

郝老师皱起眉。

七天前报到的漫画家和助手，他们是可以提前拿到名单的，但像NO.1这种申请比赛当天才到场的漫画家，带来什么助手，他们无从得知。

可是，白术和NO.1在网上势如水火，现实里却合作，明显不合理啊。

郝老师扭头看苏老师："你没问？"

苏老师瞪着眼反问："你也没问？"

两人面面相觑。

眼瞅着两人就要内讧了，简以楠难免同情他们，开口："其实……"

"苏老师，郝老师。"

忽然传来的一道声音，打断了简以楠的话。

众人侧首看去，见到墨川走过来，他气质出众，温润随和，看一眼，就让人如沐春风。

"墨川。"苏老师傻了眼，"你怎么来了？"

等走近了些，墨川先是跟其余三人颔首打招呼，才回答苏老师："我是NO.1的助手。"

"不对啊。"苏老师糊涂了，"你是NO.1的助手，那白术呢？"

郝老师兀自猜测："NO.1请了你和白术两个当助手吗？"

这出乎意料的问题，让墨川怔了下。

白术当助手？

"早啊。"

白术的声音适时传来。

阳光灿烂，白术一身运动装，踩着滑板溜过来，青春洋溢。在她身后，跟着不慌不忙的顾野。

苏老师推了下眼镜，严肃地问："白术，你是谁的助手？"

"我啊……"白术冲他眨了下眼，人已经滑走了，声音悠悠飘来，"待会儿就知道了。"

苏老师偏头看着她的背影："你回来，还没讲秩序呢。"

白术没回头，摆了下手："讲什么啊，都会背了。"

墨川跟在白术身后。

"早。"顾野随后赶到，看了眼众人，问，"人都到齐了，先去排队？"

苏老师简直要崩溃了："哪里到齐了？"

郝老师忽然沉默了。

这时，旁观一切的陆遥，忽然搭上简以楠的肩："我悟了，宝贝。"

简以楠一眼斜过去：你叫谁宝贝呢？

陆遥根本没关注简以楠的反应，一脸冷笑，笑容稍显狰狞。她盯着白术的背影，手指骨节咔嚓作响：“我好想揍她。”

简以楠劝：“等比完赛。”

陆遥点头：“行。”

于是，即墨诏、陆遥、简以楠、顾野四人，陆续往队伍方向走。

“白术真是，人一来，就把他们带得都没个正行。”苏老师气得想叉腰，可听那口吻，却是对白术又爱又恨的意思。

他用手中的纸扇了下风，四处张望：“NO.1 不知什么时候来？”

郝老师怔怔地看着队伍方向，说：“已经来了。”

“在哪儿呢？”苏老师立马追问。

然后，他顺着郝老师目光一看，见到了白术的身影。

苏老师刚想说“你开什么玩笑”，但倏地将方才种种细节和猜测联系起来，一个清晰又明确的答案乍然浮现脑海。

须臾间，苏老师感觉脑袋被炸蒙了。

苏老师呆愣道：“NO.1 是……”

“应该没错。”经历东亚赛误解白术被打脸后，郝老师稳重了许多，“大赛没规定一个人只允许有一个账号。以白术的实力，一周完成一篇作品是没问题的，国内赛时，她却交了《半截》这种半成品，如果有别的作品需要完成，那就正常了。”

苏老师难以置信：“但那是世界第一 NO.1 啊。”

“所以白术才有嚣张的资本。”

“风格也不一样。”

“你不是说白术风格多变吗？”

“不不不……”

苏老师摇头，回过神，抬手捏着眉心，让自己回避这令人匪夷所思的现实。

过了半刻，他又一次质疑：“前几天她还跟 NO.1 在网上互呛呢！”

“NO.1 建号至今，发过几条动态？以这人平时对外界的漠视态度，最常见的做法，就是忽略白术，偏偏 NO.1 回应了，引得天下大乱。你不觉得，正符合白术搞事情的性格吗？”郝老师理性分析。

苏老师咽了口唾沫，脸色苍白：“白术是我学生。”

郝老师问：“所以呢？”

苏老师绝望：“我不配。”

他只是一个平平无奇的普通大学老师。

在 NO.1 称霸世界时，他甚至还是一个学生。

可是，现在有人告诉他，这样一个被全世界仰望的存在、漫画基本功的天花板，是他教过、训过的顽皮学生。

他怎么有胆接受？

一时间，郝老师明白了苏老师的心情，他同情又艳羡地看着苏老师，然后拍了拍苏老师的肩膀。

郝老师温和地说："慢慢消化吧。"

不知为何，他隐隐有种预感——白术还会给他们带来更大的惊喜。

赛前半个小时，队伍开始放行。

白术溜了一圈，来到东国队末尾，踩住滑板一端，待滑板弹起之际，将其拎在手里。

队伍有些骚乱。

无疑，白术的存在极扎眼。

无人不认识她。

白术的出现，引来各国队伍的恐慌和猜忌，他们不由得私下讨论白术会是谁的助手，将成为谁的一大助力。

偏巧，排在东国队后面的队伍，说的是中文。

"稳住，别慌，她只是个助手。"

"可她毕竟是Echo。"

"Echo能有NO.1可怕吗？"

"别自乱阵脚。我研究过东国队的晋级者，全是特立独行的主，风格独特，是不会按照助手意思走的。这种人，容易形成一加一小于二的效果。"

……

三个夯货自我安慰着，说到最后，竟真把自己说服了。

白术听在耳里，轻声叹息。

这些人没一点想象力，怎么画漫画？

不一会儿，轮到了东国队。

随着他们刷卡通过，各位选手的信息一一在大屏幕上展示。

账号：简以楠，综合等级：S，世界排名：27。

账号：一丈风，综合等级：SS，世界排名：8。

账号：SL，综合等级：S，世界排名：42。

简以楠、陆遥、即墨诏的排名，相较于东亚赛时都有进步，令各国参赛者皆有些紧张感。

下一个，轮到顾野。

账号：Ego，综合等级：SS，世界排名：8933。

空气倏然一静。

然后，周围响起几道窃笑声。

即墨诏在门内等顾野，瞧了眼排名，匪夷所思道："你是怎么做到沦落到这个排名的？”

顾野神情自若：“压根没练。”

即墨诏嘴角微微抽搐。

险些忘了，顾野自东亚赛后，根本没碰过漫画NO.1，让他去提升世界排名，简直就是痴人说梦。

接下来，是墨川。

墨川先是看了眼白术，然后举起自己的副卡，让机器扫描审核。

机器很快出声：“中曲山，NO.1助手，检测合格。”

账号：中曲山，综合等级：SS，世界排名：15。

听到这一声机器音，原本在庆幸顾野的排名呈断崖式滑坡的参赛者悚然一惊，将注意力转到墨川身上，表情震惊。

议论声如排山倒海般袭来。

这一次，倒不是因为中曲山的世界排名，而是因为他辅佐的漫画家——NO.1。

“NO.1来了？”

“中曲山不是SL的助手吗？我还以为SL这次带两个助手呢。”

“NO.1在哪儿呢，到了没有啊？”

“没见到生面孔。”

“我的天哪，NO.1要出现的话，我心脏会骤停的！”

“谁不是！”

现场响起各种语言的议论声，大家交流得非常热烈，纵然震惊，但每个人脸上都洋溢着惊喜和期待，甚至还有一丝紧张。

那可是称霸漫画积分排行榜多年的NO.1啊！

他仅凭一己之力，就让东国漫画在世界上的存在感无可忽略！

在议论的热潮里，白术淡定地往前走。

白术刚掏出主卡，肩膀就被拍了下，是站在她身后的一个夯货。

“嘿，你们的NO.1，真的会来吗？”夯货问。

“啊。”

白术回应。

“你应该很紧张吧？”夯货搓了搓手，幸灾乐祸极了，“网上花样碰瓷，没想到有见面的一天。嘿嘿。没关系的，你脸皮厚……”

夯货直接笑出了声。

白术忍了，慢悠悠地接话：“是啊。”

说完，她走到机器面前。

众人都盯着墨川身后的人，猜测极有可能是NO.1，没想到竟是NO.1的死对头，周围顿时响起一阵倒喝彩。

白术将滑板往地上一扔，右脚踩上去，两指捏着一张主卡，往机器扫描框一放。

“嘀”的一声响后，机器出声：“NO.1，参赛者，检测合格。”

与此同时，正前方大屏幕上滚动，跳出最新的信息。

账号：NO.1，综合等级：SSS，世界排名：1。

如浪潮般的倒喝彩戛然而止，取而代之的，是死一般的寂静。

检测合格后，机器挡板消失，白术踩着滑板向前，一路未停。在路过墨川、顾野等人时，她留下一句“走了”，声音轻灵。

清晨阳光灿烂，少女身姿纤细，一抹俏丽背影烙印在每个人眼里。

然后，在场半数漫画家，心态崩了。

苏老师和郝老师站在不远处，旁观着一个个面如死灰、神情呆滞的漫画家，不约而同地叹了口气。

白术真是造孽啊。

在赛前给他们一击，心理素质差一点的，肯定没法专心投入考试。

郝老师手机振动。

他掏出手机一看：“是裴校长。”

苏老师说：“接吧。”

谁都知道，裴启升这会儿打电话来，意欲为何。

郝老师接听电话，喊：“裴校长。”

“NO.1去现场考试了？”裴启升沉着冷静的语气里，溢出了一丝欣喜。

“对。”

“人见到了吗？”

“见到了。”

“是个怎样的人？”

郝老师迟疑了下：“您认识。”

裴启升奇怪地问：“我怎么会认识？”

郝老师抬手摁了下眉心，一字一顿道：“NO.1就是白术。”

电话那边倏然一静。

随后，传来裴启升不悦的声音：“郝老师，现在不是开玩笑的时候。”

“裴校长，我不是拿这种事开玩笑的人，但事实就是这样。”郝老师吁了口气，“主办方的记者在附近活动，这事肯定会被重点宣传，您看官方通告就知道了。”

裴启升没话了。

郝老师感慨：“少年天才啊，千年难遇。”

“NO.1现身考场”一事，在网上如一记惊雷炸响，一个上午，全网都在求“NO.1真人照”，可没一个能拿得出来。

直至中午，官方在社交媒体上发声，证实了NO.1到场一事，但配图全是白术。

网友破口大骂："你这不是硌硬人吗？！"

不到五分钟，官方评论区就发了大水，被脏话淹了。

官方很委屈地辩解："我们没搞事，白术真的是NO.1。"

网友怒火冲天地表示："你们说的，我连一个标点符号都不信。官方帮白术炒作，你们被收买了吧，恶不恶心啊？"

这一天，网上吵翻了天，考生情绪低迷。

始作俑者白术，在考场忘我创作，直至黄昏。

白术停了笔，将一天的成果进行打印，偏头跟身边的人说："墨川，你去拿一下打印好的草稿，我们讨论一下。"

"嗯。"

墨川起身朝打印机走去。

不一会儿，墨川捏着打印纸走过来，轻蹙眉："白队，怎么有两份草稿？"

"哦。"经他提醒白术才想起来，从兜里掏出另一张主卡，"忘了告诉你，除了Echo和NO.1，我还有第三个账号——问鼎。"

墨川手一抖，松开一份打印纸，落了一地。

晚风徐徐，纸张飘扬，在地上落了一层白。

墨川瞧着跟前的女生，如同在看一个怪物。

白术起身，弯腰去拾地上的纸，随意道："你负责NO.1的作品就行。"

墨川安静地站着，久久没回过神："你一直都用三个账号？"

"啊。"

白术拾起所有的纸，放到他手上。

她说："开始吧。"

墨川站在原地没动。

白术重新坐下，见墨川依旧站着，轻蹙眉头。

"白队，你弄出三个账号参赛，不只是为了戏弄全世界吧？"墨川紧捏着草稿，目光依旧是温和的，可其中又添了些沉重。

白术扬眉："我是啊。"

墨川抿唇："我听说，全球总决赛的联动项目，有BW救援队的推动。"

"谁告诉你的？"白术眼一眯，眸中的随意淡了些。

"事情是藏不住的。"墨川走近几步，将纸放到桌上，垂眸看她，"白队，这次比赛关注度太高，史无前例，背后牵扯利益太多。如果你只是想玩，无所谓，随时都能抽身；但如果你还有别的目的，容易遭反噬。"

白术玩着一支笔，轻描淡写地说："你不要想太多。"

墨川话锋一转："自你上任后，BW救援队在全世界影响力都有提升，不仅是靠一次又一次成功救援累积的名声，还有你在背后推波助澜，是吗？"

白术玩笔的动作一顿。

墨川低下头："抱歉。"

"你说。"白术抬眸，饶有兴致，"你看到了什么？"

墨川沉默半刻，徐徐开口："前两任队长其实很成功，BW 救援队各部门体系完善，队员互相监督，资金力量雄厚。哪怕没有你，BW 救援队沿着现有的规划，再平稳运行二十年，也不会垮。"

"嗯。"白术赞同。

"但有一点，是他们没料到的。"墨川顿了下，"仅靠人文关怀、奉献精神，无法让救援人员瓦解在面对现实时的挫败和绝望。在第三基地，我们培训员工时，最困难的就是这一关。除了少数精神坚定的人，多数人在面对毁灭性的灾难时，信念都会产生动摇。愤怒、无力，做再多也无济于事，这世上，救世主是不存在的。"

墨川语气一沉："这个问题，你一上任就察觉到了。"

在说这些时，墨川心情是复杂的。

因为，刚上任的白术尚未成年。

"你很快采取了决策，"墨川继续说，"提高员工待遇、重视精神宣传、提升 BW 救援队的知名度，你给了他们正向反馈，无论是物质的，还是精神的。你让他们看到希望。这三年，原本死气沉沉的 BW 救援队，精神面貌焕然一新。"

安静地听完，白术问："这不是好事吗？"

"可他们把你当成了神。"墨川眼里混了些担忧，"但你不是神。当你身上沾了任何污点，都会遭到他们反噬，适得其反。因为神是没有污点的。"

白术平静地说："你知道的，BW 救援队队长，无人知晓。"

"我年纪小，想得简单。"搁下笔，白术扬了下眉，有些玩世不恭，"我只是想让为这世界奉献过的人，被世界看到。"

她说得过于轻描淡写，好像"被世界看到"的承诺，只是一件轻而易举的事。

可纵观历史，横看世界，能被看到的，有几个是普通人？

她这"简单"的目标，落到旁人耳里，谁不说一声滑稽？

"我饿了，你还讨不讨论啊？"白术用手敲着打印的草稿，嘴角轻轻一撇。

像个普通的小女生。

墨川沉吟片刻，终究没再说下去："讨论。"

墨川和白术讨论得有些晚，等他们去食堂时，本以为见不到什么人了，可一踏进门，就见到食堂一楼人满为患。

"来了！"

随着一声喊，无数人站起身，目光纷纷扫向这边。

视线如浪潮，齐刷刷涌来，白术往后轻仰。

"这边。"

旁边传来一道声音，白术微偏头，见到走来的顾野。

“傻了吧？”顾野提了下手中打包的饭菜，“换个地方。”

“行。”

面对虎视眈眈的目光，白术感觉硬着头皮吃这顿饭，肯定不香。

三人一起出了食堂，里面的人倒是没跟上来。

白术奇怪地问：“他们都在等我？”

“嗯。”顾野颔首，“都想见一见NO.1。”

白术说：“又不是第一次见。”

顾野笑笑：“白术常见，NO.1难见。”

白术“啧”了声。

她从顾野手里接过打包的饭菜：“你吃了吗？”

顾野颔首：“嗯。”

“两份？”

“两份。”

“行，”白术看了眼饭菜分量，便跟顾野说，“那我们先走了。”

顾野哑住。

墨川冲顾野点头：“再见。”

之后，墨川便同白术一起去了考场，只留顾野愣在原地。

即墨诏拄着拐杖跟过来，瞧见这一幕，优哉游哉地说风凉话：“看来拿第一比男朋友重要啊。”

顾野打量他一眼，而后，朝他勾了下手指。

即墨诏狐疑地挪了两步。

下一刻，顾野手臂一伸，绕过即墨诏后颈，直接锁住即墨诏喉咙。顾野眯眼，低声威胁：“你还想不想晋级了？”

“想的，哥。”

“现在去哪儿？”

“考场。”即墨诏识趣地说。

其实去考场也没用。

虽然在同一栋楼，但不是一个考场，顾野去了也见不到白术。

怎么说呢，图个心理慰藉吧。

顾野觉得自己被绿的可能性不高，可就白术这招人喜欢的劲儿，也不是绝无可能。

跟白术黏在一起搞创作时，顾野没觉得有什么，因为过于忙碌也没空想别的。

但白术和墨川黏在一起时，顾野心里就特不是滋味。

从早到晚，每天十六个小时，都在同一个空间。

谁能忍？

于是，顾野做助手的工作变了味。

有一日，即墨诏脚一蹬地面，随着椅子滑到顾野身边，指了指屏幕上某个角色：

"这个挨揍的路人，怎么这么像墨川？"

顾野觑了眼："谁知道。"

即墨诏敲桌子："给我改了。"

顾野懒得理他："不改。"

即墨诏眼一瞪："谁是助手？"

顾野将压感笔一搁，不干了："你自己画。"

"你也就搁我面前横，你敢在白术面前横吗？"即墨诏横不过顾野，把自己师父搬出来。

顾野斜斜地打量他，眉一挑，神情挺傲的："你，站起来。"

"干吗？"

即墨诏不解，但仍是拄着拐杖起身。

于是，他就见到万千少女心目中的电竞男神顾野，抬腿一蹬，踹在了他的椅子上，椅子顿时滑走，撞在了墙角。

顾野兀自起身："自己把椅子找回来。"

"你幼不幼稚！"即墨诏几乎咆哮，一瘸一拐地往椅子方向走，扭头时发现顾野走到门口了，喊了一声，"你去哪儿啊，还没画完呢？"

"离家出走。"

顾野拉开门走了出去。

即墨诏站在椅子旁，气得眉头直抽。

考场里是不能串门的。

顾野在路过白术的考场时，只瞅了两眼，然后就不爽地下了楼。

临近黄昏，空气中仍有些燥热，但最烈的日头已过，顾野去小卖部买了包烟，付账后走出几步，又折回买了点糖。

他折回考场大楼，却不进去，而是站在树下抽烟。

树荫遮了阳光，留下一抹阴凉。

烟抽到第三根时，顾野身后传来一阵脚步声，急促的，转眼逼近，在空中掀起了一阵风，带着一阵温热袭向他的后背。

有人从身后抱住了他，手臂缠上他的腰，脸埋在他肩膀上。

"谁啊你，就乱抱。"顾野没回头，语调懒洋洋的。

"猜啊。"来人嗓音带笑。

顾野覆上她的手："摸起来像我女朋友。"

"对啊。"

来人乖乖应声。

顾野侧首，见到白术仰起头，她下颌抵着他肩膀，额头饱满，绒发凌乱，摇曳的树叶缝隙里落下了光，照进她满是笑意的眼。

“你怎么提前出来了？”

“看到你了。”白术解释，头一歪，气息落到他耳根处，“你故意站在这窗口下抽烟，不是在勾引我出来啊？”

哪是他勾引她，分明是他被勾得心猿意马。

顾野：“啊。”

白术余光瞥到他指间夹的烟：“不是戒烟了吗？”

顾野说：“等你考完再戒。”

白术松开他，拍拍手：“那你慢慢抽，我先走了。”

“哎。”顾野把人拎回来，掐了烟，从兜里把烟和打火机都塞到白术手里，保证道，“不抽了。”

手心的烟盒皱巴巴的，白术扫了眼，语气松散道：“别啊，说得我不准你抽一样。”

顾野问：“那你准吗？”

白术实诚道：“我不喜欢烟味儿。”

顾野挑眉，手心贴着她的手背，将其握紧，让她捏紧烟盒：“那不得了。”

白术便将烟盒收了：“你找我有事？”

顾野顿了下：“很忙吗？”

“还行。”白术道，“这次工作少。”

东亚赛是三篇，亚洲赛是两篇。

但是，亚洲赛的漫画家档次不一样，白术还是得专心对待，花的时间要多一些。

“我找你没什么事。”顾野缓缓说，掏出一把糖果，塞到白术的衣兜里。他视线缠绕上她的眉眼，声音很低，“就是，有点儿想你。”

忽然听到这话，白术愣了一下。

心尖似有什么化了，像蜜糖。

说不欢喜是假的，白术笑得眼睛微弯：“那我陪你待会儿。”

顾野想亲她，忍住了，却没忍住问：“你想我吗？”

白术眼珠乱转。

“看来你跟新助手合作得过于愉快啊。”顾野嘴角笑意一点点消失，目光有那么点儿凉。

“想的。”白术连忙补救。

顾野很是质疑：“什么时候？”

白术飞快地回答：“不忙的时候。”

顾野被气笑了：“你何时不忙？”

白术一时语塞。

顷刻，白术抓起顾野的手，哄他：“顾野，你不要无理取闹。”

“我无理取闹？”

效果适得其反，顾野更气了，一股无名怒火堵在胸口，难以发泄。

白术叹口气，抬手抚摸他的脸颊，手指擦过他的眉骨，一路往下，停在下颌线：“要不，你洗把脸吧，冷静一下。”

她真就像在哄一个无理取闹的对象。

顾野抬手指她。

白术眨着眼，无辜极了。

“能被你气死。”顾野又一次妥协，将她的手窝在手心，“陪我走一走。”

白术很爽快：“行。”

顾野和白术交往的事，已经不是秘密了。

但他们俩走在一起，仍是免不了被路人注目。

以前白术是Echo，跟顾野在一起，避不开一些“心机上位”“命真好”等议论；但现在白术是NO.1，议论方向忽而一转，成了“天作之合”“真般配”一类。

在食堂时，白术就听到过这些言论。

饭后，白术跟顾野开玩笑：“我要是再努力一点，他们会说你不配吧？”

顾野仔细琢磨了下：“有可能。”

白术乐了：“你心态会不平衡吗？”

“那不会。”顾野嘴角轻勾，“哥哥有底气。”

白术点头：“是哦。”

顾野淡笑。

事实上，他在白术面前是自卑的。

一直都是。

可根源不在物质。

他向往白术的自信和勇气，那股子不可一世的嚣张，仿佛全世界都能被她踏在脚下。

偏偏，她又是清醒的。

这种人难能可贵，让他无比羡慕。

同时，他在某一刻忽然发现，她并不依赖他，随时能脱离他独立存在，而他对她日益滋生的占有欲，到了连他都觉得恐怖的地步。

九月，夜风裹着丝清凉，道路两旁树木枝繁叶茂，在风里簌簌作响，行人三两，有些清冷。

走过一条长椅时，白术停下来，指了指：“啊，这儿。”

顾野目光一顿，想起那一晚的雪，他翻墙回来，遇上宛若被遗弃的白术，忍不住上前搭讪，却得到一场记忆深刻的告白。

顾野说：“你坐会儿。”

白术问："你呢？"

顾野说："去买点东西。"

白术点头："好。"

长椅是干净的，白术没多此一举地擦拭，随意地坐下来。

她伸手往口袋里一掏，碰到一堆糖果，想起是顾野给的，便抬头，瞧见了顾野走开的背影，颀长、清瘦、挺拔。

待到他的身影消失，白术收回视线，往后倾倒，目光落到路对面。

她思绪不宁，与顾野无关。

不多时，顾野回来了，拿着两杯咖啡、两根雪糕。

白术笑着问："两根雪糕都是我的吗？"

顾野哧了声："想得美。"

他只给了白术一根，被白术嘀嘀咕咕念了一分钟。

"你知道除了念经，还有一种办法能拿到第二根吗？"顾野叹了口气，打断她。

"抢？"

白术下意识地反问。

顾野一噎，惊奇地看着这脑子时而短路的姑娘，稍稍停顿后，他将脸凑过去。

"哦。"

白术反应过来，亲了下他的脸颊，没一丝迟疑。

顾野斜眼瞅她。

她瞅着雪糕。

无奈，顾野将雪糕扔给她，自己拿起咖啡喝了口，靠在椅背上，偏头看着她吃。

白术不知在想什么，话少了，吃着吃着就走了神。

过了约十分钟，顾野忽然坐起身，朝白术那边一挪，一只手拎着咖啡杯，一只手肘横抵着膝盖，微侧过身，靠得很近。

白术感觉到阴影压下，从思绪中脱身，一抬眼，见到近在咫尺的顾野，怔住。

素来慵懒随意的顾野，此刻让她感觉到侵略感，无法忽略。他的气息落下来，是滚烫的，就像夏日的热浪。

有点陌生。

在白术欲要开口时，忽而听到顾野的声音："跟我待在一起，就那么难熬啊？"

语调是散漫的，压低的嗓音里，裹了些不悦。

白术否认："没有。"

顾野眼微眯，端详她一秒，懒声评价："心不在焉，态度敷衍。"

白术仔细想了想，这次没法否认了："是有点。"

她一向诚实。

面对诚实的白术，顾野永远毫无办法。

须臾，顾野将身体一撤，同她拉开一点距离："走吧。"

白术茫然地问："去哪儿？"

顾野看着她："去做你的事情，画你的漫画。"

白术不拒绝，只问："你一起吗？"

"我给自己放假。"

"即墨诏准了？"

"他的意见管用？"顾野反问一句，眉眼沾着桀骜。

白术特喜欢他嚣张的样子。

她坐过去一些，抱住顾野的手臂，眨眼："顾野。"

顾野眉一横："再抱不准走了。"

白术小声说："你下次再做我搭档吧。"

"招之即来，挥之即去，你想得挺美啊。"顾野嘴上这么说，自个儿心里却美了，"墨川不行？"

白术抿唇："不是。"

"不是，那你跟他啊。"

顾野脸一变，酸溜溜地说着，欲要抽出自己手臂。

"不要。"

白术将脸埋在他肩膀上，蹭了蹭。

"怎么了？"察觉到她情绪不对，顾野收了不正经的样子，拍拍她的脑袋，"你们俩合作不愉快？"

"唔，算吧。"白术答得很含糊。

顾野神情有些严肃："那还能晋级吗？"

白术想了下，说："没问题。"

"别逞强。"顾野相信白术的能力，随后想起来，"你在为了这事发愁？"

"不全是。"白术说完后心情好了些，松开顾野的手，站起身，"改天跟你说。"

她说完就走。

顾野拿起她的咖啡："咖啡，不要了？"

白术又折回来。

接过咖啡后，白术弯下腰，小手捧起他的脸，在他唇上亲了口。

她保证："我会想你的。"

唇上的柔软触感还有残留，顾野眼里映着那抹离去的背影，半晌后，他极轻地笑了下，却有些颓然和失落。

他真是疯了。

她只是想他这件事，让他一点都不满足。

第五章

寻找丢失的记忆

从那天晚上开始，顾野开始等白术。

白术创作时间很随性，时早时晚，三餐不定时，所以顾野总是提前空出时间，与之相对应的，就是工作时间大大缩减。

又一次见顾野准备离开，即墨诏忍不住嘀咕："要不是你的画稿功底过硬，我绝对怀疑你是来捣乱的。"

"认清现实。"顾野不屑地瞅他，"就你这水平，还轮不到我来捣乱。"

即墨诏咂摸了下，瞅着顾野完善的画稿，哑口无言。

哪怕顾野三天打鱼，两天晒网，照样将任务完成，没有拖累即墨诏丝毫。

唉。

想到顾野的排名，又想到顾野的懈怠，即墨诏忍不住叹息。

顾野若没退赛，肯定能跟白术争一争名额的。

为期一周的创作结束。

白术交了稿，跟墨川离开考场。

一辆车开过来，停在路边，全副武装的时正打开门，就朝这边挥手："墨哥！"

走近了，他才挠挠头，跟白术打招呼："白队。"

从臭不要脸的白术变成英明神武的白队，变化太大，时正仍旧在适应中。

白术打量着他："整容啦？"

时正一听这话就不高兴了："你才整容了！"

"哦，"白术说，"长帅了。"

"是吗？"

时正心情顿时舒畅，喜滋滋地抬手摸脸，开始臭美了。

墨川看着被白术三言两语耍得团团转的时正，嘴角弯了弯。

"你找他什么事？"白术问。

"我接他回家啊。"时正解释，眼珠转了转，补充道，"自你大闹基地后，他有太多事要处理，前一阵都忙得胃出血，要不是我发现及时——”

墨川一个眼神过去，时正止住了话，悻悻地摸了下鼻子。

他轻咳一声，含糊道：“总之，很辛苦。”

“哦。”

白术颔首，表示知道了。

“白队，我们先走了。”墨川目光落到白术身上，稍稍迟疑。

“嗯。”

白术看着两人离开。

“交稿顺利吗？”顾野从身后走过来，顺走了白术的帽子。

“顺利。”白术一仰头，见到顾野抬高的手臂和带笑的眉眼，很自然地靠过去，“即墨诏呢？”

顾野说：“我让他先走了。”

白术问：“我们呢？”

“跑。”

顾野吐出一个字，将帽子又扣回白术脑袋上，下一瞬就拽住她的手，真的跑了。

白术刚开始还愣了下，跑出两步后，她发现了守在附近的记者，这才明白过来，不由得脚下生风，跟上顾野。

傍晚空气清新，风从耳边呼呼而过，白术在狂奔，眼一抬，就是顾野的侧脸，鼻梁高挺而优越，下颌弧线流畅，隐约透着硬气。

一年了。

他的模样悄然变化，眉眼越发英俊硬朗，添了些成熟刚毅。

白术的心在狂跳。

在体能方面，这些记者没一个能跑过他们的，才三分钟，记者们就被甩在身后。

“这边。”

伴随着一道少年音，有个脑袋从路边一辆车的窗户里钻出来，那头银发在余晖中很扎眼。

白术和顾野顺利上了车。

坐上副驾驶，白术不慌不忙地扣好安全带，回头问陆白：“谁开来的车？”

车上就陆白一人。

很明显，陆白这年龄，开车犯法。

顾野帮忙解惑：“程行知。”

“他人呢？”

“先走了。”顾野发动了车，同时往后瞧了眼，略带嫌弃，“你怎么没走？”

陆白飞快地看了眼白术，目光移开，有些别扭道：“等你们。”

他想见白术了。

顾野没有戳穿，一踩油门，车子扬长而去。

车子是朝校门口开的。

白术提醒：“我还有行李。”

顾野想得周全：“让陆遥给你收拾了，包括你的手机。”

陆白从后面递过来一个背包。

“哦。”

白术接过背包，放了心。

能混进学校的记者不多，多数都围在校门口，好在学校知道NO.1出现会引起多大轰动，提前派保安做了准备，严防死守。

顾野三人离开得倒也顺利。

逃脱包围圈，白术放松下来，抱着一个兔子布偶，跟陆白聊天：“晚餐想吃什么？”

陆白很识趣：“你呢？”

“火锅。”白术答得飞快。

陆白懂了，说：“我也想吃火锅。”

白术立马转向顾野。

顾野觑着她，笑意蔓延到嘴角：“吃。”

吃完火锅回顾野家，白术就在书房开了个视频会议。

开完会，她顺手点开新闻，发现娱乐新闻被她刷屏了。

“NO.1是白术”这一新闻的热度，在考试结束后依旧居高不下。

不论考试期间网友如何质疑，考试一结束，漫画家们接受采访后的证实无假，白术拿着NO.1的主卡参与比赛一事，也无假。

这是板上钉钉的事实。

各大媒体争相报道，更有甚者，还放出她和顾野狂奔的照片，议论他们俩的私生活，以及质疑他们俩为何不合作。

倏地，书房门被推开了。

顾野沉着脸走进来，眉目笼了层愠怒，他将平板电脑扔到桌上，语气不善：“这是在墨川的帮助下画出来的作品？”

白术探头一瞧，承认了：“嗯。”

“他什么意思？”顾野满脸不悦。

“哈？”

“别装傻。”顾野用手指叩响桌面，“你前几天苦恼的，就是他给你使绊子的事，是吗？”

“你想多了。”

白术将椅子一转，背对着顾野。

顾野抬手扶着椅背，椅子又被转回来，白术只得正面朝他。

顾野微倾下身，几乎将白术圈了起来，侵略着白术的领地，他目光锐利："到底怎么回事？"

白术仰头看他，玻璃弹珠一样的眼睛，哪怕只被它盯着，都叫人心底发软。

半晌后，白术说："可能报复我们大闹第三基地——"

顾野敲了下白术脑门。

白术撇嘴："说了你又不信。"

"要编也找个合理点的理由。"

"你都知道是编的了，你自己想理由不行吗？"

"学会强词夺理了是吧？"

"我又不是第一天学会。"

说她一句，她回一句，顾野深吸了口气，将火气压下来。

白术喊："野哥哥。"

顾野看着她，轻蹙眉。

白术抬手捧起他的脸，用力搓了搓，把他的俊脸揉得变形。

她说："你最近吃炮仗了吗，动不动就生气？"

顾野一噎。

半晌，他疑惑："有吗？"

白术严肃且肯定地点头："你好好反思一下。"

顾野怔了下，抓住白术的手腕，无语道："差点被你绕进去了。"

白术眼一弯，染了笑。

"笑什么，解释呢？"顾野挑眉。

"没有。"

白术笑着，勾住顾野的脖子，同时从椅子上跳下。顾野顺势将她抱起，带离了书房。

第二天，天刚蒙蒙亮，白术就醒了。

她轻手轻脚地想起身。

躺在旁边的顾野一个翻身，将白术搂在怀里，蹭了蹭她的脸蛋："起这么早？"

他还没清醒，嗓音慵懒。

白术亲了下他的下颌，怕惊扰他，轻声说："今天有个约。"

顾野登时清醒几分，眼睁开："跟谁啊？"

"朋友。"

白术一说完，就跟泥鳅似的，从顾野怀里钻出来。

顾野彻底醒了。

他坐起身，见到白术在翻他的衣柜。

衣柜里有几套白术的衣服，都是夏装，但仅有的几套里，白术竟然翻出一条及膝长裙，米白色的，还挺清新。

顾野当即脑补了“是不是有人潜进他房间，偷偷塞了这条长裙，打算破坏他和白术感情”的阴谋，同时想好了怎么解释。

结果，白术一转身，将长裙往身上一比画，问他：“怎么样？”

顾野顿时清空脑子里乱七八糟的想法：“你什么时候买的？”

“一周前，网购的。”

“你穿成这样，去见哪个朋友？”顾野的醋坛子被打翻了。

白术笑起来：“就上次那个。”

有那么值得高兴吗？

心里酸得不行，半晌后，顾野幽幽地说：“如果你在外面养了别的野男人，记得藏得严实一点。”

“哈？”白术不明所以。

“不然，不是他死，就是我活。”

“不都是他死你活吗？”

“对。”

顾野咬着后槽牙说。

白术想了想，艰难地点头：“行吧。”

顾野蹙眉：“行什么？”

“藏严实一点。”白术眉一扬，“保证你们没见面的机——”

话没说完，白术就见顾野掀开被子，直接朝她扑过来，她早有心理准备，一个闪身躲开，不屑地扔下一句“小样儿”，然后就跑进了卫生间。

顾野手还伸在半空，良久，嗞了一声，将手收了回来。

他挠了挠头，最终满腔不爽化作空气，只能认命地去给白术做早餐。

这次白术没开车，打了个车直达水云间门口，步行进了小区。她走到一个人造湖附近时，想给墨上筠打电话，就听到身侧传来声音。

“这边。”

清爽的声音，是她熟悉的。

白术循声看去，第一眼见到的是一辆双胞胎婴儿车，里面躺着两个安静乖巧的奶娃娃，一男一女。

站在婴儿车旁边的，是个英姿飒爽的女人，短发利落，眉眼精致，身姿笔挺，一套简单居家服穿她身上，都遮不住她的洒脱气质。

这气质，跟婴儿车很不配。

墨上筠。

能被白术称为朋友的人，不多，墨上筠算一个。

白术九岁时，大她几岁的墨上筠曾照顾过她一阵，白术对墨上筠印象很深，但没保持联系。后来白术接手 BW 救援队，在图卢国时又遇上了她，两人才因理念相和熟悉起来。

白术走过去，瞅着那辆婴儿车，很是郁闷：“你怎么没说要带娃？”

早知道就不来了。

“意料之外。”墨上筠同样郁闷，“下午阎队会来把他俩接走。”

“哦。”

白术舒了口气。

她上次来时，正好碰上墨上筠带娃，这妈最爱当甩手掌柜，将俩娃扔给她一点都不担心，弄得她年纪轻轻就学了一堆没用的带娃常识。

墨上筠将婴儿车给白术推，插兜走在一侧：“最近我看新闻上说，你有男朋友了？”

“嗯。”

“什么时候带来见一见？”

“只要你不带娃，随时。”

墨上筠瞧了眼婴儿车，轻笑：“他知道你决定不婚不育吗？”

白术眨眼：“还没说。”

头一次见她穿裙子的模样，墨上筠瞧了两眼，忽而一笑，将她的遮阳帽一摘，看清了她的模样，勾唇说：“还是个小孩儿。”

“你才是。”

白术伸手去夺遮阳帽，却被墨上筠抬手避开了。下一刻，墨上筠手腕一翻，又将遮阳帽扣她脑袋上。

“早点摊牌比较好。”墨上筠摸了下她的脸蛋，“别拖太久了。”

白术说：“知道。”

两人一边闲聊着，一边去了墨上筠的家。

平日里，墨上筠和她家阎队都住部队，只有偶尔放假回封城，才会住在这里，房间陈设简单，没什么生活气息。

白术不是第一次来，自觉地在鞋柜里找到她的拖鞋穿上，然后推着两个奶娃娃去了婴儿房。

两个奶娃娃不到一岁，但都学会爬了，吵起来咿咿呀呀的，刚把他们从婴儿车里抱出来，他们就开始闹腾。

陪玩的白术已经很上手了。

“挺熟练啊。”墨上筠倚在门边，说着风凉话，“不愧是天才，一学就会。”

白术朝她扔了一记大大的白眼。

白术道：“你去给他们冲奶粉。”

墨上筠站着没动，一不留神的工夫，就有个女娃娃爬到她脚边，用手拽她的裤脚，嘴里叽里呱啦的不知在说啥。

墨上筠一倾身，将女娃娃抱了起来。

女娃娃便抓着她的头发咯咯笑。

"走了，咱们去冲奶粉。"墨上筠认命地说着，朝白术递过来一只手。

白术取下两个空的奶瓶，朝她扔过去，被她一把捞住。

这俩娃都挺好带的，乖巧听话，脾气都挺好，虽然免不了哭闹，但哄一会儿就能哄好，不会无缘无故吵得人脑壳疼。

两人一人带一个，折腾了一两个小时，总算是把两个小家伙哄睡了。

走出婴儿房时，白术往嘴里扔了块口香糖，手往兜里一插，酷酷地说："不生娃的理由，加一。"

墨上筠手臂一伸，揽住白术肩膀，挑眉："可千万别。这种理由啊，搁别人耳里，压根儿不会当回事。"

白术乜斜着她。

"不信？"墨上筠问。

"信的。"白术叹息。

墨上筠拍拍她的肩："行了，你跟我来吧。"

白术耷拉着脑袋，跟着墨上筠进了书房，一见到书桌上打印的一沓资料，她就来了精神。

"你上次带来的这份'走向世界'的计划我们看了，评价很统一：过于激进、冒险。"墨上筠指了指那沓资料，在椅子上坐下来。

随手打开电脑，她又给了白术一个认可的眼神："不过，很符合你的风格。"

白术自己拎了张椅子坐过来："你们？"

"我、阎队，还有你认识的那几个。"

"哦。"白术想了想，"到现在为止，局势还在掌控中。"

墨上筠移动鼠标，打开一个文件夹："我们毕竟不是搞舆论战的，无法给你提供专业的建议，但我找了几个这方面的权威专家，他们给了你不少建议。"

白术顿时来了兴致。

她就是冲着这个来的。

但是，当她将手放到鼠标上时，墨上筠的手落下来，制止了她的动作。

白术疑惑地偏头。

"我在你这么大的时候，还在军校读书。"墨上筠目光是沉静的，"你还小，可以游戏人生、享受比赛，输赢都无所谓，而不是必须赢。你能当漫画家、电竞选手、运动员，甚至继续读书深造，做一切你想做的事。"

墨上筠一字一顿道："你只是个孩子，没什么使命。"

"我可以什么都不做，"白术迎上她的目光，眼神坚定，语气很轻，"但 BW 救援队等不到下一个我了。"

"小屁孩。"

墨上筠嗤笑一声，松开她的手，揉了把她的头发，然后就往后靠在椅背上，将那个文件夹交给白术处理了。

自白术接手 BW 救援队后，她就有了个计划——让世界看到救援者的存在。

是救援者，而非被救援者。

外界会给救援者赋予“不畏险阻，无私奉献”等美好词汇，仿佛他们处于这个身份，所做一切皆是理所当然。

可他们只是因奉行人道主义而自发奉献的，拥有一腔热血和美好信念，身后只有一个私人组织。

一旦他们遇到阻碍、挫败、绝望，信念就很容易动摇。

他们本该是英雄，但真正记得他们的，却寥寥无几。

于是，在白青梧和纪远给 BW 救援队积攒足够的资本后，白术将注意力转向救援队内部，去关注每一个救援者。

金钱和福利是必须的。

此外，利用舆论传播，扩大救援队的影响力，再增强救援者的信心和集体荣誉，也必不可少。

这一招很多救援队都有玩，但白术玩得比较大——她的目标是全世界。

她希望每一个救援者，都因为选择了 BW 救援队而自豪。

按照白术的计划，这是一个很漫长的过程，不过“DY 漫画大赛”的出现，让白术看到了一条捷径，她不假思索地利用上了。

“这么详细？”白术点开文档后，有些惊讶。

“那当然。”墨上筠拿起桌上一个保温杯，拧开喝了口热茶，“反正是纸上谈兵，还不得各方面都给你分析全乎了？”

“谢谢姐。”白术一秒乖巧。

“请吃饭。”

“我可以给你做饭，只要你敢吃。”

墨上筠沉默了两秒，抄起手机站起身：“中午想吃什么，我让阎队去买菜。”

白术张嘴报出一连串菜名。

“打住。”墨上筠制止了她，“你还是闭嘴吧。”

白术撇了下嘴：“好吧。”

墨上筠去客厅打了通电话，回来后，又坐回了白术身边。

只不过，白术用台式电脑看文档，而她则是拿出一台笔记本电脑，浏览一些时政新闻，无聊时看一看论文。

白术看了一两个小时，眼睛有些酸痛，暂停了阅读。

墨上筠扔过去一瓶水。

瓶盖是拧松了的，白术不费劲地拧开，仰头喝了两口，同墨上筠闲聊：“我的计划，你们都不反对？”

“说不上支持和反对。”墨上筠说，“只能说，这是一次大胆的尝试，你的大方向没错，我们无法判断对错，只能帮你分析计划方案。”

白术一只手枕在脑后：“要是失败了呢？”

“失败就失败了，能怎么样？”墨上筠洒脱一笑，“正确的道路，永远得在成功时，才被赋予‘正确’的定义。”

白术眨了眨眼，瞳仁清澈。

半个小时后，白术听到玄关传来动静，立即分了神。

白术扭头，跟墨上筠说：“姐夫回来了。”

“你兴奋什么？”墨上筠斜了她一眼。

白术眉眼染笑：“他长得好看。”

“犯什么花痴。”墨上筠抬手点了点她的眉心，而后说，“去吧，打个招呼。”

白术扔下鼠标，跳下椅子，拉开门走了出去。

“姐夫。”

阎队刚换好拖鞋，提起两个袋子，听到动静，侧首看过来。他穿着一件白衬衫，浑身透着股慵懒禁欲感，完美的脸庞无关年龄和性别。

哪怕两手提着菜，都无法影响他的气质。

阎队扫了眼白术：“长个儿了。”

白术很少关注身高，经他这么一说，回头看了眼墨上筠，以墨上筠为参照物，才意识到自己或许真长高了些。

墨上筠走出来，搭住白术的肩：“娃快醒了，你做饭时看着点。”

阎队挑眉：“你俩呢？”

墨上筠一本正经道：“忙正事。”

“行。”阎队弯唇一笑，举起其中一个袋子，“你们俩拯救世界，要不要吃点零食？”

“当然。”

墨上筠走过去，接过袋子。

阎队便去了厨房。

白术一直看着阎队，直到阎队消失在她视线里，她才想起一茬，说：“我的糖醋排骨。”

墨上筠无语一笑，将零食塞在她怀里：“少不了你的。”

“姐夫真懂事。”

白术翻了翻袋子，找到一包糖，由衷地夸赞道。

墨上筠揉了把她的头发，把人推进了书房。

午饭时，墨上筠给的文档，白术才看到一半。

她看得正起劲儿，却被墨上筠强行拎到了饭桌。

白术拿起筷子后，才想起来问一句："姐夫呢？"

墨上筠将一碗米饭递过来："带娃。"

"哦。"白术说，"带娃的姐夫也很帅。"

墨上筠一筷子敲在了白术脑袋上："收敛点。"

"我纯粹是对美色的欣赏。"

"你倒是敢有点欣赏外的心思。"

"那不能。"白术摇了摇头，"别的心思只对我男朋友有。"

墨上筠先是愣了下，然后莞尔轻笑。

看来两人感情还不错。

白术在吃饭时才有空看一眼手机，赫然发现顾野发了一大串的消息。白术一一浏览完，又抽了点时间回复了。

结果，顾野秒回。

于是，白术一边吃饭，一边同顾野聊了起来。

"再聊下去，饭都凉了。"墨上筠乍然出声。

"哦。"

白术这才放下手机。

白术注意到墨上筠起了身，再看一眼她的碗，果然空了："就吃完了？"

"嗯。"墨上筠说，"你晚上回去吗？你姐夫下午会把娃带走，今天就我住这边。"

白术当机立断："不回。"

关于那些文档，白术正好要跟墨上筠讨论。

墨上筠应了声，把碗筷放回厨房，而后去把阎队换了过来。

"姐夫。"

觑见阎队的身影，白术赶紧放下手机。

"别装了。"阎队拿了碗筷过来，在她对面坐下。

白术又拿起手机，但一瞥阎队后，便停下了："姐夫，你觉得，你当我模特这个事，还存在商量的可能性吗？"

阎队瞟向她，回："存在。"

白术诧异。

而后，就听得阎队补充说："梦里。"

白术习惯了，无比麻木。

阎队问："你怎么不去画司笙？"

听墨上筠说，白术绘画天分远高于漫画，但她主动提出想画的人就两个：一个是司笙，一个是他。原因很简单：他俩长得符合白术审美。

白术一想起这事就扼腕：“我还年轻时，嘲笑过她的自画像。”

阎队同情地看向她，但眼里分明写着“活该”二字。

白术不死心：“没准我俩合作后，可以成就一幅绝世名画呢，女版有蒙娜丽莎，男版有——”

阎队打断她：“你在外面扮酷耍帅的时候，有人知道你其实是个小话痨吗？”

眼见着希望渺茫，白术扒拉了两口饭，拿起手机跟顾野抱怨去了。

下午，阎队带着两个娃离开了。

白术一直待在书房看文档，直至天黑时，她才揉着眼睛走出书房。

墨上筠正坐在沙发上玩平板。

“过来。”

墨上筠的手朝白术一指，手指勾了勾。

白术来到墨上筠身后。

“这个。”墨上筠指了下平板电脑屏幕，微微抬头，“为什么你们的漫画里，棋盘会发光？”

她正在看亚洲赛的比赛作品。

白术噎了一下：“夸张手法。”

墨上筠问：“你也这么画？”

白术撇嘴：“我才不。”

“哦。”

墨上筠眉头微微一扬。

她朝白术摆摆手，示意白术可以走了，然后继续翻着漫画。

白术去厨房溜达一圈，找到一瓶可乐，而后又溜达回来。她喝了口可乐，站在墨上筠身后，瞧了会儿墨上筠看的漫画，最后呼出口气，倾身向前，将手肘搁在沙发靠背上。

“我说，”白术忍无可忍，“你就不能看两篇好点的漫画？”

墨上筠评价：“挺有意思啊。”

“哪儿有意思了？”

“他们下个围棋，竟然会变魔法。”

白术震惊半晌：“你三岁吧？”

“走开。”墨上筠用手肘抵着白术脑袋，将她推开，“没事做就去等外卖。”

白术脑袋往后移了一下，待墨上筠松开手，她又凑过来。

她问：“是我的漫画不精彩，还是司笙的漫画不好看？”

墨上筠没有说话，当着白术的面，给这一部下棋如同变魔法的漫画投了一票。

白术诧异：“你哪儿来的投票权？”

漫画比赛为防止投票作弊，自东亚赛开始，就不再给每个账号投票权，而是随机在参与国抽取同等数量的账号，给予一票的投票权。

这些账号，都是根据数据筛选的，起码得注册一年以上，且是活跃用户。

“司笙给的。”墨上筠说，“她说你参加亚洲赛的作品，质量有点拉胯，不想给你投票，就把投票权给我了。”

白术垮着张脸走了。

在电话里跟司笙告了十分钟的状后，白术垮着脸去拿了外卖，又满脸不爽地同墨上筠吃了饭。

饭后，墨上筠问：“小心眼，要不要跟我讨论？”

白术哼了声：“不要。”

谁管她要不要，墨上筠就象征性问一句而已。墨上筠直接揪住她后衣领，把人拎去了书房。

“说你是小孩儿，还要狡辩。”墨上筠松开白术，朝椅子望了一眼，“坐下。”

白术坚持道：“你说句好听的。”

墨上筠眉一皱，威严显露：“皮痒了是吧？”

白术毫不畏惧。

须臾后，墨上筠叹息，妥协哄她：“行了，下次要还有票，就给你投。”

白术不肯罢休：“我跟司笙的漫画，你更喜欢谁的？”

“你的。”

“我画过什么？”

墨上筠哑了两秒，然后指了指白术：“你再说一句，我让你今晚在楼下过夜。”

白术顿时支棱起来了，仰头道：“嗬，恼羞成怒。”

下一秒，白术被墨上筠强行按在椅子上。

关于白术的计划的事，两人聊了三个小时。之后，白术拉着段子航、牧云河几个心腹开会，一直开到深夜一点。

白术洗了个澡，穿上墨上筠的衣服，钻进了墨上筠的被窝。

墨上筠没有赶她。

“姐。”白术用手指戳了戳墨上筠背脊。

“嗯？”

墨上筠翻过身来。

白术一头扎进她怀里：“你说我算不算牺牲小我，成就大我。”

墨上筠忍了一秒，终究没忍住：“往自己脸上贴金这事，你一直都没少干。”

面对这等小讽刺，白术早已练就一身铜皮铁骨，完全不放心上。

“像我这样的人，以后应该写一本自传，供人传颂。”白术正经道，“不，一本写不完，还得出系列。”

墨上筠说：“行，你要不写，我就打断你腿。”

白术当即闭了嘴。

所有人都会因白术的毒舌、自恋而崩溃，唯有墨上筠和司笙，总有制伏白术的办法。

先前聊的是正事，现在两人有一搭没一搭地闲聊，不知怎的，话题扯到了顾野身上。

白术这才想起，一直没等到顾野的回信。

“他怎么样？”墨上筠忽然问。

“天底下最好的男朋友。”白术说完，沉默了一会儿，“但我有点怕他。”

“怕什么？”

“说不太清。”白术瞧着从窗户漏进来的微光。

墨上筠顿了须臾，拍了下她的肩：“虽然你能扛下BW救援队，但找对象这件事，不是你想清楚了，就可以一切顺利的。”

白术心宽得很：“遇到问题就解决好了。”

“解决不了呢？”

“还有我解决不了的事？”白术又骄傲了。

墨上筠笑了：“解决不了也没关系，人生不需要每件事都要有结果。”

白术眨着眼，轻抿唇。

墨上筠问：“他知道你这几年的经历吗？”

白术摇摇头。

“你为什么不说？”

白术想了下，回答：“他觉得世界和平就像个玩笑，谁都可以说，谁都期待着，但谁都知道，那是一个梦。”

白术叹息：“他很悲观的。”

“找机会说说。”

“我不想在比赛结束前跟他讨论这个问题。”白术直言道，“如果处理不好，会让我比赛分神的。”

墨上筠本想说她两句，可一想，又无比赞同。

于是，她说：“那就比赛结束后再说。”

白术有点兴奋：“我想赛后带他去图卢国。”

墨上筠笑道：“不错，亲眼见证你的成就。”

这一晚，白术和墨上筠聊到很晚。

第二天，白术还在赖床，接到了顾野的电话。

“起床没？”

“没。”

“要吃早餐吗？”

"吃。"

"那就下楼。"

"啊?"

白术愣了两秒,立即清醒,从床上翻身坐起。

白术揉了揉眼:"你在楼下?"

"嗯。"

电话里,顾野嗓音懒洋洋的。

"等我十分钟。"

白术挂了电话,下床洗漱完,给墨上筠发了条消息,她就下了楼。

朝阳初升,阳光烂漫,白术跑出大楼,一眼就瞧见站在车旁的青年,身形颀长,气质干净,眉眼温柔,身上镀了层暖光。

如同神祇。

顾野一张开手,白术就扑入他怀里。

然后,她手一伸,抓住顾野拎着的早餐袋:"买了什么早餐?"

"小吃货。"顾野无奈一笑,瞧见她身上的T恤和短裤,"你穿着谁的衣服?"

"朋友的。"白术往嘴里塞了个小笼包。

"我们要上去打声招呼吗?"

"不用。"白术摇头,"她五点半就起床晨练,没一两个小时不会回来。我们直接走就行。"

"你的裙子呢?"

"不要了,送她。"

顾野犹豫了下,见她腮帮子一鼓一鼓的,哑然失笑,搓了把她乱糟糟的头发:"行。"

顾野将白术拎上了车。

给她扣好安全带后,顾野才绕了一圈,去了驾驶座:"这几天有别的安排吗?"

白术喝着豆奶,想了想:"没有。"

"去玩两天?"

"哪儿?"

"都行。"

"那你安排吧。"白术对早餐明显更上心一些。

顾野便抛出诸多方案供白术挑选。

白术一边吃早餐,一边跟他闲聊。

一刻钟后,白术吃饱喝足,拿起手机一瞧,忽然喊:"顾野。"

"嗯?"

顾野余光瞥了她一眼。

白术侧首打量着顾野的侧脸,语气显得不是挺理直气壮:"你觉得,我们把游玩地点定在M国，可行吗？”

前方红灯，顾野踩了刹车。

他盯着白术。

白术将手机递过来，上面是一条信息。

樊起予：小小姐，有兴趣来M国见一面吗？

配图是仲淮的背影照。

顾野舌尖抵了抵上颚。

得，约会泡汤了。

自仲淮逃跑后，白术一直没放弃找他，可找不到一点踪迹。

仲淮身上有诸多谜团，不仅有组织的线索，或许还知道白术失忆的事。

M国，白术不得不去。

顾野知道这一点，哪怕再不情愿，也买好了机票，办妥一切手续，陪着白术前往M国。

M国，华尔特镇。

早在二十年前，这里是名不见经传的小镇，但这些年，因漫画NO.1将总部大楼建立于此，便成了漫画天堂。

这座小镇，漫画元素随处可见。

白术下机后，买了一瓶水，老板送了她一张贴纸，竟然是《犬牙》的主角。

白术随手将贴纸贴在顾野的衣领上。

顾野瞅了眼，没有管，只问：“就一张？”

白术拧开瓶盖：“就一张。”

于是，顾野又去买了瓶水，领了一张《生存游戏》的主角贴纸，贴在了白术的衣袖上：“特地选了你偶像的漫画。”

《生存游戏》是White的代表作。

然而，顾野至今认为，White是白术偶像。

白术咕咚咕咚灌了两口水。

对于坦白White身份的事，白术在心里挣扎两下，刚下定决心，手机忽然响了下。她看了一眼，同顾野说：“接我们的来了。”

顾野问：“樊起予？”

“不是。”白术将手机转了一下，收回兜里，“一个朋友，介绍你认识一下。”

又是朋友。

顾野在心里暗自腹诽，拖着两个行李箱，跟在白术身后。

“公主殿下！”

冷不丁地，顾野听到一声热情呼唤，而后就见一人影蹿过来，径直冲向白术。

顾野想都没想，将手中的矿泉水扔过去，那人见状，身形往后一仰，抬手去接水的同时，将步子紧急刹车，停下来。

顾野定睛瞧去。

那人年龄不大，刚成年的年纪，戴着毡帽，金发碧眼，鼻梁高挺，肤白个高，是纯正的 M 国人。

他漂亮的碧眸里亮着光，眼里全是白术。

“碰瓷的？”顾野轻皱眉，问白术。

“不是。”白术介绍，“艾伦，漫画家，也是 BW 救援队的人。”

顾野起先觉得耳熟，而后一想，记起来了。

在集训营时，简以楠曾跟 M 国一位漫画家 PK，结果惨败，那个人就叫艾伦。

因不在一个赛区，顾野关注很少，但他大概知道，艾伦在美洲赛区，跟白术在亚洲赛区一样，都是炙手可热的存在。

艾伦摘掉毡帽，朝白术行了个绅士礼：“公主殿下。”

夸张的动作，引得诸多注目。

白术一脸麻木，显然习以为常。她指了下顾野：“我男朋友，顾野。”

“我知道。”艾伦站直了，将毡帽戴上，又拿出一副墨镜戴好，遮住了碧绿双眸，“公主殿下的比赛，我可是一直都在关注哦。”

“是吗？”

“你有关注我的吗？”艾伦满怀期待。

“没有。”白术诚实地说。

艾伦失望得紧，脑袋立马耷拉下来，原本笼在他身上的光，瞬间消失无踪。

白术转移话题：“你的车呢？”

“哦吼，”艾伦又兴奋起来，“我给你介绍我的新车。”

从头到尾，艾伦都没搭理顾野。

很明显，他对顾野有意见。

当然，顾野并不放在心上。毕竟，就这人对白术的缠人劲儿，顾野也不喜欢他。

白术和顾野住进了艾伦的住所。

艾伦住的是一栋别墅，建筑整体为现代风格，安装了全屋智能，但一进门，给人的感觉就两个字——空旷。

目之所及，没有杂物。

装修的色调是黑白灰，家具只有必需品，如餐桌、沙发等，在宽敞的别墅里，这些物件并不占地儿。

简约，却冷清。

这倒是让顾野有些意外。

因为这一路，他听艾伦拉着说个不停，性格开朗活泼，俨然是一话痨，他以为艾伦的家是明亮温暖的。

艾伦走到家用电梯旁，问白术：“还是住三楼？”

“嗯。”

白术点头。

很明显，她不是第一次来了。

顾野轻蹙了下眉，却没说话。

他同白术、艾伦一起进了电梯。

三楼的风格也一样，冷淡的极简风，走廊、墙面是灰白色的，连一幅装饰画都没有。

进了客卧，待艾伦一走，顾野就朝白术投去疑惑目光。

白术猜到他的问题，解释道：“他是极简主义者，全部家当就一个包。”

顾野明白了。

白术继续说：“住别墅，是因为他以前住的地儿太小，现在自由了，不缺钱，就换了个宽敞的。”

在卧室内四处张望一圈，顾野拖着行李箱来到衣柜前，将一扇柜门拉开。

衣柜里，挂着两件衣服，是白术常穿的款式。

顾野眼一眯，眸中溢出些危险：“你的？”

“啊。”白术看了一眼，“我上次来住的时候，落下的吧。”

顾野啧了声，心里不是滋味：“你跟他很熟啊。”

“还行。这两年来这边出差，都住他这里，方便。”白术说完后，意识到一点不对劲，眼珠一转，端详着顾野的脸色，“你介意哦？”

当然介意。

但是，为了显得自己宽宏大量，顾野略微僵硬地勾起个笑容，生生挤出三个字：“不介意。”

白术放心了。

毕竟她到处出差，跟人同居，有时跟出差小队挤在同一车厢里过夜，人挨着人。顾野若是介意，她还真没法同顾野说。

有顾野在，白术就不用操心生活琐事，把行李箱交给顾野，白术坐在沙发上泡茶去了。

“樊起予跟你联系了吗？”顾野一边往衣柜里挂着衣服，一边问白术。

“他给我打了两通电话，我没接。”白术随口说，“反正他找得到我。”

顾野“嗯”了声。

白术泡好了茶，问：“你在SOS时，跟樊起予接触过吗？”

“嗯。”

“见过面？”

“没有，都是网上联系。”顾野挂好最后一件衣服，转过身，“你想问什么？”

白术抿了口茶，眼睛一眨：“长相。”

白术接着评价："他声音很好听。"

顾野心里的小火苗蹿啊蹿，他冷冷地提醒："注意一下你的谈话对象。"

白术微怔，反应过来，找补道："你声音也很好听。"

这时候才哄，晚了。

顾野想让白术再哄两句，不准备接茬，可白术下一秒就转移了话题："他是个怎么样的人？"

顾野噎了一下。

旋即，他大步走到白术面前，夺过她手中的茶杯，将茶水一饮而尽。

纯当降火了。

"不怎么样。"顾野将茶杯一撂，"没有仲淮这事的话，我不支持你跟他接触。"

"你们闹过不愉快啊？"

顾野在一旁坐下，重新给白术倒了杯茶，将茶杯递过去，淡淡的语调里裹着些许凉意："没有，单纯不喜欢他。"

因为白术不接电话，樊起予发来了消息：晚上七点，我来接你。

白术没回复，给顾野看了。

顾野说："等着吧。"

"行。"白术打了个哈欠，"我去洗个澡，再睡会儿。"

她趿拉着拖鞋进了浴室。

顾野闲得无聊，玩了会儿电脑。待白术睡下，他怕敲键盘的动静吵醒她，便洗了个澡下了楼。

下午，阳光灿烂又温柔，透过整面墙的玻璃落到地面。

艾伦正躺在懒人沙发上晒太阳。

金色鬈发被镀了层光，很柔软，他鼻梁上架着一副墨镜，遮了大半张脸。身前是一本摊开的杂志，修长的手指抓着一侧。

他一动不动的，似乎是睡着了。

然而，就在顾野走向厨房时，艾伦忽然动了，抬手摘下墨镜，碧眸睁开，漂亮的眉眼里掺了凌厉。

"公主殿下还小，容易被男人骗。"

顾野只是用余光瞥了他一眼，旋即收回，步伐都没停一下。

顾野进了厨房，打开了冰箱。

全是饮料和零食，都是白术爱吃的。

顾野拿了一罐汽水，关上冰箱门，往回走。

又一次路过艾伦时，一直盯着他瞧的艾伦，沉声开口："我跟你说话呢。"

"听到了。"顾野停下步伐，单手挑开汽水的易拉环，仰头喝了两口，才不疾不徐地问，"然后呢？"

艾伦又瞧了他几眼。

紧接着，艾伦将一只手枕在脑后，跷着腿，在沙发上一摇一晃的，懒声说："没意思。"

顾野往楼上走。

"喂。"艾伦忽而叫住他。

顾野脚步未停。

艾伦冲他背影吹了声口哨，将手掌拢在嘴边做喇叭状，喊："祝你们早日分手。"

顾野的背影停顿了一瞬，短暂得令人觉得这是自己的错觉。

顾野压根儿没有搭理艾伦，缓缓上了楼。

白术还在睡觉。

她侧身躺着，盖着一张薄薄的毛毯，露出纤细的手臂和匀称的小腿，一抹光落到床尾，照在她玲珑秀气的脚上。

顾野站在门边的阴影里。

他静静地注视着白术，一动未动，眼神专注且温柔，隐含一丝克制。

傍晚六点左右，楼道的喇叭里，响起了欢快的歌声。

正在看书的顾野还在疑惑，就见白术揉着眼睛坐起身："吃饭了。"

顾野瞧了眼表："饿了？"

"嗯。"白术跳下床，指了指门口，"这歌，吃饭铃声。"

顾野一怔，甚是无语。

白术伸了个懒腰，去洗漱了一番，然后同顾野一起下了楼。

艾伦系着围裙在厨房忙活，听到动静，端起一盘菜走向白术，笑眯眯道："公主殿下，来尝尝我学了半年的糖醋排骨。"

"这手艺你都学了半年，大概可以告别厨房了。"白术瞧了眼那盘黑乎乎的排骨，不敢碰，"点外卖了吗？"

艾伦有些失望，耷拉着眉眼："点了。"

"东国菜？"

"当然。"

艾伦挑眉，有些骄傲。

如果条件有限，白术为图温饱，什么都能吃；但在有条件的情况下，白术嘴巴挑得很。

五分钟后，白术瞧着满桌的菜，眉头皱得紧紧的。

艾伦做了三个菜，难以下咽。外卖点的东国菜，根本不正宗。

白术犹豫再三，放下筷子，将求助的目光投向顾野。

顾野站起身，问艾伦："还有食材吗？"

艾伦乜斜着他：“你想干吗？”

顾野懒得再问，直接走向厨房，拿起艾伦的围裙系上，开始挑拣食材。

艾伦一瞧，顿时不乐意了，将袖子一撸，准备起身。

白术觑着他：“坐下。”

“哦。”

艾伦撇着嘴，乖乖坐下了。

他瞪着顾野的身影，控诉：“他穿你给我买的围裙。”

“下次给你买新的。”

“你知道我只需要一条。”

“那就把这条送他。”

“你不讲理。”

“就不讲理。”

说到这儿，艾伦沉默半晌，只得沮丧地妥协：“行吧，公主殿下说什么都是对的。”

不到二十分钟，顾野就做好了三道菜。

一个蒸蛋，一个西红柿蛋汤，一个小炒肉。

艾伦本是想找碴的，但吃了一口后，惊奇地觑了眼顾野，而后就低头扒饭了。

白术胃口大开，吃了两碗米饭。

晚上七点左右，艾伦家门铃准时响了。

见白术要走，艾伦缠上来，狗狗眼亮晶晶的：“去哪儿呀？”

白术当即道：“不带你哦。”

艾伦满眼失望。

白术又说：“很快回来。”

“好吧。”艾伦倒是很好哄。

顾野在一旁看不下去了，拉着白术，一起走出门。

大门一开，就见到停在门口的轿车。

夕阳余晖消散，天幕是青灰色的，橘黄的路灯亮起。

一青年站在灯下，身材高挺，偏混血的长相，俊朗儒雅，戴着一副金丝边眼镜，嘴角勾着一丝似有若无的笑意，举手投足间有种斯文败类的味道。

他走过来，无视顾野的存在，目光定在白术身上，笑着喊：“小小姐。”

嗓音温柔动听。

白术眯眼：“樊起予？”

“是。”

樊起予略一颔首。

就在这一瞬，白术猛地握拳，猝不及防间，拳头砸中樊起予的下颌。

樊起予头一偏，往后退了半步。

额发遮了眉骨，他忽而侧头，眼里掠过一抹诧异，旋即，情绪归于宁静。他伸出修长手指，轻轻一碰挨揍的部位，轻嗞了一声。

下手可真重。

白术活动了下手腕，挑眉："讹我这么多钱，挨一拳不为过吧？"

樊起予笑了，瞧不出丝毫虚假和牵强，温和地接过话："不为过。"

白术问："直接去见仲淮？"

"是的。"樊起予说，略带轻蔑的视线扫过顾野，补了句，"不过，外人恐怕不适合在场。"

白术有些诧异："我们之中，最能被称之为'外人'的，不是你吗？"

于是，樊起予笑笑："是。"

走到轿车旁，樊起予给白术拉开车门："小小姐，请。"

这时，顾野踱步来到另一侧车门前，将门一拉，同白术说："这边。"

白术自然选择了顾野。

关好门，顾野走向另一边，瞧见樊起予将车门一关。

两人目光在空中交会，登时，空气中燃起了火药味，氛围瞬间剑拔弩张。

樊起予向前两步，朝顾野伸出手："樊起予。"

他似笑非笑，眼里藏尽锋芒。

顾野视线掠过樊起予的手，走近了，却未停顿，目不斜视地从他身侧走过。微风荡起顾野的发梢，路灯在身上镀了一层暖黄，可没一丝暖意。

他将樊起予视作空气。

路过樊起予，他拉开车门，坐了进去。

刚一甩上车门，顾野就望向白术，将她的右手抓起来："手不疼啊？"

他端详着白术的手背，骨节有些发红。他的指腹覆上去，给她揉了揉。

白术笑说："揍痛快了。"

见她笑了，顾野也弯起唇。

他抓着白术的手，没有再松开。

车是樊起予开的。

过了约莫一个小时，地段越来越偏，最终停在山上一栋别墅前。

别墅是两层建筑，前面是一片平地，没围墙，室内灯火通明。

樊起予通过密码、瞳孔、指纹三层解锁后，大门才徐徐打开。

"小小姐，请。"

樊起予微俯身，嘴角含笑，口吻恭敬。

白术抬步往里走。

顾野紧随其后，但樊起予忽而伸手挡了下，在顾野停顿之际，他先一步跟在白术身后。

顾野眸色一凝，眼神微凉。

樊起予领着两人来到二楼的一间房，门口守着两个黑衣人。

樊起予使了个眼神，一个黑衣人便走到门前，用密码开了锁，将门推开。

入眼的，是一片白。

白色的日光灯，光线充盈，白地板、白墙面，整体空间很大，里面就一张床、一张椅子和一个人，此外再无其他。

此刻，一人坐在椅子上，正面朝门。

听到动静，他缓缓抬起头，脸色苍白且疲惫，眼里遍布血丝，反应有些迟缓。见到白术后，他先是怔了下，然后极轻地扯了下嘴角。

似乎是某种解脱般的微笑。

樊起予俯下身，凑到白术耳边，低语道："他只见你一人。"

"嗯。"

白术微微颔首。

她掀起眼帘，瞧着屋里的仲淮，心情有些异样。抿了下唇，她走进了房间。

身后的门，缓缓关上。

白术走到仲淮跟前。

仲淮仰头看她，眼神是坦荡平静的，嗓音略哑："你有想起什么吗？"

"没有。"白术说，垂眸打量他，"听说你是我妈的学生？"

仲淮眸光跳动了下，而后，光芒黯淡下来。

一种颓然感笼罩在他身上，他轻轻摇头："我不配。"

白术微微一怔。

沉吟半晌，白术开口："说说你的故事吧。"

仲淮问："你想听什么？"

"你和组织。"

"这是个很长的故事。"

白术"哦"了声，将鸭舌帽一摘，而后盘腿坐在地上。

她掀起眼帘，说："我有的是时间。"

仲淮看着她，有些愣神，恍惚间，他似乎看到十年前的小姑娘，精似鬼、皮似猴，她是人人称赞的天才。

那时，她还学不会收敛。

良久，仲淮缓缓开口："你当了这么久的天才，骄傲、嚣张、自信，你知道普通人是怎么生活的吗？"

白术没有回答，只说："据我所知，你也是个天才。"

"对。"仲淮点头，语调不缓不慢，"所以我知道，除非我们丧失天分，不然，一辈子都无法跟普通人感同身受。”

白术不置可否。

“我上高中时，有一个要好的朋友。”仲淮说，“他家境贫寒、身世凄惨，想要出头，只有读书一条出路。”

“他考上大学了吗？”白术口吻似是闲聊。

“考上了。”仲淮笑了下，“他刻苦上进，我随便学学，我们俩考上了同一所大学、同一个专业。”

“后来呢？”

“后来，天分的差距就开始体现，他夜以继日地学习，比高中时加倍努力，可他拼死也赶不上我。我们俩一起保的研，但他要更努力才追得上我。终于有一天，他死在了书桌上……”说到这里，仲淮忽然沉默了。

几秒后，仲淮语调恢复平静：“没有我，他或许还活着。”

白术听完，淡淡道：“或许是你自作多情了。”

仲淮也说：“或许吧。”

“组织给了每个人成为天才的机会。”白术说，“你就是从这时起，接触的组织？”

仲淮轻轻摇头。

白术等着他继续说。

“那时的我，并不知道组织的存在。知道组织，是因为你妈。”仲淮说，“她很信任我，聊天时并不会特地避开我。”

白术眼神有些冷了。

仲淮继续说：“有段时间，她跟你爸聊‘五芒星’这词很频繁，我留了个心眼。时间一长，大概知道那是个什么样的组织，便动了心。可惜，没多久，组织就被你妈一锅端了。”

白术凉飕飕道：“还有几条漏网之鱼。”

都这时候了，仲淮没有任何隐瞒：“我抱着试探的心思，提前给他们透了点口风。”

“是你？”

白术一惊。

“是我。”仲淮忽然笑了，笑得有些悲凉，他看着白术，仿佛看到了白青梧的影子，他的语气是解脱且释然的，“我，就是五芒星死灰复燃的种子。”

第六章

白术，你要有自由的一生

那是一间暗不见光的地下室。

十二岁的白术发着高烧，浑身滚烫，她躺在冰冷的地面，冰与火的交织，令她如同在地狱里挣扎。

她吃力地抬了一下手臂，连接着手腕的锁链发出哐当清脆的声响。

“白术。

“白术。

“白术。”

有人在呼唤她，声音温柔，似有温度。

白术费力地睁开眼，视野里尽是黑暗，黑漆漆的一团，她什么都瞧不见，包括那个温和有力地呼唤她的声音的主人。

“我在。”白术张口，发出嘶哑的声音。

她的喉咙像烧着了一般，火辣辣的。

那温柔的嗓音说：“你声音好难听。”

白术回：“你的才难听。”

对方便轻笑起来。

俄顷，对方说：“给妈妈讲个故事吧。”

手撑在地上，白术艰难地坐起身，往后靠在角落里，哑声说：“不会。”

“你什么都会。”

“我只听说过妈妈给女儿讲故事的。”

“胡说，你三岁就能给我讲故事了。”

白术哽住。

叹了口气，白术抱着双腿，将脑袋埋进膝盖，灼热的额头将牛仔裤布料烫出了温度。

良久，白术开始讲故事，主角进入一个求生游戏中，赢则活，败则死。她思维活络，故事信手拈来，环环相扣，惊险刺激。

她讲得口干舌燥。

不知时间过了多久，她强打着精神，讲完了第一个故事。

白青梧意犹未尽："故事叫什么名字？"

白术有气无力："叫……什么都行。"

白青梧便低低地笑了起来。

白术想说她两句，可还未出声，嗓子就火烧似的疼，她发不出声音，便沉默了。

好半晌后，白术再次将脸埋在膝盖上，感觉喉咙好受点了，闷声问："过了多久了？"

"两天。"

"还有多久呢？"

"很快的。"白青梧轻声说。

白术问："他们为什么抓你？"

白青梧纠正："他们抓的是我们。"

白术叹息："我是被你连累的。"

白青梧恍然："是哦。"

三天前，白青梧带着白术游玩散心，中途遇上了仲淮，三人便结伴同行。可到了晚上，仲淮就伙同他人，将她们俩抓到这里。

白术一想到仲淮就气，咕哝："你还养出了个白眼狼。"

白青梧无可辩驳，只说："我的心都被你扎透了。"

抿了下唇，白术微微偏头，看着白青梧所在的方向，安慰道："但你还有我。"

白青梧又乐了："这并不是一件值得欣慰的事。"

白术听着她的笑声，感觉没那么难受了，她轻声问："妈，我能成为你的骄傲吗？"

白青梧安静了片刻，说："妈妈告诉你一个秘密。"

白术下意识道："我不想听。"

"可我想说。"白青梧总是不听人话，自顾自地说，"你的出现，其实是个意外。"

"你不喜欢我吗？"

"喜欢的。"

"生下我，你不开心吗？"

"开心的。"

白术不问了。

白青梧继续说："虽然生你是个意外，但我和你爸，都为你的出现而高兴。可是，我们不知道，你会不会后悔来到这世上。"

白术好奇："我为什么会后悔？"

白青梧说："这要你走完这一生才会有答案。"

白术听不懂。

“白术，我不希望你成为我的骄傲。”白青梧缓缓说。

“为什么？”白术吃力地问。

“你不必在乎任何人的目光，你该有自由而无悔的一生。”白青梧嗓音温柔，一字一顿道，“你不需要为了成为任何人的骄傲而活着。”

什么叫自由而无悔的一生呢？

白术没有概念。

她好想问一问，可是，眼皮重重垂下来，她头一偏，瘦小的身躯蜷曲在角落里，昏沉沉地睡了过去。

噩梦并未结束。

“嘎吱——”

推门声响起。

皮靴踩在地面，声响沉稳有力，透过墙面传到白术耳里。

一步一步，一声一声，将被撕扯成碎片的神志一点点拉扯回来。

白术费劲地睁开眼。

地下室的入口处，漏进来微弱的光线，一切入眼的东西皆笼着暗纱，影影绰绰。

有四个人走进来，一个身着白大褂的中年人、一个与她认识的仲淮，以及两个跟在后面穿着黑衣、提着手提箱的青年。

那三人走向白青梧的方向。

仲淮停顿一秒后，转过身，走到了白术跟前。

白术伸出手，抓住他的裤脚，锁链哐当作响。她抬起头，眼神冰冷刺骨，蕴藏着愤怒。

仲淮缓缓蹲下来。

“乖一点。”仲淮声音醇厚低哑，一如既往的温和，可吐出来的字令人毛骨悚然，“你们都会少受很多苦。”

他打开一瓶水，递到白术唇边：“喝一口。”

白术抬手想将那瓶水挥开。

刚一动，仲淮就说：“妹妹，不要做无用功。”

白术的手僵住了，她冷冷地盯着仲淮，张嘴喝下了水。水入喉，冲散了喉咙火辣的疼痛。

喂她喝了几口，仲淮将矿泉水瓶拧紧，放在了白术手边。

仲淮起身走了。

白术望着白青梧的方向。

每隔四个小时，他们都会来一趟，给白青梧注射药物。

作为一个话痨，白青梧每到这时，都会一声不吭。白术想，她应该很难受，不然她肯定会调侃白大褂的注射技巧。

他们又走了。

白术眼皮很重，昏沉地入睡，不知过了多久，又被白青梧叫起来。

白青梧又让她讲故事。

白术被白青梧烦死了，摸索到那瓶水，喝了两口润了喉，才接着先前的故事又讲了下去。

白青梧听得津津有味。

有时候，白青梧会打断她："在游戏里死了，就真的死了吗？"

"嗯，死了。"

"你好残忍。"

"我不讲了。"

"我不说了，你继续讲。"

话是这么说，但白青梧还是会打断白术。

就这样，白术在持续高烧中，还绞尽脑汁地给白青梧讲故事。而那些人，每隔一段时间，就进来一趟，反反复复。

后来，连白术都记不得，有过多少次了。

白青梧又跟她聊天了。

"白术，你说我们俩这趟出门，遇到的是地震，会怎样？"白青梧的声音还是那么温柔，就是虚弱了一些。

白术不想搭理她。

白青梧还挺乐观："我肯定是那个牺牲自己保护女儿的英勇母亲。"

白术实在没忍住，从牙缝里挤出几个字："你放屁。"

白青梧似乎被逗乐了，轻笑了几声。

白术实在没力气搭理她了。

哪怕这次能活下来，白术都觉得，自己会被这场高烧烧成一个傻瓜，以后会一边流着口水，一边咿咿呀呀，让纪远和白青梧照顾一辈子。

恍惚中，白术感觉门又开了，但这一次的脚步声，只有一人。

不多时，她听到白青梧的声音："放了她。"

"她那么聪明。"回应她的声音是仲淮，"老师，你知道的，她活不了。"

白青梧说："我保证，她会忘记一切。"

好半晌后，仲淮说："我争取。"

思绪在挣扎，白术想睁开眼，可办不到，整个身体如坠冰窖，虚脱无力，她连手指都无法动弹。

白青梧不再让白术讲故事了。

在半梦半醒中，白青梧总在找白术说话，白术往往说完就忘，记不得聊了些什么，也记不得自己说了些什么。

每一次谈完，白术都怅然若失，感觉有什么从自己身体里流失了。

她在一次一次的交谈中遗忘，遗忘跟组织相关的一切。

白青梧这个神奇的催眠师，如同魔法师一般，将记忆一点点从白术脑子里抽离、篡改，而后，成功地换来了白术活命的机会。

终于有一天，在混沌和死亡的边缘，白术见到那扇门再次被推开。

这一次，是纪远。

白术猛然惊醒，坐起身，大口大口地呼吸。

“白术，没事了。”

灯光倏地亮了，顾野抱住她的肩膀，将她搂入怀中。

白术浑身汗湿，将脸埋在顾野胸膛，手指紧紧揪着他的衣服，呼吸渐渐趋于平稳。

顾野低声问：“想起来了？”

“嗯。”

顾野轻轻拍着她的后背，一下一下安抚着：“没事了。”

良久，白术偏了下头，半睁开眼，看清了整个房间。

这是一间催眠室，光线柔和，陈设简单，她坐的是单人沙发。

入睡前的记忆，慢慢复苏。

那一晚跟仲淮聊过后，仲淮告诉白术，可以帮她恢复被白青梧尘封的记忆。

白术答应了。

接下来，仲淮每天给她进行一次催眠，一共三次。

前两次没什么效果，这是最后一次。

白术问：“仲淮呢？”

顾野说：“你睡了很久，他已经上楼了。”

催眠室安排在一楼。上楼，指的是二楼那个纯白的房间。

白术想要起身：“我想去见他。”

她身体抬起一半，头有些晕，晃了一下。顾野赶紧扶着她：“不歇会儿？”

“不用。”

白术摇头，推开顾野，径自往外走。

顾野赶紧跟上她。

上了二楼，白术来到那个房间门口，看向守着的两人：“把门打开。”

两人对视了一眼，其中一人颔首，输入密码开了门。

陪在白术身边的顾野，待门开后，同白术道："我在外面等你。"

"嗯。"

白术点头，进了门。

室内没开灯，一片漆黑，里面悄无声息。白术手一抬，按了门口的开关，灯亮了，光线登时充满了整间卧室。

仍是一人、一床、一椅。

这一次，仲淮坐在地上，睁着眼，目光平静地落到白术身上。

他看起来更憔悴了。

"你都想起来了？"仲淮问。

白术朝他走过去，一步一步，脚步平稳，可眉眼的戾气和杀意，没一丝遮掩。

最终，白术停在仲淮面前："白青梧哪里对不起你？"

"她没有对不起我。"

仲淮轻声开口，眼里波光浮动，他眼皮缓缓垂落下来。

白术冷声道："但你要了她的命。"

仲淮不语。

一步错，步步错。

当年组织恢复点元气，想报复白青梧，而仲淮想护白青梧一命，便提议利用 Y9 因子牵制白青梧，让白青梧为组织所用。

谁都没想到，白青梧对 Y9 因子过敏。

如今解释这些已经没意义了。

仲淮沉默了很久。

白术忽然说："你错了。"

仲淮怔了下。

白术继续说："人生就是问题叠着问题，不是成了天才，所有问题都可以迎刃而解的。"

仲淮颔首："是的，我错了。"

"在权势和欲望面前，天才，也不过是一个工具。"仲淮说，"组织创造出来的天才，不过是一个个为他们谋利的傀儡。"

"你是逃出来的吗？"

"我是。"

"或许你该见一下纪远。"

"他拒绝见我。"仲淮摇了摇头，"只有不见我，他才会留我一条命。"

白术是明白的："毕竟我妈很疼你。"

仲淮眼里有泪光，忽然咳嗽起来，咳出了一口血。

白术想上前，可是没动。

仲淮很快用手擦拭了唇边的血迹，很虚弱地笑了下：“你要小心一些。”

他抬起头：“组织最大的投资人，就是国际漫画组织的核心人员，他们想让最终获奖者都是自己人，你现在很危险。《生存游戏》……我们装了监控，你跟你妈讲的故事，我都有听。我知道，白大是你。但你要低调些，不要暴露身份。”

白术没有说话，转身就走。

“白术。”

仲淮叫住她。

白术一顿。

仲淮仰起头，眸光闪动，他看着她的背影，一字一顿道：“你要自由，别被束缚。”

白术没回头，没吭声，加快步伐往外走。

门开后，白术走出去，见到了顾野和樊起予。

顾野第一个迎上来。

白术看了眼樊起予，说：“去救他。”

“是。”

樊起予唇边挂着淡淡的笑，极其绅士地应声。

白术和顾野下了楼。

走到房门口时，白术停下来，同顾野说：“我想自己待会儿。”

顾野什么也没问，只回答：“好。”

白术进了门。

顾野站在门外。

屋内没开灯，是暗的，但开了一扇窗，如水的月光漏进来，铺洒在地面。

白术在黑暗中行走，来到床边，没上床，靠着床沿缓缓蹲下来，她抱着双腿，将脸埋进了膝盖。

她纤瘦的肩膀轻轻颤抖着。

房间内，悄无声息。

走廊灯光灭了，黑暗笼罩下来，顾野倚着墙，背后是一片冰凉。

夜寂静得可怕，听不到丁点声响。

门倏然被打开。

走廊灯随之亮起。

光线落下那刻，顾野偏过头来，一抹光跳进他黑眸里，点亮了一盏烛火。

白术站在门口，披散的发丝稍显凌乱，身上宽松的长白T恤衬得她身形瘦小。她说：“我没听到你离开的声音，所以猜你还在。”

顾野抬手捏了捏她的脸：“傻不傻，万一我走路没声音呢？”

“你不会走的。”白术声音很轻，语气笃定，她退一步，“进来吗？”

她转身往里走。

但是，脚还未跨出去，手腕就被抓住。

温热宽厚的手掌，抓住了她冰凉纤细的手腕。

白术回身看他。

“天快亮了。”顾野眼神专注温柔，轻声说，“今天是个好天气，一起去看日出吗？”

白术怔了下，说：“好哦。”

别墅的门窗都是封闭的。

进来时，樊起予进行了烦琐的验证。出门时，也得通过同样的验证。

白术和顾野在这里待了三日，没有出过门，樊起予也没给他们录入同行信息。

樊起予和两个黑衣人带着仲淮去了医院，一楼还有别的人。但时间太晚了，也不知他们是否有自由出入的资格。

站在门前，白术看向顾野。

顾野揉了揉她的后脑勺：“等我一会儿。”

白术应声：“哦。”

顾野转身离开了，白术乖乖在原地等待。不到十分钟，头顶吊灯闪了下，而后，身前的大门缓缓打开，月光在平地上洒了一片。

后方传来脚步声，是顾野。

“这么快？”白术讶然回首。

顾野嘴角一扬：“我在这里待了三天。”

白术朝他伸出一只手：“心眼真多。”

“留一手总没错。”

顾野牵起她的手。

两人走出大门。

夜风徐徐，微凉，月光皎洁，一地银光。远处山影重叠，起伏不断。

顾野问：“要学吗？”

“不学。”白术眉一挑，“万一超过你了，你会自卑的。”

顾野笑说：“就你这三心二意的天才，半路出家还想超过我，有点难。”

白术说：“不当第一的话，就更没意思了。”

顾野不置可否。

月光越发稀薄，白术和顾野坐在山坡上，面朝东方的夜空。

顾野同白术闲聊：“你恢复的记忆，是特定的，还是所有的？”

“所有的。”白术说，“包括你。”

“那你记得我第一次找你搭讪吗？”

白术单手支颐，想了想，问：“我当时在玩滑板，你问我要不要吃糖？你当时是不是觉得我特酷？”

顾野嘴角微抽：“我觉得你特臭屁，实在看不下去了。”

白术哑了下，朝顾野翻了个大大的白眼。

脑海里多出一部分跟顾野相关的记忆，顾野又在身边，白术此刻静下来，一点点跟顾野回忆，将那些过去一一掰开来说。

他们俩混熟，纯属意外。

当时白术是天之骄子，小有名气的天才画家，父母皆有名望和背景，是个实打实的富二代。

彼时的顾野还叫陆野，同陆侨各地逃窜，躲避组织追捕，住在最穷最乱的城中村，没有书可以读，平日里靠打零工和画漫画赚钱。

一个天，一个地。

两人结缘，是因为滑板。

自从初次见面，顾野跟白术露了一手滑板后，白术就感觉找到了对手，成天抱着滑板去找在冷饮店兼职的顾野。

顾野忙时，她会点一杯冷饮和一些点心，坐在店里等顾野。

顾野空闲时，就会踩着滑板，带着她满城市晃悠，成天不干正事。

白术疑惑：“你后来不玩滑板了吗？”

“玩过一阵。”顾野顿了下，随手揪了一根草，继续说，“高中时，有朋友学我玩滑板，伤了腿，废了，我就没玩了。”

白术忽然沉默，将脑袋靠在顾野肩上。

顾野抬起手臂，揽住她的肩。

黑夜勾勒出他们的轮廓，两道身影依偎着，清浅的风里裹着温柔。

“我高中玩滑板成了全校名人，但纪远成天找我的碴，硬是让学校没收了我的滑板。”白术话锋一转，“但我是谁啊，没两天就迷上了跑酷，成天翻墙爬楼玩，猴子都抓不着我。”

顾野轻笑：“检讨没少写吧？”

白术不以为耻，反以为荣：“熟能生巧，小事一桩。”

“看把你骄傲得。”

“谁叫我高一时就被保送了，成天闲的。”

“低调点。”

“你嫉妒吗？”

“我可是正儿八经考上大学的。”

“……好吧。”

白术想到顾野只读了一年高中，忽然就嘚瑟不起来了。

两人随意闲聊着，从黑夜到天明。

对于白青梧那一段记忆，白术只字不提，顾野也没有问。

第一缕阳光落下来时，白术微微眯起眼，见到草木镀了一层光，见到光幕缓缓掠过山与水，像天地间掀开了一层明亮薄纱。

“天亮了。”顾野吻了下白术柔软的发。

“嗯。”

白术将脸埋进他肩颈。

天总会亮。

没什么能阻止。

回到山间别墅时，樊起予的车停在外面，人站在车旁，正等着他们。

樊起予没戴眼镜，露出斯文俊雅的脸，但眉眼少了些温和，掺了点凌厉。

见到两人携手而来，樊起予同白术打招呼：“小小姐。”

话落，他难得扫了眼顾野。

白术问：“人怎么样？”

“还在抢救。”

“那你怎么回来了？”

被如此一问，樊起予顿了下，目光落向顾野。

顾野瞧向紧闭的门：“不进去吗？”

顾野一笑，似是恍然道：“忘了，你进不去。”

嘴角线条是冷硬的，樊起予下颌弧线紧绷。

白术不知情，但从两人几句话中，就猜到了缘由。她侧首望向顾野，面露询问。

顾野微微颔首。

随后，顾野来到门口，用新密码、指纹、瞳孔顺利开门。

门一开，就见一楼有几人站在里面，个个脸上的焦虑尚未褪去，眉眼浮现出解脱和庆幸。

这一栋别墅是全封闭的，出入有严格要求，自己人同行程序虽麻烦一点，但基本没问题。谁料，这次他们一觉醒来，却没有出入权限了。

他们只能着急忙慌地联系樊起予。

但是，樊起予同样没权限，被困在外，毫无办法。

白术气定神闲地进了门，问顾野：“我去拿手机，你有什么要拿的吗？”

“没有。我在这里等你。”

“好。”

白术颔首。

她一走，随后进来的樊起予脸上的温和神态陡然消失，他看向顾野的眼神里，略带锋芒。

樊起予语调微冷："009，久违了。"
SOS 前任二把手，东国人，身份未知，代号：009。
他一度是樊起予的上司。
樊起予一直关注着白术，早知道顾野的存在，却从未将顾野放在眼里。谁承想，顾野竟然还有这一层身份。
不是樊起予孤傲自大。
能在他眼皮子底下悄无声息做这一切的，全世界屈指可数，而顾野是 009 的概率，最大。
樊起予说："你跟我想象中的不一样。"
顾野回道："你倒是跟我想的一样。"
樊起予没问他的所想，毕竟，摆明了是自取其辱的事。
白术速度很快，拿了手机就出来了。
"一句奉告。"樊起予望了眼白术的身影，语气肯定，"我从三年前起就关注小小姐的动向，你跟她，不是一路人。"
顾野眼帘轻掀，眼神锐利几分。
樊起予淡淡一笑，游刃有余："你不了解她。"
顾野皱眉。
"说什么呢？"白术走了过来。
"没什么。"顾野答了一句，"没遗漏什么吧？"
白术："没有。"
"走吧。"
顾野拉起白术往外走，从樊起予身边路过。
樊起予回过身："小小姐，我送你。"
"不用。"
回答的是顾野。
顾野很随意地抬了下手，手指钩着一串车钥匙。阳光里，钥匙串折射出温柔的光，有些晃眼。
樊起予下意识去摸腰间，钥匙果然没了。
他望着两人的背影。
有点意思。

白术坐上车，扣好安全带，同时问顾野："你有驾照吗？"
顾野答："有。"
白术放心了。
她是个遵纪守法的人。
当然，顾野拿樊起予车钥匙这种事，不值一提。

顾野说："睡会儿。"

"嗯。"

白术调好靠背，头一偏，很快就睡了过去。

快到艾伦家时，白术的手机响了。

白术从睡梦中醒来，刚一睁开眼，就见到顾野将手机递给她。

"樊起予。"顾野说，"这个时间点，可能跟仲淮有关。"

白术清醒了几分，将电话接通。

"刚刚医院那边来了消息，"樊起予语调波澜不惊，"仲淮抢救无效，死亡。"

虽然猜到仲淮有赴死的决心，这答案也不算意外，但白术仍是有些震惊。

沉默良久，白术才缓缓问："他怎么回事？"

"他是从五芒星里逃出来的，主动联系了我，提出要见纪先生和你，但纪先生不肯见他。"樊起予交代道，"我见到他之前，他就服了毒。"

白术顿了下，语气平静："你联系一下火葬场，我会派人去取走他的骨灰。"

"是。"

樊起予温柔又恭敬。

沉默了会儿，白术换了个话题："纪远呢？"

这几年，白术一直没去找纪远，就等纪远自己现身。但樊起予肯定跟纪远有联系的，白术问一句也不耽搁。

樊起予回："纪先生想见你的时候，自然会出现。"

"帮我带一句话给他。"

"小小姐请说。"

"记得还钱。"

白术时刻不忘要债，说完就把电话掐了。

她忽然安静下来，偏头看向窗外，见到蓝天白云，天地辽阔。

"人没了？"顾野的声音响起。

"嗯。"

顾野放缓了车速，捏了捏白术的手。

白术往后靠着，又看了会儿顾野，可最终，她仍是什么都没说。

她曾把仲淮当哥哥。

以前的仲淮在她家，就跟后来的牧云河一样。

回到艾伦家时，艾伦刚采购回来。

"公主殿下！"一见到白术，艾伦就狂奔过来。

顾野手疾眼快，将白术往身旁一拉，艾伦将顾野搂住了。

顾野揪着艾伦的后衣领，把他提开："太热情了。"

艾伦表情黑如锅底。

顾野就当没看到。

“吃一点东西再去睡觉。”顾野叮嘱着白术，随后问艾伦，“买了什么？”

艾伦回：“面包和水果。”

“有鸡蛋吗？”

“还剩俩。”

从工具人这里得到答案，顾野同白术说：“我给你做三明治。”

白术苦着张脸：“我想吃面条。”

顾野颔首：“等你醒了就给你做。”

“行。”

白术勉强同意了。

顾野去做三明治时，艾伦拉着白术抱怨，一是抱怨他们一走就是好几天，二是抱怨看顾野不顺眼。

白术敷衍地应着，实际上因一整晚没怎么睡，这会儿大脑昏昏沉沉的，根本不知道艾伦在说什么。

吃了三明治后，白术回到三楼，先去洗了个澡。

上床时，她接到牧云河的电话，是跟她讨论仲淮葬礼一事的。

“仲淮是孤儿，墓地选在哪儿啊？”牧云河问。

白术想了想，说：“他读高中和大学时，有一个同学，姓凌。”

牧云河疑惑：“把骨灰给他吗？”

“他死了。”白术说，“你把他们俩葬在一起吧。”

牧云河怔了下：“这姓凌的同学，他家里人不介意吗？”

“他家里也没人了，墓地还是仲淮买的。”白术用手指揉了揉太阳穴，“我记得，仲淮买墓地时，顺便给自己买了一块。”

“你记忆真的都恢复了？”牧云河问，“现在感觉怎么样？”

微怔，白术吐出一个字：“困。”

“困……”牧云河有些无语，旋即轻笑道，“行，你先睡吧，有什么事随时找我，接下来我应该都会在华尔特镇忙画展的事。”

“嗯。”

白术将电话一挂，就缩在被窝里睡了。

这一睡，就睡到天黑。

就这么几个小时，东国社交媒体炸开了锅，甚至影响到全球漫画圈。

白术一觉醒来，变天了。

白术从电梯里出来时，听到艾伦在嚷嚷，她还以为艾伦在跟顾野吵架，可仔细一听，发现艾伦用的是英语。

顾野用的是中文。

他们俩各说各的。

她扫了一圈，发现两人都在打电话。

没太在意，白术去厨房拿了个杯子，给自己倒了杯水。

刚要喝，她就见艾伦挂了电话，径直冲到她跟前。

艾伦说："公主殿下，我跟你说个事，你先不要生气。"

白术拿起水杯，慢慢地喝水，透过玻璃杯瞅着他。

艾伦提了口气，刚要说，顾野就走过来，提前开口："一个好消息，还有一个坏消息。"

"好消息。"白术放下杯子，斜眼看他。

"比赛结果出来了，NO.1 拿了第七，刚好够亚洲赛晋级资格。"

白术不动声色，问："坏消息呢？"

"出了个新政策，要给复活挑战赛的人让名额，每个洲的晋级名额，从七个改成六个。"顾野简明扼要地说，"NO.1 被淘汰了。"

他说的是"NO.1"，而不是"你"。

顾野知道白术还会继续参赛，但艾伦就不一样了。

自从得知白术参赛后，艾伦就一直期待跟白术在全球赛相遇。结果 Echo 差点连东亚赛都没进，东亚赛拿了第一又退赛，接下来爆出 NO.1 这个王炸账号，把人的期待值拉到最高，结果才一局比赛，NO.1 就被淘汰了。

艾伦完全无法接受这个结果。

自得知结果那刻起，艾伦就联合了所有认识的漫画家，决定就这一决策向国际漫画组织表示抗议。

"冷静一点。"白术提醒艾伦。

"我没法冷静。"艾伦沮丧且愤怒，心情复杂。

白术扔给艾伦两个冰袋："上楼冲个澡，睡一觉。"

艾伦拒绝："我不！"

白术挑眉："这是命令。"

听到这话，艾伦立即偃旗息鼓，撇了下嘴，气不知该往哪儿发，于是他瞪了顾野一眼。然后，他抱着冰袋上楼了。

白术耳根总算清净了。

"我手机好像没电了。"白术将手机掏出来，问顾野，"东国那边情况怎么样？"

"比赛结果一出来，你手机就一直在响，被我关机了。"顾野说，"东国的情况，你可以想象。全球漫画圈都惊动了，国内自然炸了。"

白术本想开机，听顾野这么一说，又把手机放下了。

白术给自己开了瓶牛奶，说："看来他们确实盯上我了。"

"你不露出破绽，谁都不能奈何你。"顾野将她手里的牛奶夺走，"待会儿就吃饭了。”

而后，他问：“墨川呢？”

白术瞅了眼手机：“关机呢。”

顾野指了指她，半晌没说话。

白术心里也清楚。

东亚赛，她一个人搞定两部完整的作品，外加一部作品草稿，照样可以全部晋级，这次的亚洲赛就两部作品，更是轻松。

前提是，墨川没对她的作品动手脚。

而墨川的所作所为，她都知道，却没有制止。

白术不想聊，生硬地转移话题：“晚上吃什么？”

“面条。”顾野说，“再炒两个小菜。”

“好。”

顾野极轻地叹息一声，将牛奶塞到白术手里：“问鼎第一，即墨诏第二，简以楠和陆遥并列第三。”

“我真优秀。”白术的小尾巴又翘了起来。

顾野泼冷水：“国内三分之一的人在骂你骄傲自满，明明有拿第一的实力，却要换不合适的助理，拿了第七不说，结果还被淘汰了。”

东亚赛历史重演，并且，程度更甚。

白术默默地喝了口牛奶。

饭后，白术开了机，跟苏老师聊了一阵。

苏老师没有给她任何压力，只说了句可惜。

白术以新人身份夺得第一退赛，虽然臭名昭著，但她依旧未来可期。

白术以NO.1的身份惨遭淘汰，情况就不一样了，画工站在世界之巅的存在，退一步就是陨落，只会沦为笑话。

苏老师自然不能在这时落井下石。

“你在华尔特镇？”

“嗯。”

“过阵子的《BUG》总决赛，也在华尔特镇举行，你就先待在那里，别回来了吧。”苏老师建议，“等风头过了再说。”

“行。”

白术确实没有回国的计划。

“对了，还有一个好消息。”苏老师让自己的声音振作一点，“全球复活挑战赛的结果出来了，我们东国有三人晋级。其中有一个人，你肯定想不到。”

白术配合地问：“谁？”

“白大！”苏老师说，“据说他得到挑战赛负责人的特批，直接拿作品参赛，结果以第一名胜出。”

作为白大粉丝的苏老师，怕自己太激动了，顿了顿才说：“有他在，东国在全球赛上，还是有盼头的。”

何止有盼头。

NO.1 只是全球画工天花板。

White 可是全球恐漫天花板。

东国队失去了 NO.1，确实是一大损失，但现在 White 加入了，问鼎一直稳定发挥，即墨诏、简以楠以及陆遥三人作为后起之秀，未来可期。

网上现在有人带节奏，声称 NO.1 淘不淘汰无所谓，不当漫画家，好好当漫画助手才是她的归宿。

白术反应很平静：“另外两个是谁？”

“有一个你认识，江南枝。”

“不错。”白术有点意外，弯了下唇，“另一个呢？”

“另一个，”苏老师语气有些古怪，“叫莎莎。她有点特殊，跟你一样，都是玩电竞的，复活赛结束后，就进了 FIU 战队，接下来的电竞全球赛，你跟她肯定会遇上。”

白术不甚在意：“哦。”

苏老师道：“你就好好准备电竞比赛吧。网上的舆情一直这样，等热度过去了，他们就把事情忘了。”

“知道。”

眼下的苏老师，多希望白术跟往常一样，嚣张地怼他两句，可白术并没有。

也是，白术哪里还会有别的底牌呢。

白术挂了电话，没一会儿，又有电话进来了。

这回是墨川。

白术稍稍犹豫，仍是接了。

“白队。”墨川的语气稍显迟疑。

“什么事？”

“亚洲赛的结果出来了。”墨川顿了下，态度诚恳，却也直白，“抱歉，是我故意调整风格，让你的作品出现了瑕疵。”

白术淡淡道：“我知道。”

墨川并不意外：“我猜不透你的目的，但树大招风。白队，你是一个好队长，我希望你能一直陪着 BW 救援队成长。”

“我不会。”白术说，“我这么年轻，还有很多事做。”

墨川安静下来。

白术又说：“我还有筹码。”

“我知道。”

“你会再来破坏吗？”

“不，”墨川轻声说，“不会了。”

“我一向纵容我重视的人，你值得一个账号。”白术坦白说，可下一秒，话锋一转，“但是，背叛只有一次。”

墨川感觉到一股凉意，良久，他低声说：“谢谢。”

在客厅待到晚上八点，白术回到三楼的房间。

顾野洗了澡出来，穿着短袖和裤衩，头发半干，皮肤被搓红了，眼里沾了些湿气，更亮了些。

白术拿起换洗衣服，同他说：“你手机有电话。”

顾野问：“谁的？”

白术撇嘴：“顾诠。”

换作别人，白术也就接了。但顾诠的电话，白术不想接。

“行。”顾野颔首，“你去洗吧，我回个电话。”

他拿起手机，去了阳台。

回拨电话时，顾野推开了窗户，清凉的晚风从敞开的窗口灌入，吹得他的额发一起一伏。

“听说你陪白术去了华尔特镇？”顾诠语气微冷，夹杂着质问口吻。

他的不满，毫不掩饰。

顾野皱眉，应声：“嗯。”

“你还想在她身上浪费多少时间？”顾诠怒道，“一年了，时间全搭在她身上，自己一事无成，你还想跟她耗下去？”

面对顾诠的指责，顾野一语不发。

顾诠沉默了会儿，随后放缓了语气道：“你以为她真的想跟你在一起吗？”

顾野双眸半眯：“什么意思？”

顾诠没有说什么，只是放了一段录音。

“我没想过跟他结婚。”

“我不会跟他结婚的。”

白术的声音，斩钉截铁，清晰明了。

顾野愕然，握着手机的力道收紧，他回过头，望着浴室的方向，眸色幽深。

“傻小子，你被她卖了，还想替她数钱？”顾诠说，“她只是在利用你，陪你玩玩，不然的话，她怎么会同意退婚？”

下颌线猛地一紧，顾野没吭声。

“再给你一点时间，电竞比赛结束，你们就分了吧。”顾诠顿了下，继续道，“另外，莎莎也进漫画全球赛了，你到时候去做她的助手，助她一臂之力。”

眸色渐渐冷却，顾野语调肯定：“不去。”

顾诠气道：“你——”

“先挂了，下次聊。”

没等顾诠说完，顾野就挂了电话。

白术吹干了头发，才从浴室出来。

一年没剪头发，长了很多，白术抓着发尾，在鼻尖嗅了嗅，而后问：“顾野，你是用什么洗的头？”

“香皂。”

顾野从阳台走进来。

见到白术眼睛眨啊眨，神情愕然，顾野顿了下，解释：“洗发水味太浓，受不了。”

白术走过来，抱住他脑袋，踮脚去嗅：“我闻闻。”

鼻尖嗅到一股清香。

白术刚要评价，软腰忽然被两只手掐住，她整个人被提起，双手下意识搂住了顾野。在短暂的失重后，她被扔到了床上。

顾野倾身吻她，或有啃咬，比以往激烈。

白术瞧见他细密纤长的眼睫，笔挺优越的鼻梁，专注中带着点失控。

俄顷，白术在他怀里软成一摊水。

灯灭了，黑暗席卷室内，窗外月光清浅，和风徐徐，一树的枝叶轻轻摇晃，宁静与和谐，同室内形成鲜明对比。

良久。

白术喘息着，浑身汗涔涔的，被顾野搂着。

他力气大，臂膀如铁钳，牢固结实。他贴着她的脸颊，呼吸洒落她颈侧，烫得她皮肤要烧起来似的。

白术有些透不过气，推他：“你怎么了？”

“我想把你锁在身边。”顾野轻轻吻她，黑暗中眸色阴沉。

“哈？”

顾野低声说：“这样的话，你就算想跑，我也能控制住。”

白术捧起他的脸，双眸是水润的，她笑说：“野哥哥，这想法很危险啊，想被判几年啊。”

“无所谓。”顾野抓住她一只手。

他的掌心很烫，手指缠绕上来，有几分狠劲，白术若有所感般，先怔了下。

而后，她轻声提醒：“顾野，情深不寿哦。”

顾野眸光暗了下：“扯淡。”

“你太闲了。”白术伸出一根手指，戳了戳他的脸颊，“除了搞垮组织，还有什么人生目标吗？”

“守着你。”

白术不假思索道：“不行。”

顾野说：“你的人生目标，我无法插手，我的人生目标，你还想干预？”

他曾向白术表达过不满。

因他与日俱增的占有欲，因白术平衡着所有关系。

现在，他不再强求白术，仍是被否决了。

白术沉默半晌，将手从他手里挣脱开：“我不喜欢你这样。”

顾野有一瞬愕然，眼里的光陡然消失，心口像是被划了一道口子，有什么正通过缺口迅速流失。而那道口子，越来越大，露出了隐藏在深处的黑洞。

白术说：“我喜欢和你在一起，但你不是我的全部。顾野，我希望你也是这样的。”

顾野皱眉：“玩腻了，坏男人都这么说。”

“我不是。”

“对，你是坏女人。”

白术有点冤枉，解释道：“我只是希望你找到比我更重要的事，那才是你的人生价值。”

停顿少顷，顾野在黑暗中端详着她，将她额头上濡湿的发丝拨开。

他说：“行。”

“真的？”白术讶异于他的爽快。

“真的。”

“你心思多，还别扭，我不大信。”

顾野哑了一下，说：“是我刚刚没伺候好你，你存心找碴是吧？”

想到方才的事，白术脸上微微发烫，小声咕哝：“没有。”

“还没有，”顾野勒住她的腰，把她往怀里带，在她肩颈处嗅了嗅，“一身的汗，是不是得我伺候你再洗个澡？”

“不用，我自己去。”

白术扭着腰挣脱，逃似的下了床。

顾野起了身，望着她逃窜的背影，笑了笑。但很快，他嘴角笑意消失，双眸深处，是深深的落寞。

他不在乎世界如何，不追求自身发展。

一直以来，都是如此。

他浑浑噩噩地在这世间行走。

直到与白术重逢，被她这抹光照亮，他的生命才有仅存的意义。

他跟她不一样。

他再也找不到比她更重要的存在了。

第二天一大早，白术跟顾野出去散步，顺道去了一趟超市，买了些食材和零食回来，在门口遇见了抱着个大箱子的艾伦。

“公主殿下，早啊！”艾伦冲白术眉开眼笑，自动忽略了顾野。

“这是什么？”

“乐高，《Q20》公主殿下的城堡。”艾伦拍了拍箱子，邀请道，“你要一起玩吗？”

“当然。”

白术立马来了兴致。

顾野脸色微微一黑，但白术完全没有发现。

这个城堡乐高是《Q20》出的最新官方周边，组装起来是个大工程，哪怕两人合作也得花几天时间，于是白术和艾伦一有空就待在二楼书房。

顾野被冷落了个彻底。

一连三天，顾野无所事事，不仅得给两人做三餐，还得时而忍受艾伦的白眼。

第四天，顾野在书房找到白术。

城堡组装了大半，已有了整体轮廓，白术盘腿坐在地上，手里拿着零件，认真组装着。

就她一人。

顾野环顾一圈，发现书房没几样物品，书架空荡荡的，只摆了一套《Q20》，一张书桌，一台电脑，桌面干净。

比样板间还缺人气。

“房间挺空啊。”顾野目光一收，说。

“嗯，他只留必需品。”白术专注着乐高，“就像这个城堡，组装好后，他也会处理掉。”

“他呢？”

“出门了。”白术抬了下头，“说有个漫画家聚会。”

顾野走到白术身边，半蹲下，说：“即墨诏和白阳都来了，再过十来天，电竞比赛就开始了，我们需要训练。”

“再过两天。”

“没时间了。”

白术思考了下：“那我们在这里训练，反正有设备就行。”

“不行。”顾野语气不容置疑。

“为什么？”

“复盘、开会、训人，都不方便。”顾野随口找了一堆理由，皱眉看着那座城堡，“这玩意儿以后再组装，过两天给你买个新的。”

“不用。你知道艾伦为什么叫我公主殿下吗？”

顾野没吭声。

他对这种事不感兴趣。

如果告诉他让艾伦换称呼的方法，他或许会乐意一听。

白术身子一斜，凑到顾野跟前，用手肘碰了碰他："我还想起一件事。"

眼前是白术的琥珀瞳仁，亮晶晶的，清澈透亮，如一汪春日池水。

顾野不自觉地接话："什么？"

"《Q20》的作者是纪远。"白术抛了抛手中的零件，笑眯眯的，"而这……是我的城堡。"

顾野愣怔。

"我最初的漫画启蒙，就是《Q20》。里面有一个故事，讲的是自由王国的小公主的叛逆出逃，是纪远根据我的形象画的。"

白术微顿，补了句："我特别喜欢。"

顾野嘴角一翘，并不意外。

白术喜欢跟她有关的一切。

说白了，就是自恋。

白术继续说："艾伦是《Q20》的铁杆粉，我第一次遇见他时，他觉得我跟这形象很像，就一直这么叫我。"

顾野在她旁边坐下来："你跟艾伦怎么认识的？"

白术说："两三年前吧，我刚接手 BW 救援队没多久，来这边办点事，在路边捡了他。"

"他当时被捅了一刀，快要死了。那条街很乱，上前帮忙会惹一身骚，所以没一个管闲事的。"白术顿了一下，见缝插针地往自个儿脸上贴金，"我这人吧，心地善良，见义勇为——"

顾野说："咱们一家人不说两家话。"

于是，白术改了口："他头发好看。"

顾野无言。

他就知道不是什么正经理由。

"我带艾伦去了医院，过了一两天，想着探望一下，正巧碰上他仇家上门。当时可刺激了，我机智地把他带出医院的场面，不亚于任何好莱坞大片——"

顾野清了清嗓子，示意她够了。

"你这人真没意思。"白术白了他一眼，"他父母吸毒抢劫，一个入了狱，一个吸毒而亡，欠了一屁股债。艾伦被债主扣下抵债，经常帮他们做事，算个正宗的地痞流氓吧。我呢，作为正义使者，哪能惯着这种事，就动了点脑筋和我的小金库，弄到他债主和仇家违法犯罪的证据，把他们送去坐牢了。艾伦也重获自由，加入了拥有无限可能的 BW 救援队。"

白术讲话一向这么个调儿。

该吹牛的时候，总是三两句带过；不该吹牛的细节，总抓着不放。

本该是很值得一说的故事，被白术言简意赅地讲完，最后还不忘捧一下自家救援队。

于是，跟白术待久了，顾野也总抓错重点：“你怎么还有小金库？”

“当时牧云河买彩票中了五百万，给了我一笔零花钱。”白术回答，而后纠正他，“这都是小事，不重要。”

顾野无语凝噎。

这么稀罕的事，完全不该用“小事”揭过的好吗？

“牧云河经常买彩票？”

“不常买。”白术摇头，“但他运气很奇怪，有钱时买彩票，很难中奖，越缺钱，中奖概率越大，金额也越高。”

顾野眉毛挑了下。

白术晃了晃手中的零件，又将话题扯了回来：“再等我一两天，我把城堡组装好了，就和你一起走。”

顾野拿走她的零件，垂眸看她：“我跟你一起组装。”

白术眨了下眼：“好哦。”

又在艾伦家待了一天，翌日，白术一觉醒来，意外发现顾野不见踪迹，她只是怔了下，洗漱一番就去了二楼书房。

艾伦正坐在一座完好的城堡前发呆。

“你组装好的？”白术诧异。

昨晚睡前，还差一部分呢。

“公主殿下，早上好。”艾伦先打招呼，随后才问，“不是你吗？”

白术反应过来：“顾野呢？”

“在楼下做早餐。”艾伦撇了下嘴，“公主殿下，你找的是男朋友，还是厨子？”

“你早餐没了。”白术转身就走。

“哎！”艾伦立马跳起来，在门口追上白术，“公主殿下，他不学无术，成天围着你转，搞不好就是别有所图！”

白术提醒他：“不准管我私事。”

艾伦低下头：“哦。”

“对了，我们今天就走。”

“这么快？”

艾伦眼里盛满了失望，连那头漂亮金发都耷拉下来。

白术道：“要准备电竞比赛了。”

艾伦眸光一亮：“好吧，我会去给你加油的。”

白术忽而正色道：“艾伦。”

“哎。”

“你不出场就是对我最大的支援。”

艾伦有点被伤害到。

白术忽然抬起手。

艾伦立即低下头，将脑袋凑过去。

白术摸了摸他柔软的金发，说："沾沾好运。"

"都给你哦。"

白术眼睛一弯。

在M国漫画圈里，流传着一个传说。任何赛事前，只要摸一摸艾伦的头发，就会获得好运，在比赛中取得好名次。

因这次DY漫画大赛，这一传说得以传播，艾伦每次出场，这头金发就成了香饽饽。

白术很喜欢他的金发，每次见到他，都会顺道占这个便宜。

城堡组装好了，白术履行跟顾野的承诺，吃了早餐就离开了艾伦家。

走时，顾野开的是樊起予那辆车。

"樊起予一直没来要车？"上了车的白术后知后觉。

"嗯。"顾野道，"他有联系你吗？"

"不知道，手机关机。"

NO.1被淘汰的事，让白术手机都炸了，她烦不胜烦，这几天干脆没用手机，跟外界断了联系。

往后一倒，白术靠着椅背，侧首瞧顾野："你那天对门锁动手脚，他认出你了吧？"

"嗯。"

"什么爱恨情仇啊，说说呗。"

顾野瞥了她一眼。

白术神态轻松。

这几日，白术不主动提仲淮、白青梧、樊起予，没跟顾野讲过一点白青梧更改她记忆的原因，但顾野从未问过，也未提过。

白术看似没心没肺，好像一切都放下了，但偶尔的失神发呆，证明她心里还有个坎儿。

如今见她提樊起予，神情自若，顾野松了口气的同时，也没藏着掖着。

"跟樊起予观念不合，互看不顺眼。"顾野停顿了会儿，缓缓说，"他是一个为了达到目的，可以放弃同伴的人。"

白术颔首："不意外。"

顾野说："能干大事。"

白术拍拍他的肩，安慰道："我们也能干。"

顾野一笑，视线落到她手搭着的肩上，继而往下一落，注意到自己衣服口袋，想到什么，便问：“吃糖吗？”

往日里，白术的手肯定摸到顾野兜里去了，可这次，白术轻轻摇头：“这会儿不太想吃。”

顾野有些意外：“吃腻了？”

白术含糊地应声：“或许吧。”

顾野负责开车，白术跟他聊了会儿，就觉得累了，将一顶鸭舌帽往脸上一罩，就睡了过去。

等再醒来时，顾野将车开到了目的地。

白术打了个哈欠，将鸭舌帽挪开，抬头往外瞧了眼：“这是哪儿？”

“白阳租的别墅。”顾野解开安全带，“专门用来训练的。”

“就我们四个？”

“加上我们俩，六个。”

“多出俩替补？”

“一个做饭阿姨，还有一个，”微顿，顾野笑了笑，“我们的临时经理兼替补，牧云河。”

白术吹了声口哨：“可以啊。”

顾野下了车，去后备厢拿行李。

刚将两个行李箱取出来，顾野的手机铃声就响了，是一个陌生来电。

顾野稍稍犹豫，接听了。

电话里传来一个清亮的女声：“顾野哥哥，好久不见。”

第七章
天分是基石，努力是王道

秋日的午后，暖阳晒在院子里，树叶染了些许微黄，斑驳的树影洒落一地。

阳台上放有一张藤椅，白术坐在上面，晒着太阳看书。

伴随着白阳一句“不要在室内玩滑板”，即墨诏踩着一滑板在客厅转了两圈，然后滑到了白术面前，停下。

白术翻了一页书，树影从她葱白的手指上划过。

即墨诏又围着她坐着的藤椅转了两圈，再次停在她跟前，用脚重重一踩滑板，声响颇大。

白术终于掀起眼帘，张口就说：“没听说你哑了啊。”

“你。”

即墨诏深吸了口气，指了指她。

“怎么？”白术头一歪。

“这场漫画比赛都被你玩成花儿来了！”即墨诏嘴角微抽。

白术知道他指的是什么。

这几天，NO.1 被淘汰和 White 参赛的事，国内外吵得沸沸扬扬，更有甚者借着 White 拉踩 NO.1。按理来说，也没什么，偏巧，即墨诏知道她是 White，网上把 White 和 NO.1 比来比去，实际上都是一个人。

即墨诏这两天都要被憋死了。

白术赞同道：“前无古人，后无来者。”

虽然白术过分自恋，但即墨诏被噎住，无可反驳。

白术吩咐：“去给我拿点喝的。”

即墨诏咬牙切齿道：“我迟早告发你。”

撂下狠话，他就乖乖去给白术拿喝的了。

不多时，他拿来两瓶果汁，顺道拿了一个小板凳，坐在白术身边，同白术聊着国内的舆情。

没一会儿，牧云河从外面回来，一眼就瞅见两人边喝着果汁边聊着天的惬意场面："你们俩，是来训练的，还是来度假的？"

白术回："劳逸结合。"

牧云河问即墨诏："她今儿个过来到现在，劳了几分钟？"

即墨诏怔了下，说："她先逸后劳。"

"走，去训练，"牧云河走到藤椅旁，伸手去拉白术，"训练好了，哥哥请你吃大餐。"

"好吧。"

白术被一顿大餐收买了。

即墨诏无比震惊：白术竟然会接受奖励制度？

把白术推走，牧云河回身看向即墨诏："你也去。"

即墨诏喝完最后一点果汁："我一上午都在训练。"

"我可是拿到WE战队和FIU战队的比赛资料了，"牧云河晃了晃手中一个文件夹，"你们几个成天不务正业的，没一点紧迫感可不行。"

走出一段距离的白术闻声，停下来，好奇地问："FIU不是手下败将吗？"

"他们这几个月进步很快，新加入的莎莎也很厉害，在跟WE的比赛中，以微弱的差距输了。不出意外，是跟你们争前三的强力对手。"牧云河说。

即墨诏想着，以白术的性子，肯定会说"我们只争第一"之类的话，谁承想，白术只是"哦"了一声，就去了训练室。

她竟然不嘚瑟了。

即墨诏着实有些意外。

训练室里，顾野和白阳正在专注训练。

白术和顾野位置紧挨着，她走到自己电脑前坐下，开了机。等到顾野玩完了一局，她问："你有关注FIU吗？"

"嗯。"

"怎样？"

"巴迪还是他们的教练，这几个月，FIU整体水平提升，达到了一流战队的水准，是国内夏季赛第一名。"

白术问："那我们呢？"

顾野笑了下，气定神闲道："好好训练，问题不大。"

在电竞这一方面，白术无条件信任顾野。一个是她对电竞关注少，另一个，则是顾野在电竞领域，有足够的话语权。

在牧云河的监督下，四人训练到天黑。

晚饭后，顾野召集开会，总结他们优缺点的同时，又跟他们确定三种新的技术。他的原则是"游戏灵活性高，提升自身实力，比研究对手更实在"，从头到脚都透着一股“靠谱”的气质。

开完会，四人自由训练了两个小时。

“都歇会儿，给你们备了点夜宵。”牧云河拍着训练室的门，“顺便来看个新闻。”

听到“夜宵”两个字，白术第一个想跑。

顾野伸手一揪她的后领，把人拎回来：“还在决赛圈呢。”

白术回头看他，哀怨的眼神里裹着肯定和鼓舞：“就两只小虾，你一个人可以的。”

顾野噎了一下，摆手：“滚吧。”

白术跟一阵风似的跑了，牧云河守在门口，想捞白术一下，竟然没有捞着。瞧着她灵活的身影，牧云河叹了口气。

跟只猴儿似的。

“没一个能治得了她的。”即墨诏第二个来到门口，语气有些鄙夷。

牧云河忽然骄傲：“那可是我妹。”

即墨诏：我没有夸你好吗？！

“那是我妹妹。”白阳也走过来，跟牧云河据理力争。

牧云河斜了他一眼，直接无视。

十分钟后，五人坐在沙发上，面前摆满了麻辣小龙虾和各式各样的烧烤、海鲜，极其丰盛。

这些都是牧云河亲手做的。

“牧哥，只有在这个时候我才会想起你是烧烤店老板。”白术往嘴里塞着小龙虾的肉，跟一只馋猫一样，眼睛放光。

白阳讶然：“你是开烧烤店的？”

“嗯。”牧云河将衣袖一挽，慢条斯理地在凳子上落座，“开着玩的，我跟白术一样，还是个学生。”

“哦，难怪。”白阳恍然。

“我瞧着你有些眼熟。”即墨诏吃着烧烤，也没忘了八卦，端详着牧云河，“你是不是在三中附近开过烤肉店？”

牧云河问：“你是三中学生？”

即墨诏点头。

“白术喜欢吃烤肉，三中又离白术家近，所以投资了一家，我偶尔会过去转一转。”

白术举了下手，揭露道：“他还开过文具店、滑板店、早餐店等，作为一个普通大学生，他的创业经验和亏钱经验，可以吊打百分之九十的同龄人。”

见她揭短，牧云河瞪了她一眼：“我为谁开的？”

白术理所当然道：“我。”

两人你一言我一语的，顾野一直保持沉默，氛围变得颇为古怪。

即墨诏打量了一眼两人，继而问牧云河："你开这些店，是为了白术？"

"不然是——"牧云河的话刚起个头，察觉到气氛不对劲，微微一顿，"不完全是，我就是想开店，只是由白术决定开什么店。"

白术咬了口羊排，忽而有一只碗递过来。

她定睛一看，碗里全是剥好的小龙虾肉。

白术问："全是我的？"

"嗯。"

顾野应了一声，抬头，问牧云河："你说的新闻是什么？"

牧云河才想起有这么回事。

他开了电视，通过投屏，找到一段视频。

"这是 WE 战队今天下午的一小段采访，你们先看吧。"牧云河说。

WE 战队四人都是帅哥，高且俊，坐成一排，很是养眼。

他们的队长叫诺亚，被誉为天才电竞选手，年龄二十一岁，虽然年轻，但面对镜头时，却透着超出年龄的成熟。

记者："今年东国有两支战队热度都很高，一支是刚跟你们交过手的 FIU，另一支是全员'斜杠青年'的 WIN，WE 会把他们视为对手吗？"

诺亚："FIU 会是我们的重点关注对象。"

记者："WIN 呢？"

诺亚皱眉："我想他们并没有值得我们重视的实力。"

记者："可他们都是天才，在东国春季赛时，以抢眼的成绩夺得第一。作为一支今年刚成立的战队，他们是当之无愧的黑马。"

诺亚："这世上不存在不努力的天才。WIN 一门心思都在漫画和炒作上，他们或许想通过电竞获取更大的热度，不过，这大概是自取其辱。"

稍稍停顿，诺亚眸光微沉，补充道："天分是基石，努力是王道。没有真正努力过的人，不配成为我们的对手。"

视频就此结束。

"情况呢，就是这么个情况。"牧云河站起身，"WE 战队的口碑一直是可以的，况且有三连冠的优秀成绩，一切动态都是电竞圈的热点。我们战队呢，有三大世界顶流，粉丝、黑粉、路人都不缺，所以诺亚这一采访公开后，网上讨论已经爆炸了。"

白术吃着现成的小龙虾肉，唯恐天下不乱地提意见："我们要开新闻发布会撑回去吗？"

"我们要保持低调。"牧云河特意警告地看了眼白术，"没事就甭出门，省得惹来麻烦。我知道，对于你们来说，这任务很艰难……"

即墨诏一脸“你太懂了”的表情。

傻白甜的白阳满脸疑惑：“很难吗？”

白术一本正经地点头：“难的。”

牧云河叹了口气：“这些天，不要在网上发表动态，不要跟WE、FIU的人起冲突，不要开小号跟网友对喷……”

牧云河一条一条地说，基本都是冲着白术去的。

他实在太了解白术了。

白术举手：“抗议。”

牧云河一秒否决：“抗议无效。”

白术撇了下嘴。

即墨诏看得异常兴奋，他太爱白术被压制的场面了。

“不蒸馒头争口气。”白术慢悠悠地喝完一听啤酒，忽然放话，“我决定从明天起就不训练了。”

白阳：“啥？”

即墨诏：“哈？”

白术正色道：“让他们见识一下，什么叫不努力的天才。”

即墨诏、白阳、牧云河一脸无语。

这才喝了几口啊，醉成这样。

“好。”顾野鼓掌捧了个场，然后果断宣布，“自明天起，所有人，每天增加两个小时的训练。”

白术愕然：“你听不懂人话吗？”

“明着偷懒，背着努力。”顾野说，“这才叫不努力的天才。”

白术想了半天，最终认可地点头：“你是对的。”

其余人毫无异议。

是不是天才事小，被扣上“天才”的帽子，没能夺得第一，那这脸可丢大了。

在顾野和牧云河的监督下，整个WIN战队的训练氛围良好，甚至有内卷趋势，白术、白阳、即墨诏三人成天比训练时长。

因为训练时间安排得太满，他们也没空去网上找事了。

时间转瞬即逝，赛事如约而至。

比赛前一天，顾野给他们放了假，省得他们搁家里憋死。

上午，白术、顾野、白阳、即墨诏四人约好出去玩，连出游路线都计划好了，可白术刚换好衣服下楼，就接到了牧云河的电话。

白术应了一声，挂断电话。

“你什么时候买的衣服？”楼梯处传来顾野的声音。

“牧哥买的。”

白术回答，低头瞧了眼穿着。

她穿得跟往常一样，长T恤配短裤，外面套一件棒球外套，头上一顶鸭舌帽，但整体风格偏时髦，以骷髅图案为主，还有链条和亮片元素点缀。

不得不说，有点酷。

在楚馥的调教下，牧云河的审美是有进步的。

顾野蹙眉："我给你买的呢？"

一年到头，都不见白术买几件衣服，要么是往年穿的，要么是别人送的。顾野偶尔瞧见适合白术的，会顺手给她买几件。

白术随口道："下次穿。"

顾野没同她计较，看了眼时间，问："他们俩呢？"

"没看到。"白术想到方才的电话，"BW救援队在这边有点事要处理，我得去一趟。等事情办妥了，我再去找你们。"

顾野不假思索道："我陪你一起。"

白术摇头："不用，很快的。"

顾野极轻地抿唇，犹豫半晌，没有强求她。

白术不喜欢他时刻缠着她。

他知道的。

这两日变天，傍晚时下了点小雨，雨停之后空气清凉，地面被打湿，落叶混杂着泥泞，被往来行人践踏。

白术提着几串冰糖葫芦，走在繁华的街头。她在人群里穿梭，时而观察路人身上的细节。

手机响了两下，白术接听了。

"你什么时候过来？"顾野在电话里问。

"大概十来分钟。"白术说，"艾伦在附近，我去接一下他。"

顾野沉默须臾，说："行。白阳刚把腿摔了，我得带他去处理一下。"

白术一怔："严重吗？"

顾野轻描淡写地说："擦破了点皮。"

背景音里传来几声哼哼，然后是白阳委屈兮兮地控诉："顾野你有没有心的，这叫擦破点皮吗，我都血流成河了。"

即墨诏说风凉话："再耽误两分钟，血都干了。"

顾野极轻地笑了下，同白术说："即墨诏会在店里等你们，我带白阳处理完伤势就过来。"

"好。"

白术答应了。

挂了电话，白术脚步加快了些，然而她路过一个巷口时，里面传来的动静，令她步伐一顿。

她倒退一步，偏头往巷子里瞅，光线昏暗，有一人被几个流氓围堵着，隔得太远，看不清模样，隐约可见一撮金发。

流氓们推搡着那人，没说两句，就朝那人拳脚相向。

那人双拳难敌四手，没一会儿，就处于下风，身上挨了不少拳脚。

白术叹了口气，抬手将帽檐往下压了压，随后缓步往巷子里走。中途弯腰捡起地上一根木棒，她绕到一流氓背后。

手起棍落，给了那人一闷棍。

那人脑袋晃了下，骂了句脏话，一回头，没来得及看清是谁，脑门又挨了一闷棍，当即昏了。

白术自幼跟地痞流氓打交道，街头打架的事没少干，为防身还学了些拳脚功夫，对付这几个流氓绰绰有余。

不一会儿，几个流氓鼻青脸肿的，在狠狠地瞪了眼白术后，互相搀扶着离开。

白术一手提着冰糖葫芦，一手拎着木棍，她将木棍搭在肩上，而后回头，看向方才被流氓们围堵的青年。

巷子两侧建筑亮着灯，橘黄色的，光线很暗，衬得整条巷子影影绰绰。

青年从阴影里走出，微光从下往上拂过，照亮了他英俊的眉眼，也显露了他眼里的冰冷和敌意，以及隐藏的厌恶。

白术眼底划过一抹愕然。

这人是诺亚。

不过，她第一次见诺亚，还帮了他，他至于因“天才那点事”对她这般不满吗？

诺亚端详白术几秒，一句话没说，转身就走。

“喂。”

白术倏地叫住他。

诺亚脚步微顿，犹豫几秒，回过身来。

将手中木棍一扔，白术冲他挑眉，阴阳怪气地说：“不用谢。”

诺亚表情微僵，下颌线紧了紧，最终，他冷冷扫了她一眼后，保持着沉默，转身离开。

莫名其妙。

白术在心里嘀咕着。

不过，做好事被人凶的事，白术不是头一次经历了，身经百战，心态平和。她用纸擦了擦从木棍上沾到的泥泞，走出小巷，去找艾伦了。

白术根据定位来到一家便利店附近。

她刚想找艾伦的身影，就听到一声“公主殿下”，循声看去，便见艾伦张开手，直冲她而来。

在艾伦冲到跟前时，白术忽然举起手中袋子，手往前一伸，让艾伦顺利刹住脚步，同时也阻止了这一热情拥抱。

白术晃了晃袋子："吃吗？"

艾伦好奇地左右一看，又凑近了些，轻轻一嗅："什么东西？"

"冰糖葫芦。"

"哇哦。"

艾伦眼睛一亮，立即接过袋子，从中翻出一串来。

艾伦晃着颜色喜庆的冰糖葫芦："你自己做的？"

"碰巧遇见，买的。"白术说。

"镇上有卖冰糖葫芦的店？"艾伦诧异极了，随后又很欣喜，"我在你的漫画里看到过冰糖葫芦，一直想吃呢。"

"新开的。"

这一年，因为漫画大赛火遍全球，漫画家们通过作品体现的国内文化得以被发现，很多零食、小吃、传统都成了热门。

也算是间接增强了各国的文化交流。

白术今天办完事，在镇上溜达了一圈，发现不少东国的传统小吃店面，还有专门以某部漫画作品、某个漫画家为噱头宣传的。

若不是本地人脸盲严重，白术好几次都得被认出来。

"镇上最近开了不少新店。"艾伦说着，张口"嗷呜"一声，咬下一口冰糖葫芦。

他吃得美滋滋的，咽下后，才问白术："我们接下来去哪儿啊？"

白术挑眉："吃火锅。"

跟艾伦抵达火锅店时，即墨诏正一个人吃着火锅，整个人恹恹的，机械性地重复倒食材、等烫熟、夹食物、送嘴里等动作。

"你可总算来——"即墨诏觑见白术的身影后，跟解脱似的感慨着，可一回头就见到跟在白术后面的人，当即脸色大变，"白术，你带来个什么东西！"

艾伦"嘁"了一声："真没礼貌。"

他的中文说得极好，字正腔圆，即墨诏听着有些诧异。

"你认识艾伦啊？"白术问。

"谁不认识他！"即墨诏表现出非常大的敌意，没好气道，"你特地带他过来，是想让我揍一顿泄愤的吗？！"

"啊？"

白术头一歪，不明就里。

即墨诏一瞧她这反应，就意识到：她还不知情。

即墨诏指了指自己旁边的空位置："你，坐这儿。"

白术想了想，给了艾伦一个眼神，让艾伦去对面坐下，自己则坐在即墨诏身边。

即墨诏压低声音，咬牙切齿地同白术解释：“在亚洲赛出结果后，他在漫画NO.1上挑战了我、墨川，还有陆遥！”

白术往火锅里丢了一盘牛肉，问：“你们都输了？”

即墨诏忽然噤声。

何止啊。

艾伦不仅赢了他们，还在网上嘲讽羞辱了他们一番，在东国狠狠拉了一波仇恨值，在外网却被捧上了天。

别提多气人了。

这些丢脸的细节，即墨诏实在说不出口，硬生生地转移了话题：“他还挑战了问鼎，但问鼎一直不在线，没有回应。”

白术“哦”了一声，目光落向对面：“你怎么不挑战简以楠？”

艾伦捞起一小碗牛肉，送到白术面前，满不在乎地说：“我不跟手下败将浪费时间。”

即墨诏暗自磨牙。

他告状：“简以楠以前输给过他，这次他公开砸场子，简以楠想挽回一局，主动找他PK，但被他公开拒绝并羞辱了。”

说完，即墨诏恨恨地问：“你带他过来真不是让我揍的？”

白术拿了一碗调好的蘸料，夹起牛肉吃了一块，才慢条斯理地说：“他是我朋友。”

“嗯嗯。”

对面的艾伦点头如捣蒜。

“你不考虑一下跟他断交吗？”即墨诏抬手指着艾伦，话却是冲着白术说的。

艾伦看着直摇头。

白术也摇头：“不考虑。”

即墨诏瞪着眼，感觉要被气死了。

白术没理他，一门心思吃火锅。

亚洲赛后，艾伦挑战的举动很好理解——他是冲着墨川去的，顺带找其他人泄愤。究其原因，是为了白术。

白术不是没集体荣誉感，但PK输赢实在常见，输了证明技不如人。

她能想到，即墨诏这么生气，定然是艾伦说了些不好听的话。不过，白术自己放话，比艾伦更狠，她更没立场评判。

“公主殿下，吃虾滑。”艾伦给白术盛了一碗虾滑。

然后，他夹起最后一个，本想往自己碗里放的，看了眼即墨诏的黑脸，于是把那个虾滑放到即墨诏碗里：“弟弟，这个给你。”

即墨诏双手抱臂，垮着脸：“少来。”

艾伦压根儿没接茬，只是问白术：“公主殿下，弟弟是嫌少吗？”

白术回："他吃饱了。"

即墨诏百爪挠心，非常抓狂：这玩意儿怎么回事，这么硌硬人！

这么想着，即墨诏一把抓起筷子，强撑着说："谁吃饱了，我才刚开始吃。"

白术瞅了眼旁边一沓的空盘子。

即墨诏也注意到了，顿了下，嘴硬："我还在长身体。"

"哦。"

白术没有跟他辩。

起初点菜的时候，是为四个人准备的，而且久未吃火锅，即墨诏和白阳没收住手，一通狂点，加起来估计得有七八人份。

没想到，顾野和白阳没等菜上来，就先走了。

即墨诏一个人吃，解决了五分之一，已经吃撑了，可剩下的食材，仍旧能堆成一座小山。

刚来的白术和艾伦干劲满满，可吃到一半，渐渐有些力不从心。

白术打开一听啤酒，猛地灌了两口，往后一倒，有气无力道："你问一问顾野和白阳，他俩什么时候能过来？"

即墨诏蔫了吧唧的："顾野刚发来消息，说白阳要忌口，不能吃火锅，他陪白阳吃点别的，吃完再来跟我们会合。"

白术望着剩余的食材，迷茫了："那这些呢？"

"只能靠我们了。"即墨诏说着，顿了下，迟疑地开口，"真吃不下的话，也别勉强吧……"

白术蹙眉："不能浪费粮食。"

"嗯嗯。"

这话对面的艾伦又听到了，点头附和着。

即墨诏嘴角一抽：这人怎么回事，动辄插上一嘴，讨人厌得很。

白术问："能退吗？"

即墨诏摇头："问过了，不能。"

白术说："那继续吃吧。"

在"不浪费粮食"这一点上，白术和艾伦确实有共识，所以哪怕吃撑了，也是歇一歇再继续。即墨诏被他们感染，不好意思不吃，也拼了命往嘴里塞。

最终，三人在撑得半死时，灵机一动，将剩下的食物都送给了隔壁桌。

可哪怕是这样，三人离开火锅店时，都是互相搀扶着的。

白术和艾伦都喝了些酒，加上吃得太撑，走不动道儿。

于是，即墨诏走在中间，左手衣袖被白术拽着，右边肩膀被艾伦靠着，拽一拖一，即墨诏非常吃力，恨不得原地升天。

即墨诏其实是有点偶像包袱的。

但是，在拖着俩包袱走了一段路后，他的偶像包袱被撕得粉碎，自暴自弃地说："我们歇会儿吧。"

白术举手："我赞成。"

艾伦也举手："我都听公主殿下的。"

于是，一分钟后，三人来到路边的绿化带旁，大剌剌地瘫坐下来，一点形象都没有，就像是仨离家出走的流浪儿。

"我好可怜。"

白术坐在地上，双手抱着脑袋，把下颌抵在膝盖上，进行此刻的形象总结。

即墨诏刚喘一口气，差点被白术这一句话呛死："你别发酒疯啊。"

忽地，艾伦揽住即墨诏的肩膀，嗷嗷叫："弟弟！我也好可怜啊！"

两个神经病。

即墨诏想离他们远远的。可是，艾伦紧紧搂着他，他挣脱不开。

即墨诏绝望了。

他坐在地上，一动不动，只恨无法灵魂出窍，必须面对这俩酒疯子。

白术捂着胃，有气无力道："徒弟。"

即墨诏郁闷："干吗？"

白术说："你往后面看一看。"

即墨诏忽地转过头，可后面全是绿植灌木，伸出来的树叶和树枝直接糊了他一脸，差点没让他当场毁容。

即墨诏莫名其妙道："看什么？"

"树叶上有灰吗？"

鬼使神差地，即墨诏真的觑了一眼树叶，说："有。"

白术说："给我摘两片下来。"

"您的手要是断了，就说一声，我这就叫救护车。"

即墨诏嘴上讽刺着，手却很老实，往后一伸，摘下了两片树叶，递给白术。

"我懒得动。"白术一点都不想动，张嘴指挥，"你把树叶上的灰，往我脸上蹭一点。"

即墨诏顿时警惕道："你不会是想酒醒后给我安一个'大逆不道'的罪名吧？"

白术说："让你蹭就蹭，废话那么多。"

即墨诏："我不敢。"

白术乜斜着他。

实在是没办法，即墨诏捏着两片树叶，很小心地将灰往她脸上蹭了蹭。

白术忽然喊："艾伦！"

艾伦举起手："我在！"

白术说："他往我脸上蹭灰！"

听到白术的控诉，即墨诏满头问号，可还没回过神，人就被白术和艾伦按进了绿化带里。

在被两人往脸上蹭灰时，即墨诏翻了个大大的白眼，仰望着漆黑的夜空，在心里绝望地呐喊：这俩臭不要脸的东西！

顾野找到三人时，看到的就是白术和艾伦按着即墨诏欺凌的场面，活像是两个恶霸。

"你们仨在这儿做什么呢？"顾野出声阻挠。

听到声音，白术回过头。

白术脸上灰扑扑的，眼睛却很亮，鸭舌帽掉在一旁，露出如稻草般杂乱的头发。她跟顾野对视几秒，然后淡定地将脏兮兮的爪子收回来。

她可怜巴巴地说："乞讨。"

顾野差点没憋住笑出声。

顾野在兜里一摸，找到一个钢镚儿。

他走到白术面前蹲下，把硬币放到白术脏兮兮的手心里，吊儿郎当地说："就一个硬币，买你这个人，不能再多了。"

白术收了硬币，将脸往前凑了凑："你看我脸上的灰。"

顾野颔首："我看到了。"

"可怜吗？"

"可怜的。"

"我吃得太饱了。"白术捂着胃，表情纠结。

"看得出来。"顾野无比认同。

"我知道你在讽刺我吃饱了撑的。"

顾野怀疑白术在没事找事，否认道："我没有。"

白术无理取闹："我被即墨诏欺负，还要被你阴阳怪气。"

即墨诏一听这话就不干了，强撑着起身："谁欺负你——"话没说完就被艾伦按了回去。

"小可怜。"顾野捏了捏白术的脸，"我错了，不该对你阴阳怪气。"

白术偏过头，躲开他的手，说："你不背我回去，这事就没完。"

顾野怔了下，然后低声一笑。

白术愠怒地瞪过去，却瞧见顾野眼里纵容的笑意。他侧过身，背对着白术，往后瞧她："来吧，小可怜。"

白术眯眼一笑，爬上了顾野的背。

顾野背着白术走在前面。

白术晃悠着两条腿，钩着顾野的脖子，将下颌抵在顾野右肩，歪着头，呼吸落到顾野颈窝。温热的气息，处处透着亲昵。

“白阳呢？”白术问。

“在车上。”

“他伤得严重吗？”

“缝了一针。伤在腿上，不影响比赛。”

“他没少哭吧？”

“人家坚强着呢，硬是没掉一滴泪。”

“我刮目相看。”白术说完，又叹了口气，“我真的……”

“什么？”

“差点撑死在火锅桌上。”

她这副唉声叹气的模样，让顾野乐出了声儿。

他们俩和乐融融地聊着天，即墨诏却在被蹂躏之后，还得扶着艾伦跟上他们，心情无比抑郁。

“弟弟！”艾伦拍着即墨诏的肩。

即墨诏差点被他一掌拍出毛病来，强忍着把人扔路边的冲动：“你轻点儿！”

“我，”艾伦重重地拍着自己胸口，“心疼！”

即墨诏没好气道：“心疼就多吃点药！”

“好不了！”艾伦紧紧搂着即墨诏，“只要我家公主殿下跟他在一起，我就好不了。”

即墨诏差点被他勒死。

挣脱出来，即墨诏吸了口气，无语道：“你想开一点吧，没跳进白术这个火坑，你上辈子算是积大德了。”

“弟弟！”

艾伦冲着即墨诏耳朵就是一嗓子，吼得即墨诏差点原地升天。

下一秒，艾伦又紧紧抱着即墨诏：“我怎么配得上公主殿下！放眼全世界，没有一个人能配得上公主殿下！包括他！”

艾伦愤怒地指着顾野。

“你得了吧，”即墨诏把他往外推了推，“这天底下，能像顾野一样纵容包容她的，真没几个。你别添乱了。”

艾伦隔空指了指即墨诏的眼睛：“你是瞎的。”

“你才是瞎的。”

“我不瞎。”

“我也不。”

两人不知怎的就斗起嘴来。

这时，快到车旁的白术回了下头，看到落在后面的两人，感慨了一句：“他们俩关系可真好。”

顾野无言。

他是一点儿都没看出来。

顾野把白术放到副驾驶，给她扣好安全带，关上门，又在路边等着即墨诏和艾伦过来。

即墨诏扶着艾伦走近，叹息：“送他回去吗？”

顾野说：“他家离得太远，一起带回去。”

“行吧。”

即墨诏点点头。

白阳从里面推开车门，想招呼即墨诏进来，但艾伦忽然从即墨诏肩上移开，一头钻进了车里，歪头倒在了白阳身上。

白阳吓得嗷嗷叫。

顾野和即墨诏对视了眼，相继扶额。

顾野开车回别墅，自己把白术背走了，艾伦留给白阳和即墨诏解决。

“我早醒了。”

刚进大门，白术就晃了晃两条腿，一手搂着顾野脖子，一手去戳顾野脸颊。

顾野回头看她：“自己走？”

白术摇摇头：“就这么点儿路，还是你背吧。”

顾野觑见她的脸：“你是不是把脸上的灰都蹭我身上了？”

话音刚落，白术就低下头，把脸埋在他肩上，使劲蹭了蹭。

顾野彻底无话可说。

他认命地将白术背进她的房间，来到床边，让她坐在床沿。

“还撑吗？”顾野俯身问着，随手将她乱糟糟的头发往后拨。

白术捂着胃，点头：“有点儿。”

“那你先坐会儿。”

顾野叮嘱一声，去了趟洗手间。不一会儿，他拿了条湿毛巾过来。白术配合地仰起头，顾野笑了笑，用毛巾擦拭着她脸上的灰。

顾野说：“白阳把你的队服带过来了，我待会儿给你拿过来。宿舍环境没这里清静，我们不搬过去住，不用准备行李。你要是不舒服，可以晚点儿起。”

腮帮子鼓了鼓，白术抱怨：“当妈的都没你唠叨。”

话是脱口而出的，一说完，白术怔了下，眼睑垂下来。

顾野也是一愣，动作微顿，他擦完白术鼻尖上的最后一点灰，说：“你先躺会儿。”

他收了毛巾转身，在那一刹那，白术手轻抬，想抓住他，可伸到一半忽而顿住，她轻抿唇，将手收回来。

顾野回去拿了套队服，再进白术房间时，白术已经不见踪影，浴室里传来花洒的动静。

“白术。”走到浴室门前，顾野屈指叩了两下。

水声停了。

“怎么了？”白术的声音传来，不轻不重，语气无异。

“队服放在你床头柜上。”

“好。”

“你晚上早点睡。”

“知道。”

在门口停顿半晌，顾野又说：“那我走了。”

“嗯。”

这一次，门内很快响起了水声。

顾野目光落到门玻璃上，看着一动不动的虚影，他站了好一会儿，最终还是离开了。

电竞比赛在镇上的电竞基地进行。基地占地面积较广，可为战队提供宿舍、训练、比赛，容纳上万人观看比赛。

比赛为期四周，一共分为两轮。

第一周，32 支战队可自由匹配训练，增强交流，互相了解；第二周，周一到周五比赛，每天安排 6 局，积分排名前 16 的战队晋级，可参加下一轮的比赛。

第二轮的比赛形式与第一轮的一模一样。

每一局训练赛、比赛都会线上直播，同时，也会拍摄选手们的生活，到时会剪成综艺播出。

第一天，来自世界各地的 32 支战队在电竞基地会合，参加一场为期两小时的直播，各位队长现场抽签，随机进入四个小组，同时，主持人会一一介绍每支战队的情况。

这一天，牧云河开来一辆保姆车，准备送 WIN 战队四人去电竞基地。

结果一停车，就有个人扒在窗口，金色头发极其晃眼：“早啊。”

牧云河先是愣了下，随后伸手去摸艾伦的头发。

艾伦拍开他的手。

“你怎么在这儿啊？”牧云河笑笑，倒也不在意，笑得温润随和。

“来做客。”艾伦眼睛眨啊眨，闪亮如星辰，他满怀期待地问，“我能跟你们一起去吗？”

“不能。”牧云河摇摇头，“你在网上挑衅东国，现在要是被拍到跟小仙女在一起，她估计又得被口诛笔伐。”

艾伦眼里的光即刻黯淡下来。

牧云河温和一笑：“这个事告诉我们一个道理。”

“什么呀？”

牧云河浅笑着，缓缓抬手伸向艾伦肩头，可电光石火间，他揪住了艾伦的耳朵，轻轻一拧，教训道：“平时少惹事。”

等白术等人拎着行李赶到时，艾伦正乖巧地站在牧云河身边。只不过，艾伦一只耳朵红了，漂亮的金发乱如杂草。

“公主殿下……”艾伦想告状。

然而，在白术疑惑地看过来时，艾伦也接收到牧云河的警告视线，他选择抿唇噤声。

“不准跟过来，你趁早回家。”白术交代着，上了保姆车。

即墨诏路过，也强调道：“趁早回家。”

白阳蹦跳着过来，拍拍艾伦的肩，笑得天真纯净：“回家哈。”

顾野是最后路过的，但是一个眼神都没给艾伦，径自上了车。

“回吧。”

走之前，牧云河也如此交代。

转眼工夫，车子扬长而去，而偌大的别墅外，只剩艾伦一人，稍显孤单。

华尔特电竞基地。

基地建于五年前，占地面积极广，是世界上最大的电竞基地。它的硬件设施极其完善，免费提供住宿、娱乐、美食等服务，确保到场电竞选手有舒心的体验。在这里，每年都会举行无数国际电竞比赛，但凡是玩电竞的，无一不向往此地。

牧云河将车停在地下停车场。

白术第一个跳下车，刚想张望一圈，就见一个人影猛地蹿出来，将她紧紧抱在怀里。

那人矫情做作地喊：“哦，我的白。”

白术脸色微黑。

下一秒，又传来个声音：“我也来，我的白。”话音落下，身后又蹿来一个人，将白术抱住了。

前后夹击，白术眼前一团黑，麻木地呼救：“救命。”

最终，在顾野的帮助下，白术从江南枝和陆遥的怀里逃脱出来。白术脸被蹭红了，双眸微润，鸭舌帽是歪的，发丝凌乱，队服拉链掉到一半，半敞开着，露出里面的短袖。

顾野帮白术整理着装。

陆遥叹息着摇头：“瞧瞧你现在脆弱的样子，真是让人心醉。”

白术跟顾野说：“干掉她，谢谢。”

顾野配合道：“这里有监控，改天咱们找一条阴暗偏僻的巷子。”

白术：“好。”

“白妹妹，好久不见。”江南枝张开怀抱，又朝白术扑过来。

顾野一记眼神扫过去，江南枝立即止住步伐：“哼，凶什么凶！”

顾野给白术拉好了拉链，又给她戴好帽子。

白术问两人："你们俩守这儿干吗？"

"等你啊。"江南枝笑眯眯的，"我们俩可想你了。"

陆遥附和着："是啊。"

白术是一个字都不信。

江南枝嘴角一撇，冷不丁往前一蹿，硬是再次抱住了白术，用一副有莫大冤情的口吻喊："白妹妹，你要帮我做主啊！"

顾野头疼不已，拽着江南枝的后衣领，把人拉开。

保姆车上，即墨诏、白阳、牧云河都没下车，有的开了窗，有的开了门，兀自看戏。

"你干什么？顾野！你是不是偏心莎莎！"江南枝嗷嗷叫。

顾野眉头一皱："你说什么呢？"

江南枝咋呼道："那你放开我！"

顾野手指一松，江南枝立马挣脱开，又奔向白术，把白术搂在怀里。

"什么莎莎？"白术头一歪，嗅到了八卦的气息。

"就是复活赛里晋级的东国漫画家，莎莎！她是顾爷爷一手培养出的弟子，顾爷爷的心肝宝贝，跟顾野是青梅竹马。"江南枝告状。

"不要夸大其词。"顾野沉声提醒。

江南枝扭头，想朝他做鬼脸，但注意到顾野眼神微冷，便尽了。

白术从江南枝怀里挣脱开，扫了眼一干人："边走边说吧。"

江南枝挽着白术去电梯，其余人跟在她们身后。

"你听说过莎莎吧？"江南枝问。

"嗯，FIU 战队的新成员。"

"对。"江南枝撒娇，"她可讨厌了。我压根儿不认识她，可在复活赛期间，她总是针对我。要不是我咬紧牙关坚持，幸运地晋级了，我都没法在这儿见到你。"

"她为什么针对你？"

"不知道，可能我长得比她好看。"江南枝自恋地摸了摸脸蛋。

白术抿唇一笑。

一路上，江南枝都在跟白术抱怨莎莎，其余人都默然听着。

"不合理啊，"白阳挠了挠头，"我跟莎莎见过几面，她不像是不择手段干掉对手的人。"说完，他还询问顾野的意见，"是吧？"

顾野眉一皱："不熟。"

白阳噎了下："我也没说你跟她熟啊。"

"白阳，你什么意思，帮着她吗？"江南枝有些生气，扭头瞪着白阳。

"我没有。"白阳赶紧否认。

江南枝问："你不信我说的话？"

白阳摇头：“没有。”

江南枝哼了声：“别怪我没有提前告诉你，她现在是你们的对手，你最好小心些，省得被卖了还给人数钱呢。”

白阳挺怕江南枝发飙的，被她一凶，立马乖乖“哦”了声，不敢再说。

“还有你！顾野，别阴沟里翻船了！”江南枝提醒顾野。

顾野没搭理她。

江南枝气呼呼的，拽着白术还要念叨，但白术被顾野拉走了。

“到了，我们先入场。”顾野瞧了一眼前的大门。

江南枝耷拉着脑袋，说：“行吧，你们好好表现，我给你们拍照。”

顾野说：“拍好看一点。”

江南枝摆手：“知道啦。”

牧云河、江南枝、陆遥守在外面，顾野一行四人进了会场。

直播还未开始，但战队基本到齐了，会场人声鼎沸。不过，当顾野四人亮相后，嘈杂声渐渐小了，半数视线都落到他们身上。

这些人无法不关注他们。

作为一支今年刚成立的战队，这些人不觉得他们技术厉害，但他们知名度高，加上 WE 战队的诺亚公开评价他们引起热议，在场的人对他们几个无人不知。

初次参加全球赛，就博得这般关注，也算是史无前例了。

若是寻常人，这会儿定然紧张、拘谨、无措，可四个“妖孽”心理素质强大，一个比一个淡定，从容地找到他们的位置，落了座。

“我们就像个乐子。”白术说。

“我们就图个乐子。”顾野说。

白阳听见两人念叨，不明所以：“你们在说什么？”

“说在电竞圈，我们就是个来唱戏博关注的小丑，”即墨诏解释，“而我们呢，确实把电竞圈当成了戏台子。”

白阳不乐意了：“我不是。”

“你确实不是。”即墨诏颇为同情，“但没人信的。”

白阳委屈极了，撇了撇嘴。

他辛苦训练这么两年，怎么就成一乐子，被电竞圈排外了？

大门处忽而一阵骚乱。

白术本在玩手机，听到动静抬头，瞧见 FIU 的队服。想到江南枝的抱怨，白术巡睃一圈，见到一个女生。

年龄不大，个高，一米七往上。她是混血长相，眉骨突出，五官立体，褐色鬈发被绑在脑后，清爽干净，眼神坦荡，眸里有笑意荡漾。

她目光一扫，跟白术撞上后，嫣然一笑，而后视线偏移，看向顾野。

她脱离队伍，兀自走过来。

“嗨，顾野哥哥。”

莎莎停下，抬手朝顾野摆了摆，笑容璀璨。

顾野微顿，同她颔首。

“莎莎。”队长林兴凡走近，喊。

“顾野哥哥，”莎莎朝顾野说，笑得明朗活泼，“待会儿聊啊。”

她转身归队。

传闻中的WIN和FIU势不两立，如今莎莎主动打招呼，不由得引起旁人的议论。

白术偏头看顾野，挑眉：“哇，顾野哥哥，这叫不熟？”

顾野气定神闲道：“真熟就用不着这般刻意了。”

白术皱眉：“她图什么？”

抓起她的手，顾野的手指在她手心挠了挠，低声问：“你硌硬吗？”

白术说：“硌硬。”

刚一答完，白术就反应过来，“啧”了一声，往后一倒：“江南枝的话，你信几分啊？”

“全信。”顾野不假思索，“你呢？”

白术耸了下肩：“我也是。”

不了解江南枝的，听了她对莎莎的描述，定然怀疑她在嫉妒抹黑莎莎，但以白术对她的了解，她率性直爽单纯，没心眼，没发生过的事不会乱说。

江南枝既然能这么说，那莎莎肯定针对过她。

会场爆发的最后一番骚动，来自踩点抵达的WE战队。

四个风格迥异的帅哥，统一的黑白色队服，加上三连冠的头衔傍身，拉风程度盖过所有战队，瞬间成为全场焦点。

诺亚入场后，特地瞧了眼白术。

正巧被顾野捕捉到。

顾野皱了下眉。

直播开始，由各队队长去抽签决定小组，而主持人在介绍完战队情况后，会以闲聊的方式跟队长互动。

从头到尾，没队员什么事，负责吃瓜就行。

FIU和WE都排在前面，作为种子战队，他们关注度极高，而主持人的问题，全都带着“搞事情”的意思。

问到林兴凡时，主持人提到曾赢了他们的WIN，林兴凡自信且嚣张，表示他们的目标是第一和WE，话里话外不将WIN放眼里。

“春季赛之前，他也是这么说的吧？”白术打了个哈欠。

顾野颔首：“嗯。”

白术手指玩着一枚硬币，说：“不长记性。”

顾野轻笑，不置可否。

没过一会儿，诺亚上了台，走流程抽到B组，然后跟主持人互动。

主持人问了几个圈内关心的问题，如WE为何停了一年，是否跟教练巴迪有关；巴迪现在带FIU是否会让WE有危机感？

从一战成名到现在，诺亚早不是毛头小子了，面对镜头和主持人游刃有余，回答得四两拨千斤。

末了，主持人问：“诺亚队长对WIN表达过不满，这些天有关注他们吗？”

听到“WIN”，诺亚略有反感地皱眉。

顿了顿，他回答：“有实力的战队，我们都很重视。”

没有正面回应，却很值得玩味。

很明显，在诺亚看来，WIN的实力，还不到赢得他们关注的地步。

台下响起了议论声，裹着嘲笑和不屑，全是冲着WIN去的。这些人，全都等着看WIN的笑话。

哪怕WIN在国内春季赛上，有过抢眼的表现，可那都是半年前的事了。

这半年，除了坚持训练的白阳，即墨诏、顾野、白术所做之事全被公开，忙漫画比赛、极限运动、挑战围棋AI，根本就没静下心训练，甭说突飞猛进了，能原地踏步就算不错的。

没人相信他们是真正来参加比赛的，顶多是走个过场，博一波关注度就走了。

诺亚走下台。

白术手指转动，一枚硬币在指缝翻飞。待人走近了，她猛然抬眸，硬币闪现在拇指和食指的弯曲缝隙里。

她拇指一弹，硬币径直飞向诺亚。

诺亚警觉地侧身，下意识抬起手，抓住那枚硬币。

白术挑衅地冲他扬眉，又比画了个中指。

诺亚脸色微黑，静默地看了她半刻，回了自己位置。

“就你事多。”顾野重新将白术的手抓住。

白术说：“即墨诏是没那身手，心里指不定多馋呢。”

被她说中的即墨诏，眉头动了动，无语道：“别拉上我。”

白术回头，同他说：“我回去教你。”

即墨诏眼一亮，而后又克制了，说：“一言为定。”

白术朝顾野使眼色：你看吧。

顾野伸出两指捏了捏眉心，决定不接茬儿。

在直播即将结束时，被排到末尾的WIN战队，终于被点名了。作为队长的顾野，在周围一众戏谑的目光里，从容地走上台。

他抽到了D组。

主持人一见到他，就笑得合不拢嘴，眼里写着“热度”两个字，然后就在闲聊中给顾野下套，张口闭口全是“白术”。

跟林兴凡结巴的英语不一样，顾野说得非常流利、发音标准，游刃有余地回应着主持人的话题，套是一个接一个，但他闪得快，没给一点可乘之机。

主持人终于不再问白术了：“你们一直在忙漫画比赛，有时间训练吗？”

“比赛和训练，都只占小部分时间。”

“其余时间呢？”

“放假。”

吹吧你。

全场人都在心里呐喊。

主持人继续问：“诺亚队长对WIN的评价，你知道吗？”

“嗯。”

“你怎么看？”

“我们都很羡慕诺亚队长这样的人。”

主持人愣住了：“怎么说？”

顾野嘴角勾笑：“因为我们做什么事，靠天分就够了，从来没拼过努力。我们一直很想在某件事上努力一次，可惜没这个机会，所以在场各位都是我们羡慕的。”

主持人笑容僵住。

全场寂静无声，一股无名怒火从每个人胸腔里蹿出来，一双双眼睛里燃烧着愤怒的火焰，硝烟味在场内迅速蔓延。

只有白术、即墨诏、白阳三人，眉眼带笑，心情无比畅快。

顾野在这种时候，从来不会让他们失望。

无疑，顾野的公开表态，在全网引起了轩然大波。

顾野的粉丝拍手称快，大喊“我们的大魔王终于又回来了”，而黑粉和路人借此机会，不遗余力地抹黑顾野和WIN，直呼“不要脸”。

不过，对于网上言论WIN是一向不在乎的。

直播一结束，白术等人就在牧云河、江南枝、陆遥的掩护下，喜滋滋地离开基地，打道回府。

车上氛围很融洽。

虽说他们四个时常内讧，毒舌技能会无差别向队友攻击，但在一致对外的时候，他们向来是非常团结的。

可他们没想到的是，一回去，就见到了顾诠和裴启升。

这两人都垮着张脸，神情严肃。

白术下车时，感觉后背一热，那四道视线，仿佛能把她烧穿个洞。

顾野想都没想，直接牵起白术的手。

“那板着脸的老头儿，挺踧啊，他是什么人？”即墨诏往两人的方向一瞥，低声问白阳。

“嘘，这可不兴说。”白阳做出噤声的手势，赶紧拽住即墨诏手臂，“那是顾野的爷爷，顾诠。你不知道吗？”

“东国漫画协会的会长？”

“对。”白阳明显是怕顾诠的，“我们走。”

若是平时，他还会壮着胆跟顾诠打声招呼，但今儿个见顾诠脸色不对劲，他也顾不得客套了，拽上即墨诏就往别墅里走。

牧云河下车时，即墨诏正好路过，他顺手将牧云河也拽走了。

顾野喊：“爷爷。”

白术没吭声，怕开口就呛顾诠。

顾诠冷冷地瞥她，眼风里有刀。

“顾野，我们有点事想找你。”裴启升说着，瞟了瞟白术，表示白术不宜在场。

顾野没理会裴启升的暗示。

他直白道：“有什么事，直说就行。”

裴启升沉吟半刻：“还是莎莎的事。以她的实力，加上你辅佐，有在决赛中争夺前三的可能。”他觑了眼白术，“现在白术被淘汰了，你不需要有顾虑。”

白术皱了皱眉。

顾野拉住她，从容地拒绝：“你们逻辑搞错了。因为白术参赛，我才当了漫画助手，而不是我想当漫画助手，再选择辅佐谁。”

顾诠手里拄着拐杖，往前走了几步，面色阴沉：“你以为这是过家家？还在这里儿女情长！这是东国漫画享誉全球的机会，你肩上扛着的，是国家的荣耀！”

“东国漫画，与我何干？”顾野漠不关心。

顾诠怒不可遏，凛冽目光扫向白术：“顾野当莎莎的助手，你有什么话说？”

白术不假思索道：“我不同意。”

顾诠气得发抖，紧紧攥住拐杖：“你凭什么不同意？”

“莎莎不配。”

“那谁配？”

“我。”

又是这种嚣张自大、不切实际的话！

“你好大的脸！”顾诠冷哼，“你别忘了，NO.1 止步于亚洲赛，至今还被人笑话！怎么，你还能再变着戏法出现在赛场上不成？”

白术欲要张口，又止住了。

见她无可反驳，顾诠不无讥讽地说：“东国还有两个没现身的漫画家，你是不是还想说，问鼎是你？White 是你？”

这话把白术堵得死死的。

"白术。"裴启升在旁听着，也忍不住了，沉声道，"你把比赛当儿戏，荣耀当口号，到底玩够了没有？是，你是东亚第一Echo、画工天花板NO.1，以你的知名度，我们这些老家伙都不值一提。但你本可以跟顾野合作，拿下东亚赛第一，甚至有机会在全球赛上夺冠，为国争光，你却偏要当一场游戏，把我们当傻瓜，满足你玩弄读者、玩弄我们的恶趣味，如今身败名裂、万人唾弃，你还不反思吗？！"

对于白术，裴启升的观感一向是矛盾的。

虽说每次比赛中，白术都会出乱子，可她的作品质量过硬，实力是不容置疑的。何况，她还有NO.1的名誉傍身。

她是当之无愧的天才。

可是，白术坏在幼稚嚣张、胡作非为、目中无人的性格，她眼里只有自己的私欲，没有责任感和荣誉感。

"她有什么好反思的？"顾野冷硬道，"反思没把你们的需求放在第一位吗？问题是，对她来说，你们是谁啊，她干吗要在乎？"

"顾野，你说的什么话！"顾诠气得用拐杖重重敲击了下地面。

"爷爷，"顾野微顿，态度缓和了些，"就像在你看来，电子竞技属于不务正业一样，在我们看来，漫画也不过是微不足道的小事。"

"你——"

顾诠张口就要骂，可刚提起一口气，他就皱起眉头，捂住了胸口。

裴启升连忙扶住顾诠："顾会长。"

顾野眸光微闪，说："裴校长，你带爷爷回去吧，等我有空了，再去看他。"

"用不着！"顾诠深吸口气，用拐杖撑着自己，冷冷地说，"跟白术分手，去当莎莎助手。不然的话，以后别认我这个爷爷了。"

裴启升扶着顾诠离开了。

这一面，闹得不欢而散。

待他们一走，顾野宽慰白术："你别放心上。"

白术慢吞吞地抬头，蹙眉："我又不是辩不赢他们，你干吗要帮我？"

"他们俩心意相通，互帮互助，合伙欺负你。"顾野理所当然地说，"我不帮你，谁帮你？"

"但你真想跟你爷爷闹翻吗？"

顾野怔了下："没事，过阵子就好。"

"他要不肯原谅你呢？"

"那就算了。"顾野不太在意。

白术倏然沉默。

在她和顾诠中间，顾野不假思索地选了她。

这一点，连他自己都没意识到。

第八章

想让他们被世界看到

剑拔弩张是别人的，岁月静好是 WIN 的。

第一周是自由训练，主要向观众展示各战队的生活和训练。其他战队住基地宿舍、训练十六个小时以上，WIN 则是基地和别墅两头跑，训练时间不超过八个小时。

因顾野那番不做人的宣言，加上白术这个“毒瘤”，除了粉丝，整个电竞圈都视他们为公敌。

夸张一点讲，电竞圈和漫画圈都在期待他们翻船，甚至摩拳擦掌地等着落井下石。

这一日晚上，即墨诏端着杯咖啡来到训练室，在白术身侧停下了：“听说，这几天国内各寺庙香火特别旺盛。”

“哈？”

白术抬头。

即墨诏说：“全是求神拜佛祈祷我们战败的。”

“以我们的牺牲，拉动一波 GDP，不亏啊。”

“你脑回路真成。”

即墨诏咕哝着，伸手在衣兜里掏了掏，抓了把糖果出来：“给。”

白术瞧了眼，没接：“不吃了。”

即墨诏惊讶：“戒了？”

白术回：“嗯，牙疼。”

她这话，即墨诏不大信。不过，她戒糖是一件好事，即墨诏没多问，转了个弯，把手里的糖搁在了白阳的桌上。

回到自己位置，即墨诏问：“玩双排吗？”

“跟你玩？”

白术表现出浓浓的不信任。

“我能拖你后腿？”即墨诏反问。

白术犹豫了下，说：“来吧。”

白术登录了“SY3298”这个账号，跟即墨诏组队进行匹配赛。

抓起头戴式耳机戴上，白术又调了下音量，于是动作慢了一点，比即墨诏晚几秒跳伞。她在地图上标了个会合的坐标，独自降落到一片废墟。

跟她一起的，还有两支小队。

她捡了把霰弹枪，一枪一个击毙两个队，慢条斯理地拾起装备来。

“这把匹配到一个熟人。”即墨诏忽然说。

“谁？”

“莎莎。”

白术顿了下，捡了个一级头盔，道：“标个坐标。”

“成。”

确定了坐标，白术找了一辆摩托，往那边赶。

她聚精会神地听着所有声响，可没一会儿，走进余光里的身影，令白术稍稍分了神。

“你跟牧云河在会议室里待一天了吧？”白术乜斜着顾野。

“嗯。”

“干吗呢？”

顾野走过来，手肘搭在电竞椅上：“看 WE 以前的采访。”

“哈？”

白术扭了下头，有些讶然。

就在这一刻，她听到接连的枪声响起，待她视线瞥向电脑屏幕时，赫然见到自己角色飞出了摩托，虚弱地倒在地上。

她瞧了眼提示，击倒她的，是 FIU·SHA，用的是狙击枪。

莎莎。

“让你聊天。”即墨诏忍不住抱怨，“我告诉你，莎莎在直播，你被她击倒的糗样儿，绝对被她的观众录屏了。”

白术平静地说：“不用扶我，你跑吧。”

在有队友的情况下，残血状态是可以被“扶”的，但如果再被敌方补上两枪，抑或是队友也完蛋了，角色就会死亡。

“我——”

即墨诏话音未落，就被同样一把狙击枪送上西天，连带的还有白术。

“不错啊，”顾野将这一幕瞧在眼里，语气森然，“WIN 两名自称天才的王牌战将，被 FIU 一个新人干掉了，你们是嫌网上氛围不够欢乐？”

白术瞪他：“怪谁？”

顾野收敛队长架子，从善如流地说：“怪我。”

“哦。”

即墨诏揉了揉腮帮子，觉得牙疼。

如顾野预料的那般，莎莎一人击杀白术和即墨诏的场面，很快就引起了电竞粉的关注，这一段被单独截取出来在网上传播。

网友直呼大快人心，唱衰者不计其数。

在网上狂欢之际，白术跟着顾野进了会议室。

会议室里没有人，只有一套桌椅、一台电脑。窗开着，风荡起枯黄的树叶，一摇一晃，树影婆娑。

“牧云河呢？”白术问。

“他回去了。”顾野拖出一张椅子，让白术坐下，而后用电脑打开一个视频，“你看一下。”

那是一段七分钟的视频，由粉丝剪辑而成，全是WE成员的采访高光时刻。

白术起初看得漫不经心，但渐渐地，眉头就皱了起来，她手指抵着下颌轻轻摩挲着，神情若有所思。

“你看出来了？”

“没有，就觉得有些违和感。”白术想了想，评价，“现在谦逊很多。”

顾野笑笑，在她旁边坐下，手肘搭在桌上，问：“你还记得，我们怀疑FIU嗑药的事吗？”

“嗯。”

“FIU的教练巴迪，以前是WE的教练。”

“知道。”

“在巴迪当教练期间，WE三连冠。巴迪一走，WE就宣布停赛，直到今年才复出。”

白术颔首：“嗯，因为过于蹊跷，所以我们还怀疑过，巴迪手上有药。但是我们手上没有证据，只是一种猜测。”

“就在今天，程行知给了一份最新的调查结果，Y9因子的作用之一，就是控制多巴胺的分泌，从而间接影响人的行为，比如自恋、偏激、冲动……”

顾野一边介绍着，一边点开一个文档，这是详细的调查报告。

白术浏览着报告，一心二用地问：“WE成员的行为对比，符合使用了Y9因子的特征？”

“根据我们这一天的观察分析，八九不离十。”

“FIU呢？”

“他们这类特征也很明显。”

“关于WE，你怎么想？”

“有很多种猜测，但看了一天采访，我更倾向于一种。”

“哪一种？”白术歪头，眨眨眼。

“WE 是在不知情时服用了 Y9 因子，从而实力得以提升，夺得三连冠。但他们发现是巴迪动手脚，双方闹掰了，巴迪被辞退，而他们在这一年戒了 Y9 因子，打算凭借真正的实力夺得第一，拿下名副其实的冠军。”

白术单手支颐：“非常理想的猜测。”

顾野不置可否。

“不过，”白术顿了下，挑眉，“他们的冠军梦，等明年吧。”

顾野失笑，伸手去掐她的脸：“别忘了你和即墨诏刚刚都惨死在莎莎手里，你要是想嘚瑟，等真拿下了冠军再说。”

“咦——”白术眼珠一转。

“怎么？”

白术倏然问：“如果 FIU 嗑药，那么，莎莎呢？”

顾野微怔。

“顾野哥哥，你家这个青梅，没准藏得很深哦。”白术站起身，拍了拍他的肩。

“注意用词啊，”顾野长臂一伸，扣住她的腰后稍加用力，便提着她坐在自己大腿上，“什么青梅，从小到大，我就牵过你一个人的手，陪你一个人翻过天。”

“是哦。”

白术经他一提醒，才想起来，她跟顾野认识，比江南枝和莎莎都要早。

她确实是他的青梅。

白术弯了下眉眼，染了些笑意。

第二天，第一轮比赛开始。

因莎莎一人击杀白术和即墨诏的事，网上自然传出了“WIN 训练懈怠，技术退步”一类的言论，WIN 的粉丝都期待他们能在正式比赛中扭转乾坤。

然而，除了一直保持训练的白阳，顾野、白术、即墨诏三人的水平，顶多中规中矩，积分排在刚好能合格的危险边缘。

连续三天，WIN 的表现都没突破。

网上骂声一片。

这天比赛完，白阳一进保姆车，就忍不住念叨：“非得玩这么大吗，这要是稍微失手，我们就得被淘汰了。”

“那你好好表现啊。”白术宽慰道。

“我表现得越好，你就挂得越早。”白阳捂着心脏，愤怒地辩驳，“你都计算好了的。”

白术吹了声口哨，称赞道：“你真厉害。”

白阳愣住：“啊？”

白术扬眉：“这都被你看出来了？”

白阳瞪着眼，极其受伤，像猫眼眨啊眨的，委屈又可怜。

于是，白术的后脑勺被顾野拍了下："禁止在比赛期间摧残队友自尊心。"

"赛后就可以了吗？"白阳深吸了口气。

即墨诏在一旁看戏，瞧见白阳倍加受伤的模样，拧开了一瓶冰镇可乐，递给白阳："喝一点吧，降降火气。"

白阳抱着可乐去自闭了。

顾野三人也没闲着，开了一台电脑，分析积分、复盘比赛、掌控局势，一个比一个认真。

白阳在心里暗骂了一声：疯子。

跟国内春季赛一样，顾野提议保持实力，第一轮控分晋级，等第二轮再发挥实力。

而想要"稳稳地控分"，他们必须对每个战队都有详细的了解，在这上面花的时间和精力，远超于他们对技术的钻研。

"这一届不行啊，实力断层了。"白术以手支着下颌，"不出意外，这次的第二三名，就在 FIU 和 WE 之间确定了。"

"FIU 有这实力？"自闭的白阳忍不住插了句嘴。

白术挑了下眉："积分第二，可见一斑。"

"可能是运气。"作为 FIU 前队长的白阳仍是不大信，"这才半年，他们再如何提升，也不可能有跟 WE 一较高下的能耐。"

"运气占比不大。"即墨诏摇摇头，"这个巴迪教练挺神奇啊。先是带出一支三连冠的 WE 战队，现在只花半年时间，就让刚够着全球赛门槛的 FIU 有争全球前三的实力。"

白阳讶然："教练的作用没这么大吧？"

即墨诏耸肩："那就不知道了。"

白术和顾野对视一眼，没做评价。

比赛第五天，向来踩点抵达基地的 WIN，因牧云河临时有事换了个司机，对方来早了，所以他们提前了一刻钟到了基地。

在去休息室时，他们遇见了 FIU 的队员。

狭窄的走廊上，光线昏黄，一来一往的两队人一停，如同两堵墙似的挺立着。

空气中弥漫着硝烟味儿。

仇人相见，分外眼红。

"呵，这不是我们的天才战队吗？"林兴凡忍不住讥讽，"这次是想故技重施呢，还是沉迷于度假，忘了怎么玩游戏了？"

他身后两人皆是笑出声。

倒是莎莎，向前两步，笑容纯净地喊："顾野哥哥。"

顾野瞧她一眼，没搭话。

莎莎嘴角微弯，善意满满：“最后一天比赛了，你们要加油啊。”

顾野四人还未搭话，他们身后忽而传来清亮的声音：“怎么说话呢，谁就最后一天比赛了，说得他们没法晋级似的。”

两队人抬目看去，瞧见了张扬明艳的江南枝。

莎莎笑容未减：“南枝好久不见，你还是这么会曲解人的意思。”

江南枝经不起激，被莎莎一句话弄得怒火中烧，可她刚想撸袖子，就被顾野拽住了手臂：“走吧，加油团。”

“我不——”

江南枝想要挣扎。

可是，顾野的手抓得紧紧的，她挣脱不开，只得被顾野强行拉走。

白术、白阳、即墨诏三人，皆是什么都没说，跟着一起离开。

“嘁。”林兴凡不屑地哼了声，“我还当他们隐藏实力呢，看来真的是靠实力踩在晋级线上的，不然不会没一点气焰。”

“怎么说？”莎莎接了话。

她脸上柔和乖巧的笑容，消失得无影无踪。

林兴凡想起了不愉快的经历，皱眉：“国内春季赛，他们就是这么糊弄我们的。刚开始扮猪吃老虎，最后关头反败为胜。”

“春季赛距离现在已经半年了。”

林兴凡颔首：“是啊。这半年我们在特训，他们却在炒作。”

“如果真碰上了，顾野还是要注意一下。”莎莎提醒了一句，“白阳发挥一向稳。至于即墨诏和白术，不值得浪费时间。”

林兴凡乐了：“当然，他们俩可都被你击杀过。如果真保留了实力，以他们俩嚣张的性子，刚刚绝不会这么老实。”

莎莎不置可否，她眸光一动：“记住，我们的目标，是 WE。”

“可 WE 的实力实在是……”林兴凡话一顿，有些犯难。

“不必在意，”莎莎眼里跳动的光芒藏了一抹危险，“你们只管好好比赛就行。”

白术一进休息室，就捧着脸叹了口气：“憋得太难受了。”

即墨诏赞同地点头：“我也是。”

白阳眨巴着眼，有些迷茫。

顾野松开了江南枝，笑着揉了揉白术的后脑勺，宽慰道：“忍着点吧，最后一天了。”

“憋什么啊？”江南枝揉着自己手臂，忍不住好奇地问。

即墨诏接了一句：“憋着，别嘚瑟。”

“我说你们咋没回怼他们呢！”江南枝一拍手，恍然大悟，“这么低调，我还真以为你们这一次支棱不起来了。”

即墨诏说："你看阳哥每天发挥得这么稳，也知道不可能。"

"关我什么事？"白阳愤然，听出即墨诏在损他。

"是哦。"

江南枝挠挠头，笑了，有点傻气。

"那我们今晚出去撮一顿？"江南枝眼睛亮亮的，说完就指向一旁，"顾野请客！"

顾野早习惯了，颔首："行，叫上陆遥他们，一起吧。"

白术仰了下头，忽然说："我不行。"

"有事？"

"嗯，我得去找牧哥。"

顾野沉默了一瞬，想说什么，又忍住了，爽快地说："行。"

白术有些意外。

以往她做什么、去哪儿，顾野都要追问几句，或是想跟她一起，但自从在艾伦家谈过后，顾野就改变了很多。

她心尖掠过一点情绪，似乎是失落。

跟计划中的一样。

WIN 踩线晋级第二轮，得到网上无数骂声。

赛后有半个小时的亮相，在场的观众一见到他们，就发出阵阵倒喝彩，差点引发现场暴乱，保安们急得焦头烂额，最终是 WIN 提前离场才平息。

这一场面又引爆了网络。

三天后，白术在牧云河安排的房间里，通过电脑开了一个长达四个小时的会。

白术关了电脑，抬手揉了揉眼睛。

牧云河敲门而入，手里拿着一杯温水，递给白术："走到这一步，各国都安排了媒体开始预热了，需要你经手的事有很多。"

"嗯。"

白术困得眼皮打架，接过水后一饮而尽。

"累不累啊？"牧云河笑。

"谁不累啊。"白术咕哝，"宣传部杜部长刚跟我抱怨，半年没睡过一个好觉了，体检报告出现大堆问题，医生建议他去精神科看一看。"

牧云河说："段子航为了逃避给工作压力过大的员工看病、配补药、调身体，打算来 M 国，明天就能到。"

白术挺稀罕地说："他就这么点用处，还要逃？"

"他还跟程行知和陆侨研究 Y9 因子呢，听说有进展了。"

"哦。"

“你去歇一会儿吧，等我忙完了，送你回去。”

“不用了，我正好透下气。”白术摆摆手，目光落向墙角竖放着的滑板。

牧云河懂了，笑说：“行吧，注意安全。你人摔了没事，别摔了手。”

白术凉凉道：“你可真会说话。”

踩滑板回去得近一个小时。

午后阳光烂漫，街道树叶枯黄，风一吹，打着旋儿飘落，贴着地飞出老远。十月的天，已有明显的凉意。

白术穿着棒球外套，戴着鸭舌帽和口罩，踩着滑板在行人中穿梭，风卷起她的衣摆和墨发，她身形轻盈旋转，如精灵。

忽地，在路过一家疗养院时，白术觑见街尾停着的车。

白术径直朝那辆车而去。

与此同时，车窗正缓缓上升。

白术一个加速，赶在车窗升到顶时，猛地停在了车门旁：“顾野你是不是出轨了？”

里面的人身形一僵，慢慢地，车窗又落了下来。

“这罪名我可担不起。”顾野手肘搭在窗沿上，微探出头，晃了晃手中的望远镜，“上车。”

白术将滑板扔到后座，然后打开副驾驶的车门，坐了进来。

“什么意思，玩变态的行为艺术？”白术兀自猜测。

“就不能想点好的？”

顾野将望远镜扔给她。

白术摆弄着望远镜：“我不觉得你守在这里偷窥别人比行为艺术要高尚。”

她举起望远镜胡乱扫视：“没见到街上有比我好看的美女啊。”

顾野既无语又好笑，没忍住笑出了声，他嘴角扬了扬，指着疗养院的方向道：“那边。”

“有什么？”

白术好奇地望过去。

“我跟着诺亚过来的。”

“我们战队已经沦落到队长玩跟踪、打探敌情的卑劣地步了吗？”白术惊奇地问。

顾野斜她：“你好好说话。”

“行吧。”白术从善如流，“你想做什么？”

“诺亚有个弟弟，曾是WE的队员。两年前，他忽然没了消息。我调查了一段时间后才探到，他是突发精神疾病，如今在这里养病。”

“诺亚来看他弟弟，很正常啊。”

“这不是我跟踪他的理由。”

“理由是？”

顾野说：“有人跟踪诺亚。”

他本是来接白术的，可半路上偶遇诺亚，发现了跟踪诺亚的人，于是他心生好奇，就尾随在后面。

白术愣怔一瞬，想到上次诺亚被围的场面，神情正经起来。

她举起望远镜，不再是走马观花，而是认真观察了一圈，果不其然，瞧见了几个鬼祟的身影。

“还真是。”白术晃了晃望远镜，忽然想起一件事，“我先前也撞到过一次。”

“什么时候的事？”顾野扭头看她。

白术便将当初救诺亚的事同顾野说了。

顾野听完，蹙眉：“你当时怎么没说？”

白术实诚道：“这么点事，我吃完火锅就忘了。”

顾野无言以对。

把玩着手中的望远镜，白术难免疑惑：“望远镜不是一开始就准备好的？”

“即墨诏抽风买的，说赛后去爬山看风景，正好放车上。”

“他可真闲。”白术艳羡道。

顾野听了出来：“我听到了酸味儿。”

白术“啧”了声。

“没事，等漫画比赛结束，我陪你到处去玩。”顾野捏了下她的脸蛋。

白术眸光闪亮：“你说的啊。”

顾野挑挑眉：“我说的。”

夜幕低垂，暗色悄悄降临，路灯零星亮起。

白术打了个哈欠。

她抬手揉眼：“还没出来吗？”

顾野揉揉她的脑袋：“出来了。”

白术登时清醒，拿起望远镜往大门看，果真见到诺亚的身影。她往某几个方位一扫，原本虚度光阴的几人，也开始了尾随。

“我们分头行动。”

白术说完，将望远镜一扔，就推开了车门。

“喂！”

顾野伸手去抓她，却抓了个空。

车门被关上，下一秒，后车门被打开，白术拿起滑板，同时叮嘱了一句：“注意安全！”旋即就关上门，踩着滑板走了。

顾野舌尖抵了抵腮帮。

白术踩着滑板，顾野开着轿车，不远不近地跟在后面。

没多久，诺亚进了一条巷子。

尾随的人不约而同跟上。

白术和顾野脸色一凝，很快地，白术远远望了眼顾野的轿车，跟顾野打了个手势，表示“我先跟上去看看”，然后脚尖往地上一蹬，借力踩着滑板滑行。

巷子里人少，车辆无法通行，白术穿过一条小巷后，周遭越发偏僻。

错杂的地形，让白术很快失去目标，她皱起眉，漫无目的地滑行着，倏然听到棍棒击打墙面的声音，她便循声而去。

一个拐弯过后，白术瞧见了诺亚以及那几人。

她扭动了下脖子。

道路狭窄，前后夹击，诺亚被逼到了绝境。

逼近的三人，皆是人高马大，表情凶神恶煞，一看就知道不是善茬。

后背靠着墙面，诺亚捂着左肩，退无可退。

其中一人走向前，举起一根木棍，就朝诺亚狠狠砸去，诺亚下意识闭上眼。

然而，想象中的疼痛，迟迟未到。

他在愕然中抬眼，见到举棍那人被一块滑板砸中后脑勺，那人身形晃了一下。紧接着，他头发被人用力一抓，脑袋往后仰的一瞬，一块板砖又砸下来，那人彻底晕了过去。

直到那人倒下，诺亚才看清出手援助之人。

白术。

相较于M国人的体格，她身材纤细小巧，站在那人背后，身形全被遮掩住。

很难想象，这么瘦小的她，能有这般爆发力。

还剩两个人。

他们俩被这一幕吓愣了几秒，随后怒骂一声，一个冲着白术而去，一个继续朝诺亚动手。

白术眉目一冷。

这三个人，跟先前对诺亚下手的混混不一样，都是有身手的，所以她不敢手下留情，把毕生所学都用上了，下手快准狠。

最后用一记猴子偷桃的损招，白术解决掉第二个人，又马不停蹄赶着去援助诺亚。

以二对一，白术和诺亚在跟那人一番纠缠后，把第三个人也撂倒了。

白术累得喘了口气，瞧了眼从中间裂开的滑板，略心疼，于是张口就损：“就你这三脚猫的功夫，也有胆把他们往这里引，你当在游戏里呢？”

“我，”诺亚瞧着她，态度上少了敌意和冷漠，颇为尴尬道，“我只是想抄小路回去。”

白术怔了下。

合着他被跟了一天，一点都没察觉？

逼仄的巷子里传来摩托车的声响。

白术耳朵微动，对摩托车的速度和方向有些介怀，她想退到巷口去看，可倒地的一人忽然拽住了她的裤脚。

白术皱起眉。

摩托车声音越发逼近。

白术心里升起一股不祥预感，她想甩开地上那人，这时，前方巷口刚好出现了赶到的顾野。

顾野朝这边瞧了一眼，脸色突变，喊："白术，躲开！"

白术回过神，下意识朝后方看去，便见到摩托车映入视野。开摩托车的是一名女性，戴着头盔，手里提着一根铁棒。

她极速飙车，一个拐弯直冲而来，拎起铁棒就朝诺亚肩膀砸去。

白术下意识伸手去推诺亚，可动作稍慢一点。在推开诺亚的瞬间，挥过来的铁棒击中她的手腕，白术只觉得手腕一沉。

摩托车从她身侧疾驰而过，掀起了一阵风，她余光里映着摩托车上的身影。

下一刻，手腕的阵痛令她失神，她倒吸了一口冷气。

摩托车扬长而去。

"白术！"

顾野迅速赶到白术身边，一脚踹开拽住白术裤脚的男人。

白术看了眼还未回过神的诺亚："你报警。"

短短几秒，白术额角已经渗出细汗，她细细地抽了口气，语气是冷静的。

顾野扶住了白术，见白术那么疼，他眸色暗了暗，直接拦腰抱起了白术，说："我们去医院。"

"嗯。"

白术忍着疼，将脸埋在他颈窝。

感觉到顾野的着急，她攥住他的衣服，轻轻拉扯了下："没事，应该没骨折。"

"有没有事，你说了不算。"顾野说，语气紧绷。

白术不说话了。

她是左撇子。

而她伤的，正是左手。

顾野找了点关系，给白术预约到骨科医生，一进医院就就诊，可一通忙活下来，也是深夜了。

伤得不如白术想的那么轻，拍了片，显示是手腕骨折，程度轻微，无须打石膏，静养一段时日即可恢复正常。

医生给白术开了些药，就将白术打发了。

跟顾野离开医院时，白术抬起左手，在顾野面前晃了晃："说了，没事吧。"

顾野眉一皱，抓住她小手臂，担忧地问："不疼啊？"

"不疼了。"白术态度随意，"多大点事。"

"手别乱动，好好养伤。"

"知道。"

顾野提着药袋，同白术往停车场走，可刚走了一小段路，就见一人小跑过来，两人定睛一看，竟是诺亚。

诺亚停下，喘了口气，目光定在白术红肿的手腕上："怎么样？"

白术："没事。"

顾野："骨折。"

两人同时出声，然后，互相看了眼对方。

诺亚怔了下。

不管是否骨折，白术的手腕红肿是事实，明显要休养。下周就要最后决赛了，以白术的情况，定然影响发挥。

虽然诺亚打心底觉得 WIN 是垫底的炮灰，但是，他们实力本就一般了，其中一人再因救他而受伤，影响战队水平的话……

诺亚面露愧色："抱歉，我连累了你。"

如今说这些没有意义。

白术话题一转："那几个人呢？"

"都没受什么伤，警察决定息事宁人，他们没被问出什么就被保释了。"诺亚停顿须臾，神情有些犹豫，"听说是国际漫画组织派人来接的他们。"

白术讶然："没看出来，你跟漫画组织有仇？"

诺亚愣了一瞬，摇摇头："我没听说过这事。"

空气有短暂的静默。

沉吟半晌，诺亚终于说："或许有一件事，可以为你们解答一些疑惑。"

华尔特镇人口不多，夜深了，晚风凉，街上几乎不见行人。

公园的草坪上，白术和顾野盘腿坐着，顾野面前摆着刚从 24 小时便利店买来的食物，他正在给白术挑她爱吃的。

诺亚坐在对面，有些局促。

来之前，他做好了被指责、谩骂，甚至挨揍的准备，可没想到，白术和顾野从头到尾，都没因受伤一事苛责他半句。

对眼下这种"战队战力受损"的情况，他们俩完全不放在心上似的。

或许在WIN战队身上，“天才”标签不可信，但“大心脏”的评价，是实打实的。

“你说啊。”

白术咬了一口饭团，催促一直当哑巴的诺亚。

诺亚回过神，整理了下思绪，说：“WE三连冠的奇迹，是作了弊的。”

白术和顾野互看一眼，心下了然，却没有一点惊讶。

诺亚讲的故事，跟顾野倾向的猜测，差不多。

唯一不一样的，是他们并非一无所知，哪怕不知背后真相，也能隐隐猜到什么。

六年前，巴迪找到了诺亚在内的五名少年，将他们培养成电竞选手，同时，开启了一段为期三年的电竞传奇。

那几年，他们会定期服用一种维生素，有专人监督。

要说他们没一点察觉，那是不可能的，可他们为了胜利，心照不宣地选择视而不见。

但也有一个例外，便是诺亚的弟弟——卡特。

卡特热爱电竞，性格单纯，完全没意识到维生素有何问题，直至三连冠后，他的身体出现了药物排斥反应。

卡特亲眼见到，诺亚质问巴迪“维生素”的副作用，才知道“维生素”是有问题的。

之后，卡特拒绝服用“维生素”，但身体急速恶化，不仅造成肌肉萎缩，还对他的精神有所影响，两个月后因精神失常住院。

有卡特这样的例子在，其余四个队员意识到危险，以“揭发巴迪一起毁灭”为由，强迫巴迪辞职，同时开始了他们漫长的戒断之旅。

他们靠热爱的电竞进行戒断，一天训练十八个小时，但明显能感觉到，在没有药物的帮助下，技术骤然下滑。

他们这才意识到，药物对他们的帮助究竟有多大。

那一年，他们没一天停止过训练。

幸运的是，他们可以不再依赖药物，同时技术也大大提升。于是，他们决定重回战场，拿下名正言顺的冠军。

“据我们所知，你们国家的FIU战队，在请巴迪当教练后，技术就突飞猛进，少不了采用投机取巧的方法。”

诺亚顿了下，眼里闪烁着战斗欲：“但我们会向他们证明，没有‘维生素’，我们依旧能靠自己的真实实力拿冠军。努力比天分更重要。”

“是吗？”白术忍不住反驳，“你有没有想过，你们能被巴迪选中，就是因为电竞天分？”

诺亚噎住了。

犹豫半晌，诺亚拧眉问：“这就是你们拿天分做宣传的原因？”

他们战队一直看不起WIN，就是因为WIN拿天分来炒作。何况，WIN并未展现出匹配得上天分的实力。

他们私下里提到WIN，会直接用“小丑们”代替。

白术摇摇头：“有一种说法流传很广：绝大多数人的努力，还没达到拼天分的地步。在我看来，这不过是一种自我安慰。太多的行业，只有用天分才能做敲门砖，进了行业后，才能通过努力让自己发光。”

随手扯了一根草，白术继续说：“我们不谦虚低调，也不否认天才的标签，是因为我们不想否认自己是天分的既得利益者。”

诺亚怔住，被她说糊涂了。

白术这一串逻辑说得通。

而他，找不到反驳的理由。

“说回正事。”顾野开了口，把跑偏的话题拉回来，“那些人为什么要向你动手，跟国际漫画组织又有什么关系？”

“这种时候向我动手，而且是冲着我的肩膀来的，大概率是因为这次比赛。而我们唯一威胁到的，就是有夺冠希望的FIU。”诺亚显然盘算过，心里是有数的，“巴迪好胜心强，是不允许自己带的战队拿不到冠军的。至于国际漫画组织，我只知道，巴迪跟这个组织有来往。”

诺亚抬了抬眼，沉声道：“或许，你们的漫画圈，早被‘维生素’入侵了。”

深夜一点，白术和顾野跟诺亚告别，回到车上。

顾野禁止白术乱动，主动帮她扣好安全带。

白术瞧着他，问：“摩托车上那女的，有可能是莎莎吗？”

“有可能。”

是不是，都无所谓。

作为FIU的一员，莎莎洗不干净。

白术将左手抬起来，手腕处的红肿很醒目。

她歪了下头，问：“你怎么想？”

沉默了一瞬，顾野说出早就在心里衡量好的答案：“你退赛休养。”

“不要。”

“以防意外，牧云河作为替补报了名的，没了你，他可以参赛。”

白术撇了撇嘴：“你抓只鸡来比赛都比他有胜算。”

“别胡扯，”顾野瞥着她，“他时常给白阳当陪练，有跟职业选手一较高低的实力。”

“可仅凭他，你们拿不了第一的。”白术盯着他的眼睛，一字一顿道。

顾野往回一撤，给自己扣好安全带，回避了这话题：“到时候再说。你先好好养伤，不需要想别的。”

双眸一转，白术说：“明天段子航过来，他有特效药。”

“不信。”

“真的。他在中医上的建树，不亚于西医。”

“那等他治好你再谈比赛的事。”

顾野简直油盐不进。

他发动了车。

白术皱眉，喊：“顾野。”

“我是队长，”顾野这次没再惯着她，没一点商量的余地，“我说了算。”

深夜两点才回家，两人没有惊扰已睡下的白阳和即墨诏，各自回房休息了。

睡得太晚，白术第二天醒来时，已经快中午了。不过，外面天色阴沉，似乎一夜之间变了天，让白术有种天刚亮的错觉。

白术洗漱好，换上队服，出了房间。

下楼时，她正巧见到一熟悉身影。

段子航端着一杯刚泡好的咖啡路过，觑见了她，停下步伐，他抬头看过来：“醒了？”

“你怎么在这儿？”

白术缓缓往下走。

“刚下机就被牧财务催着过来了。”段子航朝她招了下手，“我看看你的手。”

白术走下最后一级台阶，将左手递到段子航跟前。

段子航捏着她的手，瞧了下手腕的红肿情况，而后松开她，喝了口咖啡，问：“拍片了吗？”

“嗯。”

“看看。”

白术将手机里拍的照片调出来。

段子航端详了一会儿，惊奇地说：“不严重啊，怎么搞得跟你明天就要下葬似的——”

白术踹了一下段子航的小腿，段子航声音戛然而止，单脚蹦跳了几下，又蹦到白术跟前。

白术面无表情道：“我要比赛。”

“你不知道吗，他们已经决定让牧财务出场了？”段子航的目光朝训练室的方向一指，“正搁那儿训练呢。”

白术瞅着他。

“行行行，我知道了。”段子航一个激灵，斩钉截铁地表述白术的意思，“比赛，必须比。”

白术扬了下眉。

“医生给你开了什么药？”段子航又问。

白术一一报出来。

段子航听完直摇头：“不行，这些常规药物，恢复速度太慢。我让阿绫去给你买点药，内服的，外用的你就用我调制的药膏。”

“哦。几天能好？”

“说不好，还得看你恢复的速度。先观察一下吧，恢复得好的话，参加一两场比赛不成问题。”

段子航只能说“一两场比赛”，而不是“正常参赛”。

虽然自诩为神医，但段子航不是神仙，无法逆天而为。

白术心里有数，颔首：“行。”

知道白术受伤后，白阳和即墨诏都心照不宣，没有对“白术不参加比赛”一事说一句话，只是专心致志地跟牧云河训练默契度。

他们要做到的，是在牧云河取代白术后，照样能拿冠军。

白术忽然闲下来，除了忙 BW 救援队的公事，一有空就会跟顾野制订战术。她一肚子的阴招损招，此刻也算是物尽其用了。

其间，她对“参赛”一事，只字不提。

很快，第二轮比赛开始，牧云河取代白术的事，顿时在网上引发了热议。

WIN 被全网狂喷，连粉丝都自动隐身了。

“粉丝还嘴硬呢，说第一轮是在演戏，现在直接换人了，还叫演戏？”

“这时换人是明智的，不然白术天才的头衔可不保了。”

“其实重在参与，第一年比赛，能进全球赛就不错了，但 WIN 营销天才战队就过分了，现在我非常期待他们灰头土脸地回国。”

“白术太会作了，一手好牌被她打得稀巴烂。专心搞漫画或者玩电竞，应该都有不小成就，偏要两手抓。现在好了吧，跌落神坛，连面都不敢露。”

……

第一天比赛结束，WIN 位列第六。

第二天比赛结束，WIN 位列第八。

第三天比赛结束，WIN 位列第七。

虽然稳定在中间位置，但积分差距越发增大，跟前三名几乎断层了，WIN 再难有转机。

当晚回去后，白术找到独自一人待在会议室的顾野。

她关上门，张口就道：“没我不行吧？”

顾野正在用投影仪看比赛视频，瞧了她一眼，按了暂停键：“比赛还没结束。”

"段子航说我的手恢复得不错，可以正常比赛了。"白术晃了晃自己的左手。

"他是你的人。"顾野不为所动。

白术挪到顾野身边，将椅子拖出来，正面朝着顾野，她坐下来。

"你知道的，伤得不重，没有伤筋动骨，这都过去一周了，有段子航的神药在，早就好了。"白术耐心地跟顾野解释，"何况，漫画比赛对我而言，才更重要，我不会因小失大的。"

顾野沉默了下。

他垂下眼，抓起白术细瘦白皙的手腕，太细了，他一只手就能圈起来。因白术一直在抹段子航调制的药膏，她手上残留了一股药香味。

手腕的红肿已经消退，看着确实恢复如常了。

片刻后，顾野抬眸凝视着白术，认真地说："站在我的角度，我是想保守起见，不希望你上场比赛的。"

"我知道。"白术颔首。

"但你肯定不会听。"

"是的。"

"我尊重你的选择。"顾野语气沉着，"但有一点，一旦被我察觉出，你因为手腕发挥不出正常水平，我还是会让牧云河顶替你。"

"好！"

白术眼里的光闪了下，有些喜悦。

知道顾野是一根筋，白术在找顾野之前，准备了一肚子话，却没想到，她才刚开个头，顾野就答应了。

顾野揉了揉她头发："你憋很久了吧？"

白术点头："第一天就在憋着。"

顾野莞尔："让他们看看，什么叫天才。"

白术眉一扬，乐了。

得到顾野的同意，白术当晚就投入了训练，跟顾野、白阳、即墨诏玩了几局，顺利找回了手感。

见白术发挥正常，白阳和即墨诏也松了口气。

深夜一点，白术洗了个澡，直接往床上一趴。

半晌，她微微抬头，看向左手手腕，皱皱眉。

思忖片刻，白术猛地蹿起身，找到手机，给段子航拨了一通电话。

"白队。"

"段神医。"白术喊，毫无队长气势。

"可别……"电话那边的段子航刚醒来，听到这话背脊发凉，立即清醒了，他赶紧求饶道，"你每次这么叫我，对我的职业生涯都是一次挑战。"

白术沉默。

“出事了？”段子航问完后，马上明白了什么，“手腕出问题了？”

坐在床铺上，白术一只手环着膝盖，很小声地跟他说：“把你的‘黑玉断续膏’给我呗。”

“什么‘黑玉断续膏’，那是我自制的伤筋动骨膏。你知道的，这膏药见效快，重在止疼，但会损害神经，有副作用的。”

“太难听了，没格调。”白术这时候还不忘吐槽，“我没想用，就是做底牌。”

“你最喜欢做的，不就是在最后一刻，把底牌亮出来吗？”

白术不想跟他掰扯了，语气一凉：“给不给？”

“给。”段子航不假思索地说。他停顿了一瞬，补充说，“只要你想好了。”

第二天，段子航蹭了牧云河的车，陪同WIN一起去比赛，找机会将“黑玉断续膏”塞给了白术。

白术的现身，登时引起轩然大波，各大主播为蹭热度，全在重点介绍她。

虽说观众看笑话的居多，可热度在持续攀升，达到这几天的高峰。

WIN 休息室。

第一场比赛开始，段子航、牧云河、陆遥、简以楠、江南枝五个人，围坐在沙发上，观看现场的直播。

“就算白妹妹现在上场，积分也很难追吧？”江南枝捧着一包薯片，咔嚓咔嚓地咬着，“他们的积分在涨，前三名的照样在涨啊。”

牧云河笑笑：“很简单啊。”

江南枝愕然：“简单？”

“在最大限度给自己战队收割积分的同时，剥夺其他战队拿积分的机会。”

“怎么做啊？”

“找到积分高的战队，提前干掉。”牧云河云淡风轻地说，仿佛这种高难度的任务，说出来就能做到似的。

江南枝满脸期待。

简以楠忽然出声：“他们在国内春季赛时，也玩的这一招吧？”

江南枝扭过头，眨着眼，诧异道：“你还关注了他们的春季赛啊？”

这事被江南枝点破，简以楠噎了一下，把头别开。

陆遥哈哈大笑，抬手揽住简以楠的肩膀，拍了拍以示安慰。

简以楠表情僵硬。

偏偏江南枝是个不会看人眼色的，拽着简以楠就开始问春季赛的详细情况。而简以楠一向教养得体，有问必答，硬是没法中断话题。

江南枝听完很感慨：“没想到啊，这种细节你都清楚！原来你这么关注白妹妹，我一直以为你很讨厌她呢。”

简以楠僵着脸："是很讨厌。"

"怎么会呢……"

江南枝说到一半，被陆遥直接抱住。

陆遥搓搓江南枝的脸："别说这些了，安心看比赛。"

江南枝被她一提醒，反应过来："是哦，现在局势怎么样——"

话音未落，大屏幕上就出现"WE·Noya"被"WIN·SY3298"击杀的提示。

休息室顿时静默，几双眼睛紧盯着屏幕，不到半分钟，他们就见证堪称世界第一战队的WE四人被全部干掉的场面。

白术一人干掉了俩。

"我白妹妹果然是神！"

江南枝激动得跳了起来，但刚蹦跶两下，就被陆遥拽了回去。

"别急着激动，又遇到FIU了。"陆遥提醒。

江南枝一秒安静。

接下来，白术和顾野两人撞上了FIU四人，可在风骚的走位、阴损的战术、默契的配合之下，白术和顾野顺利在三分钟之内，将FIU全部解决。

他们这一套行云流水的打法，给予人最强烈的视觉享受和感官刺激，看得人头皮都炸了。

"天哪。"

江南枝喃喃出声，捧着脸，心脏狂跳。

其余几人紧盯着屏幕，亦有些震撼。

"真刺激！"陆遥呼出口气，将手机拿出来。

她点开直播的实时弹幕，果不其然，观众们也疯了，"啊啊啊"地叫个不停，热度竟是仍在以指数级攀升。

陆遥看了片刻，说："按照这趋势，就算他们拿不到冠军，也会圈大批的粉丝。"

江南枝立马反驳："白妹妹肯定会拿冠军的。"

陆遥故意道："万一呢？"

江南枝哼道："我不管，反正冠军是白妹妹的，是WIN的。"她就像个狂热粉丝。

没有跟她争论，陆遥将手机一收，起身，想去一趟洗手间。

可是，刚拉开休息室的门，就听到一声巨响。

声音过于清晰、响亮，陆遥停了下来，休息室内其余四人的目光，也被吸引了过来。

简以楠疑惑地问："怎么回事？"

"那边。"陆遥指了指前面，侧耳听了会儿，"好像是FIU的休息室，教练在里面骂人呢。"

"巴迪教练吧，这人凶死了。"江南枝撇撇嘴，"我撞见好几次了，一旦FIU输给WE，他就会大发雷霆，骂得非常难听。"

陆遥一挑眉："去看看吗？"

江南枝说："有什么好看的。"

"硌硬他们啊。"陆遥耸了下肩，"我们是漫画家，按理说，想去哪个休息室，都可以。"

"我！"江南枝第一个站起来。

简以楠没说话，但也站起身。

牧云河和段子航怕被打，就没凑这热闹了。

当天，白术参加了五场比赛。

在两场比赛里，于前十分钟内，WIN联手将FIU和WE团灭，剥夺了FIU和WE夺分机会的同时，大肆在战场搜刮积分。

WIN的排名提升到第四，直逼第三。

第六场，白术被换下，牧云河顶上。

江南枝、陆遥、简以楠三人，全程在FIU休息室旁观他们的黑脸。等白术下场后，江南枝回到WIN休息室，绘声绘色地跟白术描述巴迪发飙的场面。

"见到我下场，巴迪是什么反应？"白术坐在沙发上，手捧一杯乌龙茶。

"怎么说呢，"江南枝手指抵着下颌，仔细想了想，"他一天都挺暴躁的，但是得知你下场后，心情好像好了一点。"

江南枝抱着白术的手臂："白妹妹，你的手怎么样，是还没完全康复吗？"

白术喝了口茶："好了。"

"那你为什么下场？打完今天的第六场，你们拿到第三，不成问题吧？"

"嗯。"

白术应了一声。

没得到白术的解释，江南枝睁大眼睛，一眨不眨地盯着白术。

白术仍是没说。

在场能会意的，都保持了沉默。

很简单。

如果真是FIU做出了场外伤害选手的事，那么，在他们意识到白术这个威胁后，今晚肯定会做点什么。

相反，他们若知道白术没有完全康复，定然不会贸然行动。

只有段子航，默不作声地站一旁，盯着白术的左手手腕，极轻地皱眉。

他们这个白队，最喜欢的，就是逞强。

这一天，圈内外对白术和WIN的评价，登时一百八十度逆转，原本肆意辱骂和抹黑的声音，转变成对技术大佬的崇拜。

比赛最后一天。

天还没亮，白术就起来了，她去厨房给自己热了牛奶和三明治。

“手怎么样？”

端起牛奶和三明治，白术刚一转身，就见顾野站在身后。

白术眼皮跳了下。

她空出左手，举起来晃了晃：“很好。”

顾野抓住她的手肘，端详了下，而后微微低下头，轻嗅着她的手腕。

温热的呼吸落下，白术感觉痒痒的，手腕扭动了下，结果被顾野抓得更紧。

“换药了？”顾野抬眸看她。

“换了。”白术坦然承认，半真半假地说，“段子航怕我比赛这两天出事，把他的传家宝都拿出来了。”

停了几秒，顾野松开她，看向她的牛奶和三明治：“就吃这个？”

“就会这个。”

“我给你下碗面条。”

“好。”

白术不假思索地应了。

舍弃三明治，白术拿着牛奶，站在一旁看顾野下面条。

顾野架好锅，准备放油煎蛋，觑她：“想学啊？”

“不想。”白术一本正经地摇头。

“那你看什么？”

“看你呀。”

顾野微怔，旋即嘴角上翘。

喝完一杯牛奶，白术挪到顾野身侧，微歪着头：“顾野哥哥。”

“嗯？”

“你昨晚几点回来的？”白术问。

顾野敲鸡蛋的动作微重，蛋壳碎裂三分之一，他眸一凝，将蛋液倒入热好的锅里。

“别慌嘛，我只是问问。”白术一脸淡定。

顾野眉毛微动：“三点。”

“那你睡得挺少哦。”

“待会儿再睡个回笼觉。”

“那你半夜在外面晃悠，有什么收获吗？”

“你指什么？”顾野将鸡蛋翻了个面儿，不疾不徐地问。

“反正不是指漂亮的姑娘。”

“就你聪明。”顾野无奈一笑，倒也坦白了，“让巴迪身败名裂的视频证据，算不算？”

白术嘴角一弯：“算。”

过了须臾，白术又问："那你是怎么打算的？"

"公开视频，会让巴迪名誉扫地，但会牵连到WE和FIU，Y9因子的事一旦公开，对暗处的组织也会打草惊蛇。"顾野说，"所以我以SOS的名义，把证据打包发给巴迪，让巴迪自己看着办了。"

"他会受到威胁吗？"

"会。他那么在乎带的队伍拿冠军，就是想维护自己金牌教练的形象，现在当孙子，他还有光辉的过去。但视频一旦公开，他就一无所有了。"

"也是。"

白术点点头。

顾野说："你不用担心这些，好好享受游戏就行。"

他没让白术专心比赛、夺取冠军，而是让她享受游戏过程。

白术瞅着他。

"又怎么了？"煎好鸡蛋，顾野往锅里加了水，被她的目光盯得一怔，"我可就晚归这一次。"

"没什么。"

白术收回目光，正经地摇摇头，但上扬的嘴角，却没再落下来。

在围棋赛时，风间千绫暗中搞鬼，顾野不声不响地解决。这一次，顾野谁也没有惊动，也自己把巴迪牵制了。

白术很难不为他心动。

"早上只有面条，晚上庆祝第一，我们吃什么？"作为一个吃货，白术对庆功宴的食物，一向要求很高。

"你想吃什么？"顾野说，"你决定就行。"

反正队里的几个人，都随她。

白术歪头想了想。

最后，她叹了口气："想吃的太多了，还没想好。"

"那你想好了再说。"

"行。"

最后一天的比赛，观众在得知白术仍旧上场后，关注度空前高涨。

比赛前的热度，竟然超过了昨天的最高热度。

跟往常一样，简以楠、江南枝、陆遥三人早早地就抱着零食待在WIN的休息室里，同牧云河一起观看比赛。

"今天的WE和FIU学聪明了啊，开局就躲着我们走。"江南枝抱着一包辣条，非常担忧，"他们这么狡猾，我们夺冠还有希望吗？"

陆遥匪夷所思："'我们'是指——"

"当然是WIN啊！"

“跟你有什么关系？”

“我是加油团的！”江南枝义正词严，“团队夺冠，我也有一份的。”

“哦……”

陆遥自认为脸皮厚，但没想到还有这种蹭功绩的方式。

于是，她很快就问：“你的加油团还缺人吗？”

江南枝问：“你要加入吗？”

陆遥颔首：“当然。”

简以楠和牧云河默默无语。

第一局比赛很快结束，WIN、WE、FIU 三支队伍都杀进了决赛圈，给观众贡献了一场惊险刺激的决斗盛宴。

最终，顾野在仅剩一人的情况下，实现了反杀，取得了这一局的胜利。

江南枝兴奋得在沙发上跳了起来。

“咦，今天没听到巴迪的狗叫声啊？”陆遥揉了揉耳朵，特地去门口旁听，结果确实什么声音都没有。

简以楠也觉得异常，轻蹙眉心：“他们是不是有大招？”

陆遥扬眉：“去看看吗？”

简以楠稍一犹豫，颔首应了。

“我就不去了，”江南枝怀里搂着一抱枕，“巴迪那张脸，能让我晚上吃不下饭。”

简以楠和陆遥没勉强。

比赛现场。

第三局比赛结束时，WIN 的积分超过排在第二的 FIU。

距离第一的 WE，仅有十分差距。

比赛进程到一半时，进入中场休息，即墨诏和白阳靠在电竞椅上，尽量将大脑放空，调整自己的情绪和状态。

白术扭动了下左手手腕，拿起桌上一瓶水，拧开喝了一口。

放下那瓶水，白术忽然偏过头，盯着顾野的侧脸。

顾野神情稍显严肃，从眉心到鼻梁，再沿着鼻尖、薄唇、下颌，蜿蜒出一条清晰流畅的弧线，黑亮的眼睛像在发光。

白术盯了他一会儿。

顾野察觉到了她的目光，道：“说。”

“我想好庆功宴吃什么了。”

“吃什么？”顾野嘴角轻弯。

“烤全羊。”白术兴致勃勃地说，“我知道有一家店，特别好吃。”

“行。”

顾野毫不犹豫地答应了。

“我们的意见不重要？”即墨诏惊奇极了，忍不住插嘴。

顾野：“不重要。”

即墨诏无言。

白阳弱弱地举起了手：“我更想吃烤乳猪。”

顾野：“你可以自己去吃。”

白阳无比委屈。

即墨诏叹了口气，拍了下白阳的肩膀，劝慰道：“哥，不要自取其辱了。”

手腕有些不适，白术轻轻活动着，忽而看见隔壁的诺亚起身离开，而后另一侧的莎莎，也起了身。

白术眸色微凝。

非常凑巧的是，WIN 讨论庆功宴这一幕，被截取下来，播了出去。

休息室里的江南枝，看着直播里白术等人聊庆功宴，木然地往嘴里塞薯片：“我以为他们中场休息时，总该聊一点正经事的。”

牧云河觉得江南枝挺天真的。

“我们家小仙女，一向把吃饭当作大事。”牧云河说。

“比这场比赛还重要？”

“说不准呢。”牧云河笑了笑，“毕竟身体是革命的本钱，有强健的体魄，才能做一切她想做的事。”

江南枝无言以对，对白术的大心脏无比钦佩。

捧着脸叹了口气，江南枝将薯片放下，说：“哎，我去一趟洗手间。”

与白术等人相识的江南枝，尚且惊骇不已，守着直播的观众们更不用说。

“别人都在想怎么胜利，白术满脑子都是晚上吃什么。”

“这大心脏未免太让人羡慕了。”

“难怪白术一次又一次被骂，都没见过她破防，甚至在网上直接隐身呢。就这心理素质，她能在乎你们骂她？”

“我跟白术唯一的共同点有了：我们都是干饭人。”

……

短短两天，白术在世界面前，重新找回了她的大佬地位。

强大的心脏，绝对的实力，已经成了白术的标签，而先前笼罩在她身上的“狂妄”“自负”“自私”等言论，转眼又成了优点。

慕强，是人类天性。

接下来的比赛，有点超乎意料。

第四局游戏开始，WE 的表现就不尽如人意，开局损失了诺亚这位全能的队长，而后又折损两名队员，最后一位坚持到最后，拿下的积分寥寥无几。

最新的排名一出来，引起了轩然大波。

NO.1：FIU。

NO.2：WIN。

NO.3：WE。

FIU 一下实现了反超，而 WE 则是滑落第三，若无奇迹发生，应该再难超越前两支队伍，夺回第一的宝座。

一开始，所有人都觉得，WE 的失常发挥，属于意外。

而接下来的一局，诺亚连续失误，比赛进程未过半，就被淘汰了。而其余三人也受到了影响，发挥不如以往，三人的人头全被 FIU 收割。

这场比赛一结束，FIU 和 WIN 仍旧是第一和第二，可 WE 又掉了一个名次。

“怎么回事？”即墨诏皱起眉，觉得不大对劲。

“是哦，”白阳小声嘀咕，“莎莎和诺亚休息时都出去了一趟，诺亚就发挥失常了，不会出什么事了吧？”

顾野依旧很淡定：“不用管他们，专心比赛。”

“想想办法吧，”即墨诏说，“最后一局了，我们再不反超，就没机会了。”

对于他们来说，没有拿到第一，就是失败。

顾野眸色微凝，往旁边一看，见到白术在转动手腕，眉头一皱：“你的手怎么样？”

“没事，”白术挑眉，嚣张地说，“手痒了。”

“最后的比赛了，玩一局大的？”顾野嘴角微勾。

“行啊。”白术顿时来了兴致。

即墨诏：“我准备好了，全听指挥。”

白阳正襟危坐：“我也准备好了。”

第六局比赛开始，四人不约而同地往前面瞧了一眼，然后便专注地看着电脑屏幕。

这一局随机分配的地图是失落城，这是一座具有未来科幻感的城市，非常明显的赛博朋克风，战斗以巷战为主。

WIN 没有常规的打法，他们擅长出其不意，熟悉地图每个角落，任何地理位置都有应对之策。

这也是 WIN 无往不胜的原因。

但其他战队不一样，无法详细摸透所有地图，比如 FIU，最擅长的是高塔和仓库两个地点，物资多，地形熟，他们还有配合的战略。

要么高塔，要么仓库，在这两轮比赛里，FIU 都是二者择其一，不敢轻易冒险。

但是，顾野指定的跳伞地点，却不是这两者。

“学校？”即墨诏诧异。

顾野：“嗯。”

即墨诏问：“不打算跟 FIU 硬碰硬吗？”

“他们会跳学校。”

顾野说，语气斩钉截铁。

即墨诏顿时缄默。

白术和白阳都没吭声，无条件地相信顾野。

而事实上，顾野对于 FIU 的战略分析，是极其准确的。四个人刚刚落地，就跟跳学校的 FIU 正面刚上了，一个照面的工夫，即墨诏和林兴凡就已经趴下。

白术运气差了些，捡到的是一把手枪，在两枪命中莎莎后，仍旧没将人干掉，她立即逃跑，而莎莎紧追不放。

白术气定神闲，操控着角色到处跑，各种路线看得人眼花缭乱。

在翻越到天台时，白术捡到了一把步枪，但她并不急着对付莎莎，依旧满学校乱窜，顺带收割遇到的人头。

“别玩了，干掉她。”三分钟后，顾野简单干脆道，“我们得走了。”

“哦。”

白术话音一落，就让角色跳出窗户，同时空中转身一通射击，将紧随其后的莎莎直接击毙于空中。再落下时，莎莎已是一具躯壳。

莎莎连一点反应时间都没有。

对于白术而言，这是常规操作，收了枪就坐上了顾野的摩托车，扬长而去。

可是，对于所有观众来说，这无疑是一场震撼的视觉冲击。

“太惊艳了！太漂亮了！”

“听说匹配赛里，莎莎直接秒了白术和即墨诏，这是谣言吧？”

“不是谣言，亲眼见证。但我有理由怀疑，白术是故意的，为的就是让莎莎放松警惕。”

“这技术，这手速，不是一个层次的。”

“白术可真损啊，逗着人玩了半天，最后一招反杀。”

“天才！不愧是天才！”

“WIN 全员天才！我的天，野哥负责头脑风暴、掌控全局，白术和即墨诏负责冲锋，跟人硬碰硬，白阳不用说，发挥一向稳定，太绝了。”

“野哥到底是怎么猜到 FIU 要跳学校的？FIU 肯定是下定决心，才放弃最擅长的高塔和仓库来着，为的就是避开 WIN，结果好嘛……遇上了野哥这么一神算子。”

“还有谁不知道野哥最擅长的就是未卜先知？”

……

比赛一开始，FIU 就被 WIN 团灭，比赛结果自是不必多说。

而令人惊喜的是，这一局并没有因 FIU 开局就被淘汰而变得平淡，之后各大战队贡献出了好几场能奉为经典的遭遇战。

尤其是 WIN 和 WE 的最终决战，引爆了全场观众。比赛结束，结果还未公布，所有来现场观赛的观众，全部集体起立，现场爆发出雷鸣般的掌声。

哪怕是在场内，参赛选手们都能听得到动静。

NO.1：WIN。

NO.2：WE。

NO.3：FIU。

“赢了！”

刚一摘下耳机，白阳就跳了起来，想给顾野、白术、即墨诏三人一个激动的拥抱。

然而，迎接他的，却是无比淡定的三人。

即墨诏：“又不是第一次赢。”

顾野：“以后不玩电竞了，每次都是第一，没意思。”

白术：“我也不玩了，没漫画和滑板好玩。”

三个人，一个比一个扫兴。

喜上眉梢的白阳，顿时被他们浇了一盆凉水，当即气得想跺脚，他没好气地瞪着他们：“你们三个什么意思！电竞不配吗？”

三个人对视了一眼，然后不约而同地笑开了。

“行，不管怎么说……”顾野眉眼染笑，张开手，“先庆祝一下。”

四个人笑着抱成了一团。

“恭喜你们。”诺亚和队员走过来，由衷地恭贺他们。

诺亚朝顾野伸出手。

顾野同他回握了一下。

“明年你们还参赛吗？”诺亚问。

“不了。”顾野回答。

“那有空私下约。”诺亚由衷地说。

诺亚的队友们，跟他一样，都对 WIN 表现出友善和热情。

只是没聊几句，诺亚就说：“我们这边还有点事，有时间再约。另外，帮我谢谢你们的加油团。”

白术敏锐地问：“什么事？”

“去看看卡特。”

诺亚没有详细说，而是侧首看了眼 FIU 的方向，而后退后两步，跟 WIN 告别，同自己的队友离开了。

“是我错过了什么吗？”白阳挠挠头，不明所以，“诺亚不是还在采访中讽刺我们吗，怎么忽然间就跟我们很熟了的样子？”

即墨诏觑他：“很明显，‘我们’不包括我和你。”

白阳悟了。

白术和顾野总是背着他们干事情。

比赛一结束，WE 战队就匆匆离开，甚至都没参加颁奖典礼，领奖都是由他们战队的经理代劳的。

白术四人以极其高调的姿态领了奖，然后在万众的欢呼声中，同朋友们离开电竞基地。

他们成了世界瞩目的焦点。

可是，这从不是他们的目标。

他们的目标，在夺得第一的那一刻，就已经实现了。

而那些附加的欢呼和掌声，并不是他们所追求的。

“诺亚他们出什么事了？”

刚上保姆车，即墨诏就忍不住发问。

“我知道！”江南枝扒拉着车门，硬是将脑袋探了进来。

四人齐刷刷转头看她。

江南枝嘿嘿一笑，上了车，强行霸占了一个座位。

“陆遥和简以楠呢？”即墨诏问。

“在后面呢，”江南枝摆摆手，“他们坐苏老师和郝老师的车。你们把吃烤全羊的地址发给苏老师就行。”

想到烤全羊，江南枝舔了下嘴角，显然是馋了。

白术把话题拉回来：“你知道什么？”

“中场休息时，我去了趟洗手间，偷听到的。”江南枝说，“莎莎找到诺亚，提到了诺亚的弟弟卡特，她说医院不安全，让诺亚关注一下卡特。然后诺亚就给医院打电话了，医院那边说卡特被人接走了，当时诺亚急得不行嘞。”

“然后，我，出现了！”江南枝扬了扬头颅，神情有些小骄傲，“我找牧云河和陆遥他们，一起去找了卡特，你们玩了差不多两局，我们就确定了卡特的安全，然后又偷偷把消息传递给了诺亚，所以 WE 最后一局才表现得这么出彩。”

“小南枝，没想到你这么靠谱。”白阳眨眨眼，非常真挚地感慨。

“当然！”

江南枝非常嘚瑟。

顾野说：“奖励你一只羊腿。”

江南枝眼睛发光：“真的吗？一整只？”

顾野：“嗯。”

江南枝便乐得停不下来。

可是，等冷静片刻后，她才忽然意识到，气氛有些不对劲。

“怎么啦？”江南枝不解。

“这个莎莎，”即墨诏沉吟了下，提醒她，“接下来是我们东国队的队友。”

“那又怎样？”江南枝问。

即墨诏微顿：“她既然能以这样的方式威胁诺亚，说不准在接下来的漫画比赛中，还会使出同样的办法……”

江南枝脸上的笑容顿时僵住了。

她也想到了复活挑战赛时，莎莎有意无意地针对她。

万一莎莎再使阴招怎么办？

“你们俩怎么这么安静？”即墨诏发现白术和顾野都没说话，难免觉得奇怪。

“兵来将挡，水来土掩哦。”白术老神在在地说，“担心是没用的。”

“白妹妹也不用担心啊！她根本就不需要参赛。”江南枝觉得即墨诏脑子糊涂了，过了片刻后，她又想到什么，“难不成，白妹妹答应做谁的助手了？”

即墨诏心里憋着“白术是白大”的秘密，非常难受，随口道：“配让你白妹妹当助手的漫画家，还没出生吧。”

“是哦。”

江南枝无法不赞同。

“等等啊，关系有点复杂，”白阳抬起手，将四人的注意力拉过来，“莎莎是顾爷爷最疼爱的徒弟，顾爷爷一直想让顾野当莎莎的助手。到刚刚为止，莎莎还是我们的对手呢，现在就要成队友了。顾野，你爷爷那边咋交差——”

顾野眉毛微动，刚要作答，就听白术说：“没可能的。”

顾野便笑了下：“你们还是想想烤全羊怎么瓜分吧？”

一句话，顿时让在场吃货们的注意力转移。

顾野眯了下眼，余光瞥向白术的左手，眼里划过一抹异色。

华尔特镇上，有且只有一家烤全羊店。

现在已经被 WIN 的粉丝围满了。

牧云河有先见之明，提前给烤全羊店打了电话预订了一只，然后让段子航过去取，约在一个比较偏僻的公园里吃。

这样的安排，既吃了烤全羊，又避开了粉丝。

保姆车开到公园时，段子航已经等候多时了。

白术一下车，还没搜寻到烤全羊的位置，就见到一头金发朝自己奔过来，她定睛一瞧，才发现是艾伦。

“公主殿下——”艾伦热情地呼唤，想给白术一个爱的拥抱。

然而，顾野手疾眼快，一把抓住白阳的后领，把人往艾伦的方向一推，冤大头白阳一个踉跄后，就被艾伦抱了个正着。

白阳泪眼汪汪，满脸委屈。

艾伦看清了白阳，表示嫌弃。

即墨诏非常无情地嘲笑，直接笑出了声，结果脑袋挨了顾野一下。

“笑也不行？”即墨诏非常无辜。

“把这烦人的玩意儿拖走。”顾野皱了皱眉。

“凭啥啊？”即墨诏怔住。

顾野：“凭你跟他有一顿火锅的交情。”

即墨诏噎了一下：“那牧云河和段子航还跟他是老熟人呢。”

“他们俩是白术娘家人，在这方面，一向很乐意硌硬我。”顾野非常有自知之明。

“我不是吗？”

“嗯？”

顾野眼神有些危险。

最终，即墨诏屈服于顾野的淫威，只得想办法拽走了艾伦。

至于被当作焦点存在的白术，作为一个合格的吃货，早早就坐在了烤全羊旁边，不知从哪儿弄来一把刀，已经割肉开吃了。

“烧烤要吗？”段子航从白术身后路过，端着一盘烧烤。

既然要露天吃烤全羊，段子航擅作主张，弄来了一台烧烤设备，准备了一堆的烧烤食材，干脆来个露天烧烤。

“要。”

白术举起了手。

“你真是什么都不落下。”段子航嘀咕一句，想将烧烤盘递给白术，却先一步被顾野拿走了。

顾野说：“谢了。”

段子航瞧了他一眼，也算识趣，耸了耸肩，就继续烤串去了。

顾野在白术身边坐下，给了白术两串热腾腾的羊肉串，又拧开了一瓶水，给白术递过去。接下来，他又接过白术手中的刀，帮忙割烤好的羊肉。

白术吃得开心，连话都没空说。

等稍微填饱了肚子，白术才发现，顾野一直在给她喂食。她眨眨眼，问：“你自己不吃吗？”

“吃。”

顾野怔了下，这才想起，自己确实一口没吃。

他并不急，抽出一张纸巾，给白术擦了擦沾了油的嘴角：“喝点饮料？我去买。”

“嗯。”

“喝什么？”

“可乐。”白术得寸进尺，“再买点雪糕？”

“行。”

顾野轻笑一声。

段子航只准备了一箱矿泉水，没备零食和饮料。

不过附近就有便利店，顾野打算去一趟，询问了下在场人的口味。

“顾野，我跟你一起。”郝老师忽然站起来。

顾野微微颔首，并未拒绝。

没多久，顾野和郝老师提着一堆零食和饮料，从便利店走出来。

两人随便聊着一些话题，忽地，郝老师话锋一转，道：“白术被淘汰了，但以她的性子，肯定不会当别人的助手吧？”

“嗯。”

“可惜了，”郝老师感慨，“以白术的画工，无论辅佐谁，都是如虎添翼。”

顾野并不接茬，只是淡淡地瞥了郝老师一眼：“郝老师，有话不妨直说。”

郝老师被他戳破，面色有一瞬僵硬。

但最后，郝老师仍是开了口：“你有没有想过，以漫画助手的身份，再次助阵东国队？”

顾野眉宇波澜不惊，没一丝惊讶。

“当莎莎的助手？”顾野直言问，语调有些冷。

郝老师沉默了。

顾野心下了然：“我爷爷的说客？”

“我不否认。”既然被揭穿了，郝老师也坦然起来，“但是，我不是非要让你成为莎莎的助手，像问鼎、白大、简以楠、陆遥……还有即墨诏。即墨诏是你的队友，你帮他一把，可以吧？”

“白术让我帮即墨诏，但白术自己被淘汰了。”顾野冷声道。

郝老师顿时噤声，惊愕地看了顾野良久：“亚洲赛，你跑去给即墨诏当助手，是想帮即墨诏拿下名额，而不是白术——”

自命清高。

郝老师没将最后这几个字说出来。

夜风里裹着刺骨的寒意，顾野没有接话，想到白术的队服外套下就穿了一件短袖，不由得加快了步伐。

等顾野提着一堆吃的回去时，却没见到白术。

环顾一圈，顾野皱起眉，问白阳：“白术呢？”

白阳想了会儿，指了指某个方向：“她好像去那边了吧，跟段子航在一起。”

那边是绿化带，有灌木和枫树，再远一点，是一个人工湖。

从袋子里拿出一瓶可乐，顾野将所有东西都放下，然后径直朝那个方向走去。

时间已过零点，加之公园地处偏僻，除了他们这一群不速之客，公园里就只有少数几个流浪汉，越往湖边走，越见不到人影。

走了一段路，回头已经看不到即墨诏等人了，周遭视野也越来越暗。

顾野想掏出手机照明，可在手触碰到兜里手机的那一瞬，忽而听到了说话声。

“我算是看透你了，你就是要作死。不是说把这药当底牌吗，你昨天就用了吧？我说过这药有副作用的，你有没有想过接下来的漫画比赛？”

是段子航的声音，他的语气明显裹挟着一丝火气。

顾野先是一怔，随后又往前走了几步，站在灌木的一侧，视线豁然开朗，他看到站在湖边的两个人，背着光，是两道剪影。

白术没及时回应，而是席地而坐，伸出左手端详着。

“想过啊。”白术语气轻描淡写，“继续用呗。”

“你疯了？”段子航语气有些冲，“你打算比赛结束后就封笔吗？除了半决赛，还有总决赛，你这样持续使用，手就废了！”

“嗯。”

段子航一时没反应过来：“什么？”

白术微微仰头：“我打算参加完比赛就封笔。”

“为什么？”

白术轻描淡写地说：“比赛一结束，我的使命也结束了。”

“你有什么使命？”

“让你、你们、他们，被世界看到呀。”白术右手支着下巴，轻轻地说。

段子航怔住。

过了好一会儿，他侧过身，微低着头，瞧着蹲下来小小一团的白术，说：“对于你来说，放弃漫画，没有放弃电竞那么简单吧。你是喜欢漫画的。为了我们，你没必要做出这样的牺牲。”

白术看着起了涟漪的湖水：“我也不止为了你们，还为了东国漫画。”

“最会损东国漫画的，不是你吗？”

“爱之深，责之切嘛。”白术口吻轻松，“东国在崛起，漫画也不能落下。在这个绝无仅有的世界文化交流平台上，东国必须是最璀璨的明星。”

段子航无法反驳，皱眉说：“那你明明可以放弃电竞。”

“不行。”白术摇摇头，斩钉截铁道，“顾野爱好不多，电竞算一个。我答应过他的，要拿冠军。”

段子航再一次沉默了。

她做的每一件事，都是为了 BW 救援队，为了东国漫画，为了她的爱人。

可她有做过什么事，是为了她自己呢？

不知过了多久，段子航再一次开口：“你用的药，以及副作用，没跟顾野说吧？”

“没有。”

“为什么？”

白术沉默须臾，低下头，慢吞吞地说：“我怕他无法理解。”

段子航微怔，叹了口气，从地上捡起一块石头，扔进了湖里。

“真是搞不懂你们。”

他声音轻飘飘的。

站在灌木旁的顾野，隐在黑暗中，久久没有动弹。

第九章

顾野，我们各自冷静一下

白术和段子航回来后，白术扫了一圈，见到了一堆零食和饮料，却没有见到顾野。

“顾野呢？”白术在白阳身边的空位置坐下。

“他去找你们了，没见到人吗？”白阳茫然地问。

白术摇摇头。

她拿起一瓶可乐，拧开喝了口，刚想掏出手机给顾野打电话，就感觉有什么东西从头顶压下来，罩住了她的脑袋，遮掩了视野。

是一件外套。

“谁啊，那么手贱？”

白术咕哝一声，把衣服扒拉开，扭头看去，却见到站在身后一脸坏笑的顾野。

白术眉眼的恼意顿时清扫而空：“你去哪儿啦？”

“找你。”顾野抓起外套的衣领，抖了抖，披在白术的肩上，“没找到你，我就去车里给你拿了件衣服。”

“哦。”白术点点头，“是有点冷。”

顾野抬起脚，踹了下白阳的椅子腿，用眼神示意白阳快走。

白阳委屈地抱着一包饼干离开了。

顾野堂而皇之地霸占了白阳的位置。

顾野问：“你还想吃点什么？”

白术眨眼：“你自己不吃哦？”

顾野轻笑：“吃。”

一群人热闹地庆祝完，已经凌晨四点了。

他们喝了点小酒，东倒西歪的，就差没躺在地上了。

没喝酒的顾野、牧云河、苏老师商量了下，把所有“公众人物”都带走，剩下的烂摊子由段子航来收拾。

白术哈欠连天的，被顾野抱着回车上。

“回去啦？”白术把脸埋在顾野脖颈里。

“回去了。”

“不睡三天我不醒。”

“行。”

顾野刚将白术放到座椅上，白术兜里的手机就响了。

白术没有动，顾野将她的手机掏出来，见到“樊起予”三个字，顿时皱了皱眉，点了拒绝接听。

“谁啊？”白术眼睛都睁不开了。

“骚扰电话。”

顾野说完，顺手将“樊起予”拉黑了。

他把手机放回白术兜里：“你安心睡吧。”

“好。”

白术彻底睡了过去。

临近天明才睡下的顾野，直至中午时才醒。

他刚一下楼，就见到即墨诏背着包，踩着滑板，在客厅里转悠。

“起来了？”即墨诏精力旺盛得很，“阿姨做了饭菜，还热乎着。”

顾野问：“去哪儿？”

即墨诏说：“先去爬山，然后挑战用滑板走山路下来。”

“我会在车上好好拍视频的！”

白阳从训练室出来，肩上同样背着一个包，手里举着一台相机。

顾野看了看两人，不置一词。

“白术呢，还在睡吗？”走到餐厅入口时，顾野忽然回头问。

“她早出去了。”

即墨诏踩着滑板晃来晃去，讨人厌得紧。

白阳也附和：“她比我们都醒得早哦。”

顾野难免一怔，问：“她去哪儿了？”

“不知道。”即墨诏终于收了滑板，“来接她的是个男人，戴着副眼镜，挺斯文的。我就瞥了一眼，没太看清。”

顾野眉宇紧皱。

他走进餐厅，同时拿出手机拨打白术的电话，可没人接听，提示关机。

顾野瞧见阿姨端上来的饭菜，顿时没了胃口。

整个下午，白术的手机，一直提示关机。

顾野问了牧云河和段子航，两人都表示习以为常，不怎么上心。

天黑时，顾野听到外面有车辆的动静，几乎没有多想，就直接出了门。

夜色漆黑，院里亮着几盏草坪灯，光线微弱。一辆车停在门口，后门一开，走下来白术的身影。

见到白术的那一瞬，顾野登时松了口气，可下一秒，他就见到驾驶座的车门被打开，又一道身影走出来，是樊起予。

樊起予面带浅笑，温雅随和，可在侧首瞥向顾野时，眼里暗藏锋芒。

“小小姐，再见。”

樊起予不动声色地将目光一收，同白术告别。

白术敷衍地“哦”了声，就看向顾野，而后加快脚步走过来。

樊起予站着没动，注视着这边，目光和顾野的相撞，眼神柔和又冷漠，隐隐透出些许挑衅。

白术刚走到顾野跟前，想说话，就被顾野拽住了手，拉进了别墅。

“顾野，我手疼。”

一进门，白术就皱起眉，欲要将手挣脱。

顾野这才发现，他用的手劲很大，而他抓着的，是白术的左手。

顾野赶紧松开手，轻轻握着白术的左手：“抱歉，我没注意。你的手怎么样？”

“没事啊。”白术将手抽出来，“你刚才怎么了？”

顾野的眉宇紧了又松：“樊起予找你做什么？”

“一点工作上的事。”

“什么工作？”

“BW 救援队。”白术摆了下手，没有详细说明，“我又累又饿，有吃的吗？”

顾野静默地注视她几秒，最终点头：“有。”

白术真的很困，昨晚睡了不到三个小时，就被樊起予叫走了。一天下来，她也没怎么休息，吃个饭的工夫，她眼皮子打架，差点没把脸埋进碗里。

见她这可怜样，顾野哪怕有千万个疑惑，也不好多问。

白术狼吞虎咽地解决掉晚餐，把碗筷一放，打着哈欠就要起身。

“瞧你困成这样。”顾野随之起了身，揉了揉她的脑袋，“我抱你上楼。”

“好哦。”

白术很熟练地搂住了顾野的脖子。

顾野将她拦腰抱起。

她太轻了。

明明不矮，身体素质也行，可身上总没肉，抱在怀里轻飘飘的，没什么实感，像随时能飘走似的。

顾野不自觉紧了紧力道。

白术将脑袋靠在他肩上，闭着眼，声音很轻：“我听牧哥说，巴迪今天宣布要结束教练生涯了。”

“嗯。”

“那 FIU 呢？”

“FIU 的队员，除了莎莎都回了国，过两天就会出现戒断反应了。我会让程行知他们盯一下。”

“哦。”白术沉默了几秒，“你爷爷，来找你了吗？”

“没有。”

“莎莎呢？”

“也没有。”

白术没了声。

等顾野走上楼的工夫，白术已经睡着了。

顾野放轻了动作，小心翼翼地将门打开，没开灯，把她抱到床上，轻柔地盖好了被子。他没有急着走，而是坐在床边，拿起她的左手，轻轻摩挲着。

良久，顾野眸光暗了暗，放下白术的手，找到她的手机。

一连几天，白术都早出晚归。

有时是樊起予来接，有时是牧云河来接。

顾野每天能见到她的时间寥寥无几，每次跟她说话时，她都无精打采的，没说两句，就打着哈欠说要休息了。

十一月是漫画半决赛的时间。

上旬，漫画选手可以去漫画学校学习交流，之后安排两周比赛，最后一周则是读者投票。

漫画学校开放的第一天，即墨诏就收拾好行李，赶往了学校，争分夺秒地提升自己。

于是，每天只有白阳和顾野在别墅里大眼瞪小眼。

这一天，下了一场暴雨，雨后，院子里的树叶落了一地，一片金黄。

“顾野，”白阳敲着顾野房间的门，“你要不要来赏雨，顺便喝一杯下午茶？”

“不要。”

顾野连门都懒得开。

“队长！野哥！二哥！我真的无聊死了！”白阳在挠门，声音刺耳。

五分钟后，顾野将门拉开了三分之一，身形挡住了门缝。他冷着张脸：“你有完没完？”

“喝下午茶吗？”白阳收回自己的贱手，喜上眉梢。

“不喝。”

顾野面无表情地拒绝。

白阳说：“你又没什么事做，喝一杯茶，我们谈谈人生。”

“我有事。”

"你哪儿来的事，跟我一样，天天闲得慌。"白阳叹了口气，还想再劝，却蓦地发现顾野脸色发白，没什么气色。

"你脸色不太好啊，是不是感冒了？"

白阳说着就朝顾野的额头伸出手去，但还没有碰到，就被顾野拍开了。

顾野冷声说："没感冒。"

"可你的手好凉啊！"白阳忍不住哆嗦了一下，可见到顾野的表情，他有点㞞，弱弱地问，"你真没事吗，要不要叫个医生过来？"

"没事。"

顾野一把将门关上了。

白阳抬起手，想再敲门，可一想到顾野的态度，又不敢了。

他挠了挠头，不由得纳闷：最近顾野的脾气真是越来越阴晴不定了。

房间里，顾野反锁了门，一回头，就见到满桌的采血管、注射剂，以及瓶瓶罐罐。

他身形晃了一下，伸手扶墙，稳住身形。

过了半刻，顾野坐下来，给程行知打了通电话："血都采集好了，你找人过来取一下。"

程行知问："采了多少？"

掀了掀眼帘，顾野瞥了眼桌面，淡声说："反正够你用的。"

程行知道："你身体——"

顾野没等程行知说完，就挂了电话。

没一会儿，他手机振动起来，来电是一串号码，有些眼熟。

犹豫了下，顾野接听："谁？"

"顾野哥哥，你有空吗，我们要不要见一面？"莎莎的声音柔软又好听。

顾野却反感地皱了皱眉。

他刚想直接挂电话，可手指触碰到"挂断"键的那一瞬，忽然改了主意。

他将手指移开，眸光微微一凝，问："什么时候？"

连续的阴雨连绵，将白阳困在了别墅。

白阳每天都唉声叹气的，不仅是因为天气和无聊，还因为他意外发现了一个"秘密"。

"我怀疑妹妹和顾野都劈腿了。"

在难得联系上即墨诏后，白阳蹲坐在沙发上，小声跟即墨诏八卦。

"你发什么神经？"即墨诏莫名其妙，"就算你现在闪婚了，他们俩也不会劈腿啊。"

"是真的！"白阳强调道。

"你要是没别的事，我就去忙 PK 了啊。"即墨诏没耐心跟白阳扯这些。

“别啊，你听我说！”白阳赶紧说，“你还记得那个斯文的眼镜男吗？”

“记得。”

“他最近经常来找妹妹，早上六点准时过来接走妹妹，晚上十一二点才把妹妹送回来。”

“那不就是个司机？”

“我看不像。他看妹妹的眼神，不对劲，黏糊糊的，肯定对妹妹有想法。而且，妹妹一出门，手机必定关机，跟失联了一样。”

即墨诏听完后，内心无比平静，淡定地分析：“那你不该担心白术劈腿啊，应该担心白术在外面违法犯罪才对。”

白阳惊住了，感觉思维一下就被即墨诏打开了。

须臾后，即墨诏问：“顾野呢，他有什么反应？”

“头两天吧，顾野还是个深闺怨夫，天天盼着妹妹回来，我都以为他要成望妻石了。但没几天，他可能过于寂寞吧，也叛变了。”白阳操碎了心。

“怎么？”

“莎莎经常来找他，他竟然不拒绝，人一来，他就跟着走了！”白阳气愤不已，“就算他只是演戏，想让妹妹吃醋，那也太过分了！”

“莎莎？”

“对啊！你说他找谁不行，干吗非得是莎莎？！”白阳越说越气，拳头攥得紧紧的。

即墨诏忽然沉默了。

白阳等了会儿，急了：“你倒是说句话啊！”

沉吟半晌，即墨诏才问：“白术知道吗？”

“不知道啊！我不敢说。”

即墨诏心道：你不敢说，我就敢说了？

即墨诏忽然说：“你知道的，我还未成年。”

“哈？”

“我觉得这种儿女情长的事，你不应该跟我讨论。”即墨诏觉得这事过于复杂，机智地选择了脱身，“你还是找别人吧。”

“问题是我没其他人可以找——”

白阳还没有喊完，即墨诏就挂电话了。

白阳再拨过去，电话已经关了机。

白阳把手机一扔，往后一躺，感觉肚子里揣了一堆秘密，快要将他憋爆炸了，心情无比抑郁。

雨下个不停，敲打着窗玻璃，噼啪作响。

在忙碌的空隙里，白术侧首觑了眼窗外，瞧见天空中翻滚的乌云，如浪涌，玻璃上水流如注，弯弯曲曲的。

笃笃笃——

门被敲响了。

白术不用猜也知道是谁：“进来。”

门被推开了，樊起予走了进来，一如既往地面带笑容，眼神温和。

樊起予说：“小小姐，到吃饭时间了。”

白术说：“送进来就行。”

“你不想跟SOS的成员吃一顿吗？他们都很想跟你交流一下。”

“我没空。”

白术的态度很冷漠。

樊起予没有强迫她，说了一句“我知道了”，便退了出去。

眼睛酸痛不已，白术抬手揉了揉，拿起桌上的眼药水，两只眼各滴了两滴，然后继续看电脑屏幕。

WIN夺得世界冠军的第二天，樊起予一大早就找到白术，说他们在纪远的授意下，掌控了一堆的数据，可以助白术一臂之力。

此外，SOS团队还可以供白术使用。

这么大一外挂，不要白不要，白术自然答应了。

原本，白术为这一计划策划了三年，自认为很详细全面了。可在看了SOS的数据库后，她发现信息渗透得还是不够深，于是又在原有的基础上进行改动，因此大大增加了她的工作量。

她现在每天从早忙到晚，仍旧有忙不完的工作。

若不是怕顾野担心，她大概会直接住这里。

待在这儿的每一刻，她都得争分夺秒。

笃笃笃。

这一次，在敲了门之后，樊起予自己进来了，手里端着白术的晚饭。

“小小姐，先来吃饭。”樊起予将饭菜放到白术手边。

白术停下手头工作，用消毒纸巾擦了擦手，抬头见樊起予笑眯眯地盯着自己，皱眉说：“你笑起来真让人讨厌。”

“小小姐对我有偏见，自然怎么看都不顺眼。”樊起予倒是很有自知之明。

白术不置可否。

她拿起碗筷，开始吃饭。

“小小姐天天待在这里，就不怕男朋友动花花肠子吗？”樊起予拖出旁边一张椅子，坐了下来，继续发挥他那股讨人嫌的劲儿。

“不怕。”

“可我意外得知，他最近跟一个叫莎莎的女生，成天黏在一起呢。”

白术微顿，把一口米饭咽下，抬眸看他，眼神冷清：“你想说什么？”

樊起予浅笑："我只是想提醒一下小小姐罢了。"

白术语调微凉："我的私生活，不劳你操心。"

樊起予看着她："你知道我为什么操心你。"

白术直接撂下了筷子，冷漠道："我对你没兴趣。"

"如果我让你不快，我道歉。"樊起予眼里的情绪少了些虚假，他拉开旁边一个抽屉，把一份文件取出来，"但有件事，得让你知道。"

白术轻轻皱眉。

她目光落到那份文件上，并没有制止樊起予。

"我们都知道五芒星和Y9因子。"樊起予说，"事实上，您的父亲，纪远纪先生，这些年一直在追查五芒星的下落。"

白术静静听他讲述。

"就在两天前，我们意外得知，在东国，有一个团队，同样在追查五芒星。但他们比我们更优秀，他们在研究对付Y9因子的方法。"樊起予淡淡一笑，"我们查到了两个名字：顾野，程行知。我想，小小姐你该有所了解。"

"我知道。"白术轻描淡写地说。

"我们也想研究Y9因子，但我们无能为力，你知道是什么原因吗？"

白术蹙眉："技术。"

樊起予摇了摇头："我们是黑客团队，确实缺少相应的技术。不过，这个困难，只要有钱就能解决，不算什么。"

白术稍一沉吟，忽而想到什么，瞳孔微微一缩。

"据我们所知，想要深入地了解Y9因子，需要被五芒星研究过的小孩身体数据，但很遗憾，我们找不到志愿者。"樊起予说着，将文件推到白术面前。

白术一动未动。

樊起予起了身，朝白术微微颔首："小小姐，打扰了。"

樊起予离开房间，轻声关门。

外面大雨倾盆，雷电交加，一阵闪电过后，轰隆一声巨响，从近处的天空传来，声音之洪亮，像能穿破耳膜。

白术瞧着那份文件，许久，将其拿了起来。

这天晚上，白术没有加班，七点左右，她就收拾了下东西，准备离开这栋隐藏在脏乱差街巷里的楼。

"小小姐，你要走了吗？"樊起予跟在白术身后，手里拿了把伞。

他像是早有预料似的。

白术很不喜欢樊起予这种人，乜斜了他一眼，从他手中把雨伞夺走。

樊起予说："我送你回去。"

白术拒绝："不用，我打车。"

“那我送你到路口。”

“不用。”

说话间，两人已经走出大门。

白术将雨伞撑开。这是一把黑色的长雨伞，伞面很大，容纳两三个人绰绰有余。

她撑起伞，抬步往雨中走，却被樊起予拽住。

“小小姐，你现在就像个闹别扭的小孩。”樊起予说，“你每天回去后也在工作吧，现在状态很不好，路上随便一个人都能把你掳走。”

白术皱着眉，将手臂挣开：“我凭什么就会被路人掳走？”

“我们镇上的治安可没有东国的好。”樊起予打量了眼她在伞下稍显苍白的脸，“像你这样跟洋娃娃一样的女生，他们可是——”

白术打断他：“闭嘴吧。”

“好的。”

樊起予顺从地说着，却夺走了白术的伞。

真如樊起予所说，白术近日忙于工作，睡眠时间严重不够，甭说有一挑三的光荣战绩了，这会儿把樊起予打趴下都为难。

她便没吭声，任由樊起予撑着伞，将她送到路口。

等了会儿，樊起予拦下一辆出租车，没说地址，只是将车门拉开。待白术上了车后，他收了伞，将其送进去，然后关了车门。

他的动作太快了，白术看到雨伞时，车门已经关上。

她看向窗外，见到樊起予站在雨中。借着微光，她见到他身上的衣服以肉眼可见的速度被淋湿，而他笔直地站着，目送她离开。

白术将视线收了回来。

夜幕之下，大雨滂沱，街上行人寥寥，城市亮起的霓虹灯，都在雨幕中显得清冷孤寂，少了一些往日的喧嚣繁华。

白术靠着车窗，视线落到街上。

明明身体重得像灌了铅，眼皮在打架，可她的意识却无比清晰。好似半夜失眠，灵魂跟肉体分离了一样。

街上的一幕幕在眼里划过，白术目光有些游离，直至觑见酒店门口的两道身影时，她的眸光才闪烁了下。

白术开口：“停车。”

出租车停在路边。

白术给了司机现金，推开车门。待雨水劈头盖脸砸下时，她才想到雨伞，便将其抓了起来。

伞面撑开，遮了豆大的雨珠，噼啪的敲打声密集交错，伞骨处流下一股股水流，在灯光下折射出奇异的光。

脚下的地面在淌水，运动鞋刚踩上去，就湿透了。雨水砸落到地面，溅起的水花，转眼湿了裤腿。

白术安静站着，掏出手机，点开通讯录，拨了个最熟悉不过的号码。

电话响了好一会儿才被接听。

“顾野，你在哪儿？”白术开口，嗓音微微沙哑。

“我在外面有点事，”顾野回答完，顿了一下，“你声音怎么了？”

“我想见你。”

“我马上回来。”

白术看向前方，轻声说：“不用，我看见你了。”

顾野忽然安静下来。

不远处，站在酒店门口的身影回头张望，就在那一瞬间，他捕捉到了站在这边的白术。而后，他不假思索地走进了雨中，径自走来。

顾野身高腿长，不一会儿，就走到了白术跟前。

见到被雨水淋湿的白术，顾野微微一怔，伸手去擦她脸上的水珠：“怎么了啊，狼狈得都不像我们无所不能的小天才了。”

白术眼睛睁得很大，瞧着一路走来浑身湿透的他：“你也一样。”

顾野的手是湿的，没擦干白术脸上的水，反而将她弄成了小花脸。

他只能作罢。

回过头，顾野看了眼酒店，问：“看到了？”

“嗯。”

顾野解释：“她没去漫画学校，跟爷爷住同一个酒店，爷爷总找我帮她训练——”

“我知道，你怕她动歪心思，想盯着她。”白术平静地打断他，然后摇头，“我找你，不是想说这个。”

顾野愣怔了下：“有什么事回去再说。”

“不要。”

“别犟。”顾野语气很软和。

白术抿唇：“我一直很犟。”

顾野站在雨里，静静地看着她，最终他选择了妥协，缓缓开口：“那你想说什么？”

白术微微抬头，望着他的眼睛：“你们的研究。”

顾野忽然失声。

“编码：73001。”白术一字一顿地说，语调缓慢，“实验数据跨越将近四年。你不仅在第三基地以身试药，你还一直拿自己做实验，牺牲自己，是吗？”

十一月的天，气温不过几度，雨水冰寒刺骨，而直至这一刻，顾野才忽觉浑身血液在一点点变凉。

他伸手去抓白术的手，却被白术躲开了。

他的手顿时僵住。

白术也僵了下，她只是赌气，可在见到顾野脸上受伤和落寞的表情后，心一揪。她欲抬起沉重的腿，靠近他。

然而就在这一刻，她听到了顾野的声音："你不也一直在瞒着我，牺牲你自己吗？"

白术倏然一顿。

"你的左手，你的计划，你的秘密。"顾野语气很沉，沉得像是天上厚重的云层，压得人喘不过气，"你可以跟别人说，偏偏瞒着我，因为我无法理解？"

白术想到那晚跟段子航的谈话，睁大了眼，眸子清澈干净，无一丝杂质。

她嘴角翕动，可开不了口。

"段子航可以，牧云河可以，谁都可以，就我不可以？"顾野轻声问，眼尾蓦地发红。

白术摇头："我没这么说。"

顾野点头："对，你是用做的。"

"我知道，"白术解释，"我对你很重要，比什么都重要。可在这个世上，比我重要的，还有很多。"

"对你而言是这样的，所以你对我的喜欢，排在所有重要的事之后，是吗？"顾野轻声问。

白术一怔。

她想反驳，可脑子极其混沌，她找不到合适的措辞。

然而，她的沉默，在顾野看来即是默认。

顾野忽然抓住她的左手，举起来："你的感情不重要，你的爱好不重要，你的自由不重要。白术，你现在所做的一切，跟你向往的、追求的，截然相反，你真打算把一切都抛下吗？"

雨伞早偏了，两个人都暴露在雨中，被淋得湿透。

白术没吭声，只是望着顾野，眼神很安静。

她好像在说：你看，我就知道你会这样，所以我不告诉你。

于是，顾野的心像被扎入一根针，一刺到底，隐入其中，疼得厉害。

一辆车擦着马路边缘疾驰而过，越过一个水坑，溅起了无数泥水，砸落到人行道上。

天上炸开一道长长的闪电，颇有分裂天空的磅礴之势，瑰丽异常。而后，便是轰隆隆的天雷巨响，弥漫在天际，久久不息。

顾野沉默着，眼里是衣着单薄的白术。

白术一向不喜欢把自己包成粽子，仗着年轻身体好，哪怕是这个季节，也只穿了两件。雨珠无情地拍打在她身上，她身形看起来是那般消瘦。

白术终于出了声："顾野，我们要不要先冷静一下？"

顾野看着她，没从她脸上瞧出一点情绪波动，语气蓦地冷下来："你有过不冷静的时候吗？"

"有的。"

白术点头，神情平静。

顾野捏着她手腕的力道不由得收紧："是不是我给你的压力太大了，你想跟我分手？"

手腕传来一阵刺痛，白术没挣脱开，只是说："我没这么想。"

顾野却说："你要知道我做了什么，迟早会这么想的。"

"顾野……"

白术喊他，可一时不知该说什么。

于是，她说："我手疼。"

顾野霎时松开了她。

白术浑身发软，往后退了半步。

可这动作，落到顾野眼里，浑然变了意思。刹那间，凉意遍布他全身，没一丝温度。

"你早些回去。"白术稳住身形，跟顾野说，"我这几天，就先不回了。"

她看了眼手里的伞，犹豫了下，然后转过身，缓步离开。

天地间又是一道惊雷炸响。

顾野站在原地，久久未动，看着白术的背影在视野里一点点变小，然后消失不见。

雨下得太大，打不到车，白术被艾伦找到的时候，已经是一个小时后了。

刚被艾伦带回家，白术就病倒了，高烧不退。

艾伦急得如热锅上的蚂蚁，叫来家庭医生给白术看病，寸步不离地守在白术身边。

两天后，雨过天晴。

从冗长的睡梦中醒来，白术睁开眼，见到窗外洒落一地的阳光，蓝天打底，一片白云从窗外缓缓移了过去。

直至白云消失，她才收回目光，然后被那头趴在床边的金色短发吸引了。

白术缓缓伸出手，手指从阳光中穿梭而过，触摸到那头漂亮的头发，力道倏然加重，使劲揉了揉。

"哎呀。"艾伦惊醒，抬头见到醒来的白术，顿时欣喜若狂，"公主殿下，你终于醒啦！"

"我躺了多久？"

白术开了口，才发现自己嗓音嘶哑。

艾伦眨眨眼，然后伸出了两根手指："两天。"

当即，白术一个鲤鱼打挺，坐了起来。

“你别急。”艾伦赶紧抓住白术的肩膀，“牧云河早上刚来电话，说计划进展得很顺利，不用担心。你还可以再休息一天，明天再工作。”

白术脑子反应慢，呆滞了好一会儿，才听明白艾伦的话。

“我好像失去了我灵活的大脑。”白术很沮丧。

“哈？”艾伦傻了。

过了会儿，白术问：“我手机呢？”

“我找找……”

艾伦在整间卧室都找了一遍，最后，在白术换下的湿衣服里找到了。手机质量过硬，还能用，就是电量过低。

艾伦找到一个充电器，把手机充上电。

“你饿了吗，要不要先吃点东西？”艾伦又凑了过来。

“嗯。”

白术的胃倒是没感觉，但虚弱的身体提醒她，需要及时补充能量。

“想吃什么？”艾伦忙问。

“饺子。”

白术脱口而出，然后愣了下。

艾伦立马道：“附近超市好像有卖，我这就去买！”

白术张了张口，想要叫住他，可他已经跑没影了。

只想随便吃点什么的白术，轻轻地叹了口气，然后想到刚刚那个问题。

饺子？

她为什么想吃饺子？

白术想了好一会儿，才想到去年高烧过后，顾野包的饺子。

她愣怔片刻，掀开被子下了床，找到才充了一点电的手机，开了机。

刚一开机，就有无数信息涌进来，可白术找遍了所有信息，都翻不到来自顾野和白阳的。她轻轻吐出口气，想了会儿，又将手机放下了。

白术并没有休息一天。

吃完艾伦煮的饺子后，白术洗了个澡，打车去了樊起予那边，一待就到了漫画半决赛当天。

其间，白术保持手机畅通，却没收到一条顾野的消息。

比赛那天的清晨，下了点小雨，艾伦接到牧云河的电话，特地来接白术。他开着一辆红色的跑车，无比张扬。

“小小姐，祝你好运。”

跟往常一样，樊起予将白术送到路口。

“我们家公主殿下，最不缺的就是好运。”艾伦忽然探出头来，露出那头金发，字正腔圆地回着樊起予，眼里尽是挑衅。

白术谁都没搭理，自行打开车门，坐了进去。

“公主殿下，牧云河让我来接你比赛，你是去参赛，还是当助手的？”艾伦迫不及待地问，碧眸亮晶晶的。

“嗯？”白术微微歪头，“我没跟你说吗？”

艾伦好奇：“什么？”

白术慢吞吞地从衣兜里掏出了两张主卡。

艾伦脚下一个打滑，差点把车开进了沟里。

见车子被他开得七拐八扭的，白术为了能安全入场参赛，提醒：“好好开车。”

“哇哦，不愧是无所不能的公主殿下！”艾伦眉飞色舞，兴奋极了。

白术微微垂下眼帘，看着手中的两张卡。

全球赛的规则有所调整。

比赛的两周，漫画学校全部封闭，参赛选手凭考试卡进入，禁止记者潜入偷拍。不过，在选手进出考场验证时，系统会自动于线上弹出他们的动态，包括当场扫描的真实照片。

跑车停在考场楼外，艾伦和白术下了车，各自撑起一把伞。

“白术，你这浓眉大眼的也叛变了？！”

刚走两步，白术就听到陆遥的声音。

白术循声看去，见到陆遥大步走来。细雨蒙蒙，她没撑伞，一只手揣兜，另一只手玩转着一张主卡，瞧着白术的眼神里，尽是意外。

“什么？”白术疑惑。

“你不是当艾伦的助手吗？”陆遥走近了，眉头忽地一皱，“顾野也去当莎莎的助手了。你们俩不会闹掰了吧？”

白术愕然，身形微僵。

“顾野去当莎莎的助手了？”艾伦比陆遥还震惊，扭过头，担忧地跟白术说，“公主殿下，那你呢？”

“呃，”陆遥敏锐地察觉到什么匪夷所思的事，她抬手揉了揉耳朵，指了指艾伦，却去问白术，“我怎么听不懂他的话？”

白术看了陆遥一眼。

陆遥等了两秒，急死了：“说，你需要什么助手！你是不是想说，问鼎也是你！”

白术爽快地点头：“是啊。”

陆遥彻底呆住。

良久，陆遥瞪大了眼：“你还是个人吗？”

“是啊。”

“放屁！”

陆遥一向自诩心态好，可这还没比赛呢，她心态就快被白术整崩了。

本想掏出两张卡炫耀的白术，瞅见陆遥这一副备受打击的模样，决定心善一点，只掏出了一张印有“问鼎”字样的主卡。

陆遥叉着腰，指了指白术：“令人发指啊你！你！令人发指！”

白术劝她：“习惯就好。”

陆遥气呼呼的：“你怎么不早说？”

艾伦点点头，也很是赞同，问：“是啊，你怎么不早说呢？”

孰料，白术抬起手，将帽檐往下压了压，非常淡定：“低调。”

低调什么低调！

陆遥气得想骂脏话。

转念一想，陆遥又觉得不对劲：“那顾野知道吗，他怎么忽然成莎莎的助手了？”

“谁知道。”

白术面色微僵，回了三个字，便转身去刷卡入考场了。

门一开，她往里走，径自步向电梯。

艾伦紧随在白术身后。

陆遥却在门口停了一瞬，看向大厅正中央的屏幕。

账号：问鼎，综合等级：SSS，世界排名：3。

陆遥搓了搓脸。

亚洲赛时，她还记得问鼎这个账号，在漫画NO.1上的等级是“SS”，世界排名是“17”。白术这一个多月玩漫画NO.1的时间应该寥寥无几，这就晋升到第三位，并且评级也上升了？

她可真是个变态。

在这一行提示震惊陆遥时，同样也震惊了全世界关注这场比赛的观众。

但是，除了这些文字信息，更令人震撼的，是问鼎账号旁边的照片——那张脸长得跟白术一模一样。

那些妄想白术在电竞上夺得第一后，就会暂且消失在大众视野的人，一时间又因此沸腾了。

“肯定是系统出现BUG（漏洞）了吧？”

“或者说，白术还有一个双胞胎姐妹？”

“有没有一种可能，这人就是白术呢？”

“我不信。”

“我也不信。”

“这是一件令人匪夷所思的事，可一旦它发生在白术身上，又那么理所当然。”

“能有第二个账号，而且还是鼎鼎有名的‘NO.1’，我以为这就是巅峰了，结果她还能有‘问鼎’这一张‘王牌’？天哪，我终于知道，她为什么自一年前开始冒头，就敢这么嚣张了。”

“靠着一个白术，东国漫画能吹十年。”

“他们还有 Zero 和 White，起码能吹三十年吧。”

……

在白术再次霸占国内各大新闻头条之际，苏老师和郝老师这边确认了消息，在震惊和迷茫中给裴启升打了通电话。

“如果是说白术的事，我知道了，正要向顾会长汇报。”裴启升说。

郝老师恍惚道：“那就行。”

裴启升顿了下：“你们能确定是白术吗？”

“能。”郝老师说，“我们正在学校监控室，看到了白术的身影。”

裴启升忽然沉默了。

当初他和顾诠如何责难白术的，裴启升至今记忆犹新。明明在 Echo 宣布退赛后，类似的事就上演过一次，随后他们就被“白术是 NO.1”打脸。

没想到，这样的历史，还会重演一次。

“裴校长？”郝老师喊。

“嗯。”裴启升回过神，“其他人的状态怎么样？”

“他们倒是不用担心，心理素质一向可以。”

“行。”

裴启升没再说什么，把电话挂了。

他在酒店走廊穿梭，来到尽头的房间，按响了门铃。

门开了，顾诠让他进来。

“都入场了吗？”顾诠问。

“入场了。”

顾诠在沙发上坐下：“顾野没有临时反悔？”

“没有，他确实成了莎莎的助手，现在也入场了。”裴启升回答。

“那就好。”顾诠满意地颔首，“有他在，莎莎晋级总决赛，没有问题。”

“顾会长。”裴启升神情有些犹豫。

“你有话就直接说。”顾诠说着，见裴启升仍在犹豫，便道，“怪我拆散白术和顾野了？白术见到顾野和莎莎在一起，就对顾野弃之不顾，顾野在生死边缘游走一圈，她一次都没露过面。依我看，就顾野对她死心塌地，她对顾野啊，只有利用而已。”

“这是他们的私事，我没什么意见。”裴启升眉头松了又紧，“我想说的，是另一件事。”

“说。”

裴启升酝酿了下，终于开口：“问鼎现身了。”

"他也出现在考场了？"顾诠脸上浮现出些许喜意，"白大呢？"

裴启升摇头："白大暂时没现身。"

顾诠很是满意，说："有问鼎和白大在，再加上有顾野相助的莎莎，没准有在总决赛里拿下冠军的可能。"

裴启升牵强地附和着，但有些心不在焉。

顾诠看出来了："你还有什么事？"

在心里挣扎再三，裴启升憋不住了，实话实说："我已经确认了，问鼎是白术。"

"谁？"顾诠瞳孔一缩，手中的茶水洒了出来。

"白术。"

裴启升重复着这个名字。

顾诠心下骇然，但表面尚能保持镇定。

他将茶杯放下，接过裴启升递过来的手帕，擦拭着手背上的茶水。

他慢慢地擦，慢慢地擦，擦了好一会儿，才将手帕放下。

他缓缓地问："你确定？"

"嗯。"裴启升肯定地点头，"郝老师和苏老师已经确认了，问鼎是白术这个事，在国内外都上了热搜，各大媒体快把我电话打爆了。"

顾诠惊讶着、犹豫着、沉思着，可怎么也想不通："她怎么能有三个账号？"

"大赛规则没有明确禁止，按理说，只要漫画家有那个能力，弄多少个账号都行。"裴启升说完就沉默了。

一般的漫画家，能让一个账号晋级就不错了，而且在有限时间上创作一篇漫画，已经是一件很吃力的事。

可是，白术却有三个账号。

并且每一个账号，都保证质量，以及风格变化。最起码，在今天之前，都没有人意识到，问鼎也是白术。

良久，顾诠开口："所以说，白术当初那些嚣张的话……"

裴启升沉默。

顾诠也叹息一声，最后摇头："罢了。她对于东国漫画，不可或缺，今后无论如何，将会在漫画史上留名。但漫画于她，终究是一场游戏。像她这样离经叛道的人，能走到哪一步，只能看她自己的造化了。"

裴启升试探性地说："或许，由顾野辅佐她……"

顾诠摆手，制止了裴启升："事已至此，多说无益。"

裴启升便识趣地没再说话。

但他心里清楚得很，他们这些个老家伙，在自以为是地指责白术时，搁白术眼里，完全就是一笑话。

他也能感觉到顾诠的失望和落寞。

原本，他们都觉得东国人才辈出，未来有多种可能，可现在三个优秀的漫画家账号，竟然全都是一个人的。

还是一个不可控的人。

各考场的漫画家不能互相串门，白术缺了一个带饭的，压根儿没去吃午饭，一直等胃开始叫嚣了才搁下笔。

她偏头看向窗外，天已经黑透了，雨声淅沥。

白术揉了揉胃，收了主卡，离开考场。

离开考场时，白术才意识到忘了带伞。她眼睛微眯，瞧着在橘色灯光下如细针的雨，将帽檐一抬，无所畏惧地走进雨中。

没走一会儿，就听到有滚轮划过地面的声音，一个少年踩着滑板路过，而后又折回来，在她身边转了一圈。

即墨诏瞅她一眼："问鼎。"

白术没搭理他。

即墨诏又围着她转了一圈，继续瞅她："啧，问鼎。"

在即墨诏准备第三次绕着白术转悠时，白术终于回应了他："被刺激疯了？"

"嘁。"

即墨诏偏了下头，傲娇地哼唧一声。

"我现在信你就是奔着世界第一去的。"即墨诏由衷地说。

白术不屑道："就玩玩。"

"小心玩脱了！两个账号都进不了总决赛。"

"会做梦还行。"

即墨诏被噎了下。

白术问："墨川又当你助手了吗？"

"嗯，他一周前赶来的。"

"他呢？"

"他给你当助手失误了，这次特别用心，还在忙活呢。我给他带饭。"即墨诏说。

"嗯。"白术淡声回应，注意到即墨诏脚下踩的滑板，挑眉，"这不是我的滑板吗？"

她说着就去踩滑板，可即墨诏手疾眼快，赶紧一踩地面，借力蹿走了。

"现在它已经是我的了。"

即墨诏悠悠丢下一句话，赶紧溜了。

白术"嗞"了声，没跟他计较。

无疑，以问鼎身份亮相的白术，又一次引发关注。好在食堂人不多，白术解决掉晚餐，又买了点三明治和面包，重回考场。

雨渐渐大了，很冷。

白术把外套兜帽罩在头顶挡雨，微低着头。等她注意到迎面而来的两人时，已经晚了。

顾野和莎莎，一高一矮，一人撑起一把伞，并肩从楼里走出来。

白术目光落向顾野，见他长身玉立，一手撑伞，一手揣兜，眉眼轮廓染着清冷，稍有些心不在焉。

他注意到什么，顿了下，微抬头看过来，跟白术的视线撞上。

他的眼神稍有闪躲。

“白术，你也来了。”莎莎眉眼笑着，上下打量她一眼，故意问，“谁配让你当助手？”

她一直待在考场，还不知白术是问鼎的事。

白术未解释，只道：“屏幕摆在那儿，不会睁眼瞧？”

莎莎却只是笑，同顾野说：“顾野哥哥，要不你们俩聊一聊，我先走。”

顾野将视线一收：“不用。”

他的嗓音略显沙哑，语气是淡漠的。

白术抿了下唇，勾着塑料袋的手指收紧，她目不斜视地从两人身旁走过。路过的刹那，顾野余光觑了她一眼，但她没发现。

白术用主卡进门。

机器出声：“问鼎，参赛选手，检测合格。”

门外，本来心情舒畅的莎莎，听到这一声音，猛然止步。她回首望去，瞧见大厅电子屏幕上“问鼎”的显示，以及那个身形纤瘦、步伐从容的背影。

问鼎是白术？

极大的震惊令莎莎浑身一颤，她赫然望向一旁的顾野，却见他步伐未顿地往前走，似乎一点都不意外。

在考场待到晚上十一点，白术拎着行李，回到宿舍。

两人宿舍，七十平方米的两室一厅，带有独立卫浴。白术落了单，没有室友，她也乐得清净。

她早出晚归，心思都在漫画上。

雨下了两天，天色好转了些，碧空如洗，一抹软和的阳光落到窗口，一切都染上明媚烂漫。

这日下午，画稿进展顺利的白术，难得地放下压感笔，早早结束创作。

其余人都在考场奋斗，白术神清气爽地离开考场，出大楼的路上没遇见一个人影。

在门口的自动售货机买了瓶可乐，白术溜达到大楼一侧时，脚步顿住，忽而抬起头，看向考场窗口。

一排排密密麻麻的格子，不知哪儿是谁的考场。

驻留片刻，白术喝完一瓶可乐，把空的可乐瓶随手扔进垃圾桶，正了正棒球帽的帽檐，转身离开。

她要去晒太阳。

三楼某考场。

顾野倚在窗边，推开半扇窗，清风徐入，吹散了些心中的沉闷。搭在窗沿的手，落到光里，骨节分明，修长如艺术品。

他目光低垂，视野映入一抹熟悉的身影，于是蓦地一顿。

女生轻轻仰头，随意地看向大楼窗口，可被光晃了眼，她半眯着眼，不一会儿就把目光收了。

她站在楼下，低着头，踢了踢路边石子，偶尔喝一口可乐。

喉结滑动了下，搭在窗沿上的手指轻轻蜷曲，须臾，顾野吸了口气，转身就往考场外走。

“顾野，你去哪儿？”注意到他的动静，莎莎回头喊。

顾野没有搭理她。

原本神情乖巧的莎莎，见门倏地被关上，顿时变了脸，神情阴鸷。她踹了脚桌子，起身来到窗边，往下一看，赫然见到白术的身影。

去找她的？

莎莎烦躁地皱起眉。

顾野步伐匆匆地出了考场大楼，可当他拐到一侧时，熟悉的道路上，却空荡荡的，没一个影子。

白术早已消失不见。

阳光和煦温暖，笼罩在他身上，可他感觉不到丝毫暖意。

也是，白术怎么会像以前一样，在这儿等他。

初冬的阳光是最舒适的，不晒不冷，待在阳光里，浑身暖洋洋的，连骨头都似能被晒酥了。

白术坐在长椅上，手里拿着一根雪糕，一边吃，一边晒太阳。

苏老师路过，被白术吓了一跳。

“白术，你怎么在这儿？”苏老师疾步过来。

白术轻抬眼：“晒太阳。”

别人都在紧张地创作，就她优哉游哉地晒太阳、吃雪糕。

是她能做得出来的。

自从得知问鼎也是白术后，苏老师还没跟白术见过面，一是怕打扰到她的创作，二是他已经震惊麻了。

眼下既然撞见了，苏老师忍不住问了句："老实说，你有多大把握？"

白术咬了口雪糕，问："拿第一？"

"晋级。"苏老师的目标一向保守。

"十成。"

平时白术这样说，苏老师当然是质疑的，如今白术的实力摆在这儿，苏老师听完却舒了口气："我真信你了啊。"

"嗯。"

白术点点头。

"专心考试。后勤上有问题，叫我和郝老师。"苏老师交代。

"好。"

白术是从不跟他客气的。

苏老师想走，白术叫住他："苏老师，我想跟你打听个事。"

"什么事啊？"

"莎莎对于顾诠来说，很重要吗？"

听到白术对顾诠直呼其名，苏老师很想纠正她，可一想到白术如今在漫画圈的地位，似乎也没什么不合理的。

他忍住了，说："是挺重要的。莎莎是漫画世家出身的，她自三岁起就跟着顾会长学漫画了，她懂事乖巧，会讨人开心，顾会长一直把她当亲孙女来疼。顾会长为了让她一鸣惊人，根本没让她参加全国赛，直接推举她去了复活挑战赛，一举夺得进军全球的资格。当然，她自己也很争气就是。"

"哦。"

"顾会长让顾野当莎莎的助手，你不开心？"

白术摇头，吃完最后一口雪糕。

"你不开心也可以理解，"苏老师自顾自道，"这几场比赛里，就你跟顾野合作时，我最安心。"

白术眨眼："我寻思着，我一个人的作品，拿的名次也不低吧。"

"不是这个原因。"苏老师笑笑，"就是觉得，跟顾野一起合作，你笑得最开心。"

白术觉得正常，慢吞吞地说："毕竟他是我唯一认可的助手。"

苏老师一乐："就当是这样吧。"

"如果莎莎没晋级，顾诠不会被气死吧？"白术把话题拐回来。

"应该……"苏老师犯难了，揣测道，"不至于吧。"

白术摆手，示意他可以走了。

苏老师转过身，又顿住了："你的创作一切顺利吧？"

白术感觉他在说废话："不顺利哪儿来的心情晒太阳。"

苏老师放心地离开了。

休息了半日，白术又开启早出晚归的创作生涯。

食堂、考场、宿舍，三点一线。

以防互相影响情绪，漫画选手会尽量避免私下交流，基本都是独行侠，三餐也不踩点，各自习惯都不一样，白术很少会撞上其他漫画选手。偶尔撞见熟人，也就聊上几句，不会耽误时间。

不过，她再没碰上顾野和莎莎。

又过了一周，比赛即将接近尾声，可这好好的天，却忽然下起了雪，一觉醒来外面银装素裹，白雪皑皑，鹅毛大雪仍在下。

清晨，白术待在暖气房里，开了会儿窗赏雪景，冷不丁打了个喷嚏。

她身上只穿了件打底衣，冻得哆嗦，赶紧将窗户关上了。

白术没带几件衣服，但她并不缺衣服穿。

玩电竞时，有 WIN 的队服；漫画比赛时，有东国队的队服，并且队服分秋、冬两季，有薄有厚。

白术果断穿上东国队发的厚羽绒服。

可出宿舍楼时，她仍是被迎面而来的冷风刮了个透心凉。

时间尚早，天幕漆黑。

白术懒得撑伞，把帽檐压得低低的。她行走在厚厚的雪里，听到松软的积雪被踩出嘎吱嘎吱的声音。

迎面走来一个身影。

起初是看不清的，隐约在风雪里瞧见个轮廓，白术没太在意，直至那人离得近了，她才觉得眼熟。

白术停了下来。

顾野没撑伞，嘴里呵出冷气，头发微乱，雪花落到他头顶、肩头，已染了一层浅白。

他踩着雪，速度稍慢，可并不狼狈。

他走得更近了。

然后，他目不斜视地从白术身边走过。他路过时，掀起一阵风，刮到白术的脸颊，冰凉如刀。

停了几秒，白术没回头，去了食堂。

食堂提供东国食物，但味道一般，白术拿了两个包子、一杯豆浆，再要了一碗酸辣粉，将就着吃。

“嗨，早上好呀。”

刚咬了口包子，白术就听见一个欢快的声音。

眼一抬，白术见到莎莎的脸，笑容明朗，她绑了个丸子头，皮肤细腻白嫩，青春、活泼，且漂亮。

白术没理她，咀嚼着包子。

莎莎自来熟一般，将早餐放在桌对面，坐下来："还是顾野哥哥了解你。他跟我说，你肯定不会搭理我的。"

"所以，你的爱好是热脸贴冷屁股？"白术咽下包子，淡淡地问。

莎莎笑容微僵。

片刻后，莎莎道："我只是想跟你交个朋友。"

白术桀骜道："不是什么人都配跟我交朋友的。"

莎莎一再受挫，但没跟白术翻脸。她用勺子搅着碗里的稀饭，目光落到白术的左手手腕上："听说你手受过伤，怎么样，好了吗？"

白术将手中的包子一摔。

莎莎眼皮一跳。

蓦地，白术抬起头，视线落到正好路过的一人身上："苏老师。"

"难得啊，你们俩会在一起吃饭。"

苏老师一瞧见白术，便立即走过来。注意到坐在白术对面的莎莎，他神情稍稍有些惊讶。

白术皱起眉，抱怨："这人好烦，不让我安心吃饭。"

苏老师尴尬地挠头："啊，这……"

白术眉眼染着烦躁："能不能在队规里加一条禁止搭讪？"

"莎莎，"苏老师扭头看向莎莎，"白术的脾气就这样，你别放心上。要不，你还是换个座位吧。"

莎莎低下头，嘴角轻抿，垂着眸，很委屈的样子。

"我知道了。"

莎莎这么说，将自己的早餐端起来，失落地走了。

苏老师瞧了眼莎莎，心想还得给她做思想工作才行。但他没即刻过去，而是压低声音跟白术说："你干吗呢，都是一个队的，给人留点面子。"

白术吃了口粉，眨眨眼："是她来招惹我，不是我招惹她。"

"所以？"

"我有长进了，你该夸我才对。"

苏老师气急了，在原地转了一圈，指了指她，扭头就走。

刚走没两步，苏老师又折回来，问："再给你拿个包子？"

"好。"白术坦然地点头，"我要粉丝馅的。"

苏老师捏了捏眉心。

白术看着桌上的半个包子，发现她脾气是有点坏——她竟然为了这点破事浪费粮食。

考场大楼。

上午十点，顾野裹挟着一身风雪，进了考场。

听到动静，正在创作的莎莎回过头，嘴角带笑："顾野哥哥，你——"

"你去找白术了？"

顾野面色沉静，眸色沉沉，似染了霜雪，冰冷。

莎莎收了笑，姿态很放松地说："我只是想跟她认识一下。"

顾野冷声道："你别靠近她。"

他语气里带着威胁和警告。

室内很暖和，可莎莎打了个寒噤。沉吟半刻，莎莎说："顾野哥哥，我真没想打扰她。"

"想没想，你心里有数。"

"你们好像都挺护着她的。"莎莎吐出口气，"她留后手的事，大概没什么人知道，苏老师他们却没一点责怪，话里话外都在护着她。她把你扔在雨里，之后不管不顾，吵了一架就跟你断联了。可我哪怕跟她说句话，你都在担心。为什么，她有这么大的人格魅力吗？"

熟悉的疑问，顾野听过不少，最典型的，是东亚赛中的纪依凡。

顾野缓缓问："你知道亚洲赛的NO.1，怎么拿到的第七名吗？"

"不是她掉以轻心，让墨川完成大部分工作吗？"

顾野嗤笑："是墨川不想让她晋级。"

莎莎神情诧然。

前两日，她还在食堂遇见了墨川、即墨诏、白术三人，虽然他们仨没多聊，但白术和墨川并未针锋相对，相处得和乐融融。

怎么会？

以白术小心眼的性格，不应该跟墨川鱼死网破吗？

顾野继续说："连墨川尚且能做到不留痕迹地让NO.1排名下降，你觉得，以我的能力，能否让你恰到好处地被淘汰？"

他轻描淡写地扔过来一记炸弹。

莎莎呼吸一窒，手指微微战栗。

按照顾野的说法，他想要让自己淘汰，岂不是轻而易举……

"我随口一说，你别放心上。"

顾野慢条斯理地补了句，走到自己位置面前。"刺啦——"一声，拖动椅子的尖锐声响令莎莎不寒而栗。

"顾野哥哥……"

莎莎侧过身，想说点什么，却见到顾野戴上了耳机，手覆在鼠标上，正在看画稿。

莎莎咬了下嘴角。

无意识地，她紧捏着压感笔，眼里闪过一抹寒光。

夜幕降临，灯光亮起，缺了人气的校园里，冷清又空旷，弥漫着一股死寂的味道。

白术从食堂回来，手里拎着一份夜宵。

创作很顺利，一部作品完成了，另一部也进入尾声，她的心情很不错。

可迎面走来的莎莎，却偏要让她添堵。

“白术。”

没有吸取早上的教训，莎莎又一次叫住白术。

白术视而不见，步伐微顿。

在她途经莎莎的刹那，莎莎主动开口：“你想知道那晚你走后，顾野发生了什么吗？”

白术脚步停了。

莎莎却没顺着讲下去，话锋一转：“其实那天晚上，我跟他并没有什么，他只是帮我训练画工而已。”

白术微微歪头，眼里流露出困惑情绪：“你以为我为了你，跟他吵架？”

莎莎蹙眉。

难道不是？

那晚，顾野来酒店帮她训练，等她送走顾野时，被白术撞了个正着。当时顾野连伞都忘了，急着去找白术解释。不过白术似乎过于计较，没法原谅顾野，导致两人最终还是闹得不欢而散。

这逻辑合情合理，莎莎找不到漏洞，略微思考一番，就将白术的反问当作是嘴硬了。

莎莎说：“你非要逞强的话，我也没办法。”

白术沉默了两秒，抬手揉揉耳朵，打算告辞。

再耽搁下去，她的卤猪蹄都要冻成冰棍了。

“你走后，顾野病了五天，下了三次病危通知。”莎莎再次出声，盯着她的背影。

待白术停下后，莎莎微微弯唇，继续说：“他不让人告诉你，大概是怕你担心吧。”

“是哦。”

白术淡定地接过话。

莎莎脸色微变。

白术随意摆了下手，说：“我现在就去找他和好。”

如此不按套路出牌，莎莎表情僵住，怔怔地看着白术的背影，内心震撼久久难以平息。

这人怎么回事？

老实说，在顾野警告她后，莎莎还来找白术，就是咽不下这口气，想让白术思绪不宁导致作品质量降低。

但现在心神不宁的人，成了她。

她怕白术真找顾野复合，同时，也怕顾野在跟白术和好后，真如威胁中说的那样，对她的作品下手。

从这一刻起，她就变得疑神疑鬼的。

第十章

让世界见证真正的天才

白术当然没去找顾野。

她按照计划完成创作进度，吃完卤猪蹄，结束了这一天的忙碌生活。回去的路上，她被冻得小脸通红，但还是绕路去超市买了一根雪糕。

她去结账时，正好遇上了陆遥和简以楠。

“你这胃可真行。”陆遥被她手中的雪糕吓了一跳。

将现金交给收银员，白术咬了口雪糕，结果冻得牙齿疼，她的小脸皱成了一团。

陆遥无情地嘲笑：“看来牙口不大行。”

白术朝她翻了个白眼。

咽下雪糕，白术打量着两人：“你们俩常在一起哦？”

“我们俩一直在这个点结束，经常撞上。”简以楠说，“你今天倒是比往常要早。”

白术问：“你这都知道？”

简以楠抿了下唇，关注白术已经成了一种习惯。

白术耸肩，没有再逗简以楠，嘱咐道：“你们俩别老黏在一起，省得被人抓把柄。”

陆遥纳闷：“什么把柄啊？”

“鬼知道。”白术咬了口雪糕，溜达着往外走，“以防万一呗，毕竟欲加之罪，何患无辞？”

自动门打开，白术走出超市，门口挂的风铃轻轻摇动，清脆空灵的声音在夜里飘荡。

陆遥和简以楠对视了一眼，感觉白术话里有话。

离开超市后，陆遥问简以楠：“你觉得，白术说的是什么意思？”

简以楠沉吟半刻：“我听到过一点风声。”

“什么？”

“在漫画组织内部，有人不想东国队大放异彩。”简以楠说，“迄今为止，东国队有七人参加半决赛，是各国队伍里人数最多的。挑战赛准备那么久了，一直没调整名额，东亚赛结果出来后，临时调整，正好把NO.1挤掉了，你不觉得奇怪吗？”

陆遥拧眉：“你是说，有人针对东国队？”

“一个猜测罢了。”简以楠微顿，“拿三个账号比赛，确实是白术的风格。但她不是低调的人，现在越来越低调，大概也在防着什么。我赞同她说的，以防万一。”

陆遥略一琢磨，就点了头：“行。接下来几天，我们就避着点吧。”

简以楠默认了。

第二天一大早，白术在去食堂的路上，被一位保洁员撞了一下，他的扫把尖端正好碰到她左手手腕的位置。

白术如没事人一般走开。

回到考场后，白术仔细查看手腕，被撞的一处仍红着，刺痛感不断。她皱着眉头，将段子航给的药膏拿出来，仔细涂抹着，琥珀色的眸子，一点点地沉静下来。

知道她左手受伤的人原本就不多，会抓准机会向她动手的，排除下来就那么一个。

白术并不意外。

但这一次，莎莎的算盘落空了。

白术拿出White的主卡，插入机器里，电脑跳到最新的画稿。她右手拿起压感笔，开始收尾。

她是左撇子，风格随意变换。

右手有局限性，只有一种风格。

可正是这只右手，创作出至今被封为恐怖教科书的《生存游戏》，成就了一个活在传说中的恐怖漫画鼻祖。

两日后，所有漫画家统一提交画稿，比赛进入全球读者最为期待的投票环节。

白术受困于太出名，偷摸着坐上段子航的车，横躺在后座离开学校。

“真费劲。”

白术嘴里嘀咕着，坐起身，透过车窗往后看，瞧见围堵在校门口的记者们，如一堵厚墙。

“你的手，怎么样？”段子航余光瞥向她。

“好着呢。”白术张口就来。

“说实话。”

沉默了片刻，白术轻描淡写地说：“手腕被故意撞了一下，伤又加重了。不过问题不大，接下来用不上了。”

段子航诧异："没发挥好，要被淘汰了？"

"不会说话就闭嘴。"白术扔给他一个白眼，"我下次换右手。"

"能行吗？"

"包我身上。"

听她这么说，段子航就放心了。

他对白术的底牌不了解，但白术这么有信心，肯定是有后手的，不用他瞎操心。

段子航忽然问："顾野今儿个没跟你黏一起啊？"

白术腹诽：哪壶不开提哪壶。

段子航不知道白术和顾野已经处于冷战状态了，说话并没注意："对了，他身体好些了吗？"

白术眸光微动："你是指他生病的事？"

"对啊。他那次生病住院，程行知竟然赶过来了。"段子航说，"我还以为是什么大病呢，结果就是个小感冒。"

白术猜到了什么，没有吭声。

她和顾野身体素质一向好。她那次感冒，是连日高强度工作，导致免疫力下降。

那么，顾野呢？

她能想到的，是那些密密麻麻的数据。

他拿自己以身犯险，会产生后遗症吗？

白术手伸到衣兜里，手指摸到手机。可轻轻抠了半天，她还是没有将手机掏出来。

"我们的计划怎么样了？"白术问。

段子航说："已经按照你的计划开始了，各国媒体的关系都已经打通，新闻稿也试水了，就等荣帆的画展开始，舆论全面爆发。"

前面是红灯，段子航踩了刹车停下来，回过身问白术："你来这边后，去见过荣帆吗？"

"线上联系过两次。他忙着搞画展，没有时间。"

"你收徒的眼光可真行，即墨诏、邵植、荣帆，这仨徒弟就够你吹的了。"段子航调侃。

白术一副"谁稀罕"的模样，跩跩地说："我吹自己都吹不完。"

段子航嘴角微抽，立即闭了嘴。

段子航将白术送到艾伦家。

白术可以坐艾伦的车回去，但特地让段子航来接，是不想在公开场合暴露跟艾伦认识。

停车后，段子航没让白术下车，而是看了下她的手腕。

段子航捏着她的手腕，稍加用力："有感觉吗？"

白术感受了下，说："一点点吧。"

段子航问："我给你的药，用了多少？"

"三分之二。"

"你没救了。"段子航皱起眉头，松开白术的手，"你这手，康复后不会影响正常生活，但一切需要精确把控的技能，都没戏了。小艺术家，你的艺术生涯断送了一半啊。"

白术一脸无所谓。

段子航也不知她是否在逞强，心里叹息，而后从兜里掏出一个药瓶来："新药。你先用着，看看效果。等你忙完了，再去做个全面检查。"

白术仔细检查了下外表光溜溜的药瓶："好家伙，三无产品啊。"

段子航嘴角微抽，无语道："你给我下车。"

白术没急着下车，变魔术一般让药瓶从手中消失。秀了段子航一脸后，她才拍了拍手，心满意足地离开。

艾伦直至深夜才回来。

此时的白术刚洗好一个苹果，听到动静后出了厨房，瞧见一脸疲惫的艾伦。

"怎么回得这么晚？"白术咬了口苹果。

艾伦的表情不大对劲，丧丧的，连头发都耷拉下来："跟你猜的一样，漫画组织的人来找我了。"

白术并不意外。

来到华尔特镇后，白术就跟艾伦说了Y9因子的存在，也把漫画组织内部有五芒星的人一事透露了。她就是提醒一下艾伦，省得他被骗着哄着吃了药，最终酿成大祸。

白术问："谁？"

"两个帮人做事的。"艾伦挠了下头，"他们上面的，是漫画组织的副主席，马歇尔。"

白术想到一个头发稀疏的中年男人。

漫画组织内部的高层很少现身，需要出面的场合，现在就一个马歇尔和一个主席。

其他人都隐身了。

白术猜到对方职位并不低，但没想到，竟是一个副主席。

"他们给我展示了药片，从他们的暗示来看，这批漫画家里，有三分之一的人在服用。我北美赛的成绩不靠前，极有可能被淘汰，他们让我考虑一下。"艾伦说。

"你心动吗？"

"实话说，有一点儿。"艾伦倒是很直接，"但你知道的，我不会碰。"

白术当然知道。

艾伦的父母就是沾染上了毒品后，导致家破人亡。而五芒星制作的药，跟毒品没有区别。

不过，真正热爱漫画的艾伦，看到部分漫画家投机取巧，剥夺其他漫画家正当的权利，以及看似公平公正的国际漫画组织，实则潜入了老鼠屎，带头做这些龌龊的事，心里难免受到冲击。

白术沉默少顷，只说："去洗个澡，睡一觉。"

"嗯。"

艾伦情绪仍是有些低落。

他去了二楼。

白术吃完苹果，回楼上洗了个澡。她用毛巾擦着头发，路过书桌时，觑见摆放着的手机，停下来。

想了想，白术拿起手机，找到顾野的微信。

她发了一条信息："关注一下马歇尔。"

她没等消息，放下手机离开卧室，去了二楼书房。

结果一推开门，就见房间灯光亮着，艾伦盘腿坐在地上，身后是书架。他手里捧着一本《Q20》，听到开门声响后，他抬起头。

艾伦一怔："公主殿下？"

白术敲敲门，轻咳一声："我也来看漫画。"

艾伦喜笑颜开，站起身："你看哪一本，我帮你找。"

"讲公主殿下的那一册吧。"白术随口说。

她有些事情尚未理清，不想睡觉，想到艾伦书房有一套《Q20》，所以过来逛一逛。

没想到会遇到大概同样失眠的艾伦。

同是天涯沦落人。正好，她和艾伦是因"公主殿下"熟悉起来的，便下意识答了这个。

艾伦迅速找到书，递给白术，眉眼弯弯："给，公主殿下。"

白术接过书，在一旁盘腿坐下，往后靠着书架，开始翻书。

见状，艾伦也坐下来，继续看他的漫画。

虽然书都被翻旧了，但很干净。白术翻了几页后，忽然问："你为什么喜欢《Q20》？"

"这个啊，"艾伦被问住了，"太复杂了，说不上来。"

白术瞥着他。

艾伦想了会儿，说："很小的时候，我妈在我生日时，送了我一本《Q20》，我因此入坑的。后来省吃俭用，把一整套都凑齐了。家里穷，玩什么都要花钱，我只能反复看这一套漫画。

"小时候只觉得好看，故事精彩，角色鲜活，无论看多少遍，都欲罢不能。

长大一些后，每次翻看，都能在烂熟于心的情节里，找到不一样的感悟。我一遇到问题就看它，总能在里面找到答案。”说到这儿，艾伦感慨，“作者真是个神奇的人。”

作者啊……

白术想到纪远那个不着调的人。

谁能想到，纪远这种偷拿女儿小金库的人，竟然是《Q20》的作者呢。

白术怕一开口就破坏艾伦的幻想，于是转移了话题，聊了几句后，她又看漫画。

这几年太忙，白术没重温过《Q20》，现在重新翻看，发现纪远确实有点本事。

如果纪远参赛，她没有绝对能拿第一的信心。

看到一半，白术渐渐发现不对劲。

白术喊：“艾伦。”

“嗯？”

艾伦看向她。

白术歪了下头：“你有没有觉得，最后小公主父亲的死，有点奇怪？”

艾伦一秒接上了情节，询问道：“你是指他明明可以活，但最后放弃了，是吧？”

“嗯。”

“不奇怪啊，他是殉情而死的。”

“殉情？”白术讶然。

艾伦说：“王后为了国家战死时，国家没安定，小公主还没长大。后来国家稳定了，不再需要君主，小公主也能独当一面了，所以国王了无牵挂了。他以跟反派同归于尽的方式，去见了王后。”

“这个情节很多人讨论的，有很大一部分人都站‘国王殉情’的说法。”艾伦凑过来，将白术手中的漫画书翻到后面几页，“你看这一页，国王的眼神，还有突如其来的，对王后的回忆。王后都死了十年了，国王临死前还想着她。还有很多细节，国王无时无刻不在惦记王后。”

听到最后，白术有些失神，脑海里闪现出漫画里诸多细节，似乎都可以在纪远生活里找到痕迹。

这一册，是《Q20》完结五年后，忽然出的番外篇。

时间在六年前。

亦是白青梧去世两年后。

番外篇的主人公，正好以她为原型。

会不会巧合了一点？

她还记得，《Q20》番外篇上市时，正好是她的生日。当时各大书店卖到脱销，她去得晚了，没有买到。

晚上，纪远回来时带了礼物，正好是这本漫画。

纪远贱兮兮地说：“这作者可真识趣，知道你生日，特地选在这一天上市，就为了给你这份生日礼物呢。”

这一晚，白术和艾伦都没睡，讨论“殉情”问题直至凌晨三点，之后又埋头看漫画了。

天明时，白术才回到卧室。

路过书桌时，她瞧了眼手机信息。

顾野回了消息：“嗯。”

就一个字，再无其他。

白术犹豫半晌，点开输入框，删删改改的，可半天后，仍是删得一干二净。她将手机放回原位。

她将窗帘一拉，钻进被窝里，沉沉地睡去。

投票规则在半决赛里也有改变，以前分区比赛时，作品的投票数是实时显示的，现在全部隐藏，直至晚会上才公开。

在等待结果这几天，白术除了忙工作，就在艾伦的书房里看《Q20》，杜绝一切娱乐和社交。

这天上午，艾伦兴奋地冲进书房。

“公主殿下，主办方组织我们明天白天去漫画 NO.1 大楼参观，晚上直接去颁奖晚会，你要去参观吗？”

“不去。”

“为什么？”

白术头也不抬：“嫌烦。”

艾伦自是不信这理由的，不过白术这几日恹恹的，他可不敢轻易招惹，所以没再劝说。

作为把漫画全球化的唯一网站，漫画NO.1在漫画家心中的地位自是不用多说。

平时漫画 NO.1 大楼是不公开的，此次漫画家参观会现场直播，也是漫画 NO.1 大楼第一次公开在大众面前。

等待晚上出结果时，主办方安排这样一次活动，对漫画家们放松心态也有积极作用。

白术本来没想关注，但隔天一早，就接到苏老师的电话。

“白术，你今天来参观吗？”

“不来。”

“东国队就缺你一个人了。”苏老师劝她，“墨川、顾野他们都在，这可能是咱们东国队唯一一次团聚的机会了。”

白术想了一会儿，仍是说：“不来。”

苏老师有些失望："你到底在忙什么呢？"

"修身养性。"

苏老师哑了半晌，赞同地说："你确实该修一修……"

"挂了。"

白术无语地掐断电话。

虽然嘴硬说不去，但现场直播时，白术却坐在电脑前，打开了直播页面，跟随镜头看着大楼和东国队。

弹幕区很热闹。

"白术怎么不在？"

"没有白术，乐趣少一半。"

"我想看白术搞事情。"

"我从来没见过像她这么高调又低调的人，都敢玩弄全世界了，敢不敢露一面让我们瞧一瞧。"

……

白术默默旁观了会儿，觉得场面过于和谐，忍不住手痒，在弹幕区发了一句："现在已经不流行喷白术了吗？"

刚一发送，白术就察觉到问题，手僵在键盘上。

弹幕区登时疯了。

"楼上惊现问鼎账号！"

"那是问鼎吧，那是白术吧？"

"她知道自己用的是大号吗？"

"原来白术也在偷偷看直播！"

……

习惯用小号发言的白术，头一次马失前蹄，不过她心态好，过了几秒就关了弹幕。

她将注意力重新放到直播上，可镜头里出现的人，却让白术微微一惊。

主持人介绍："这位是漫画 NO.1 现任 CEO，樊起予先生。"

镜头里，樊起予衣冠楚楚，温文尔雅，年轻有为。

白术险些被噎到。

樊起予？

漫画 NO.1？

那么，纪远呢？

怀着重重疑惑看下去，但樊起予只是打了声招呼，便匆匆离开了。

白术拧着眉，若有所思。

直播渐入佳境。

漫画家们参观大楼，并不是枯燥无味地介绍，还设置有各种小游戏，以提高趣味性。

当看到顾野和莎莎被分到一组时，白术就没了兴趣，虽然没关直播，但下楼洗了一串葡萄。

她回到卧室时，手机在响，是即墨诏打来的电话。

白术接了："做什么？"

"你还在看直播吗？"

白术沉默了下："去洗了水果，刚回来。"

"有一个游戏，可以请外援，你帮我们玩，赢下这一局。"即墨诏简单说完，又补充，"对手是顾野和莎莎。"

"你跟谁？"

"江南枝。"即墨诏是绝望的。

想了想，白术同意了："直播有延迟，开群视频吧。"

"好。"

即墨诏一喜，不到半分钟，就将视频电话打过来。

白术接通后，手机屏幕里映出的，就是即墨诏和江南枝的脸。江南枝兴奋地朝白术挥手，被即墨诏按住了。

即墨诏转换镜头，对准了电脑显示器："这是漫画 NO.1 新出的 PK 模式，还原知名漫画的经典片段。一共十关。你得快一点，对面已经过了两关了。"

白术淡定得很："开始吧。"

"你知道怎么玩吗？"

"知道。"

即墨诏放心了。

虽然语气急，但即墨诏的手很稳，手机拍着题目，没一丝抖动，白术看起来毫不费劲。

这个 PK 模式是纯娱乐性质的，不考画工，考的是漫画家的阅读储备量。

最初选定一个模糊的画面，让参赛者猜是哪部作品的，写出作者、书名、第几话，回答正确后，会跳转到新的界面，提供一百个元素，供参赛者选出该画面里所有的元素。

看似简单，实则很考验记忆力和阅读量。

白术简单瞧了几眼，就有了答案："Zero 最新漫画《第九基地》第 9 话的内容。"

江南枝输入后，果然正确，第一题过了一半。

接下来是找元素的环节，白术开始有条不紊地指挥，精准又迅速，几乎没有出错的时候。

这一幕，被全部录下来，进行现场直播。

白术吃着葡萄指挥的模样，通过即墨诏的手机，被直播观众们看到，引得东国队直播间的观众数暴涨。

在白术看不到的弹幕区，观众们正在狂欢。

“白术的漫画储备量，惊呆了！”

“她到底看了多少漫画？三十年前的漫画，她都能精准描述，这记忆力可以封神了吧？”

“每次看到她的脸，我都无法将她跟NO.1画等号，直到此时此刻！”

“不愧是拿着三个账号玩弄世界的变态。”

“莎莎都急出汗了，她竟然在吃葡萄。”

“哈哈，想知道顾野知道即墨诏请了白术当外援时，他的心理活动。”

“顾野肯定很崩溃，女朋友竟然不帮他。”

“顾野刚刚才说，他看了两部漫画，知道漫画是怎么回事后，就去创作《犬牙》了。他看的漫画寥寥无几，全程抓瞎，笑死。”

“顾野确实是个天才。但是，跟白术比起来，他什么都不是。”

……

白术一口气玩到第八关。

她抽出一张纸巾，擦拭着自己的手指：“对面第几关了？”

即墨诏切换页面，看了眼顾野和莎莎的进度，说：“卡在第五关了。”

“歇会儿，等他们再过五关。”

即墨诏心想白术不会放水吧，却见白术起了身，他问了一句：“你去哪儿？”

“再去拿点吃的。”

白术说完就离开了镜头。

不一会儿，白术再次出现在镜头前，拿着一小筐零食，隔着手机开始了一场小型吃播。

即墨诏和江南枝看饿了，找苏老师要吃的，可惜苏老师只揣了俩大饼，他们俩只能将就了。

围观群众见他们比赛比到一半开始觅食，忍不住笑死。

一刻钟后，顾野和莎莎组，终于在顾野的消极怠工、莎莎的不懈努力下，来到了第十关。

莎莎抬手擦了擦额角的汗，问顾野：“他们第几关了？”

顾野觑了眼战况，说：“第八关。”

莎莎松了口气。

结果，顾野又气定神闲地来了一句：“他们卡在第八关二十来分钟了，应该是故意等我们。”

莎莎一惊，只觉得窒息。

“他们请外援了？”莎莎反应过来。

“大概。”

顾野已经猜到是谁了。

莎莎也想到一个人，咬了咬嘴角，说：“我们也请。”

顾野置身事外，随她决定。

莎莎只觉得窝火。

选队友时，她得知白术在看直播，所以故意选了顾野。

谁料，两队比拼刚一开始，顾野就以一句“我不看漫画”，明确自己无法提供援助。

也不知道是真的，还是故意的。

眼下在直播，莎莎不好抱怨顾野，拿出手机向顾诠求助。

另一边，即墨诏催促白术：“快快快，他们就剩一关了，我们还差三关。”

白术放下手中的辣条，微微侧首，瞧了眼电脑屏幕，镜头正好切到莎莎向顾诠求助的画面。

她挑了下眉头：“开始吧。”

有顾诠相助的莎莎，一开始填作者、作品、第几话时，不费吹灰之力，但选择元素时，就犯了难。

倒不是顾诠不知道，而是顾诠老眼昏花，看起来费劲。

但速度还是比莎莎自己做题要快一些。

莎莎心态还算稳，对面再有能耐，也差三关，她这里就剩一关了，这局肯定稳赢。

然而，就在进度条一点点拉满，她只差最后一个元素就能获得胜利时，对面忽然爆发出一阵骚动，紧接着就是喧闹和欢呼。

莎莎面前的屏幕倏地一暗，显示此局 PK 结果——输了。

见状，莎莎心中的愤怒和不甘在翻涌，她手指蓦地攥紧，死死盯着屏幕，气得眼圈发红。

卧室里，故意掐秒胜出的白术，并没有胜利后的喜悦，反而觉得无聊。

白术兴致缺缺地说：“挂了。”

“等等！”即墨诏叫住她，“你晚上会来晚会现场吗？”

“会。”

“那行，让苏老师给你留个好位置。”即墨诏说。

“白妹妹！”江南枝也举起了手机，“待会儿顾野和莎莎有快问快答的惩罚，你记得——”

没等江南枝将话说完，白术已经手快地结束视频通话。

白术重新拿起辣条，刚想吃，又看了眼电脑，发现顾野和莎莎已经被安排到惩罚席，开始接受主持人的询问炮击。

这些问题很刁钻，都是情感八卦性质的，听到问题后得迅速作答，不给人思考的时间。

白术想关了直播，却发现主持人将矛头对准顾野。

主持人：“发现白术在支援即墨诏和江南枝时，你什么心情？”

顾野：“她的基本操作。”

主持人：“差一点就能赢了，你感觉输得冤吗？”

顾野：“不冤，没看出有赢的可能。”

主持人：“为什么两次比赛你都没当白术的助手？”

顾野：“她不需要。”

现在白术热度高，顾野又跟白术捆绑在一起，主持人一连抛出很多问题，基本都是跟白术相关的。直至顾野稍稍表现出不满，主持人才拿起手中卡片，换了一个中规中矩的问题。

“分手后，你会跟前任继续做朋友吗？”

原本秒回的顾野，忽然一顿，看了眼镜头，才说：“不会。”

隔着屏幕，白术看到那双眼睛，漆黑如墨，他的眼神坚定、果决，没一丝犹豫。

白术的心，被狠狠揪了一下，像是忽然失去了什么。

傍晚时分，白术走下出租车，抬头瞧了眼举行晚会的恢宏大楼，便被冷风吹得一哆嗦。

白术压了压帽檐，避开人群，低调地进了大楼。

抵达现场时，座位基本都满了，苏老师眼尖地发现白术，赶紧把她叫过去。而他那一嗓子“白术”，惊扰了不少人。白术一路走过去，引得各国漫画家的尖叫和欢呼。

手握三个账号参赛的白术，在全球漫画圈里，成了家喻户晓的存在。

苏老师打量了眼白术的穿着：“你的队服呢？”

白术提起手中一个袋子：“路上太碍眼，没穿。”

“现在换上吧。”苏老师说，“待会儿上台领奖，不穿队服，容易被人挑刺儿。”

白术头一歪：“你怎么知道我肯定能上台？”

苏老师笑说：“猜的。”

坐旁边的即墨诏接茬：“他现在对你的信心空前膨胀。你要说你奔世界第一去的，他肯定不会让你谦虚、低调，而是会问你拿第一后想去哪儿办酒席，并提前给你预订。”

“对的，对的。”江南枝小鸡啄米似的点头。

苏老师笑骂了他们两句，但也没有否认。

白术换好队服，有些唏嘘。

她看苏老师一脸痛心地表示“你能不能低调点”的乐趣也荡然无存了。

在苏老师安排的位置上坐下，白术张望了一圈，发现东国队分了三排，她和即墨诏、江南枝被分到后面，苏老师、郝老师、简以楠、陆遥坐前面一排，至于顾野和莎莎，则是同顾诠、裴启升等人坐在一起，在更前面。

如此安排，大概是故意错开她和顾诠，省得顾诠看她碍眼。

白术倒是无所谓，盯着顾野侧影看了两秒，就迅速收回视线，百无聊赖地等开场。

“好久没见你跟顾野互动了，你们俩闹别扭呢？”即墨诏凑过来八卦。

白术斜他：“闭嘴。”

“哦。”

即墨诏面上乖乖的，心里已然做了判定。

晚会节目中规中矩，除了歌舞表演，还会请漫画家互动，中间分三次公开晋级的漫画家。

半决赛共晋级 24 名漫画家，每一次公开 8 名晋级者，从后面的排名开始。

第一次公开第 17 名到第 24 名的晋级者，没有东国队的漫画家，氛围忽然变得紧张起来。

即墨诏摸出口香糖，放嘴里嚼着，缓解他的紧张情绪。

江南枝紧紧盯着舞台，目不转睛的，表情稍显僵硬。

前面两排，简以楠、陆遥都坐得端正，倒是莎莎和顾诠，交头接耳地说话，似乎挺惬意的。

白术漠然旁观。

半个小时后，第二轮名额公开，出现一个东国选手。

第十名：[东国]SL。助手：[东国]中曲山。

“竟然晋级了。”

即墨诏讶然出声，连他自己都有些意外。

白术倒是很淡定：“跟墨川配合得不错啊。”

“他这次很上心。”即墨诏没全揽功劳。

“他人呢？”

“坐在那一边。”即墨诏指了个方向，却注意到江南枝的脸色，把声音压得有点低，“时正有个节目要表演，还挺紧张的，墨川就陪他坐一起了。”

白术想起来，确实有这么回事。

总决赛有一个主题宣传曲，会进行全球推广，去年就在组织全球歌手选拔，时正主动请缨参赛，于是在 BW 救援队这个强有力的背景下，他一路过五关斩六将，拿下了这个名额。

总决赛的主题是《世界大同》。

时正在第三基地创作的，亦叫《世界大同》。他待会儿要表演的曲目，便是这个。

将这事撇到一边，白术也注意到江南枝的异样，同即墨诏说："你先上台。"

即墨诏微微颔首，起身上台领奖了。

白术偏过头，见到在喧闹中安静注视舞台的江南枝，看清她眼睛里蓄着的泪水，轻轻抓住她的手。

江南枝的眼泪一下就掉了出来，一滴泪落到白术手背，湿润的，带着一点余温。

白术没说话。

江南枝也没说话。

苏老师心细敏锐，特地绕到后排来，蹲在江南枝身边，递给她纸巾："怎么还急得哭了，没准是前八名呢。"

江南枝抽噎了下。

苏老师继续说："陆遥刚就在说，她肯定进前八了。"

"苏老师，"江南枝用纸巾胡乱擦着脸，"我心脏没那么强大，你别安慰我了。"

谁都知道，东国队里就她垫底，越靠前，越没她的份。

苏老师这话，跟陆遥等人说，可以，但说给江南枝听，只会造成反效果。

苏老师没办法，给白术使眼色。

"一年前，你连在'轻一杯'出道，都是一件难事。"白术安慰人的方式总是与众不同，"现在你回国，可以成为下一届'轻一杯'的评委了。"

江南枝仔细想了想，忽然觉得没那么悲伤了。

"我都进半决赛了，"江南枝哭得眼睛红红的，看着苏老师，"我毕业后能留校当老师吗？"

苏老师马上说："能的能的，我回去就给你申请。"

"我还想进漫协。"

"可以。会长就坐在前面呢，跟他说一句就行。"

"你能想办法让我见一见 Zero 吗？"江南枝说，"虽然我是白大的徒弟，但我一直是 Zero 的粉丝。"

苏老师犯难了："这……"他也见不到啊。

白术在旁接话："可以。"

"白妹妹。"

江南枝感动不已，紧紧抱住白术，把眼泪鼻涕以及花掉的妆容全蹭在白术衣服上。

这会儿轮到白术悲伤了。

苏老师眼睁睁看着江南枝从一出悲剧变成一出喜剧，有些迷茫。但见白术僵硬的表情，他舒了口气，有点想乐。

江南枝走到这一步，谁都没有想到。

没人想被淘汰，可残酷的现实摆在那里，必须有人被淘汰，只是“是你”和“不是你”的选项罢了。

相比一直引人注目、底牌无限的白术带来的震撼，像江南枝这般稳扎稳打坚持到这一步的，更像是一个奇迹。

这几个进半决赛的漫画家，是引领东国漫画走向世界的功臣，是东国漫画家前进的方向。

他们将会被漫画史铭记，注定不会平庸。

第二批晋级者下台后，现场紧张氛围再度升级。

有的如江南枝一样，自知晋级无望，士气低沉；有的觉得自己能赌一把，又怕赌输了，忐忑不安地等待结果。

像白术这样胸有成竹的，少。

不过，莎莎算一个。

“紧张吗？”顾诠在莎莎面前，完全是一慈祥的老爷爷。

“有点儿。”

莎莎嘴上这么说，但心里已经十拿九稳了。

连即墨诏都能拿第十名，她的实力不输即墨诏，又有顾野相助，拿前八的可能性很大。

“不用紧张，”顾诠说，“你正常发挥，是没问题的。”

“嗯。”莎莎乖乖点头，觑了眼一侧的顾野，“毕竟有顾野哥哥当助手呢。顾野哥哥帮的漫画家，还没有被淘汰的。”

顾野轻描淡写地说：“那也得漫画家构思好。”

“我不管，”莎莎嗓音软软的，像在撒娇，“如果我没晋级，肯定是顾野哥哥没全力帮我。”

顾野不吃这一套：“结果还没出来，锅已经先给我扣上了。”

如此不给面子，莎莎轻轻皱眉，想到顾野曾经的威胁，心中越发不快、憋屈。

同时，又溢出一些担忧。

顾野不会真的卑鄙到在她漫画里动手脚吧？

“顾野。”顾诠警告地看向顾野。

顾野极轻地耸了下肩，不再说话了。

第三次公开晋级者时，现场气氛被拔高到一个顶点，无论是漫画家还是旁观者，皆是屏息以待。

在主持人的倒数后，大屏幕上赫然出现前八名的结果。

第一名：[东国]White

第二名：［东国］问鼎
第三名：[M 国]Allen
第四名：［东国］楚逍遥
第五名：［东国］简以楠
第六名：[Y 国]Ulrica
第七名：[E 国]OPO
第八名：[M 国]A.D.

前五名，除了一个艾伦，剩下四个都是东国的。

这一幕，看得人叹为观止。

坐回到白术身边的即墨诏，忍不住骂了句脏话，跟白术说：“你也太离谱了点儿吧？”

白术说：“还是这一届参赛者衬托的。”

被中伤的即墨诏嘴角微抽，最终，他仍是朝白术竖起大拇指。

简以楠、陆遥、苏老师、郝老师瞧见这结果，皆是喜出望外，连素来不苟言笑的简以楠，眉眼都染上了笑意。

可是，莎莎那一排，气氛截然不同。

莎莎望着排名结果，身子战栗，脸色煞白，她瞳孔缩了缩，无法相信这个结果。

她怎么会被淘汰？

她想到了顾野的威胁。

极大的愤怒席卷胸腔，莎莎回头去看顾野，赫然发现顾野已起身离开，她眸色一厉，紧跟上去。

因为“White 不在场”，上台的只有七名晋级者。

白术排在第一位。

现场响起雷鸣般的掌声，久久不息，每一双眼睛都在注视着白术，以仰望的姿态。

一次又一次的反转，让她成了世界的焦点。

笼在她身上的光芒过于耀眼，从而掩盖了其他晋级者的光彩。

白术站在舞台上，平静而从容地领了奖。在现场的掌声再次热烈起来时，她抬起眼帘，望向台下。

所有人都站起身，为她鼓掌。

顾野不在。

白术目光轻扫一圈，欲要搜寻顾野的身影，视野里却映入另一道身影。

她与那双眼睛对上。

他眼里带笑，目光交会的那一瞬，他眼睛眨了下，有些促狭。

纪远。

白术向前半步，忽地主持人拿着话筒走过来，开始进行对她的采访，一瞬挡住了白术的视野。

白术侧身张望，再去看时，纪远已经消失无踪。

方才那一眼，仿佛是她的错觉。

莎莎在楼道里追上了顾野。

“顾野，你是不是对我的画稿动手脚了？”莎莎拽了下顾野的手臂，拦到顾野面前。

此刻的她，毫无乖巧开朗的模样，眉眼尽是戾气。

顾野将手机放回衣兜里，垂眸瞧着她：“以你的漫画质量，还需要我动手？”

这句反问，等同于羞辱。

莎莎紧紧咬牙。

“那是你自己的作品，我的每一步都是经过你审核的，我若动了手脚，你会看不出来？”顾野不疾不徐地出声。

莎莎眸一冷：“白术——”

顾野嗤笑：“你以为墨川改动白术的作品风格，她自己不知道？”

莎莎一怔。

“她不乐意计较罢了。”提到白术，顾野眸色微暗。

“我不信。连即墨诏都晋级了，你若是全心全意协助我，我怎么会没晋级？”

“你对自己的评价倒是挺高。”顾野不遗余力地嘲讽，“谁给你的自信？五芒星，还是马歇尔，抑或是你偷偷用的药？”

莎莎眼睛蓦地睁大，眸里闪烁着惊恐和错愕。

她难以置信道：“你怎么知道？”

顾野嘴角微弯，沾着点嘲讽：“这在你们漫画圈里，还算是秘密吗？”

莎莎立即道：“你也——”

“别误会。”顾野打断她，“我们是真天才，生来就有捷径可走，不需要借助外界力量。”

这话说得就真是太不要脸了。

莎莎瞠目结舌。

叮咚——叮咚——

莎莎兜里的手机持续振动起来。

顾野神情松散：“网络有些延迟，看来是发过去了。”

莎莎愣怔，很快意识到什么，赶紧掏出手机一看，发现是来自顾野的多个短视频，竟是她用药时、发作时的偷拍。

莎莎扫一眼，便大惊失色。

“不想被全网公开的话，你最好接受现实。”顾野往下走了两个台阶，站到莎莎身侧。

他一只手揣在兜里，微微俯下身，嗓音裹着危险："我本来想动手脚的，奈何你的漫画质量，用不着我费时间。"

杀人诛心。

莎莎定在原地，悲怆、愤怒、恐惧等复杂情绪在交织，她气得七窍生烟，却无法有任何动作。

顾野从她身边走过，缓缓下楼。

所有晋级者名单公布后，晚会接近了尾声，就剩"总决赛预告"和"新主题宣传曲"两个环节了。

可是，白术下了台，并没有回座位，而是直接离了场。

现场热闹非凡，白术却脱离人群，在一个又一个出口处寻找纪远的身影。有人认出她来了，或拦着她、或打招呼，她一律不予理睬，但难免耽误时间。

她干脆脱了显眼的队服，穿着一件针织毛衣，把帽檐压得低低的，尽量避开人群。

绕了一圈，白术从楼道出来，又回到最初的出口。

即墨诏和江南枝提前出来了，正打算找她，见到她后松了口气。

"白妹——"

江南枝张口想喊，被即墨诏制止了。

以白术现在的热度，江南枝这一嗓子，指不定得把多少人叫过来。

"你去哪儿了？"即墨诏一手拿着白术的外套袋子，一手拿着个滑板，"也不提前说一声，苏老师怕你又搞事情。"

"瞎逛。"

白术将奖杯和队服扔给即墨诏，接过袋子，把自己外套穿上。

"你的奖杯呢？"即墨诏后知后觉。

白术将外套拉链一拉："裹在队服里。"

即墨诏打开卷成一团的队服，果不其然，见到被包在里面的奖杯。

"白妹妹，"江南枝凑过来，挽住白术的手，"苏老师说，待会儿要去聚餐，郝老师请客，你要不要一起？"

"好。"

即墨诏说："那一起去停车场吧。"

白术本来心不在焉，听到即墨诏的话，下意识问了一句："哪儿？"

即墨诏莫名其妙："停车场啊。"

白术先是眉头一锁，旋即松开。她转身就走，可注意到即墨诏手中的滑板，抬手将滑板拿了过来："借用一下。"

说完，她踩着滑板就走了。

即墨诏冲着她背影喊："喂！你去哪儿啊？"

白术头都没回。

江南枝眨眨眼："怎么回事啊，白妹妹和顾野最近都怪怪的？"

即墨诏心里咕哝：鬼知道。

踩着滑板来到电梯间时，白术发现有成堆等候的人。皱了皱眉，她一转身，挑了一个最近的楼梯入口，踩着滑板一路飞行下滑。

遇到一两个走楼梯的，白术轻轻一跳，滑板落到栏杆扶手上，如一阵风般从路人身边滑过。

路人被吓得不轻。

可当他们回头时，白术已经消失不见了。

白术一路畅通无阻，迅速来到负二楼，在滑进停车场的刹那，前方一个刚掏出钥匙的人转过身，白术无意间瞥了一眼。

停车场的光线昏暗，顾野身上披着冷清的光，光束倾泻到他眼里，漆黑明亮。

顾野本是随意回头，一见到她，眸光忽闪了一下。

他们目光碰撞着。

然而，白术却没有停下，与他擦肩而过的那一瞬，将视线一收，留给他一个转瞬即逝的背影。

白术在停车场乱窜，调动了所有注意力，观察着周遭的动静，脑海里的停车场地形图，一点点被她进行筛选、排除。

终于，她来到又一个出口时，四处张望，见到个眼熟的车牌号一闪而过——樊起予的车。

白术立马追了出去，刚在门口觑见那辆车的全身，那辆车便开出了大门，随后猛地提速，滑进了密集的车流之中。

白术掏出手机，调出附近的地图，观察片刻后，重新踩上滑板，开始在人行道上穿梭。

与此同时，刚从停车场跑出来的顾野，见到白术急匆匆的背影，不假思索地追了上去。

穿过一个又一个的路口，白术一次又一次地与那辆车错过。

迎着呼啸的冷风，白术的脸被刮得生疼，可她没半点停顿，终于在一个红灯的协助下，抄小路提前赶到路口的她，与那辆车迎面撞上。

"纪远，滚出来！"

白术肺部灌入一口凉气，她抬手一挥，一块石头抛出，砸在一面车窗上。

车窗没碎，但出现了裂痕。

原本欲要提速的车，终于停了下来。

时间似乎被拉长了，后车门缓缓打开，一个人走了下来。

他身形挺拔，穿着一件黑色长大衣，竖起的衣领遮了脖颈和下颌，黑发浓密，被风吹得乱飞。

一双黑眸看向白术，他的眼神是温和的。

他缓步走近，脸庞隐在暗影里，轮廓朦胧，模样与四年前比，几乎没有变化。

俄顷，他站在白术跟前。

宽厚的手从兜里掏出来，他伸手去捏白术的脸颊，口吻戏谑："我家女儿可真是越来越水灵了。"

白术盯着他，眼神清冷，一掌拍开他的手。

"脾气倒是一点没变。"纪远笑笑，晃了下手。

刺骨的冷风刮在身上，白术站得笔直，语气平静："我要没拦住你，你还想躲多久？"

纪远咂摸了下："那就说不准了。"

白术一踩滑板尾端，滑板猛地抬了起来，被白术抓在手里。白术紧紧抓着滑板，手指被冻得通红，可骨节却发白。

真想一滑板把他给拍废了。

纪远瞧出来了，提醒："我们家严禁家暴啊。"

白术轻抿唇，猫眼睁得很大，琥珀色的眸子里，折射着琉璃光芒，瞳孔深处倒映着纪远的影子，暗得深沉。

纪远觉得不对劲，伸出两只手，揉搓着白术的脸："怎么了，委屈成这样，可不像你啊。"

"你有完没完。"

脸都被搓疼了，白术一时恼火，瞪了他一眼，把他的贱手拍开。

白术缓缓吸了口气，问："你是不是打算以后不见我了？"

"哪能啊。"纪远闲散地说，嘴角挂着点笑，调侃她，"咋啦，顾野欺负你了？把我金刚心的女儿整得这么脆弱。"

白术瞧着他，不说话。

她的脸本就被冻得通红，被纪远这么一搓，变得红彤彤的，像一只小花猫。

纪远被她盯得有些发毛，解释说："我这不是怕你找我还钱嘛。"

白术冷冷地说："你把所有资产都给我了，我找你要什么钱？"

纪远微怔，眉头一锁。

"我问过印院长了，他说，你去年找他的时候，托他写了一封遗书，继承人是我。"

"这家伙不厚道。"纪远蹙着眉，一副轻描淡写的样子。

白术忍无可忍，抬腿踹向纪远的膝盖。

纪远躲闪不及，挨了一脚，他“嗞”了一声：“都说了，禁止家暴！”

白术眼睛染了层水雾，亮亮的，她一字一顿道：“你是不是觉得，你陪了我四年，再对我揠苗助长，等我能独当一面了，你这个当爸的就可以毕业了？”

纪远在一瞬间想了很多糊弄的理由。

最终，纪远选择沉默。

他将手掌覆在白术头上，隔着鸭舌帽，掌心的温度传递下去。他拍拍白术的脑袋，落下一声叹息。

“爸还有点事要处理，”纪远低头看她的眼睛，“等处理完了，再来找你。”

他将手移开，毫无留恋地，转身便走。

白术忽然问：“你想我妈吗？”

纪远顿住，侧过身，瞧了她一眼，眸里是哀伤和落寞：“每时每刻。”

白术眼帘缓缓垂下去，她紧紧抿唇，那一句“那我呢，就可以被丢下吗”，始终没有问出来。

因为没有任何意义。

他们只想过两人世界。

她的出生，本就是一个意外。

他们都想让她有自由而独立的人生，希望她强大到不需要任何后盾。

纪远上了车，车辆再次发动，消失在滚滚车流里。

城市的夜晚格外绚烂，霓虹灯如星辰点缀。风却格外冷，像锋利的刀子，一阵一阵，好似要把皮肉从人身上剔下来。

树影里，顾野安静地站着，望着白术的侧影。

夜深了，这里处于繁华地带，行人密集，她孤零零地站着，好似被遗弃的小猫，嚣张气焰荡然无存，风刮在她身上，随时都能将她吹跑似的。

白术站着没动。

顾野也没动，脚底似是扎了根。

不知过了多久，顾野轻呵出一口冷气，终于下定决心，抬起了腿。

就在这一瞬，白术转过身，她抬手蹭了下眼睛，将帽檐往下一拉，遮了半张脸。

她低下头，一手托着滑板，缓缓离开。

路灯落到她身上，她的手垂落，暴露在柔光中的指尖，沾了些水。

顾野蓦地僵在原地。

她那么骄傲，又怎愿被人看到。

放在兜里的手紧紧抓着手机，可顾野始终没有任何动作，他只是望着白术渐渐走远。

白术没去参加聚会，在街上走到后半夜，才拦了辆车，去了艾伦家。

她手机没电了，自动关机。

她不知道的是，由她亲手埋下的种子，在长达三年的孕育中，由这一晚生根发芽，冲破了土壤，以极其惊艳的方式被人看到。

晚会上，主持人公开了总决赛的主题——世界大同。

同时，公开同名的联合项目——举世闻名的天才画家荣帆亲自举办的“世界大同”画展，将以每周公开一幅画的方式，持续到12月末。最后一幅画，将是神秘画作。

紧接着，时正一首《世界大同》震撼全场，随后在网上公开的宣传片，受到全球网友的追捧，成了各大知名平台的最热门，热度一骑绝尘。

也就是在这个时候，天才画家荣帆在社交平台更新动态。

他发了一张图，上面是“世界大同”画展的具体信息，而配字是：“如果世界大同是你的理想，那么我便是它最虔诚的信徒。”

一句话惊起千层浪。

因为包括时正、墨川、艾伦在内的多个领域的知名人士，纷纷公开BW救援队成员的身份，并采用了与荣帆一模一样的文案——

如果世界大同是你的理想，那么我便是它最虔诚的信徒！

一时间，所有的热度都转向“BW救援队”，这三年在各大平台、通过各种媒体报道的相关新闻，被迅速挖出，以势不可当的方式为人知晓。

“早就听说BW救援队卧虎藏龙，没想到藏了这么多大佬！”

“所以说，那句话中的‘你’，指的是BW救援队？”

“看了一晚的相关信息，热血沸腾。怎么办，既感动又激动，我现在报名进BW救援队，还有机会吗？”

“关注这支救援队太久了，泪目，他们牺牲了太多，现在终于被世界知道了！”

……

翌日，白术一觉醒来，发现外面在下雪，窗外景观很美，可冷清又萧瑟。

白术想找点吃的，下了楼，却见一楼欢乐一片。

艾伦、段子航、阿绫、时正、墨川都在，他们凑在一起打牌、聊天，还有两个人在厨房忙碌，白术定睛一看，是荣帆和牧云河。

段子航手肘抵在沙发靠背上，晃了晃手中的酒，调侃她：“白队，你起得挺早啊，这才下午两点呢。”

艾伦朝她招手：“公主殿下！”

阿绫一板一眼：“白小姐。”

墨川朝她点头：“白队。”

时正神采飞扬：“怎么样，我的歌给你长脸了吧？”

白术眨眼：“什么歌？”

时正沉默了，撸起袖子，想跟白术干一架。不过，被墨川拉住了。

现场氛围欢乐又轻松。

牧云河从厨房走出来，将一个锅端上餐桌，同白术说：“小仙女，哥哥给你做了火锅。”

白术鼻子敏锐得很，嗅到了另一股香味：“烧烤呢？”

“在这儿呢。”荣帆随之走出厨房，眉眼温和带笑，手里拿着刚烤好的烤串，他喊，“师父。”

盯着他看了两秒，白术微微歪头，笑了下。

荣帆也冲她笑。

火锅和烧烤上桌，吃货们集体奔向餐桌，而白术在阿绫和艾伦的帮助下，不仅夺得第一口烧烤，还霸占了最好的位置。

段子航站起身，第一个举杯：“来，敬白队！”

墨川随后起身，眼神真诚且敬重：“敬白队！”

其余人皆站起来，朝白术举杯：“敬白队！”

白术还在吃烧烤，嘴角沾了点辣椒，她眼神流露出一些困惑，不明所以：“干吗敬我？”

牧云河将白术一把拎起来，把一听啤酒塞她手里：“喝你的吧。”

“行。”白术眼睛很亮，举起手中的啤酒，与他们的相碰，“干杯，敬我和我们。”

“干杯！”

他们将手中的酒一饮而尽。

白术的手机没开机，不知道发生了什么，直至开始吃火锅时，她才听说昨晚的事。一切都很顺利，反响出乎意料的好，但白术并不意外。

他们准备得很充分，有这样的反响，才是合情合理的。

她不爱在精心准备的事上嘚瑟。

相较于庆祝这个“好的开始”，白术更专注于桌上的食物。

吃饱喝足后，白术坐在懒人沙发上吃水果，其他人在玩牌。她借了阿绫的手机玩消消乐，打发时间的方式一如既往地枯燥。

“我以为你才是最高兴的那个。”段子航走过来，递给白术一杯果汁。

“这才只是个开始。”白术喝了口果汁，“水能载舟亦能覆舟，舆论和关注，可以提高 BW 救援队的影响力，但一不小心就会翻船。”

白术撇嘴：“没什么好高兴的。”

“可第一步成功了，不是吗？”

白术乜斜着他：“如果我每做成一点事就要乐和的话，那我将是个成天乐呵呵的二傻子。”

段子航哽住，指了指白术，半晌没说话。

他站在一旁，垂眸打量着白术。

他仍旧记得，那一年他们去图卢国参加救援，因不被信任、不被理解而被视为侵略者、敌人时，全体士气低迷，每个人都很沮丧。

乐观如白术，也不例外。

可是，仅仅低迷了三天，白术就跟他说："我们需要关注，需要影响力，需要被世界知道。"

从那时开始，白术的计划，就有了轮廓。

她要让 BW 救援队被世界知道，但不仅是宣传整支救援队，而是从每一个个体开始。她着重于对每一个有贡献的成员进行宣传，除了正规渠道，还用上了各种宣传技巧。

她说："我是一个故事创作者，同样一件事，我知道用怎样的方式去讲述，更吸引人。"

所有被选中的员工经历，在拿出去宣传时，都要经过她的审核、修改。

因为她知道怎样才更能博得关注。

她成就了无数的平民英雄，那些尽其所能去做事的人，有被世界看到的机会，同时也潜移默化地扩大了救援队的影响力，提高了团队凝聚力、员工积极性。

在铺垫了这么久后，终于在昨晚，舆论全面爆发。

这三年里，那些英雄的故事，只有一部分人知晓。从今往后，知晓他们的人数将会以指数级增长，而范围则是全世界。

将思绪收回，段子航换了个话题："天下为公，世界大同。你信吗？"

白术抬头，脖颈曲线细长："你想听真话？"

段子航愕然。

"我不信，因为以我有限的生命，等不到那个时候。"白术顿了下，继续说，"但我们得去做。我们有资源、能力，只有像我们这样的人去做事，才会有人愿意信这话。我们这样的人越多，相信这话的也越多。当这些人达到一定的数量，它才不再是一个遥不可及的梦。"

段子航沉吟良久。

他倾身拿起桌上一杯果汁，冲白术一举："敬你。"

这句话，是诚心的。

事实上，他起初也是不信的。

正因有白术这样的存在，他才相信那样美好的未来。

第十一章

他们忠于你的理想，而我忠于你

新的一个月，荣帆的画展在华尔特镇举行，每天都有人慕名而来，预约人数爆满。每周公开的一幅画作，都是全球社交媒体关注的焦点。

艾伦特别爱画展，每天都乔装打扮一番，往画展跑。他一待就是一天。

“公主殿下，你今天去画展吗？”跟往常一样，艾伦每次出门前，都要问白术一句。

白术还在吃早餐，回：“不去。”

艾伦说：“我在画展上发现了一幅画，跟你的风格很像，你去看了肯定会喜欢的。”

“世界大同”画展是由荣帆主持的，但并不完全是他的作品。

这一年，荣帆凭借自己的影响力和财力，在全球征集“世界大同”主题的画作，只要是荣帆看中的，都可以在画展里展示。

所以很多画家，借助这一次画展，一夜成名，身价暴涨。

白术完全不放心上：“过几天再看。”

“行吧。”

艾伦有些失望，但没有强求。

过了会儿，艾伦问：“你这些天都早出晚归的，还有什么事要准备吗？”

白术扬眉：“纯玩。”

艾伦一脸的不信。

等艾伦出门去看画展后，白术接到樊起予的电话。

“小小姐。”樊起予嗓音和煦如风。

“今天要做什么？”

“有一个叫比利的，特工出身，五年前在马歇尔安保公司工作，明面上是合法合规的保镖，背地里给马歇尔处理麻烦事。”樊起予说，“他最近形迹可疑，我们需要监听他的手机。”

白术不假思索：“可以。”

“时间和计划我待会儿发给你。”

“你答应我的事呢？”

樊起予沉吟片刻：“这次任务结束，该告诉你的，都会跟你说。”

白术掐了电话。

晚会结束后，白术就一直在跟樊起予接触。

倒不是为了见纪远，而是通过交易的形式，从樊起予口中套情报。

SOS 都是技术宅，在网上所向披靡，但他们确定目标后，需要有人接近目标，要么跟踪观察，要么施行监听。

但这些正好不是他们擅长的。

他们可以花钱请人，可真正值得信任的，寥寥无几，所以他们严重缺人手。

白术虽无这方面经验，但心态稳、身手快、观察力强，就胜出了大部分人，加上缜密的计划和她灵活的大脑，每次行动都很顺利。

现在算是上手了。

酒店晚宴上，衣香鬓影，觥筹交错。

白术拿着一杯果汁，从容地在人群里穿梭，偶尔会遇到前来打招呼的，白术皆是冷淡回应。

这是一场漫画家的聚会，搞得声势浩荡，国际漫画组织的高层会现身，白术今日的目标，自然也在现场。

比利一直跟在马歇尔身边，目光锐利，眼神阴沉。

白术没有近身，而是在逛了一圈后，随意找了两位漫画家攀谈。直至马歇尔主动靠近时，白术引导两位漫画家挑起魔术的话题。

白术嘴角一弯，说：“我正好会一点儿。”

两位漫画家立即来了兴致。

白术轻挑眉，举起拿着果汁的手，在其中一人面前移动，吸引着他的注意：“猜猜我要变什么魔术？”

那人当即发挥着脑洞，展开了猜测。

白术却摇头，一边跟他说话，一边做着毫无意义的动作，同时在旁人的关注下，把他身上的钱包、钢笔、手机、别针一一取下来，扔给了他的同伴。

最后，白术随手拿起桌上一块手帕，罩在了果汁杯上，停顿几秒后再揭开，果汁杯已经变成了一朵鲜艳欲滴的玫瑰。

“哇哦。”

早已被偷个精光的漫画家眼睛发亮，激动地鼓掌。

然而旁观了白术将他偷光这一幕的看客，却不由得哈哈大笑。不知不觉间，周围已经围了不少人。

至于被戏弄的漫画家，不明所以好一会儿，直至见到同伴手里的东西，才反应过来。

白术把玫瑰送给他，当作一点精神补偿。

周围终于响起了掌声，有人起哄，希望白术再来一个，而白术也没让他们失望，采取跟他们互动的方式，变着精彩的魔术，招数往往不按套路出牌。

她的魔术，跟她的漫画一样，充满了惊喜。

原本想跟白术打声招呼的马歇尔，因此站在一旁，面带微笑地欣赏着。白术跟他身旁一人互动时，他还凑近了去看。

终于，白术的魔术告一段落，重新端起了一杯果汁。

马歇尔主动向前："白小姐，你好。我叫马歇尔，是国际漫画组织的副主席。"

白术喝了口果汁，冷淡地瞧他："你好。"

不给人留面子，是她一贯的风格。

马歇尔有点尴尬，干笑两声，说："你的魔术表演得可真好。"

白术抬手扔出一枚硬币，接住时再摊开手心，硬币却成了一颗糖。

她向马歇尔走了两步，当着马歇尔的面，将糖放到马歇尔胸前的口袋里："小礼物。"

马歇尔刚要说点什么，旋即，就见白术手一抬，手指夹着他的手机。

马歇尔神情僵住。

白术微微一笑，将手机扔给他旁边的比利，然后优哉游哉地离开了。

马歇尔望了眼她的背影："她的嚣张和高调，跟新闻上报道的一模一样。"

比利不置可否。

白术走在人群中，抬手摁了摁耳屏，嗓音压低："完成了。"

她耳道里藏了微型耳机。

樊起予等人，一直通过现场摄像头，关注她的一举一动，以防出现意外时，可以采取备用计划。

"小小姐的魔术真精彩。"樊起予嗓音醇厚磁性，说起话来像在调情。

"未免起疑，我会待半个小时再走。"白术语气冷淡，"在这期间，把你的承诺兑现一下。"

"好。"樊起予停顿了几秒，"小小姐想先知道什么？"

想了半刻，白术问道："漫画 NO.1 跟纪远是什么关系？"

"跟 SOS 一样，纪远是漫画 NO.1 的创始人。我只是代为接管罢了。"

听到这样的答案，有心理建设的白术，一点都不意外。

白术继续问："那 DY 漫画大赛跟你们又有什么关系？"

"小小姐可真敏锐。"樊起予这话绝对是真心的，"我们得到情报，国际漫画组织内有五芒星的重要成员，所以在得知他们要举办漫画比赛后，纪先生想借此挖出那一枚暗钉，便向他们抛出漫画 NO.1 这个平台，并且提供了一定的资金支持。”

樊起予补充道：“当然，纪先生也要求我们，最大限度保证比赛的公平公正，禁止人为干预投票、规则，所以你的成绩是真实的。”

“我没怀疑你们给我放水了。”白术非常有自信。

樊起予失笑。

“亚洲赛后，忽然缩减名额的事呢？”

“这项规则改动，是马歇尔提出来的。这种名额上的规定，我们无法参与。不过，也是直到这时候，我们才初步判定，暗钉是他。”

“你们现在对五芒星的了解有多少？”

“八成。”

“什么时候动手？”

“这要等纪先生的安排。不过我想，快了。”

“成功率呢？”

“以纪先生的意思，是百分百。”樊起予倏然一笑，“小小姐，纪先生不希望你掺和过多的，别的你就不用再问了。何况，光是你们救援队那个计划，应该就够你忙的。”

“最后一个问题。”

“你问。”

白术站在角落里，抬起眼，瞧着周围一张张虚伪的面具，淡淡道：“这些年，你们是不是一直在监视我？”

樊起予静默了会儿，才答：“只是关注，小小姐。”

白术轻扯了下嘴角，将耳机摘下，走进喧闹的人群。

告别晚会时，已经晚上十点了。

白术走出酒店，见外面下着鹅毛大雪，雪如棉絮一般飘落，风一吹，便被迷了眼。夜幕之下，街上一切都变得模糊。

路边停着一辆车，是樊起予安排的。

刚见到白术，司机就开门下车，可白术却未曾理会，径自走进风雪里。

那辆车一直尾随着她，不远不近，她一直没有理会。

走了约莫一刻钟，白术来到另一家酒店外。她往大门瞧了眼，却没有进去，而是罩上羽绒服的帽子，低头在外面转悠。

大朵大朵的雪花在飘，地面早已落了层厚厚积雪，北风呼呼地刮，肆意掠夺着身体的温度。

白术站在路灯下，冻得浑身僵硬，帽子、肩上染了白。她呵出的气体，化作白雾消散。

不知挨了多久冻，白术终于掏出手机，拨通一个电话。

电话第一时间就被接听了，那边却是一片静默，无人吭声。

握手机的手指失了知觉，白术微微侧过身，面朝酒店大门方向，目光直指不知何时站在那里的身影。

寒冬腊月，冰雪无情。

白术的眼神是炙热的，可声音很轻："你想让我等多久？"

她的话轻飘飘的，刚一出口，就被风扯散了。就在那一刻，大门处立着的身影走出来，迎着风雪，很快就走近了。

起初是影影绰绰的，不一会儿，就渐渐清晰起来。

顾野衣着单薄，连外套都没穿，风吹乱了他的头发，雪沾在他身上，没有消融。

他停在白术面前，低头看她，唇轻轻抿成一条直线。

一直保持着通话姿势的白术，缓缓将手放下来。她盯着顾野半晌，缓缓问出一句："冷不冷啊？"

自打白术站在楼下那一刻起，顾野就急匆匆地下来了。出了酒店大门，他才意识到自己忘了穿外套。白术在外面站了多久，他就冻了多久。

顾野张了张口，可没等他说话，白术就说："我冷。"

顾野静默地看她。

"我的事情处理得差不多了，忽然想到你。"白术打了个冷战，停顿几秒才说，"反正你一直在监听，我就顺道过来了。"

顾野眼里闪过一抹愕然。

"我知道的。"白术平静地说，"电竞总决赛结束的那一晚，你不仅把我通讯录里的樊起予拉黑了，还监控了我的手机。"

白术微微仰头，迎上顾野的目光，向前走了一步："我默许了，也不介意。不过，你想就这么跟我聊吗？"

虽然感觉不到冷，但顾野的思维却迟缓了些。他没及时做出反应，在顿了须臾后，才伸出手将白术宽大的帽子整理了下。

他说："把脸藏好。"

他牵起白术的手，走向酒店大门。

轿车在路边停了半个小时。

司机见到白术和顾野进酒店后，联系上了樊起予，说明情况。

樊起予沉默良久："回来吧。"

"是。"

司机挂了电话。

不多时，这辆低调的轿车，就悄无声息地开走了。

顾野领着白术进了酒店房间，给她清扫掉身上的积雪，找出一件厚外套给她披上，紧接着又去倒了两杯热水。

“先暖暖身子。”

顾野将一杯热水给白术。

白术蹲坐在沙发上，蜷曲成一团，双手捧着那杯热水，小口小口地喝着。直至手指恢复一点知觉，她才停止喝水。

顾野站在斜侧，一直瞧她，既没走动，也没有喝水。

白术仰起头，疑惑：“你真不冷？”

“不冷。”

有些生硬地回答，顾野没有去加衣，举起手中水杯，喝掉一半的热水，然后坐在了单人沙发上。

他瞧着白术：“你什么时候发现的？”

他指的是手机监控的事。

“你那么小心眼，但见到我成天跟樊起予出门，却只字不问，好像心里有数似的。”白术喝了口水，继续说，“我那时就起了疑。”

白术一只手抱住膝盖，眼睑轻抬：“我不喜欢被监控，但如果对方是你，又能让你安心，我是可以接受的。”

顾野愣住。

这是他最担心的事，可白术却轻描淡写地说：可以接受。

白术忽然向前倾，将水杯搁在茶几上。

很快，她从衣兜里找出手机，将其放在水杯旁。

“但我希望，我们以后可以靠沟通，而不是监听。”白术微微歪头，眼睛澄澈水亮，盯得人心儿不自觉发软。

她说，以后。

顾野的喉结滚动了下，忽然觉得自己可以没任何要求，不假思索地说：“好。”

“那你能坐近一点吗？”白术一眨不眨地瞧着他，“你这样，搞得我们像要分手一样。”

她的眼神、她的语气，让顾野的心软得一塌糊涂。

顾野走过来，坐在她身侧，动作又轻又慢。可几秒后，他终究没忍住，揽住白术的肩，将她搂入怀中，紧紧的，像要将她烙在胸膛。

“我以为，”顾野蹭着她的脖颈，下颌抵着她的肩膀，嗓音却低了下去，“你不会来找我了。”

顾野的力道很重，发了狠，双臂如铁钳般桎梏着她，压得她喘不过气来，硌得她肩膀生疼。

白术却伸出手，抱住了他，手轻轻抚摸着他的后背，安抚着他的情绪。

白术问：“你有生我的气吗？”

顾野声音有些闷：“生过。”

“我想也是。”白术说，“可我知道，你等得起。只要我一找你，你就不气了。”

被白术拿捏得死死的，顾野却硬气不起来，坦白承认：“嗯，不气了。”

哪里需要她找他。

他只要一看到她，一听到她的声音，就不气了。

一直以来，只要碰到跟白术相关的一切，他就是个虚架子，一推就垮，毫无招架余地。

如果感情是一场拉锯战，那他肯定输得一败涂地。

明明是她追的他，可她从头到尾都游刃有余、进退得当，理智又有分寸。可他却沉陷其中，失去自我的掌控，她一句话、一个眼神，就让他溃不成军。

他什么原则都丢失了。

白术在顾野怀里调整了个姿势，将脑袋靠在他肩头：“这些天，我听 SOS 的人说，他们多了个帮手，做事事半功倍。是你吧？”

顾野没否认：“嗯。”

在半决赛晚会结束的第二天，顾野就找上了樊起予，允诺以给 SOS 做事为条件，换取他想要的信息，包括五芒星的情况和白术正在施行的计划。

这一点，倒是与白术不谋而合了。

这段时间，白术每一次的行动，顾野都有参与。但白术准备充分，每次都进展顺利，无须他另外帮忙。

每每听她和樊起予交流，他都嫉妒到发狂，哪怕她总在给樊起予甩冷脸，他都无法接受。

偏偏他得压抑着、克制着，他怕稍稍暴露一点自己的占有欲，就会让她看穿他阴暗的本质，从而对他退避三舍，永远都没有和解的可能。

白术问：“那你想知道的，都知道了吗？”

“嗯。”

白术接着问：“我想找个机会，跟你好好说的，计划是在总决赛后。但现在，你还需要我跟你说吗？”

顾野没有迟疑：“需要。”

别人说得再详细，也不如她亲口说出来的。

白术的手被顾野握着，她抽出来，玩着顾野的手指：“你相信好人好报吗？”

“不好答。”

“你应该信的。”白术说，“如果好人没好报的话，就没人去做好事了。”

顾野改口：“那我信。”

白术笑他：“没立场。”

“我对这些没兴趣，”顾野眸光微沉，专注于她，毫无保留地说，“如果有必要的话，你的立场，就是我的立场。”

“真的？”

“嗯。”

“好吧。”白术没再劝他，安静了会儿，再度开口，“我愿意接手 BW 救援队，是他们对队长的要求很有意思——不公开、无回报。这个职位，唯一能给队长的，就是无止境地去看这世界的苦难。”

“我第一次去图卢国救援时，自闭了三个月。最严重的时候，干脆放弃思考，把自己当成工具人，一味地埋头做事。”白术眼睑垂下来，盯着他的手指瞧，“不可否认的是，苦难让人成长，等我意识到时，我对这世界的认知，已经被颠覆了。”

顾野没吭声，搂着她腰的手，却紧了紧。

他吻了下她的额头。

白术继续说：“我把自己调整好后，发现救援队的成员，多少都有心理问题。老人已经麻木了，新人怀着理想和热忱过来，却处处碰壁，整体氛围低迷。天分可以让我迅速掌控一门技能，努力可以让我把一件事做到极致，一直以来，我都借助老天的馈赠无往不利。但面对他们的问题，我毫无头绪。”

白术缓缓呼出口气，慢慢地说：“直到有一天，我忽然意识到，我该看清我自己。我不是无所不能的，不需要把每件事都做好。我无法拯救一个世界、一个国家，甚至一座城市，但我也有可以做到的，我是一个队长，我可以给我的队员希望。”

顾野问：“所以你调整了内部的福利制度？”

“嗯。我们是救援队，不是资本家。他们付出了，就得有回报，这样才会进入良性循环。”白术说，“只要是人，就有追求。他们是崇高的、无私的，但他们也只是普通人，他们也有家庭和生活。名声、金钱、地位，能给他们的，我都会给他们。谁说志愿者，就要放弃一切，无私奉献？”

顾野沉吟了下，难免旧事重提：“你为他们着想，但你为自己想过吗？”

“一开始你把我问住了，但这段时间，我找到了答案。”白术说，“名声、金钱、地位，只要我想，唾手可得。可我最爱的，是冒险和挑战。”

顾野愕然。

“你知道我的计划了，它的实行注定会让我跟 BW 救援队捆绑在一起，从此我将被扣上各种各样的帽子。在舆论和关注中，我会失去一部分自由。”白术语调缓慢，神情是洒脱的，“我妈曾跟我说，希望我有自由而无悔的一生。恢复记忆那一阵，我一直受困其中。但我想她的意思是，希望我有选择的自由。怎么选，只要由着我的意愿来，我不后悔，那便是自由。”

白术抬起手，抚摸着他的脸颊，认真地问：“这答案，你接受吗？”

顾野轻轻抓住她的手，回望着她，回：“嗯。”

白术追求冒险和挑战的理由，彻底说服了他。

他释然了。

因为，这样的解释落到白术身上，再恰当不过。

她天生就是一个寻找困难，再迎难而上的冒险家。

白术又说："我说你无法理解，是指你跟我的成长经历不一样，很难感同身受。与其跟你讲我的目标、理想，不如带你亲自去看一看。"

顾野眸光闪了闪："我当时说的是气话。"

白术问："现在呢？"

顾野说："都不重要了。"比起失去你，什么都不重要。

"说一说你吧。"白术说。

她的身子暖和了些，可顾野的身体依旧是凉的，她将裹在身上的顾野的外套脱下来，披在了顾野的肩上："你完全感觉不到冷吗？"

顾野抿唇："没有。"

白术眼里满是质疑："真的？"

顾野说："只是对冷的感知不明显。"

"那你在楼下时冷吗？"

顾野轻蹙了下眉，如实回答："不知道，没注意。"

白术怔了会儿。

而后，她缩在顾野怀中，捧起他一只手揉搓着："顾野哥哥，听说你淋个雨，病了五天哦？"

"谁告诉你的？"

"莎莎。"

顾野眸中升起一些戾气，旋即又被压下来。他解释："当时刚试了药，身体比较虚弱。"

"试药有后遗症吗？"

"暂时没发现。"

"只准州官放火。"白术往他手心里呵了口气，眼睛眨了眨，"你没发现吗，你本质上跟我是一种人。"

顾野想了想，说："我跟你不一样。"

"哪儿不一样？"白术歪头。

"在我和他们之间，你会选他们。但在你和他们之间，我会选你。"

白术动作一僵，不解："为什么？"

"说不清。"顾野一字一顿地说，"白术，如果我说，你喜欢上樊起予，那么，我就会变成另一个樊起予。你会觉得害怕吗？"

白术忽然沉默了。

见状，顾野心倏地一缩，有些后悔。

然而，白术却轻轻摇头。

"前段时间，我跟纪远见了一面。"白术开了口，是截然不同的话题。

顾野等着她说下去。

"他说，他无时无刻不在想我妈。我想，如果不是我和报仇，他早就去陪我妈了。”白术说，“我以前觉得，任何感情都得保留一分理智，但现在……”

白术呼出口气，双手捧起顾野的脸，认真地注视他的眼睛，保证道：“如果你真觉得我有那么重要，没关系，我的人生可以再承担一个你。”

“你不需要我退让？”

“当我理智上想处理好所有的事再来找你，实际上却总是会控制不住想到你的时候，我开始觉得或许是我太苛刻了……”

白术话没说完，因为顾野吻了她。

他的唇是凉的，在风雪中沾染的寒意尚未散去，可气息滚烫，洒落之处皆燃起了火，如同他的情感，炙热燃烧，不再克制。

白术回应着他。

“白术。”

顾野低声唤她，声音缱绻，极尽温柔。

“嗯？”白术眸中有光。

“你不需要承担我的人生。”顾野嗓音低哑，唇贴着她的左耳，字字虔诚，“你的信徒忠于你的理想，而我，忠于你。”

白术一觉睡了很久。

久到她在梦里重新经历了一遍被关押的日子。

醒来时，她躺在酒店的床上，窗外是灰蒙蒙的天空，建筑上有积雪点缀。

顾野坐在床边，抓着她的手，见她睁开眼，有些意外，却也松了口气。

“醒了？”顾野伸手覆在她额头，试了试温度后，问，“感觉怎么样？”

白术张口，发现嗓子剧痛，她又闭上嘴，一眨不眨地瞧他。

顾野会意，拿起床头柜上的一杯水，另一只手从她颈后小心伸过，扣着她的肩，将她扶起来，然后给她一口一口地喂水。

喝了半杯水，白术才觉得嗓子好受了些，开口：“我睡了多久？”

她的嗓音是嘶哑的。

“一天一夜。”顾野把水杯放回去，让她重新躺下，“从昨天早上起，你就一直高烧，两小时前才退烧。”

“哦。”白术眼珠微微转动，总算反应过来，“我妈的忌日快到了。”

“嗯。”

顾野去年见识过白术这毛病，今年已经能冷静处理了。

白术疑惑：“就一天？”

“就一天。”顾野轻轻拨开贴在她脸上的发丝，“有长进啊。听牧云河说，你往年必须三日，分秒不差。”

今年缩短时间，大抵是白术恢复了记忆，又或许是她渐渐释怀了。

不过，白术不大在意。

她不会像纪远一样，每时每刻都在想白青梧。只有在每年这时候，身体的印记会提醒她，她还有一个母亲。倘若身体都遗忘了，她想起白青梧的次数，只会越来越少。

白术呼出口气，皱眉说：“就一天我也好饿。”

“想吃什么？”

“饺子。”白术说完，补了一句，“你包的。”

“你倒是挺会为难人。”顾野捏了捏她的鼻子，“先吃点别的填饱肚子，等晚上再给你包。”

“好吧。”

白术勉强同意了。

顾野怕白术的病情反复，但白术醒来后神清气爽，吃点东西补充了体力，就恢复如常，之后也没有再生病的迹象。

顾野这才放了心。

他当晚就带白术去了白阳那儿，借用厨房给白术包了饺子。

不过，白阳这个大嘴巴一扭头就跟即墨诏说了，即墨诏带着陆遥、简以楠、江南枝过来蹭饭，大大增加了顾野的工作量。

顾野给即墨诏准备了一盆饺子：“不吃完就当场入土吧。”

即墨诏吃着饺子，悔恨交加。

待顾野一走，即墨诏抱着那一盆饺子，凑到白术身边：“你们和好啦？”

白术享用着饺子，斜了他一眼：“小孩子别瞎打听。”

即墨诏“嘁”了一声，又抱着饺子离开了。

白术吃了两个饺子，发现简以楠又走了过来，在她身边坐下。

“白术，你去过画展了吗？”简以楠神情严峻，一板一眼。

“没有。”

“你打算什么时候去？”

“过两天。”

“我劝你去的时候做好心理准备。”简以楠将手机放在桌面上，推到白术面前，“纪依凡凭借一幅《和平颂》出了名，天天跟纪常军去画展炒作、接受采访，如今在国内已经成当代天才画家了。”

简以楠手指点了点屏幕，肃然道：“这幅画，有你的影子。”

白术拿起手机，看了眼那幅画，手指微微一僵。

确实跟她画室里的一幅画有些像。

“是吗？”

简以楠紧盯着白术。

“是。”

“你打算怎么办？”

“过两天再说。”白术无所谓地说，将手机放到一边。

“你这死性子什么时候能改改？”简以楠气不打一处来，“在学校画展上，你就知道她抄袭你，当初你默许了她，现在她都把抄袭作品搬上国际舞台了，你还不痛不痒？”

忽然被劈头盖脸批了一通，白术眼睛睁大了些，嘴里咀嚼着饺子，腮帮一鼓一鼓的。

这时，顾野走过来。

白术咽下饺子，扭头跟顾野控诉：“她骂我。”

顾野笑笑，将一瓶醋搁桌上，侧首问简以楠：“要加点醋吗？冷静一下。”

白术附和：“冷静一下。”

简以楠有些无语。

“我的画都被纪依凡一把火烧了，没有证据。”白术又夹起一个饺子，咬了口，慢条斯理地说，“不过，她的眼光很好，正好选到能让她身败名裂的这一幅。”

白术以斩钉截铁的口吻说：“你放心吧。”

“你确定？”简以楠眉头终于松了松。

“嗯。”白术点点头，又问，“她和纪常军有拿我炒作吗？”

简以楠：“你说呢？”

白术秒懂。

简以楠继续说：“你是NO.1的事一公开，纪常军就在圈内宣传你是他孙女，后来你被淘汰了，他才偃旗息鼓。这次你又成了问鼎，他直接开发布会公开你跟他的关系。至于纪依凡，每次接受采访，都会蹭你热度。要不然，画展那么多优秀画作，她的关注度不会那么高。”

白术吃饺子吃得很香，嘴里却说：“我好气。”

简以楠一哽。

根本看不出来她哪里生气了。

“那我爸，纪远，名声怎么样？”白术很有兴致地八卦。

简以楠问：“你是指你爸在外面养情人的事？”

“对！”

简以楠敏锐地察觉到白术有点高兴，无语极了：“他已经被全网骂渣男了，大家都在替你不值，给你安了个‘美强惨’的人设。”

白术闻声，跟一旁的顾野嘚瑟：“我从‘全网黑’到‘美强惨’了欸。”

顾野哭笑不得。

简以楠扶额叹息。

两天后，画展将公开“史上最神秘的画”，世界对画展的关注达到一个顶峰。

这天画展只售出五百张门票，一半以上的人，都是画家、漫画家等相关人士以及记者，同时画展将在漫画 NO.1 上全程直播。

东国队统一前往画展，白术和顾野蹭了这趟车。

陆遥跷着二郎腿，还没睡醒，打着哈欠问："为什么叫'史上最神秘的画'啊，因为从来没公开过吗？我画一幅画，再烧掉，岂不是更神秘？"

白术一行人默然地瞧着她。

陆遥被他们看傻子的眼神弄得睡意全无。

"听说三四年前，BW 救援队在图卢国进行医疗援助，忽然遇到内战爆发。为了给队友、病人、医生的撤退留出足够的时间，BW 救援队的一位少女用一支笔、一幅画，拦住了革命军，并且全身而退。"简以楠将事情娓娓道来。

"白术，"陆遥兴致勃勃地问白术，"你跟 BW 救援队的人很熟吧，知道这位少女是谁吗？见过那幅画吗？"

白术真诚地问："你不觉得我就很有神秘色彩吗？"

即墨诏憋不住了："你不觉得你闭上嘴更有神秘色彩吗？"

他刚吐槽完，顾野就卡住他的脖子，他立马求饶。

白术倒是无所谓，往后一仰，两手交叠枕在脑后："人和画，今天不都会公开吗？等着瞧就是了。"

她置身事外，即墨诏、陆遥、简以楠却延续这个话题，从那幅画谈到 BW 救援队，再转到时正、墨川等人身上，绕了一个圈子，他们聊到白术、纪依凡以及纪常军。

白术眯了会儿，听到他们在聊纪依凡，揉了揉眼："她今天到场吗？"

即墨诏翻了个白眼："她和她爷爷，天天在场。"

"哦。"

白术打了个哈欠，抬手揉了揉脸颊，让自己清醒一点。

画展在当地博物馆举行，今天各个入口都有保安守着，几人下车后，一一核实了身份，才被领着进了博物馆大门。

博物馆有两层楼，分五个区，分别展示不同类别的画作，每个区都配有讲解员，有时还会有作者亲自到场讲解背后的故事。

上午十点公开"史上最神秘的画"。

距离十点还有点时间，白术和顾野与其他人分开，开始逐区地欣赏起画作来。

顾野问："听说荣帆也是你的徒弟？"

荣帆，封城大学美术系毕业，之后来到 M 国进修，开始展现自己的绘画才能，每一幅作品都获奖无数，积攒了一定的名声。

他的作品多数是悲天悯人的，受到了许多人的追捧，加上各国媒体的宣传，他的名声越来越大。

在他的一幅画被某知名富豪以两亿元拍下的事传到国内后，媒体对其进行大肆宣扬，成功出了圈，成了新一代画家中的标杆人物。

收这样的人为徒，白术是极其淡定的："对。"

"你们怎么认识的？"

"纪常军曾送我去封城大学一教授那里拜师，我觉得教授的风格不适合我，就藏了拙，没拜师成功。"白术说，"但我在教授家，结识了他的学生，也就是荣帆。"

"你当时才八九岁吧？"

"嗯。但当师父嘛，不分年龄。"白术挑了下眉，"当时荣帆的作品，都被教授压下了，教授改一改，当成了自己作品，得了不少便宜。"

顾野忽然明白了什么。

"我出主意，帮荣帆揭发了教授。荣帆觉得我的画很前卫，在我的忽悠下，他便拜我为师了。"

"你教他画画？"

"没有，我教他怎么成名和稳住心态。"白术歪了下头，"不然你以为，他的成名之路，怎么这么顺？"

顾野心道：果然。

在传道授业这方面，白术一直走的是歪门邪道。

以白术和顾野的知名度，闲逛时总会遇上一些前来打招呼、要签名的，但都很有素质，办完事就走，不打扰两人。

逛完一楼的三个区，白术和顾野来到二楼。

他们俩一到四区，就听到喧闹的声音，跟楼下的氛围截然不同。

白术定睛看去，赫然见到被围在人群中的纪依凡，她站在《和平颂》这幅画前接受采访，周围是一票旁观的看客。

白术拉了下并不感兴趣的顾野："去看看。"

顾野立马跟她走了。

站在人群外，白术听到纪依凡张口"白术"，闭口"姐姐"的，冷不丁哆嗦了下，胳膊上起了细密的鸡皮疙瘩。

她搓了搓手臂："真冷。"

顾野牵起她的手："让你过来找罪受。"

白术和顾野刚站没一会儿，就被看客们发现了，原本听纪依凡八卦白术的他们，扭头看向白术和顾野，纷纷打招呼。

纪依凡也注意到了，暂停了采访，径直朝白术走来："姐姐，顾野，好久不见。"

她做了造型，长发微卷，穿着白色长袖连衣裙，精致又美丽，气质温婉柔和。与东亚赛时期比，她眉眼更添些许自信。

白术目光从她身上瞥过，落到墙上挂着的《和平颂》上。

以"呼吁和平"为主题的画，用的暖色调，整体是和谐温馨的，背景是丰收的麦田，但人是不同种族、不同肤色的，不同文化元素也恰到好处地融入其中。

可是，没有灵气，一向是纪依凡的通病。

白术微微眯眼，问："这幅画，你什么时候画的？"

"东亚赛结束后。"纪依凡浅笑嫣然，"去年一时兴起去画漫画，我确实没有天分。重新拿起画笔的时候，还没有信心，没想到会被荣先生选中。"

纪依凡半垂着眼，眸里闪烁着冷光。

《和平颂》的猫腻，白术定然一眼就能看穿。

可是，那又怎样呢？

那一幅画，早被她一把火烧了，化作灰烬。

白术没有证据，不会轻易揭发她，只能吃下这个哑巴亏。倘若白术真的急于揭发她，只会帮她提升知名度，她乐见其成。

白术嘴角轻弯："他这次算是看走眼了。"

纪依凡抿了下唇，模样楚楚可怜："姐姐这是什么意思？"

白术未开口，顾野便抢答："你不配的意思。"

纪依凡表情微僵，脸上血色渐渐褪去。她眼里闪着光，泫然欲泣的样子，瞧得让人心疼。

"姐姐，我知道你做什么都优秀，以前也是个天才画家，但你已经放弃绘画，选择漫画了，我以为……"纪依凡声音低了几分，"你不会计较这些。"

白术和顾野着实被她日渐增进的演技秀了一把。

纪依凡这一番话，无疑是在说，白术是因在绘画上难有所成，才选择漫画的，眼下看到她在绘画上有了成就，便怀恨于心、斤斤计较，俨然就是一小心眼儿了。

他们用的是中文，在场懂中文的，将他们的对话翻译了下，旁观者顿时窃窃私语起来。

"我何时放弃绘画了？"白术悠然问。

"姐姐还在偷偷画吗？"纪依凡故意问，心里嗤之以鼻。

白术就算还在继续画，质量也很差，不然白术不会一直不公开，也不会成为纪常军的弃子。

白术耸了下肩："是啊。说不准跟你一样，我的作品也在画展上展示呢。"

纪依凡怔住，神情有些惊恐。

怎么会？

然而，白术在给纪依凡留下一个炸弹后，就拉上顾野离开了。

一语惊起千层浪。

因画展全程直播，且分五个区，白术和纪依凡见面这一场面，导播自然不会放过，原原本本地切了直播。

观众们本来在讨论白术和纪依凡的狗血姐妹情，逐字逐句地分析两人的交锋，没想到白术最后一句话，让观众们顿时走向失控的状态。

白术匿名搞事也不是一两次了，NO.1和问鼎就是个典型。

有了前车之鉴，几乎无人质疑白术话里的真假，而是第一时间去翻画展在网上公开的画，逐个研究其背后的作者，想通过蛛丝马迹把白术揪出来。

可是，直至十点最后一幅画即将公开时，都无人找到线索。

有人颤抖着手发帖："如果公开的画都能找到作者核实，那么，我做个离谱的假设，白术的作品，会不会是没公开的那一幅呢？"

网友们："这未免过于离谱了。"

上午十点整，一楼大厅。

几百余人早已守在场地旁，跟上亿的线上观众一起，等待着最后这一幅画的公布。

西装革履的荣帆现了身，彬彬有礼地走向中央，聚光灯落到他身上，闪光灯朝他闪烁，他举止从容，浑身透着些贵气。

面对这样的场合，他早已游刃有余。

"大家好。"

荣帆拿着话筒，熟练地说了些场面话，简单地热了下场子。

他也没废话，很快进入主题："相信大家期待很久了，画展最后一幅画，有'史上最神秘的画'之称，它背后的故事……"

他用简单有力的语言，介绍了这幅画背后的故事。

纵使多数人都有耳闻，但从荣帆嘴里说出来的，又多了些惊心动魄的细节，那是从未公开过的，听得人不由得心潮澎湃。

"现在，让我们有请它的作者——"

荣帆手一抬，目光落到台下。

以往的作者都是从后台走出来的，这一次，荣帆却望向人群，顿时引来一阵骚动，众人纷纷去看周围"极有可能是神秘画家"的人。

顾野拍了下白术的肩膀。

白术偏头看他，而后坦然看向荣帆，朝台上走去。

在白术身后，骚动变成了震惊，那些目光落到她身上，如有实质一般，有千万斤的重量。

陆遥嘴里的口香糖差点掉了："那是白术吧？"

简以楠沉默。

苏老师瞠目结舌："是她。"

即墨诏："麻了。"

郝老师搓了把脸，过了几秒，他又搓了把脸："有什么是她不会的吗？"

即墨诏说："她唱歌五音不全。"

郝老师松了口气："那还好。"

“那幅画噱头那么大，说不准是被炒作出来的呢。”陆遥酸溜溜地说着。

她想调整心态，让自己不要过于眼红，可一想到白术在车上淡定的姿态，直接破防了：“我真的好想揍她。”

简以楠一脸麻木：“我也想。”

即墨诏：“我也是。”

苏老师：“我也有点。”

郝老师：“那，也算我一个吧。”

因为纪依凡在东亚赛上欲要公开污蔑白术，东国队对纪依凡印象都不好，如今纪依凡在画展上怒刷存在感，拿“白术是她同父异母的姐姐”一事做宣传不说，还被简以楠发现抄袭白术以前的作品。对此，他们都挺义愤填膺的，且格外同情白术。

谁承想，白术背后还藏了这么大一杀招。

这不比纪依凡风光、招摇？

东国队几人调整好情绪，打算瞻仰一下白术的画作，可接下来，荣帆对白术喊了一句“师父”，又让他们集体沉默了。

良久，即墨诏表情阴沉道：“她到底收了多少徒弟？”

现场一个角落里。

纪依凡和纪常军站在一起，不约而同地望着台上，神情是震惊的，表情变了又变。

纪常军眼里流露出些许懊悔。

他太早放弃白术了，若当时对白术好一点，再相信白术一些，或是更早的时候，没将白术逼得那么紧，如今的结果，是否会完全不一样？

“爷爷，”纪依凡忽然有些慌，“白术有荣帆撑腰，会不会害我……”

纪常军一锁眉：“害你什么？”

纪依凡睫毛一抖，低下头。

“你是不是有什么事瞒着我？”纪常军敏锐地问。

“我……”纪依凡再抬头时，已是泪眼婆娑，如弱柳扶风，“我从东亚赛回来后，真的什么都画不出了，所以又——”

纪常军了然，急切地问：“你又抄了白术的？”

泪水在眼眶打转，纪依凡慌张地摇头：“白术没有证据的，如果她看在姐妹一场的分上，不说的话……”

她想让纪常军去找白术说情。

可是，已经晚了。

在雷鸣般的掌声中，二楼有什么落下来，众人仰头望去，只见一幅长五米、高三米的巨画，缓缓出现在他们眼前，给他们绝对的视觉冲击。

纪依凡看了一眼，就怔在原地，浑身血液倒流，冷意遍布全身。

完了。

纪依凡绝望地想。

在那一幅画停在半空后，场内所有声响都像是被消音了一般，消失无踪。所有眼睛都瞧着同样一幅画，被震撼得久久难以言语。

在看到这幅画之前，他们总觉得这画炒作成分居多。

毕竟，那个故事里有个很大的漏洞——革命军闯进来后，因为一幅画就停下进攻，俨然不合逻辑。

那种环境下，谁会注意一幅画？

那个教育普及度低的国家，如何能理解艺术创作？

可在亲眼看到这幅画时，他们忽然明白了。

如此篇幅的画作，能一瞬引人注目，而画面上所表达的内容，无须教育门槛、艺术细胞，就能清晰传达给每一个人。

它展现了一个人人梦想中的完美世界。

世界的政治、经济、科技、文化互相融合成一体，没有谁吞噬谁，没有谁剥削谁，家家户户安居乐业，处处充斥着包容、理解、博爱、和谐。不同种族、民族、文化，以其代表性的形态一起出现，恰到好处地融合在一起，和谐且繁荣。

人类的情感是共通的，文化自信、民族自豪、国家自强，都是他们的夙愿。

这一幅画，巧妙地将各国标志性的元素融为一体，世界形成了一个和谐的整体，达到了真正意义上的“世界大同”。

艺术的魅力是多么强大，那幅画静静地挂在那里，可是看着这一幕的人们，不自觉潸然泪下。

过了很久，台上的荣帆介绍说：“它的名字叫《世界大同》。”

没有侵略、战争、剥削，世界形成一个多元整体，没有党派之争、种族之争、文化之争，不同的声音都得以共存。

《礼记·礼运》记载：“老有所终，壮有所用，幼有所长，鳏寡孤独废疾者，皆有所养。”

这是一个极度理想的世界。

历史浩瀚，未来宽广。人类一直在这条理想道路上前行，哪怕中间艰难险阻，但终有一日，他们会抵达那个终点。

此时此刻，没有人不会被触动。

哪怕他们以后会笑世界大同何其荒诞，哪怕他们仍会受困于生活的烂泥，哪怕他们未来会各有各的立场，可当下，他们无一不被画中的美好世界震撼，心里生出向往和期待，并且愿意相信这样的世界终会到来。

在作品在画展上现世后，《世界大同》的电子版同步上传到网上，登时吸引来无数人的围观和惊叹。

白术又一次成了全球媒体的宠儿。

因《世界大同》背后的故事，荣帆和白术背后的BW救援队，又一次被推向了风口浪尖，并且以势不可当的方式，刷新着人们对它的认知。

今日过后，BW救援队在全球的影响力，将会有翻天覆地的变化。

类似于“因不信任BW救援队，而将其视作敌人”的事，将会大大减少。

可对白术而言，伴随而来的，却是种种质疑和猜忌。

“震惊我二大爷，白术是队长？”

“不是队长也很可疑吧。总决赛的联动项目竟然是荣帆的画展，虽然世界大同的寓意很好，但荣帆和画展背后是BW救援队，白术肯定也跟BW救援队关系匪浅。那她这一路走来的成绩，就值得怀疑了。”

“虽然漫画NO.1保证公平公正，但总有不透明的，搞点暗箱操作，岂不是轻轻松松的事？”

……

对于白术的怀疑纷至沓来，而以白术如今的热度，这样的声音，今后只会越来越多。

此外，在无数发言之中，也冒出一种声音：“白术《世界大同》的一部分，不是跟纪依凡的《和平颂》一模一样吗？纪依凡抄袭白术？”

作品公开后，白术接受了约莫一刻钟的采访，全程不骄不躁，没一点以往嚣张自我的痕迹。

然后，她在众人注视中走下台。

顾野等着她。

他没来由地有些心疼。

从今往后，白术永远会跟BW救援队捆绑在一起，她的一举一动，都会牵扯到大众对BW救援队的评价，那个会在媒体前大放厥词的她，不复存在了。

顾野牵起她的手。

他们俩对视了一眼，什么都没有说，直接往人群外走。

有人想上前搭话，但在此刻的氛围下，他们都忍住了，自觉让开了一条路，目送着他们离开。

然而，当他们走到人群外围时，白术余光倏地觑见一个身影，忽然停下脚步，微偏了下头，见到渐渐走近的纪远。

这个男人今天把自己拾掇得很利落，理了头发，剃了胡须，穿着整齐，整体干净清爽，衬着那一张俊逸的脸，很是抢眼。

白术挑了下眉。

纪远走到白术跟前，低头打量她一眼，笑了："叫人。"

白术喊："爸。"

她这一声喊，让周围响起一阵惊叹声，随之就是"白术那个渣男爸""他怎么有脸现身"一类的感慨。

纪远却当没听到："真乖。"

顾野也打招呼："纪叔叔。"

纪远瞧了眼顾野，眸中有几分赞许。

白术想问他为何现身，但话刚到嘴边，就见纪远侧过身子，目光瞧向角落处欲要离开的两人，适时抬高一点音调："二位，别急着走啊。"

连白术、顾野在内的众人，齐刷刷地朝角落看去，正巧瞧见纪常军和纪依凡。

忽然成为众人关注的焦点，纪常军和纪依凡当即僵在原地，走也不是，留也不是。

纪远笑笑，拍了下白术的肩："来，我们去跟你堂妹打声招呼？"

"什么堂妹，你不是独生子吗？"白术跟着他往角落走，眼里满是困惑。

纪远反问："不准你爷爷有私生子？"

"啊？"

一直以为程珊珊是纪常军情妇、纪依凡是纪常军女儿的白术，此刻实打实地震惊了。

她竟然猜错了。

程珊珊真的是纪常军的儿媳，纪依凡真的是纪常军的孙女。

说话间，纪远、白术、顾野三人，已经来到纪家爷孙俩跟前。

纪远嘴角带笑，同纪常军颔首："纪老先生，久违了。"

纪常军板着一张脸。

白术疑惑："他不是你爸吗？"

"不是。"纪远冷不丁又爆出一个惊天新闻，"我妈未婚先孕，后来嫁给你爷爷的。"

白术又震惊了。

但很快地，白术理解地点点头："难怪我跟你这么聪明，像基因变异了一样。"

"纪远，你在胡说些什么！"纪常军怒不可遏，气得浑身颤抖，需要纪依凡搀扶着。

"气大伤身。"纪远语调是和气的，脸上甚至还带了笑，"你在外有私生子的事，我们暂且不论，我离家三年多，你默认我死在外面，让孙女和儿媳换个壳儿进了纪家。其实大可不必，既是纪家的人，光明正大地接回来便是。"

"你——"

纪常军怒火攻心。

"我会给你转让一部分资产，保你安享晚年，以后别来打扰白术了。"纪远话里带有威胁。随后，他又看向小脸煞白的纪依凡，“还有这位纪小姐，烧掉别人的画、偷偷模仿抄袭，不可取哦。”

当面被揭穿，加上《世界大同》的铁证，纪依凡已无力回天，没法再抵抗。

纪依凡眼里的光一点点黯淡了。

末了，她眼含热泪地控诉：“你既然没死，既然什么都知道，为什么不回来？”

如果纪远一开始就回家，戳破他们的谎言，她就不会一而再再而三地走向歪路了，更不会沦落到成为全世界笑柄的地步！

白术悠悠接话：“因为他欠呗。”

话刚说完，白术脑袋就被纪远按住，头发被他一顿揉搓。

白术朝纪远翻了个白眼。

纪远眉眼温和，笑着说：“因为我女儿需要自己长大。”

白术怔了下。

纪远说：“走吧，捎上顾野，给你去开庆功宴。”

白术问：“什么庆功宴？”

纪远说：“庆祝你长大了。”

白术眸光微闪，有一瞬的愣怔，但很快便释然了。

她知道纪远口中的“长大”指的是什么——不再为自己喜好而任意妄为，而是学会了承担责任。

第十二章

我愿倾尽一切，助你横空出世

城市里北风呼啸，街道一片冷清。

纪远开着车，白术和顾野坐后面。

白术用手机刷着热门新闻，一本正经地感慨：“我可真是个大善人，连轰动性的新闻都要买一送一。”

《世界大同》这幅画和身为作者的她公开亮相，本就席卷各大社交平台，紧接着纪远现身揭露家族丑闻一事，又被直播一五一十地向大众公开，为人津津乐道。

爱艺术的人有话可聊，爱八卦的人也得以满足。

算是两全其美了。

“你们家这些狗血戏码，都是真的？”顾野到现在都有些晕乎。

从纪依凡冒充白术开始，他就预感纪家不太正常，没想到他们的家族秘辛如此令人震撼。

白术也很感兴趣，身子前倾，手搭在副驾驶的后座上，问纪远：“你真不是纪常军的儿子？”

“嗯。”

“纪常军什么时候在外有的私生子？”

“我两岁左右的时候吧。”

“你一直都知道？”

“知道。”

“奶奶知道吗？”

“也知道。”

“她不管啊？”

“不管。她是被她爸逼着嫁给纪常军的，纪常军是看中她的家产才跟她结婚的，表面夫妻罢了。”

“那你亲生父亲呢？”

“早去世了。”

“哦。”

白术一口气问完，心情终于舒畅了，满意地坐回去。

纪远问：“你上一次去看你奶奶，是什么时候？”

“两年前吧，”白术回答，“她不喜欢被打扰，上次请我喝了杯茶，就让我走了。”

“等一下。”顾野听得迷糊了，神情古怪地问白术，“你奶奶还在世？”

白术莫名：“我什么时候说过她不在世了？”

顾野问：“那她为何不插手你家的事？”

白术反问：“我亲爸都没插手呢，她干吗要管？”

顾野琢磨了下，竟是无言以对。

他们一家人的脑回路都有些不正常。

倒是纪远笑了笑，解释说：“她奶奶三十年前就跟纪常军离婚了，之后一直待在埋葬我亲爸的山上，再也没下过山。”

白术忙不迭点头，有些艳羡：“隐居，避世。”

顾野笑说：“你很向往啊？”

白术挑挑眉：“当然。”

“她可没她奶奶那么耐得住性子，”纪远当场拆台，“让她隐居，她肯定离不开电子设备，要是在网上看到不顺眼的事啊，还得开小号喷人。”

“奶奶是不喷人。”白术阴阳怪气地说，“邻居家的鸡啄了她一棵大白菜，她能一言不发地在邻居家坐一天，把人吓得连夜上山砍竹子做鸡笼。”

纪远沉默了会儿，只能说：“你闭嘴，那是我妈。”

白术不屑地哼哼一声。

顾野在一旁听着，有些忍俊不禁。

纪远将白术和顾野带去了一家海鲜餐厅。

他早订好了包厢，以防白术和顾野被认出来，引起不必要的骚乱。

餐桌上，纪远闲话家常：“你们俩这情况，是不是一毕业，就可以领证结婚了？再过两年，我就可以抱孙子了？”

“你根本就不想抱孙子。”

白术吃着盘子里的虾肉，语气硬邦邦的，微冷。

纪远怔了下，不置可否。

顾野敏锐地察觉到气氛有些微妙。

没等顾野打圆场，白术又一次开了口：“我和顾野不生小孩，也不会结婚。”

说到这儿，白术看了眼顾野，轻抿着唇。

顾野并未诧异、迟疑、失落，而是将手伸过去，握住了白术的手，同纪远说：“对，我们既然都取消订婚了，就没想过要结婚，也没想要小孩。”

白术眸里掠过一抹讶然。

纪远盯着两人看了半晌，忽而笑了：“那你们俩怎么想的，谈一辈子恋爱？”

白术问：“不行吗？”

“行。”纪远笑得洒脱，“不结婚也挺好，你要对着别人叫爸，我还怪硌硬的。”

白术觉得他这种一玩消失就是三年多的人，根本就没有资格说这种话，眼里满满的都是鄙夷。

“你家里人比较传统，会同意吗？”纪远问顾野。

顾野顿了下，说：“我会解决的。”

纪远微微颔首，并未质疑顾野的处事能力。

白术此刻对这些琐事毫无兴致，吃了几分钟后，仍是忍无可忍地挑起了一个话题：“说说五芒星吧。”

纪远高深莫测地摇头：“这可不兴说。”

白术盯着他，不吭声。

纪远扛了几秒，妥协道：“你别用这眼神瞅我，你一瞅我，我就犯嘀咕。”

“你想怎样？”

“我惹不起、躲得起，我能马上走。”纪远耍起了无赖。

“你幼不幼稚。”白术实在没憋住，扔给他一大白眼。

纪远瞥了眼顾野：“你们那边的研究怎么样了？”

顾野端起一杯水喝了口：“不可说。”

他是站在白术这边的，白术不痛快了，他自是不会让纪远痛快。

纪远失笑：“行，以后还有时间，今天不聊这些事。”

他这话的潜在含义是：今后不会再随意玩消失了。

白术瞧着他：“你不是享受幕后操纵吗，事情还没解决，你怎么现身了？”

纪远厚颜无耻道：“想你了啊。”

白术冷笑。

“你这样很容易破坏我们的父女感情。”纪远有点被伤害到，“纪常军和纪依凡为蹭你热度丧尽天良，我找了个最好的时机帮你澄清，你就不愿意相信我一下？”

“你少往自己脸上贴金，”白术讽刺道，“你要真在乎他们俩的小动作，就不会现在才现身了。”

被白术一语揭穿，纪远不仅没尴尬，反而坦然地笑了笑：“就你聪明。”

白术眉目又冷了些，低头吃海鲜。

被纪远扔下三年半，白术不可能一点怨气都没有，但纪远不会安抚她的情绪，也不会给她开一个可供发泄情绪的口子，只会让她自己消化。

白术不再说话。

顾野没让尴尬氛围继续，体贴地给白术剥了蟹肉，用食物安慰白术，同时也会跟纪远聊几句，渐渐让气氛缓和了下来。

但是，直到纪远将他们俩送回去，白术都没怎么跟纪远说话。

车一停，白术就拉开了车门。

纪远通过后视镜注视着白术离开。

顾野盯着白术的背影，却没有离开，而是待白术进了屋后，看向前座的纪远。

顾野蹙眉："作为一个父亲，你对她，未免太残忍了。"

纪远承认："我确实不是一个好父亲。"

"简直烂到极致。"

"哈哈，"纪远也没反驳，"你说得对。"

纪远直接摆烂，顾野倒是不好说了。

"我一直觉得很愧疚，"纪远收起了吊儿郎当的姿态，语气微沉，"因为她还没有长大时，就无法从我这里得到安慰。"

"所以她学会了自己消化情绪。"

"是的。"

"为什么？"顾野无法理解。

纪远看着后视镜，跟顾野的目光对上。

他稍一停顿才道："因为以前的我，很希望她快点长大，可以一个人活着。"

顾野眼睫轻抬，颇为愕然。

"虽然我很相信她的眼光，但希望你不会像我一样半路抛下她。"纪远忽然回过头，望了顾野一眼，"好好对她。"

"我知道。"

顾野语调有力，一字一顿，诺言重如千斤。

顾野来到客厅时，白术刚翻找完冰箱，取出一瓶冰镇可乐。

白术拧开可乐喝了口："白阳去哪儿了？"

她状态如常，情绪稳定。

顾野说："他和江南枝都想亲眼看一看你的《世界大同》，找牧云河带他们去画展了。"

"白阳打算在镇上待到我们漫画比赛结束吗？"

"他确实是这么计划的。"

"哦。"白术点了点头，走到沙发旁坐下，"他拿电竞冠军的梦想完成了，是打算再回去打电竞，还是转行做别的？"

"回去读书，顺利毕业，继承家产。"

顾野将外套脱了下来，扔到椅子上。

他走向白术，主动谈及白术回避的话题："你爸给我留了联系方式，还有他的地址。他保证，以后不会随便玩失踪了。等事情一解决，他就跟我们一起回国内。"

白术嗤之以鼻："他才闲不住呢。"

顾野停在白术跟前，微微俯下身，在白术抬头的一瞬，忽然贴近白术的脸，眼睛与她的对视。

他的气息很干净，一瞬将白术笼罩其中。

顾野认真地问："白术，你会因为他忽然抛下你的事，耿耿于怀吗？"

白术不假思索："会啊。"

"那你会原谅他吗？"

白术沉默了片刻，坦诚道："不会。"

她说："我能理解他，但不会原谅。对他来说，我妈是他这一生最重要的存在，他甚至可以为她放弃生命。"

白术眼帘微垂，而后，又缓缓抬起，目光冷静且平和。

她问："那我呢？"

纪远一声不吭地离开，将一堆烂摊子丢给她，都无所谓。

可纪远是她爸。

她希望她爸无论身处何处，都能好好活着。

然而，纪远并不在乎。

顾野将手掌覆在她头顶，轻轻揉了揉："没关系，你不需要原谅他。"

"嗯。"白术脑袋晃了下，盯着顾野瞧了会儿，轻声说，"可是，我会跟他和解的。"

顾野笑了："我知道。"

白术一向不介意将"斤斤计较""睚眦必报"一类的标签贴在自己身上，可她实际上是豁达通透的，从不会让自己永久地陷入负面情绪中。

顾野在白术身旁坐下。

"我脾气大，性格犟，尤其是小时候。有一次，我爸带我去奶奶家过暑假。奶奶养了一只猫，我很喜欢，那次它生了病，我让纪远送它去医院，但纪远不重视，耽搁了，最终猫没救回来。"白术说，"后来，无论纪远怎么哄我，都没能把我哄好。"

顾野搂着她，安静地听她说。

"那个暑假，我都没再跟我爸说一句话。直到我们要走时，奶奶跟我说，发生的事情是无法挽回的，我以后会遇到无数这样的事，但不能每次有这样的事发生，我都要破坏一段重要的关系，得不偿失。我可以不学会原谅，但不要为难自己，要学着跟别人和解，跟自己和解。"

顾野夸："奶奶真通透。"

白术眨眨眼："她是个很有意思的人。等比赛完回去，我带你去见她。"

顾野说："好。"

"纪远虽然不正经，但作为一个父亲，他并没有失责。"白术歪了下头，"如果我因为这件事，而失去了一个父亲，那我就是个傻子。"

顾野低笑，蹭了蹭她的额头。

白术抬眸，抿唇想了下，说："有件事想跟你商量一下。"

顾野理解地问："不婚不育？"

"对。"白术点头。

"不用商量，我尊重你的意见。"顾野说，"你跟我说过，不想要小孩。不结婚的事，爷爷也跟我透露过的。"

白术哑了半刻，嘀咕："他真是不放过一切机会。"

顾野笑道："他现在备受打击，已经放弃挑拨我们了。"

"他也不容易。"

白术其实有点同情他。

因为跟顾诠初次见面就不愉快，所以白术故意没说她的三个账号，导致顾诠一再否定她。现在一次次被打脸，顾诠肯定很难受。

顾野用手指刮了下她鼻尖："你给东国拿个世界第一，他就没事了。"

"第一那是必须的。"白术弯唇，"虽然不想跟他处好关系，但也不至于跟他闹成仇人。"

顾野赞扬："懂事了。"

白术翻了个白眼。

随后，白术问："我们的意见都达成一致了？"

顾野说："我想是的。"

"你说我们要不要晚上吃火锅庆祝一下？"

"又吃？"

"这可是冬天。"必须离不开火锅啊。

顾野无奈，纵容道："行，我待会儿就去给你买食材。"

"你想被围观就去吧。"白术同情地看着他，抬手揉搓着她的脸，"顾野哥哥，你现在跟我一样，都失去自由了。"

顾野叹了口气："那让牧云河和白阳带回来。"

"好。"

白术眼睛一下亮了起来。

晚上，除了牧云河、白阳、江南枝，即墨诏、简以楠、陆遥也来了，说是蹭一顿火锅，倒不如说是冲着白术来的。

他们对白术在BW救援队的经历，以及白术家庭的狗血故事，都非常感兴趣。

刚一到，他们就将白术围得水泄不通。

素来只有自己折磨人的白术，这会儿遭了报应，被他们整得一个头两个大。

顾野由着他们去闹，在厨房跟牧云河准备火锅。

牧云河洗着一盆蘑菇，同时不忘跟顾野打听："小仙女跟纪叔叔没吵架吧？"

"还没到动手的地步。"

"动手倒好，打一架就没事了。"

顾野无言以对。

“不过她一向深明大义的，应该很快就能好。”牧云河关了水龙头，“她最近压力很大，情绪估计不大稳定，还得麻烦你多包容一下她。”

他这么交代，倒真像白术的亲哥。

顾野一向吃软不吃硬，点头：“嗯。”

因为来蹭饭的人太多，食材准备时间也增加，两人忙活了大半个小时，才将所有食材处理好。

刚松了口气，顾野的手机就响了，是来自纪远的电话。

顾野有些疑惑，拿着手机避开人群，来到门外：“纪叔叔。”

“你和白术随时可能有危险。”纪远说话毫不拖泥带水，直切主题，“明天有一场戏，需要你演一下。”

顾野回了下头。

门是开着的，他站在风里，瞧见白术被人群簇拥着，小脸皱成了一团。

他不假思索地说：“你说。”

第二天，白术早起处理工作，因为太饿，半路跑去厨房找吃的。

白术找到一盒牛奶和一个苹果，从厨房出来时，见到刚下楼的顾野。

“早啊。”顾野跟白术打招呼。

“早。”

白术啃了口苹果。

顾野闲闲地立着，朝白术勾了勾手指：“过来。”

白术眨眨眼，顺从地走过去。

顾野挑眉，一副欠揍的模样打量她：“你反思一下。”

“吃独食？”白术下意识问，又咬了口苹果，“就一个了，你想吃自己去买。”

顾野一噎，强调：“你想一想，还有什么事没跟我坦白？”

“还有？”

白术仔细想了片刻，觉得该跟顾野说的，都已经坦白了。

白术摇了摇头：“要不，你提个醒？”

顾野眼睛耷拉下来：“漫画。”

“啊！”

白术恍然大悟。

“啊，”顾野学着白术恍然的口吻，而后调侃，“白大，你终于想起来了？”

“一直忘了说。”白术不认为这是一件大事，但她很好奇顾野是如何知道的，“即墨诏终于没憋住跟你说了？”

顾野蹙眉：“即墨诏都比我早知道？”

“废话，”白术说，“我跟他认识，就是因为‘面基’。”

她的态度过于理直气壮，顾野忍无可忍地弹了下她的额头："非得我知道后跟你算账是吧，你早点坦白不是什么事都没有？"

白术沉默无语。

她根本就不觉得这是一件需要特地跟顾野坦白的事。

"你从哪儿知道的？"

"你爸说的。"

"哦。"

白术明白了。

纪远一直知道她在画漫画，但从未打听过她的作品和笔名，而她也没有跟纪远提过。

不过，以纪远的能耐，猜到她的笔名和作品，再轻松不过。

"所以，Ego 大神，"白术向前半步，微微歪着头，"你想当问鼎的助手呢，还是想当白大的助手？"

顾野没有一丝犹豫："白大。"

"为什么？"

"她名气大。"顾野挑了下眉，"恐漫鼻祖，才配得上我。"

白术鄙夷道："世俗。"

"就这么约定好了，"顾野微低着头，嘴角带笑，朝她伸出小拇指，"必须是白大的助手，发生什么事都不能爽约。"

"好哦。"

白术伸出手，跟他拉钩。

留在半决赛的遗憾，就由总决赛来弥补吧。

松开白术的手，顾野语气温柔："好了，我要出去一趟。"

"去哪儿？"

"爷爷有点事找我。"

白术不疑有他："早去早回。"

顾野吻了吻她的脸颊，笑说："等我回来。"

白术想了想，顺手把手中的牛奶塞给他："路上喝。"

"好。"

顾野瞥了眼牛奶，嘴角笑意不减，揉了揉她柔软的头发，才离开。

外面太冷了，白术没有送他，见他出了门后，就回了房间，继续处理她的工作。

一直忙到中午时，白阳火急火燎地拍响了门。

"妹妹！妹妹！"白阳在门外喊。

声音过于焦急，白术停下手头的事，起身去开门。

门一开，就见到白阳皱成一团的包子脸，眼里水亮亮的。见到白术后，白阳神情稍显讶然："妹妹，你在家啊。"

白术提醒："半个小时前，你才给我送过水果。"

"是的。"白阳呼出口气。

"什么事？"

"我刚看到新闻，说顾野和你出车祸了，还有现场的照片，拍到了顾野的侧脸。"白阳语气急促地说着，将手机递给白术时，手指是颤抖的。

白术怔了好一会儿。

她接过手机，浏览着刚发布的新闻，见到现场照片时，眸色一凝。

紧接着，她跟求证似的去翻其他新闻，发现各大媒体都在报道此事，新闻已经在社交平台传播开了，讨论热度飙升至第一。

"我以为你跟他在一起。"白阳说，"被拍到的那个女生，体形和装扮都跟你太像了。"

"你给顾野打电话了吗？"白术语气很冷静。

她虽然这么问，但已经开始拨顾野的电话。

白阳说："打了，关机。"

白术手机里响起了冰冷的女声，提示她拨的电话关机。

白阳吸了口气，心里止不住打鼓，迟疑地问："是顾野吗？"

"去哪个医院了？"

"不清楚。"白阳摇头。

"你给顾诠打电话，问一下顾野情况。"白术将手机还给白阳，说着就往走廊走，但没走两步后又顿住，"别跟人说，我在家里。你就当不知道。"

"啊？"白阳虽然单纯，但不是没脑子，很快意识到什么，点头道，"好。"

白术在玄关抓了件外套，出了门。

可刚走没两步，就见一辆轿车开过来，停在她跟前。

车窗落下来，纪远探出头。

他言简意赅："上车。"

白术顿了两秒，拉开副驾驶的车门，弯腰坐进去。

"顾野没事，受了点轻伤而已。"纪远知道白术在意什么，一开始就把重点抛了出来。

都到这时候了，白术哪怕是傻瓜，都能察觉出端倪。

悬着的心落下去，白术偏头盯着纪远，问："什么情况？"

"马歇尔想让你退赛，顾野作为助手，也是一大威胁，所以想一并除掉。"纪远将车窗关上，"这都是通过比利的手机窃听到的。"

"所以你们决定将计就计？"

"嗯。"

白术脑海里顿时闪过早上跟顾野的对话，将线索都联系起来："所以，你找到顾野，说我有两个账号，可以放弃一个。然后让他配合你们，演一出'白术和顾野出车祸，无法再继续参赛’的戏码？”

她轻易将计划还原，纪远却不觉得意外。

纪远说：“是这样。”

白术眉眼沉下来：“你为什么不提前跟我说？”

“你舍得让顾野冒险吗？”纪远语气沉着，“以你的性子，会跟马歇尔硬刚，搞不好就是打草惊蛇，或是两败俱伤。”

白术表情凝重。

纪远说得没错。

在大事上，她会以大局为重，忍着、让着、受着都无所谓；但在私人问题上，她一向坚持“有仇报仇，有怨报怨”的原则。

沉吟良久，白术说：“我想知道顾野的伤势。”

“腿受了点伤，养个十天半个月就行，待会儿就让你们俩视频。”纪远发动了车，语气颇为散漫，“毕竟是你男朋友，我能让他出事？”

白术冷着一张脸：“我要见他。”

纪远说：“他现在在医院，被马歇尔的人盯着，你贸然现身，容易露馅。”

白术强硬道：“我不管，反正你给我想办法。”

顿了顿，纪远妥协了：“明天，行吧？”

白术抿唇，心里还是有点火气。

“你可能还得操心一下你的队友们。”纪远优哉游哉地说，“马歇尔不仅对你们俩出手了，你的队友也没有放过。”

白术蓦地偏头看他。

酒店一楼。

苏老师、郝老师、即墨诏三人聚集在一起，每个人脸上都带有焦急神态。

郝老师接了一通电话，脸色严峻：“得到裴校长的证实了，顾野和白术确实遭遇车祸，他现在和顾会长正往医院里赶。”

即墨诏忙问：“人没事吧？”

“听说挺严重的，正在抢救。”郝老师眉头皱得紧紧的。

即墨诏表情僵住。

苏老师一个劲儿地打电话，有些焦虑：“简以楠的手机一直打不通，陆遥肯定又忘带手机了，两个人都联系不上。”

郝老师问：“她们俩说了要去哪儿吗？”

苏老师说：“就说逛一逛，找找灵感。”

白术和顾野出事，简以楠和陆遥都联系不上，他们难免会担心。

即墨诏拿出手机，又放了回去，不知该做点什么。他思绪烦乱地蹙眉，忽而一抬头，见到有三人走进酒店大门，眉头微微一松。

他说："她们回来了。"

苏老师和郝老师立即看去，果然见到简以楠和陆遥的身影，心下安定了些。可很快地，他们就注意到简以楠和陆遥身上挂了彩，而且还有一个女生跟在她们身后。

"怎么回事，你们俩什么情况？"苏老师立即走过去，查看着两人的伤势。

"没事，遇到几个流氓，打了一架，受了点小伤。"陆遥活动了下肩膀，随意地解释着，然后指了指身后那女生，"她叫阿绫，我的朋友，刚刚正好路过帮了我们。"

苏老师冲阿绫点点头，马上跟简以楠和陆遥说："白术和顾野出车祸了，有人举报你们俩半决赛作弊，这里不方便说，先去我和郝老师的房间。"

陆遥立即问："他们俩没事吧？"

苏老师说："暂时没结果。"

简以楠顿了下："什么作弊？"

苏老师说："还不知道，爆料人说下午公开证据。"

气氛倏然变得凝重，几人对视了一眼，然后一同坐上了电梯。

在顾野和白术出车祸这天，简以楠和陆遥遇到骚扰，同时还有人举报她们作弊，所有事情都挤在一起，显然不正常。

几人来到房间后，本想分析一下眼下局势，可接下来接二连三的事情，根本打得他们措手不及。

他们前脚刚进门，手机后脚就收到推送。

标题是"问鼎因车祸无缘总决赛，已得到国际漫画组织确认"。

"什么情况，我们东国队都不知道具体情况，漫画组织如何确认的？"苏老师急得转圈圈，拿着手机去阳台打电话确认去了。

即墨诏双手抱臂，靠在墙面："有人针对东国队的感觉，怎么就那么强烈呢？"

陆遥接话："很明显。"

简以楠和郝老师都没说话，但心里都是这么想的。

"我手机摔坏了。"简以楠摆弄了下自己手机，看向即墨诏和郝老师，"举报我们的事，现在网上什么反应？"

即墨诏说："你还是不要看为好。"

简以楠心领神会。

郝老师劝慰道："我们东国队作为一匹黑马，打一开始就不被看好，一路走到现在，本来就遭到不少质疑。这时候有人带节奏，是正常现象。"

"我还真当这是一场公平公正的比赛呢。"陆遥讥诮道。

几人都没有接话茬。

毕竟关系到那么多方的利益，有人动点歪心思，也不是没有可能的。

都怪他们这一路走得太顺，所有的争议都落到白术头上，他们只需安心比赛、提升自我就行，根本没想过比赛外的状况。

约莫一刻钟左右，苏老师走了回来。

“国内漫协说，漫画组织通知了他们一声。我找漫画组织的人，他们态度强硬，说确定了白术没有比赛的能力，就要给观众一个交代。”苏老师沮丧又愤怒，“白术退赛，已经无法挽回了。”

即墨诏冷不丁道：“是问鼎退赛吧？”

苏老师反问：“有什么区别吗？”

“没什么。”即墨诏想了想，“白大那边呢？”

苏老师摇头：“我们自己都不知道白大是谁，根本联系不上。”

即墨诏却觉得事情或许没有那么绝望。

白术心思玲珑、办事周全，用四个账号花样参赛，若是最后一张底牌还没出，就胎死腹中……也太不符合白术的办事风格了。

几人待在一起，气氛低迷，电话接连不断。

下午两点，关于“举报简以楠和陆遥”的事情，终于有了后续。

结果是晴天霹雳。

后续直接由国际漫画组织官方账号发布，公开了简以楠和陆遥在走廊的监控视频，视频里两人明目张胆讨论各自漫画的情节，并给出对方修改意见。

国际漫画组织以“两人作弊”为由，直接取消了她们俩后续参赛的资格。

此外，多名参加全球半决赛的漫画家发声，表示经常见简以楠和陆遥待在一起，关系很不错，侧面证实这一视频的真实性。

简以楠和陆遥本来坦荡自若，可点开视频看完后，她们俩直接怀疑人生。

苏老师、郝老师、即墨诏三人也是一脸震惊，面面相觑。

“真没有作弊！”陆遥一拍茶几，站了起来，指着播放视频的电脑，“规矩我们都懂，我和简以楠怎么可能谈这个，这段视频无中生有！”

“对。”简以楠也冷静下来，“我和陆遥就住在同一间宿舍，如果真要互相交流的话，完全可以关上门偷偷讨论。”

陆遥重重点头：“就是啊！”

她们俩的分析不是没道理。

可是，视频证据摆在跟前，又无可辩驳。

这时，打进门起就没说话、存在感几乎为零的阿绫，忽然开口：“是AI换脸。”

“什么？”

众人纷纷回头看她。

“先录下一段这样的视频，再利用技术把主人公的脸换了，可以做得很逼真。”阿绫冷静地说，“不过总有破绽的。但是，官方既然公开了，肯定里面有不想你们继续参赛的人，你们就算证实了自己的清白，也难再参赛。”

陆遥不假思索地说：“那也要证明清白。”

阿绫说：“我可以托人去做。”

陆遥诧异：“你？”

阿绫说：“我是 BW 救援队的员工。”

陆遥看着阿绫的眼神，忽而多了些异样。

阿绫冲她点了点头。

陆遥顿时明白了什么。

“如果你能帮忙的话，太感谢了。”苏老师走过去，感激涕零地说，“我们的队员，哪怕不比赛，也不该承受不白之冤。”

阿绫表示理解，会全力帮忙。

“我想起来了。”陆遥一拍大腿。

几人纷纷回头看去。

他们还以为陆遥找到了希望，没想到陆遥却道：“白术早就提醒过我们了，欲加之罪何患无辞，她的危机意识可真强！”

即墨诏哑了半晌：“现在可不是夸她的时候。”

简以楠说：“她自己也中招了。”

陆遥问：“即墨弟弟呢，会不会有事？”

“反正暂时没有。”即墨诏现在已经无所谓了，“如果赛前把东国队的选手全部搞退赛，整个东国也不会答应吧。”

“那他们不会向你出手了，”陆遥摆了摆手，“你算我们之中最没希望的一个，不会对任何想进前三名的人造成威胁。”

即墨诏有些无语。

郝老师捏了捏眉心。

他也是搞不懂，陆遥都被退赛了，心还能这么宽。

“其实……”苏老师浏览着手机消息，有些迟疑，“如果陆遥、简以楠、白术真的被淘汰的话，半决赛后面的会顺位晋级，其中有江南枝。”

“小江南可以参赛了？”陆遥惊喜道。

苏老师点头。

简以楠问：“有莎莎吗？”

“没有。”郝老师也看了眼消息，“莎莎没有发挥好，名次很靠后。”

陆遥“啧”了一声：“她本来就不行，听说在复活挑战赛期间，她就比不过小江南，所以总是动歪心思针对小江南。”

“现在不是说这些的时候。”苏老师打断他们，“淘汰你们俩的事，官方也没提前通知我们，我们肯定不会就这么轻易作罢的。”

苏老师看向郝老师。

郝老师同苏老师点头，跟几人说道：“顾会长他们在医院，我们先跟国内漫协沟通一下。”

他们俩便都忙着去打电话了。

但是，谁都知道，希望渺茫。

苏老师和郝老师一直忙到天黑。

阿绫找的技术团队，很快找出视频中属于AI换脸的证据，后由郝老师、裴启升带着证据去找国际漫画组织协商，却被一直打太极。

傍晚时，苏老师将证据交给东国队官方账号，由其在网上公开，可得到的只有恶意攻击。

天黑后，苏老师和即墨诏、江南枝、简以楠三人，看着网上的言论，情绪低迷，气氛压抑。

苏老师的手机响了，他想都没想，直接划了接听。

“哪位？”苏老师问。

电话那边安静了一秒。

然后，传来一个明显变了声的声音：“我是White。”

听到这个自我介绍，苏老师眼皮倏地一跳，与此同时，一股难以自控的情绪冲到嗓子眼，但又上不来，哽在喉间。

缓了缓，他才说：“白大，你好。”他稍稍迟疑，“你这边也遇到麻烦了吗？”

“简以楠和陆遥在吗？”

“在。”

“开一下免提。”

“好的。”

面对自己的偶像，苏老师既紧张又激动，手指在轻轻颤抖。

即墨诏听到苏老师的话，有些意外，正在纳闷这个白大是不是假冒的，而后就听到电话里传来的声音：“你们想让东国队包揽前三吗？”

即墨诏心里“咯噔”了下。

这人绝对是白术。

“白大，我和陆遥都没有比赛资格了。”简以楠表情严肃，一本正经地说，“现在东国队只剩下你、即墨诏，还有江南枝。”

简以楠没说得太直接。

现在仅留的三人，只有白大有希望能进前三，而即墨诏、江南枝，顶多是个陪跑的。

白大说：“所以需要你和陆遥帮助他们俩。”

苏老师说：“简以楠和陆遥的账号在漫画NO.1上已经被禁了，没法当他们的助手。”

“我有多余的，”白大语气波澜不惊，“未认证的账号。”

几人一惊。

简以楠提醒：“全球总决赛对漫画家的要求是S级……”

白大：“嗯。”

几人面面相觑。

三年前，漫画NO.1就采取实名制，这三年的新账号无一不是实名认证的，而三年前的账号若要重新登录，都得实名认证。

S级未认证账号，就是三年以前创建的账号，且拥有S级的能力。

此外，含金量如此高的账号，这三年还得没登录过。

达到这三项要求的，全球都找不到几个，所以这样的账号，被想当漫画助手却级别不够的人，直接炒到了千万级别，还有价无市。

在几人震惊无言时，白大缓缓说：“你们同意的话，我把账号和密码发给苏老师。”

“行啊。”陆遥爽快地说，“我拿冠军，和我帮的人拿冠军，没什么区别。”

“少做点梦比什么都好。”

白大幽幽地说完，把电话掐了。

陆遥“嗞”了一声，眉头微皱：“这人说话怎么跟白术一样欠呢？”

即墨诏在心里犹豫着是否要解开白术身上最后一层迷雾，就听得苏老师说：“听江南枝说，白大是白术的偶像。”

“难怪。”陆遥咕哝。

即墨诏选择了沉默。

没一会儿，苏老师就收到了一条短信，是两个账号和密码。

“这两个账号……”苏老师一瞧这俩账号，表情就有了微妙变化，“都是跟NO.1一批称霸世界排名前十的老账号了。”

“都很有名吗？”陆遥问。

苏老师颔首：“还是四五年前的事了，NO.1刚冒头那段时间，人才辈出，出现了很多不同风格的漫画家，给读者贡献了好些精彩PK，后来收入教科书对决里的，有三分之一是那个时期的。不过，NO.1不玩了之后，这些个账号都慢慢淡出了视野。”

“所以说，这些都是白大的账号？”陆遥讶然，“都是早年排行榜上的人物，白术和白大，有没有可能早就认识了？”

苏老师沉吟了下：“说不准。”

这一年，白术给他们的惊喜太多。

白术认识谁，他都不觉得奇怪。

即墨诏听不下去了，提醒：“你们先认证吧。”

简以楠和陆遥的认证很成功。

这时，在附近游玩的江南枝，在得到消息后赶了回来，她了解了事情经过，然后便惶恐地跟陆遥绑定在一起，成了总决赛的搭档。

简以楠选择了即墨诏，跟墨川一起帮助即墨诏。

晚上，白大又打了一通电话过来，交代他们不要将当助手的事透露出去，哪怕是裴校长、顾会长两人，以防走漏风声后再被盯上。

白大的出现如同一针强心剂，让本来稍显慌乱的东国队稳住了。

晚上九点，几人才离开。

在进电梯前，陆遥叫住了阿绫："阿绫，你等一下。"

阿绫脚步一顿。

下一刻，陆遥就拽住了阿绫的手臂，将阿绫带到了楼梯间。

阿绫冷静地看着陆遥。

陆遥逼近阿绫，冷眸打量着她："你和白术都是BW救援队的员工，那你早就认识白术了吧？"

"是的。"

"那你在东亚赛期间接近我，是不是事先安排好的？"

"是的。"

"你有什么企图？"

"白小姐说，如果你发现了，就让我如实跟你坦白。"阿绫仍旧是一板一眼的，"你放心，我不会说谎。"

陆遥哼了哼。

阿绫将接近陆遥的经过完整地说了一遍，简明扼要，没有一点生动形容和艺术加工。

陆遥听完后，错愕："就这样？"

阿绫点头："就这样。"

陆遥嘴角微抽："多大点事，直接来问不就行了吗？"

"是的。"阿绫坦诚地说，"但我们最初不知道你这么爽快。"

陆遥哑然半刻，最终抬起手，拍了拍阿绫的肩："走吧。作为你欺骗我的代价，接下来抓我学习，能不能睁一只眼闭一只眼？"

"不能。"阿绫说，"白小姐说，学历虽然不代表一切，但被高考淘汰的人，多少有点废物成分。"

陆遥歪了下头。

阿绫正儿八经道："我不希望你成为废物。"

傍晚时分，艾伦独自一人坐在沙发上，看着手中信件。

自从得到白术车祸的消息起，艾伦就想打电话求证，可就在这时，他发现每日送上门的牛奶里，多了一封信。

信件是用BW救援队内部特殊密码加密过的。

首先表明白术无大碍，同时告诉艾伦，自艾伦公开是BW救援队的成员后，就被漫画组织的马歇尔盯上了，而白术的《世界大同》公开后，艾伦的别墅被监控、手机被监听，对方正是马歇尔的人。

推测是马歇尔想把前三都归为自己人，但他对白大一直没有办法，唯有艾伦的实力可与白大一争高下，所以想把艾伦推上世界第一的位置。

但是，他怕艾伦跟白术关系太好，所以打算试探艾伦。

信件里，让艾伦别轻举妄动，不要理会马歇尔、不要关心白术，到时安心参赛。

手机铃声响了。

是个陌生来电。

艾伦将信件揉成一团，拿起手机，接听。

“我是比利。”电话里传来男人低沉阴冷的声音。

“什么事？”

“考虑好了吗？”比利用极具诱惑力的理由勾着他，“我们可以让你拿世界第一，成为M国的英雄，得到无上荣耀。”

艾伦顿了一秒，便问：“你在哪儿？”

总决赛的规则又有所变动。

为了防止漫画家之间交流，保证绝对的创作公平，所以官方给每一个漫画家都安排了一个套间，包括一个工作间、两个小卧室、一个卫生间。

每日的三餐都有人送，漫画家和助手就住在考场里，禁止外出。

同时，入考场的系统进行调整，不会公开漫画家和助手的实时拍摄画面，但官方要求所有漫画家必须到场，不得允许场外比赛的情况发生，倘若不准时出现在考场，就视为放弃比赛。

这一条规定，明眼人都知道，是冲着White去的。

但除了东国队，所有人都乐见其成。

比赛当天。

凌晨三点，一辆轿车停在考场大楼外，一男一女下了车，男人左腿受了伤，一手拄着拐杖，女生扶着他，在门口处刷了考试卡，顺利进入考场。

两人来到三楼属于“White”的考场。

白术一进门，就四处转悠了一圈，很是嫌弃：“环境这么简陋，监狱都比这里温馨。”

顾野拄着拐杖，挪到一间卧室门口，往里瞧了一眼，见到逼仄的房间里只有一张上下铺，确实有点监狱风的意思。

顾野说：“听说是临时赶工出来的。”

“我们住隔壁吧，是两张单人床。”白术走过来，欲要搀扶顾野。

“嗯。”

顾野没逞强。

车祸虽然是演戏，有防护措施的，但还是出了点意外——他的左腿受了伤，需要养一段时间。

索性伤的是腿，而不是手，不然给白术当助手的承诺，怕是无法履行了。

扶着顾野在床上坐下后，白术将房间的窗户打开，随后注意到什么，视线落到楼下。

观察片刻，她道："他们也到了。"

她指的是东国队的其他成员。

零点和天亮后，是来考场的高峰期，三四点的时间，是人睡得最沉的时候，很少会有人挑这个点过来。

白术、顾野、简以楠、陆遥四人都不适合被人看到，这个点过来可以避免人群，楼道的监控有SOS的团队负责处理，加上忽然增加的"必须到考场考试"和"禁止离开考场"的规定，大大降低了他们曝光的可能，只需在进出考场的时候警惕一下即可。

"听说简以楠和陆遥的助手账号，都是你以前的老账号，你哪来这么多账号？"

"我练了十个账号。"白术轻描淡写地说，"达成'世界前十都是我'的成就后，我就没玩了。"

顾野差点被噎到。

"你的副卡。"白术掏出一张副卡递给顾野，"也是我以前的账号。比赛期间，谁也不会知道你是我的助手，但你放心，等比赛结果一出来，不会亏待你的。"

顾野接过副卡，说："我不需要荣耀。"

白术摇摇头："可我想跟你一起分享。"

"好。"

顾野弯了弯唇。

我愿摇旗呐喊、披荆斩棘，助你横空出世。

倘若你需要，我亦能与你并肩，斩浪前行。

翌日。

白术睁开眼时，外面仍是漆黑的，但隔壁床已经空了，被褥叠得整齐。

她揉了揉眼，起床穿鞋，出了门。

工作间亮着灯，顾野坐在电脑前，手里拿着压感笔在数位板上涂写，他的侧影被柔和的光笼罩，额前碎发落下的阴影，洒在他黑亮的眸里。

"醒了？"顾野停下动作，侧首看过来，"先去洗漱，早餐很快送过来。"

白术打了个哈欠："你怎么起这么早？"

"时间紧，先把你说的人设弄一下。"

"哦，我马上过来。"

白术立即来了精神，赶紧洗漱完过来。

白术的脚一蹬地板，连人带椅子直接滑到顾野身边："你弄到哪儿了？"

顾野抬手按着她的脑袋，把人往自己这边一带："来看。"

"你是我肚子里的蛔虫吗？"白术惊喜地眨眨眼。

"我在医院把你的《求生游戏》研究了几遍，大概知道白大的风格。"顾野揉揉她的后脑勺，"心理素质差一点的，看了你的漫画得做噩梦。"

白术笑眯眯的："那你做噩梦了吗？"

"你争取这几天让我做噩梦吧。"

"会的。"白术挑挑眉，"我保证你睡不着觉。"

顾野说："你悠着点，我们的题目是'世界大同'。"

白术理直气壮："可我们的主题是惊悚。"

顾野怔了一下。

他差点把这一贯穿整场比赛的主题给忘了。

"人设暂且按照你的来，"白术翻了翻顾野的草图，很是满意，"我先去弄脚本，争取中午给你草稿。"

顾野一笑："行。"

跟白术合作，是一件很愉快的事。

比赛期间，顾野只在东亚赛时同白术合作过，且那次白术只负责脚本和草稿，其余工作基本都由顾野负责。

这次不一样，两人共同创作同一部作品，互相讨论、进度同步。

白术总有令人惊喜的点子和构思，而顾野总能及时领悟到白术的想法，高超的画工加上同步的思维，他们默契得仿佛是同一个人。

三天后。

"该吃晚饭了。"顾野从门口的小窗里拿过两份套餐。

白术埋头搞创作："我精神亢奋，停不下来。"

顾野拄着拐杖挪到小桌旁，把套餐放下后，过来拎人："那也得吃东西。"

白术仰起头，后脑勺贴着顾野的手掌，她咕哝："一吃就犯困。"

"困了就睡觉。"顾野抓着她两侧肩膀，将她拎起来，"耽误的进度我给你补。"

白术痛苦地"啊"了一声，抱住顾野，在他怀里蹭了蹭。

顾野单脚支撑，差点被她蹭得重心不稳，无奈地笑道："我现在可是一瘸子。"

白术抬起头，一把抓过顾野的胳膊，往自己肩上一搭："来，我扶你。"

顾野嘴角微抽："谢谢。"

"客气。"

白术硬是将顾野拽到了小桌旁。

吃饭时，白术老走神，一点都不像个小吃货。

顾野知道，白术被那故事勾走了魂儿。

“你这个故事，构思很久了吧？”顾野问。

“嗯。”白术咀嚼着白米饭，“从 BW 救援队成功跟国际漫画组织搭上线，确定总决赛题目是‘世界大同’后，就有初步构思了。”

喝了口水，白术继续道：“本来有三个构思，打算包揽前三的。现在也好，专注于一部作品，可以加几个大场面。”

顾野心想，你这大场面加得，又要成降维打击了。

想到大场面的工作量，顾野吃饭的速度加快了些。

创作时间，顾野和白术都废寝忘食，睡眠严格控制在六个小时，三餐、洗漱等在两个小时内。

其余时间，都属于创作。

哪怕是这样，他们俩也花了十二天时间，才将作品完成。

远超于他们曾经参赛的创作时长。

“搞定了。”

提交稿件后，白术往椅背上一靠，伸了个大大的懒腰。

顾野瞟向她。

她将长发绑在脑后，束成了高马尾，素面朝天，长时间高强度工作导致睡眠不足，眼睑处留下淡淡的黑眼圈，可她眉眼精气神很足。

顾野勾唇：“走吗？”

白术迫不及待：“走呀！”

顾野有点诧异于她的急迫。

白术从椅子上跳起来，直奔卧室：“我们收拾得快一些，还可以赶在镇上一家川菜馆关门前吃一顿。”

顾野一怔：“镇上还有川菜馆？”

本来都进了卧室的白术，倒退着走到门口，身形往后仰着，微微偏着头：“听说是陆遥的粉丝开的。对陆遥来说，最大的文化输出，就是川菜了。”

顾野哑然失笑。

漫画火了后，很容易带动作品中的文化元素。

东国队几人都是隐形吃货，在漫画作品中喜爱添加美食元素，如今哪怕是一个华尔特镇，到处都能找到东国的特色美食。

随处可见的火锅店、烧烤店，绝对有白术一份功劳。

两人收拾好物品后，先开了门，却没急着出去，等通过监控得知他们信息的 SOS 成员派人把车开到考场大楼下，他们才离开。

考场大楼静悄悄的，所有人都忙于创作。

白术和顾野出去时，一个人都没有遇到，顺利上车出了考场。

三天后，马歇尔派了一批人蹲守 White 及助手，可蹲了三天三夜，硬是没有蹲到一个人，查监控时，发现他们没留下任何痕迹。

总决赛作品公开投票那一天，被称之为漫画史上的群星闪耀之时。

来自世界各地的 24 名漫画家，贡献出 24 部优秀作品，成就了一场前所未有的漫画盛宴。

这些举世瞩目的漫画家，围绕着“世界大同”的主题，各自发挥想象和才能，交出了一部又一部令人潸然泪下的作品，创造了一个又一个令人心之向往的世界。

世界各国人们一起讨论和平，畅想着同一个未来。

这是一场漫画比赛带来的。

在多部作品中，一部名为《十一天》的作品讨论度最广，它是以 BW 救援队二十年前一场救援为蓝本创作的，讲的是一支救援队去他国救援时，遇到瘟疫暴发被困于一村庄，可落后地区村民的麻木和质疑、缺乏教育导致的愚昧无知、在贫困苦难中不值一提的死亡，让这一支专业的医疗救助小队处处受挫、寸步难行，最后他们没有被瘟疫打倒，却在村民的敌意中死去，仅一人存活。

谁都没有错，谁都做错了。

故事节奏和人物刻画，本就处于世界级别的水平，同时由漫画分镜展现的一幅幅震撼灾难场面，极具视觉冲击力的构图，看得读者头皮发麻，情绪久久难以脱离。

哪怕看不到投票数，多数人心里都知道，这一部《十一天》，绝对是本届漫画赛当之无愧的第一。

比赛结果公开那天的晚会直播，数亿观众都蹲守在直播间里，怀着兴奋和紧张的心情，等待着见证历史性的那一刻。

名次公开流程跟半决赛时差不多，分两次公开前十名，第一次是第四到第十，第二次是前三。

所有排名会在晚会结束后，于漫画 NO.1 上公开。

晚会过半时，第一波名单公布。

第四名：《最后三天》。作者：恨长山（江南枝），[东国]。助手：马赛曲（陆遥，[东国]）。

第一行字，令全场沸腾。

连晚会主持人都当众尖叫出声：“排在第四名的《最后三天》，竟然是东国作者恨长山创作的，她绝对是一匹黑马——”

主持人注意到助手的名字，更惊讶了：“我的上帝，一直被猜测身份的马赛曲是陆遥，也就是楚逍遥的账号！”

主持人尚且如此，现场的人更不必说。

坐在第一排的马歇尔脸色直接冻僵了。

一分钟后，第四到第十的漫画家及助手都上了台，其中江南枝和陆遥笑得张扬又明媚，一个又一个的飞吻送出来，把一心希望东国队全员陪跑的竞争对手们气得半死。

江南枝和陆遥并不收敛，在发表讲话时，非常遗憾地表示自己想拿前三，拿到第四辜负了东国的期待。

台下。

马歇尔骂了一句脏话，恼火地瞪着坐在一侧的比利：“陆遥不是被取消比赛资格了吗，怎么还能参赛？”

“没取消她当助手的资格。”

“为什么不取消？！”

“因为没人能想到，她们还有其他的参赛账号。”

马歇尔脸都憋红了，非常不能理解地抱怨：“他们东国队都人手两个账号吗？”

比利不知道如何接话。

马歇尔冷静几秒后，问：“那个简以楠呢？！”

“听说东国队的即墨诏多了一个助手。”比利如实回答。

马歇尔兀自生气了半天，骂骂咧咧的：“让她们退赛，除了让他们携手合作增强实力，还有别的作用吗？”

比利默了三秒：“没有。”

马歇尔只想当场暴走。

第一批公开的漫画家下台后，所有的焦点都聚集在前三名身上。

以作品在网上的热度来看，前十都是有角逐前三希望的，现在公开了七部作品，剩下的三部就很好猜了。

可是，排名和作者，更加重要。

马歇尔目不转睛地盯着台上。

他在心里无数次后悔跟漫画 NO.1 的合作。

为了保证比赛的公平公正，漫画 NO.1 拿走了不少权力，他想提前要作者信息、比赛排名等，全被拒绝了。

仗着体量大、关系硬、有资本，漫画 NO.1 完全不给国际漫画组织面子。

所以，哪怕马歇尔是漫画组织的副主席，眼下也只能跟所有观众一样，等待最终结果的公布。

只要艾伦能拿第一就行。

马歇尔的底线一再退让。

在度秒如年的煎熬中，主持人终于开始倒数，屏幕一闪一闪的，在漫长而又短暂的读秒后，出现了万众期待的画面。

马歇尔瞳孔骤然一缩。

第一名：《十一天》，作者：White（白术），[东国]。助手：不朽的逃亡者（顾野，[东国]）。

第二名：《灰烬》，作者：Allen（艾伦），[M国]。

第三名：《一念之差》，作者：SL（即墨诏），[东国]。助手：中曲山（墨川，[东国]）、前进的歌德（简以楠，[东国]）。

寂静。

死一般的寂静。

结果公开的那一瞬，全场似乎被按下了暂停键，每个人都是傻愣愣的表情，一切都处于静止状态，偌大的场地除了背景音，再无其他声响。

哪怕是主持人，仰头看着屏幕时，神情都是惊愕的。

白术还有第四个账号，叫White。

顾野没有受伤住院，而是参赛了。

简以楠退出了总决赛，又没退出。

东国队仅存的三名漫画家，拿下了第一、第三、第四的好成绩，将一场国际漫画盛宴，玩成了他们国内自己的游戏……

太多的疑惑和震撼了。

每一个点，都足以挑拨大家的好奇，让人有无尽的猜想。

“哇呜——”

不知是谁第一个喊出声。

就在那一瞬，现场的人集体站起来，如排山倒海之势，他们在欢呼、尖叫，一声声地呼唤着“白术”的名字。

台下，顾诠在裴启升的搀扶下，颤颤巍巍地起身。

光线昏暗，顾诠望着舞台，视野有些模糊。

“小裴啊。”顾诠喊。

他的声音不复以前的威严、底气，反而在颤抖的语调中，透着浓浓的苍老。

裴启升稳稳扶着他：“顾会长。”

顾诠拍了拍裴启升的手：“老了啊，看走眼了。”

“顾会长。”

裴启升眼睛一酸，却没法劝说什么。

他想到一年前，白术曾在直播上初次公开亮相，宣布“世界，我们来了”的画面。

那时谁也没想过，无人认识的小姑娘，会在一年后拿下世界第一。

也没有人想过，那个小姑娘，竟是早就成名多年的恐怖漫画鼻祖。

回想这一年白术给他们带来的震撼和惊喜，谁还会觉得白术当初那些嚣张言论、不羁举动，是自以为是、目中无人呢？

这就是一场任她肆意妄为的游戏啊。

在一阵又一阵的呼唤声中，白术、顾野、艾伦、即墨诏、墨川、简以楠，都缓缓走上了舞台。

此刻，他们就是世界中心。

六人站成一排，接受世界的注目。

可在白术准备接话筒时，意外突发，艾伦抬手夺过话筒，大步向前来到聚光灯下，在观众的惊讶和不解中，他说出一个引爆全场的消息。

艾伦说："我要举报我和另外七名漫画家。"

他一开口，就引起轩然大波。

艾伦未顿一秒，迅速爆出一连串的漫画家名字，继续说："我们都在马歇尔副主席的引诱下服用了违禁药物，在创作时可提高思维活跃能力，超水平发挥。证据我在两分钟前已经公开发表在个人账号上了。在这里，我向所有读者道歉，同时自愿退出比赛，希望主办方取消我的成绩。"

灯光落到艾伦身上，金发是柔软的，镀了一层金光，他眼睫轻抬，目光无比坚定。

他的自爆，是他一意孤行。

谁也不知道。

艾伦看到台下神情各异的人们，他们或震惊、或愤怒、或谩骂，他回了下头，看向身后的白术。

不等他看清白术此刻的神情，就见白术朝他扑了过来，用力推着他的肩膀。

同一刻，艾伦感觉左肩被什么穿透。直至他被白术扑倒在地的那刻，他才意识到，那是一颗本该穿过他胸膛的子弹。

开枪射击的是马歇尔，他已经顾不得别的了，只想要艾伦死。

但他只能开这一枪。

保安训练有素，及时将马歇尔制伏，连带的身上带枪的比利也没放过。

现场变得无比混乱。

"公主殿下。"

艾伦看着半蹲在他身边的白术，声音因肩上的剧痛而变了调。

白术检查着他的伤势，语气冷静："有话留着以后说。"

艾伦说："你不要生气。"

白术说："好。"

艾伦疼得脸色发白，额角渗出细密的汗珠，但仍是朝白术扯了扯嘴角，露出个灿烂的笑容。

顾野第一时间叫了救护车，然后同即墨诏等人前来帮忙，由工作人员护送着，将艾伦带下舞台。

救护车很快来了，艾伦被送往医院，而白术一行人不能贸然离开，无法跟随，只得待在后台等着。

除了知根知底的顾野和白术，东国队其余人都很茫然，“违禁药”“现场举报”“突遇枪击”等事，对在东国和平环境下长大的他们而言，如同置身于另一个世界。

约莫半个小时后。

苏老师进了休息室：“现场太混乱了，一时半会儿处理不好，主办方直接建议半个小时后进入采访环节。”

“都这样了，还采访？”简以楠皱眉。

“对，问到敏感问题，你们一问三不知就行。”说完，苏老师特地看向白术，嘱咐，“白术，你注意一下。”

白术：“哦。”

苏老师目光巡视着：“另外，江南枝……”

江南枝眼皮一跳：“啊？”

“艾伦如今退出比赛，你顺位进一名，成了世界第三。”苏老师说，“你和陆遥，到时候跟他们一起接受采访。”

“行。”

江南枝点点头，并没有很兴奋。

她本就止步于半决赛，因队友被恶意针对才能拿到决赛资格，加之又有陆遥相助，才能得到世界第四的荣耀。

如今又以艾伦自爆拿到第三……

落寞大于激动。

墨川走过来，问：“艾伦爆料的事，会怎样处理？”

“全世界都在关注，不可能大事化小的。”苏老师神情不忍，“艾伦爆出的漫画家，以及艾伦本人，都会接受检查，一旦被核实，他们的漫画生涯算是完了。”

“他怎么这么傻？”江南枝撇嘴，“作弊就作弊，又没被查出来，他干吗要自爆啊？”

陆遥说：“他作弊就是为了那些证据和名单吧。”

江南枝愣住。

其余人沉默了。

无疑，陆遥的猜想，最符合艾伦的目的。

好半晌后，江南枝喃喃地问：“为什么啊？”

没有人回答。

白术偏头看向顾野。

顾野拍了拍白术的肩。

白术眼帘半垂下来。

她太忙了。

以至于她没空跟艾伦好好聊一聊，只是托人给艾伦带个信，以为交代一句艾伦就不会踏进这个坑。

从拿漫画当玩伴，到亲自创作漫画，艾伦一直与漫画为伍。

他跟白术这种兴趣爱好广泛的不一样，他的生命里只有漫画。

正因如此，在这场史上绝无仅有的、凝聚世界目光的漫画盛宴里，他必须得让它纯净无瑕，不负所有人的热爱。

哪怕是以断送他的热爱为代价。

采访在四十分钟后进行。

白术、顾野、即墨诏、墨川、简以楠、江南枝、陆遥七人，手里拿着各自的奖杯，并排站在一起亮相，被各国记者围了一圈又一圈。

在一场国际比赛里，获奖者是清一色的东国人，场面也是历史性的。

记者中东国人很少，他们的问题如连珠炮，一个比一个犀利，从白术的四个账号、简以楠和陆遥的作弊、江南枝的捡漏问题，一直到质疑总决赛跟BW救援队的关系、白术的立场、莎莎疑似服用违禁药而你们为何没有。

七人早有准备，互相帮衬，回答得滴水不漏。

“白术！”

终于，有一个东国记者挤进来，将话筒对准了白术。

白术看向他，示意他问。

记者舒了口气：“今日的成绩，今日的变动，都会影响未来的漫画格局，请问，您有什么话想对漫画从业者说吗？”

白术沉默须臾。

她说：“十多年前，我曾有幸见证那样一个时代，各类作品百花齐放，创作者满怀热忱追梦，多元文化冲击交融。它是如此的辉煌，包容、开阔、自由，容纳过去和未来，接受矛盾和争议，没有歧视和敌对，没有种族、国界、语言之分，所有的一切都是平等的。

“但它一度成为过去。

“我愿在今后，看到一个崭新的时代，老一辈放下架子和偏见，新一辈敢于创新和挑战，行业不再分裂，高位者不傲慢，低位者不卑微，一切都变成最好的样子。

“心中有梦，漫画不死。”

白术眼里亮着光，似有火焰在燃烧。

在这一刻，跨越时间和空间的距离，每个在屏幕前关注这场采访的漫画人，胸腔都像是被点燃了一团火，一股难以形容的信念和荣耀升起，化作力量蔓延全身。

他们热泪盈眶。

多少忘却初衷的人，此时此刻，因这个年轻的女生，而重燃最初的梦想。

采访结束后，东国队并未去庆祝，而是集体赶去了医院。

艾伦已经抢救完毕，没有性命之忧，可肩膀受伤会导致后遗症，今后再难拿起画笔。

因麻醉而沉睡的艾伦，暂时不知这结果。

凌晨三点，白术让其余人先走，自己同顾野留下来。

病房走廊上，顾野牵起白术的手："去走走吗？"

"嗯。"

白术眼里没一丝睡意。

这里是一家私人医院，亦是顾野先前养伤的医院，顾野对这里熟门熟路。

夜深人静。

他们从住院部走出来，沿着小道缓缓走着，寒风冷冽，他们的手却一直牵着，周围寂静无声。

白术的眼睛被风吹得微微眯起："好像一场梦。"

顾野问："哪里像梦？"

"哪里都像。"白术歪头想了想，轻声说，"从纪远离家出走到刚刚，我好像才从梦里走出来。"

"是美梦吗？"

"一个忙碌又庞大的梦。世界那么宽广，我竟然推动了它。"

"这才刚开始。"

白术轻轻摇头："对我来说，已经结束了。我要好好想一想，接下来做什么。"

顾野莞尔："我也想一想。"

他们俩在寂静的医院里走着，一般没什么话，各自沉思着。黎明时分，他们俩坐在一条长椅上，依偎在一起。

在某一刻，他们俩的手机铃声响起，不约而同的。

顾野和白术互相对视了眼。

然后，他们拿起自己的手机，接通了电话。

半晌，他们又一起挂断电话。

白术说："我有一个好消息。"

"我也有。"

"那你先说。"

顾野静静地看着她："Y9因子的研究有突破性进展，检测剂随时能用，至于第一批抑制剂，还得经过半年的临床实验。"

“那还需要你吗？”

“不用了。”

白术一喜，眉眼轻弯。

“你的好消息呢？”顾野问。

“五芒星所有据点都被一锅端了，背后资本的证据全部掌握，接下来会联合M国警方对他们实行抓捕。”

“纪远呢？”

沉吟几秒，白术说：“他活着。”

顾野弯了下唇。

纪远是否想像《Q20》番外篇中的国王那样，借助报仇的机会去陪他的女王，谁也不知道。

但是，当一切走向终结，纪远仍活着。

要么是他没想过，要么是他放弃了。

不管怎样，他还活着，没有抛下白术。

顾野和白术静静地坐着。

仿佛就在一瞬间，天亮了，冬日第一缕阳光穿破云层，照耀在这一座尚未苏醒的小镇上，洒落一地金色的希冀。

白术被阳光刺得眯起眼，却仰头，去看缓缓升起的太阳。

顾野倏然问她：“你的未来，想好了吗？”

白术洒脱一笑：“辞掉队长职位，回校准备毕业。”

顾野轻笑：“就这点理想？”

“我的人生才刚起步，还有无限可能。”白术坦荡且自信，她侧首瞧着他，问道，“你呢？”

“顺利毕业，留校教书。”

“为什么教书？”

“白术，世界曾经因你而改变。”顾野握住她的手，抬起双眸，话语平静有力，“但未来，世界应该由他们而改变。”

番外一
三姐妹平凡的一天

这一年的暑假出奇地热。

白术双手托腮，瞧着桌上的三枚硬币，叹了口气。

纪远和白青梧出远门了，忘了给她留生活费，而家里多了两个小客人，墨上筠和司笙，一个赛一个的穷。

抄起三枚硬币，白术下了楼。

司笙坐在门口晒太阳。

听到动静，司笙喝着白开水，跟白术打招呼："早。"

白术环顾一周，问："墨上筠呢？"

司笙和墨上筠在她家待了一周了，平日里，司笙和墨上筠天未亮就会起来晨练，今日不知怎的司笙没去。

司笙扬眉："她去捡破烂卖钱了。"

"少给我造谣。"

门外忽然传来墨上筠的声音。

她推开大门，短发被汗水打湿，沾在额头、脸颊、长颈上，汗珠顺着皮肤和发梢滚落，宽松运动服湿了大片。

司笙喝完手中白开水，哀怨地说："小师姐，我饿了。"

白术盯着墨上筠："我也是。"

墨上筠刚晨练回来，见到这两人张口要吃的，抬手从兜里掏了掏，最后摸出了三张纸币来。

她说："我还有三块钱，可以买三根油条。"

白术将手心摊开，露出三枚硬币："我也有三块钱，可以买三个包子。"

司笙看了看两人，不甘示弱地说："我就剩三角钱，可以买三颗糖吗？"

"先凑合吃一顿吧。"墨上筠走过来，本想将纸币给司笙，可最终还是给了稍微靠谱的白术，"你们去买早餐，我先去洗个澡，你们回来后开会。"

"开什么会啊？"司笙问。

墨上筠：“商量怎么搞钱。”

司笙问：“终于可以上街卖艺了吗？”

墨上筠无语：“你想得美。”

等墨上筠一走，白术眨眨眼，很认真地问司笙：“你为什么那么执着于上街卖艺？”

“我会拉二胡。”

“然后呢？”

“除了上街卖艺，我找不到一个展示才艺的理由。”

“过年过节长辈不要求你表演吗？”

“他们会把二胡藏起来，省得我闹着要表演。”

白术大吃一惊，决定去喝一口白开水。

半个小时后，白术和司笙买了早餐回来，墨上筠正好洗完澡下楼。

墨上筠扫了眼早餐：“怎么还有豆浆？”

白术说：“我教老板的小孩做了两道题。”

墨上筠颔首：“哦。”

她理解为是老板给白术的辛苦费。

司笙悠悠说：“老板儿子读高二，在做高考数学，小屁孩一过去就说，‘我教你做题，你给我点酬劳’。人家本来不信，她唰唰唰把题做出来后，还嘲笑人家‘你真的能考上大学吗’，差点没被人赶出来。老板赶紧塞了我们三杯豆浆，让我们滚了。”

白术觉得司笙说话语调阴阳怪气的。

墨上筠打量着白术：“你几岁来着？”

白术说：“九岁。”

“几年级？”

“五年级。”

“怎么学了高中数学？”

“我七岁时就学完高中数学了。老师说，如果我想，以后可以成为一个天才数学家。”白术不骄不躁地说。

“哦。”

墨上筠踱步走过去，把一杯豆浆拿起来，吸管一插，用豆浆使自己沉默。

白术对墨上筠的沉默很奇怪，问：“有什么问题吗？”

墨上筠喝掉一半豆浆：“明天起，你跟司笙学几招拳脚功夫。”

“为什么？”

“以你这欠揍的德行，在外容易被人打死。”

司笙咬了口油条，在一旁直乐。

墨上筠又瞧了眼司笙："司笙至今没被打死，就是因为有功夫傍身。"

司笙高兴不起来了。

白术露出恍然神情，觉得墨上筠说得很对。

在无形中被墨上筠种下"练好拳脚功夫"的想法后，白术同司笙、墨上筠围坐在餐桌旁，一边吃着早餐，一边讨论如何搞钱。

司笙说："街头卖艺。"

白术说："乞讨也行。"

墨上筠冷笑："要不一起去街上捡垃圾？"

司笙和白术沉默了。

半晌后，白术认真地说："也不是不可以，但我们可能抢不过大爷大妈，还有流浪汉。"

墨上筠说："你去乞讨也不是不行，但我保证你被好心人送去警局时，我和司笙不会来接你。"

白术闭上了嘴。

"我去卖画吧，"司笙想了半天，"借用一下小屁孩的绘画工具。"

白术也提出自己的想法："我去找公园大爷下棋，赢一局十块钱。"

"行，"墨上筠吃完最后一口包子，给出了自己的安排，"我去做兼职。"

三人各自想出了赚钱门道，并且在吃了早餐后，自行实施行动了。

傍晚时分，白术回了家。

远远听到拉二胡的声音，白术觉得奇怪，一进大门，就见司笙坐在庭院里，手里拿着一把二胡，拉得挺起劲的。

二胡似乎是崭新的。

瞅见白术后，司笙停了下来："赚了多少？"

白术说："一千块。"

司笙讶然："这得下多少局棋啊？"

"下了一上午的象棋，一直赢，没劲儿，就去围棋学校教人下围棋了。"白术说，"我是全国少儿组围棋冠军，很多家长认识我，有个家长花钱请我陪他孩子下棋，给八百八十元，为期一周。"

"少儿组冠军很厉害吗？"

"反正你赢不了。"

瞧她这么欠，司笙手痒痒。但见她年纪小，司笙没同她计较。

司笙问："钱呢？"

"没了，"白术皱起眉，"那小孩棋艺太菜，我不想陪他浪费时间，所以把钱还回去了。"

"不还剩一百二吗？"

“给刚认识的哥哥买了一件礼物，还剩七块。”

“什么哥哥，骗子吧？”司笙说。

白术摇头：“他叫陆野，不是骗子。”

司笙仍是不信。

白术问：“你呢，赚了多少？”

司笙说：“三千块。”

白术眨着眼，一本正经地问：“偷的吗？”

司笙噎了一下：“卖了一张画，赚了一百三十元，然后就去古玩市场捡漏了，一买一卖净赚三千块。”

“古玩？”白术歪了下头，觉得有些陌生。

“嗯，我自幼跟这些玩意儿打交道，懂些门道。”

“你的钱呢？”

“被一小混混调戏，把人揍了一顿，赔了一笔医药费。”司笙撇嘴，晃了晃手中的二胡，“剩下的钱买了二胡，还剩十三块。”

两人相顾无言。

白术叹息，评价：“你可真不靠谱。”

“彼此彼此。”

司笙猛地一拉二胡，即兴来了一段哀乐。

就在这时，相对靠谱的墨上筠，提着一堆食材回来了。

“都回来了？”墨上筠注意到两人。

“嗯。”白术先是正经点头，然后礼貌地询问，“你赚了多少？”

墨上筠说：“一万块。”

司笙拉二胡的动静戛然而止：“小师姐，你去抢银行了？”

白术琢磨了下：“收留抢银行的会影响我以后考公务员吗？”

“你们俩脑子里在想些什么。”墨上筠无语极了，解释说，“前天路过麻将馆，就发现他们馆里一打杂的挺像逃犯，今天去确认了，抓了送警局，身份已经核实了。一万是奖金。”

司笙走过来：“钱当天发？”

“得过段时间。”墨上筠提起手中的食材，“不过兼职挣了点钱，够你们吃一阵的了。”

白术喊：“墨上筠。”

墨上筠乜斜着她：“叫姐。”

白术自顾自地说：“有肉吗？我饿瘦了，得补一补。”

墨上筠：“有。”

司笙说：“小师姐，我想吃小龙虾。”

墨上筠："买了。"
要啥有啥的墨上筠，成功地虏获了白术和司笙的芳心。
墨上筠掏出一把钱来，交给白术："你们俩的零花钱，自己分一下。"
"好。"
白术见到了钱，人都乖巧了些。
墨上筠提着食材进了门，去厨房准备晚饭去了。
白术和司笙望着墨上筠的背影。
白术真诚地问："你小师姐爸妈健在吗？"
司笙挑眉："肯定啊。"
白术困惑不解："这么成熟的小孩……不像是有爸妈的。"
司笙玩味地说："是吗？我就没爸妈。"
仔细打量着司笙如天仙般的容颜，白术认真地摇了摇头："你不像。"
"小屁孩。"
司笙忍无可忍，伸手去揉白术的脸，把人好一顿揉搓。

有了零花钱，司笙和白术去了一趟超市。
司笙提了一袋饮料，打算告别白开水。
白术买了一堆雪糕。
回到家里后，墨上筠的饭菜已经做好，一盘又一盘地端上了桌。
"晚上去看星星吗？"司笙吃着墨上筠给她剥的小龙虾，想一出是一出。
白术啃着卤猪蹄，问："去哪儿看？"
司笙说："屋顶啊。"
"好。"白术一口答应，"我画星空。"
司笙说："我拍照吧。"
"你拍照好烂。"
"我可以学。"
"你没天分的。"
"你等着呗。"
一桌子的菜都堵不住她们俩的嘴。
墨上筠叹了口气。
她做什么？
待会儿去药店给她们买点驱蚊药吧。

番外二

她在这世界闪耀了下

白术死于二十七岁那年。

后来的人在打听白术的结局时，这是他们听到的最多的说法。

自 DY 漫画大赛结束后，白术就一直站在风口浪尖，她的一切动向都受到世界的广泛关注，而她也借助这些关注和热度，给予了第三世界无数援助和支持，甚至利用舆论阻止了部分武装冲突。

在她二十七岁时，一艘装有三千人的客轮被劫持，海盗提出跟她交涉、谈赎金。她只身前行，在赎出客轮后却被海盗扣留，当晚海盗船不知因何原因出了事故，人和船一同沉于海底，无一人幸存。

于全世界活跃多年的白术，落了个尸骨无存的结局。

后来，有人在图卢国最繁华的城市、最繁华的广场，给白术立了一块石碑。

无数人慕名而去，给她献花，向她致敬。

石碑上写：她一定很喜欢热闹。

半年后，东国。

河岸附近，建了一栋两层楼小屋，大门一开，即可见远处辽阔的平原，金色的麦田在秋风里翻滚，近处是一庭院，种了些蔬菜瓜果。

屋檐下放了一把椅子，女人坐着看书，年龄约莫二十七八，长发绾在脑后，露出纤细修长的脖颈。

她穿着一件长白 T 恤，衣摆在风里飘动，下身是蓝色牛仔短裤和匀称白皙的长腿。

窗户从里面被推开，顾野微微探出头：“你都看一上午了。”

白术头也不抬：“快看完了。”

她手里是艾伦最新创作的漫画。

艾伦右手无法创作后，就改用左手创作，换了个身份重新出道，现在亦是活跃在世界前列的知名漫画家。

顾野问："你的朋友们几点来？"

白术说："快了吧。"

说来就来。

不到半分钟，门外就停了一辆车，墨上筠和司笙跳下了车。

这两人年龄比白术要长几岁，但白术已然褪下了一身的稚嫩，她们俩还是那般年轻。墨上筠气质洒脱，司笙美得明艳。

"小屁孩儿，挺会挑地儿啊。"

司笙进了庭院，四处打量一圈，嘴角带笑。

白术连漫画都不看了，把书一搁，瞅着两人看了半天："带礼物了吗？"

司笙两手空空，斜眼瞅她："你这清心寡欲的，要什么礼物？"

墨上筠指了指停外面的越野车："一车吃的，全是你姐夫们准备的。"

白术闻声就往外面跑，被司笙一拽后衣领，把人拎了回来。

"瞧你这吃货样儿，眼里只有吃的。"司笙拽着白术往屋里走，同时跟顾野招呼一声，"妹夫，晚上吃烧烤。"

顾野笑说："行。"

墨上筠把车钥匙扔给顾野。

顾野自觉去车上搬吃的了。

难得见墨上筠和司笙一面，白术拿了自己亲自酿的杨梅酒，以及顾野昨晚刚买回来的点心，终于有了点小主人的样子。

司笙品着白术的酒："你打算搁这儿待多久啊？"

白术说："腻了为止。"

司笙悠然打量着她："闲吧？"

白术预感不对，赶紧摇头："不闲。"

司笙和墨上筠看着她。

"无事不登三宝殿。"白术警惕心起，"要有什么冒险、刺激、神秘的事，你们俩只要一个电话，我就去了。现在亲自上门，想让我做的事肯定枯燥无味。"

墨上筠置身事外："我是单纯来玩的。"

司笙直接摊牌了："我确实有点事找你。"

白术皱眉："我不想听。"

司笙才不管她，自顾自地说："你知道的，我的师父……也就是小师姐的外公，喜欢到处欠人情。"

"嗯。"

白术略有耳闻。

司笙说："最近他跟我说，他一大恩人的宝贝孙女从事漫画教育工作，想整改漫画教材。"

白术问："所以就找上了你？"

"就这么回事。"司笙端着玻璃杯，玫红的酒与她白皙的手指相称，她笑得相当蛊惑人心，"编个教材，对你来说，不是很轻松？"

白术说："我不干。"

司笙说："想一想，今后的漫画家都是你学生。"

白术说："那你呢？"

司笙说："我跟你一起写。"

白术仍是有点抗拒。

她才靠假死一事安宁了半年，还没歇够呢。

"挺巧啊，"墨上筠插了句嘴，"我最近也在编教材，军事指挥类的。"

白术眨眼："你？"

墨上筠扬眉："不行？"

白术立即说："你都行了，那我也行。"

墨上筠手一抖，差点将杨梅酒泼她脸上。

晚上一起吃烧烤，食材都是墨上筠和司笙带来的，很新鲜，并且准备周全，连特制调料都给他们备好了。

顾野负责给她们烤肉。

墨上筠、司笙、白术围坐在庭院里，喝着小酒聊着天，享受着生活里久违的宁静。

"你的自传写了吗？"墨上筠吃着烤串，忽然问。

"什么自传？"

白术一时没反应过来。

然后，她"啊"了一声，想到多年前，曾跟墨上筠提过写自传的事。

她当时纯当玩笑了。

"她写自传不把自己暴露了？"司笙说。

"有几个人的自传是自己写的？"墨上筠张口就来，"真问起来，就说是妹夫整理的。"

在烧烤架前忙碌的顾野闲闲地搭话："我倒是无所谓。"

白术咬了一大口肉，说："正经人谁写自传。"

"你是正经人？"

三人异口同声地问。

白术眼睛都瞪圆了。

"再说呗，"白术喝了口啤酒，润润嗓子，"就我的传奇经历，一五一十照着写，都得被当作天方夜谭——"

她骄傲的时候，跟年龄毫无关系。

墨上筠和司笙看了她半晌，然后收回视线，不约而同地转移了话题。

司笙说："我就说易无忧最近越来越自恋了，原来是学了她。"

墨上筠说："我家那俩也这样。"

司笙问："打一顿能好吗？"

墨上筠说："不支持。"

司笙说："我是说打——"司笙看向对面的白术。

白术正在啃羊排，忽然接收到充满杀气的眼神，她眨眨眼，将口中的食物咽下去。

"我给你们俩带娃，你们俩能要点脸吗？"白术不服气地诘问。

司笙眉眼染笑，语气凉飕飕地说："你笙姐怎么会打你。"

墨上筠屈起一条腿，踩在桌下一横栏上，吊儿郎当地说："是啊，顶多让你受点苦。"

司笙取出一个玻璃杯，往里面倒了一半啤酒，又倒了一半烧酒，最后兑了点杨梅酒。

白术的羊排还没啃完，见到那一杯能要人命的酒，起身拔腿就跑："我的自传里肯定详细描述你们忘恩负义的无耻行径……"

自传是以后的事了。

白术被灌了酒，醉得不省人事，当晚倒在顾野怀里，嘀嘀咕咕地说，要在自传里如何丑化司笙和墨上筠。

自传的事，等白术酒醒后，就被抛诸脑后了。

因为白术马上就投身于编教材的事里，成天待在家与电脑为伴，虽然日常抱怨司笙，可写得很起劲儿。

第二年，司笙和白术编写的教材，就顺利进入漫画教育市场，被初学者广泛使用。

她俩那一套书，不仅是当年最热门的漫画教材，还成了往后初学者的必用教材，甚至被引入了大学教材中。

白术用的是化名。

谁都不知道，白术在 DY 漫画大赛影响了一批漫画家后，在未来数百年里，依旧在漫画领域占据着举足轻重的地位。

在自己第一个忌日那天，白术通过即墨诏的现场视频，观看了无数粉丝在她石碑前献花的场面后，有些震撼。

她终于将写自传的事提上了日程。

而即墨诏这大嘴巴，隔天就把她要写自传的事传播出去，于是白术每天都会收到新的问候。

陆遥：听说你要写自传，什么时候能写完？

简以楠：你的自传从哪个时期开始写起？

江南枝：白妹妹，自传！自传！自传！

樊起予：小小姐，你的自传有进展了吗？

苏老师：写自传不错啊，但不要太夸张。

段子航：有空写自传，不如来搬砖。

牧云河：小仙女，写自传的事不用急。陆白明天过来，我让他给你捎了些吃的，过两天天气好，你和顾野可以过来泡温泉。

……

在他们每天孜孜不倦地提醒下，原本三天打鱼两天晒网的白术，硬是把计划三年写完的自传，在三个月内就写出来了。

她只写了漫画大赛那一段故事。

书一上市，引得无数人回忆起那年的比赛，销量火爆。

秋高气爽，天空明净。

出了趟远门的白术，风尘仆仆地回到镇上，等着顾野的车来接时，她闲逛着路过一所小学。

正值放学时间，下课铃一响，穿着校服的学生们，乌泱泱地从校门跑出来。

白术站在阳光下，微眯着眼，望着这群朝气蓬勃的学生。

忽地，她的衣摆被拽了下。

一低头，见到个六七岁的小女孩，仰着头，眼睛纯净又明亮。

她手里拿着一本书。

“阿姨，你跟这位姐姐长得好像哦。”

小女孩露出好奇的神情，打量着她，举起手中的书。

那是她的自传。

封面上，是二十岁的白术，戴着白色棒球帽，嘴里叼着一根棒棒糖。她青春朝气，眉眼恣意，站在世界中心，眼里是全世界。

小女孩歪着头，又说：“可你看起来比她温柔。”

白术微怔。

她头戴一顶遮阳帽，穿着T恤和牛仔裤，外搭一件米色针织开衫，依旧随性又简单，却早已不是二十岁的模样。

“你是她吗？”小女孩继续问。

白术问：“你觉得呢？”

小女孩端详她半晌，然后摇了摇头：“像她这样耀眼的人，才不会出现在这里呢。”

有人在喊着小女孩。

小女孩应了一声，朝白术摆手道别，然后抱着书跑开了。

白术瞧着她蹦跳的背影，眉毛一动。

身后传来汽车鸣笛的声音。

白术转过身，见到眼熟的车和人，她弯了下唇，朝那辆车走过去。

她上车。

顾野递过来一瓶汽水：“跟小孩聊什么呢？”

白术说：“没什么。”

一段过去，仅此而已。

车一路向前，清风习习，前方阳光烂漫。